STILLER BACH

AF196995

Regina Riest, Jahrgang 1967, studierte Anglistik und Romanistik und ist Gymnasiallehrerin für Englisch und Französisch. Sie lebt mit ihrer Familie in der Region Bodensee-Oberschwaben. Ihr Romandebüt »Stiller Bach« ist der Gewinnertitel des Bodensee-Oberschwaben-Krimiwettbewerbs, ausgeschrieben von der Schwäbischen Zeitung, der Buchhandlung RavensBuch und dem Emons Verlag.

Dieses Buch ist ein Roman. Handlungen und Personen sind frei erfunden. Ähnlichkeiten mit lebenden oder toten Personen sind nicht gewollt und rein zufällig.

REGINA RIEST

STILLER BACH

Kriminalroman

emons:

Bibliografische Information der Deutschen Nationalbibliothek
Die Deutsche Nationalbibliothek verzeichnet diese Publikation
in der Deutschen Nationalbibliografie; detaillierte bibliografische
Daten sind im Internet über http://dnb.d-nb.de abrufbar.

© Emons Verlag GmbH
Alle Rechte vorbehalten
Umschlagmotiv: mauritius images/imageBROKER/Jürgen Wiesler
Umschlaggestaltung: Nina Schäfer, nach einem Konzept
von Leonardo Magrelli und Nina Schäfer
Umsetzung: Tobias Doetsch
Gestaltung Innenteil: César Satz & Grafik GmbH, Köln
Lektorat: Dr. Marion Heister
Druck und Bindung: CPI – Clausen & Bosse, Leck
Printed in Germany 2018
ISBN 978-3-7408-0469-5
Originalausgabe

Unser Newsletter informiert Sie
regelmäßig über Neues von emons:
Kostenlos bestellen unter
www.emons-verlag.de

Für Hans-Anton
in liebevoller Erinnerung

EINS

Kindgerecht ist anders, dachte Monika Matthes und unterdrückte ein Gähnen. Das kommt davon, wenn man sich auf seine alten Tage noch mal auf was Neues einlässt …

Sie hätte ihrer inneren Stimme folgen und den Schulausflug der Erstklässler zum Stillen Bach so machen sollen wie die letzten knapp dreißig Jahre lang auch: Fußmarsch von der Grundschule zum Grillplatz im Wald hinter Nessenreben, Vesper und Spielen auf dem Waldspielplatz, dann die selbst gebauten Boote ein bisschen auf dem Stillen Bach schwimmen lassen und schließlich mit einer Horde nasser, müder, aber glücklicher Kinder wieder den Heimweg antreten.

Stattdessen hatte sie sich diesmal von ihrer Referendarin beschwatzen lassen, dass zu einem »runden« Ausflugstag doch auch »ein gewisser pädagogischer Anspruch« gehöre – das hatten sie nämlich erst neulich im Seminar so besprochen – und dass dieser pädagogische Anspruch doch ganz ideal dadurch abgedeckt werden könne, dass man die »Kindgerechte Führung entlang des Wasserbauhistorischen Wanderwegs« buchte, die seit Neuestem vom Weingartener Tourismusbüro angeboten wurde.

Sie hatte keine Lust gehabt, sich vor der jungen, aufstrebenden Kollegin als verstaubtes Fossil zu outen, und hatte ihr angeboten, dass sie das gleich als Übung für künftige Ausflugstage selbstständig organisieren könne, was Frau Holzner-Garibaldi auch bereitwillig übernommen hatte. Wahrscheinlich dachte sie, dass das bei der Schulbeurteilung am Ende des Jahres positiv ins Gewicht fallen würde und die ein oder andere missglückte Lehrprobe ausbügeln könnte. Träum weiter, dachte Monika Matthes. Dazu müsstest du aber jetzt was anderes machen als nur Kaugummi kauen und auf dein Smartphone schielen, während ich mich drum kümmern darf, dass die Kinder bei der Stange bleiben.

Denn genau das fiel selbst ihr bei dem gähnend langweiligen Vortrag der wasserbauhistorischen Wanderführerin zunehmend schwer. Wie sollte es da den sechs- oder siebenjährigen Kindern gehen? Sie konnte es ihnen nicht einmal verübeln, dass sie längst nicht mehr brav in der Gruppe um die Führerin herumstanden, sondern angefangen hatten, ihre Holzboote aus dem Rucksack zu holen und vorauszurennen, um sie an geeigneter Stelle zu Wasser zu lassen.

Der Vortrag der Fremdenführerin war nicht nur wegen seines monotonen Singsangs eine Zumutung. Selbst wenn die Schüler gewollt hätten – und am Anfang hatten sie es tatsächlich brav versucht, denn die 1b war eigentlich eine gutwillige Klasse –, hätten sie schon allein inhaltlich nicht mehr folgen können. Da war die Rede von »funktionierenden Kanalsystemen aus nachrömischer Zeit«. Welcher Erstklässler wusste denn, was das bedeutete? Heutzutage kamen ja nicht einmal die mit Deutsch als Muttersprache aufgewachsenen Kinder mit auch nur annähernd schultauglichem Sprachstand in die Grundschule, und die Lehrer mussten dann schauen, wie sie das in der begrenzten Zeit hinbiegen konnten, die ihnen zur Verfügung stand ...

Monika Matthes seufzte leise, während die Führerin ihren vermutlich aus irgendeiner Broschüre auswendig gelernten Text weiter vor sich hin leierte und die Kinder sich mittlerweile vollständig auf ihre Boote konzentrierten. Einige waren in direkter Nähe geblieben, andere waren um die nächste Biegung des kleinen Kanals verschwunden. Es wurde langsam Zeit, ein Machtwort zu sprechen und die Gruppe wieder zu versammeln. Oder sollte sie Frau Holzner-Garibaldi nach vorn schicken, um nach dem Rechten zu sehen? Die musste das schließlich lernen, und außerdem hatte sie ihr diesen Teil des Ausflugs aufs Auge gedrückt. Nur gut, dass im Stillen Bach kein Kind ertrinken konnte – kein Schulkind zumindest. Der Kanal war nur wenige Zentimeter tief und floss so gemächlich dahin, dass man die Bewegung des Wassers kaum sehen konnte. Und geregnet hatte es in den letzten paar Wochen auch nicht.

»Du, Frau Matthes! Kann man im Stillen Bach eigentlich ertrinken?« – »Du, Frau Matthes! Darf man im Stillen Bach eigentlich baden?«

Die aufgeregten Stimmen von Ferdinand und Moritz, die um die Biegung zurückgerannt kamen und beide gleichzeitig auf sie einredeten, rissen Monika Matthes unsanft aus ihren Gedanken. »Baden? Nein, Kinder, das geht nicht. Erstens habt ihr keine Badesachen an, und zweitens ist der Bach so flach, dass man höchstens die Füße nass machen kann.«

»Der badet ja auch gar nicht, du Doofi.« Ferdinand knuffte seinen Kumpel unsanft in die Seite. »Ich sag dir doch schon die ganze Zeit, der badet nicht, der ist ertrinkt!«

»Ertrunken, meinst du.« Die Korrektur kam ihr ganz automatisch über die Lippen, und erst dann realisierte sie, was der Junge eigentlich gesagt hatte. »Sag mal, Ferdinand, wovon redest du denn da? Hast du gestern zu lange ferngesehen?«

»Doch nicht im Fernsehen, Frau Matthes! Ich mein doch den Mann da vorne im Bach!«

»Ja, der da liegt! Aber der badet vielleicht doch nur.« Moritz war offensichtlich der Optimistischere der beiden. »Der probiert vielleicht aus, wie lange er die Luft anhalten kann. Ich probier das manchmal auch aus, in der Badewanne, und da kann ich's schon ganz lang! Mindestens …«

Sie würde nie erfahren, wie lange Moritz in der Badewanne die Luft anhalten konnte, denn jetzt endlich drang glasklar zu ihr durch, was die Kinder ihr sagen wollten. Sie fiel Moritz unsanft ins Wort: »Da liegt jemand im Bach? Seid ihr sicher? Wo?«

»Na da vorne, gleich hinter der Kurve! Aber so lange, wie der schon die Nase im Wasser hat, kann keiner die Luft anhalten«, ließ sich nun Ferdinand wieder vernehmen. »Immerhin haben wir ihm schon mindestens fünf Minuten lang zugeguckt, und so lang kann das nicht mal mein großer Bruder, und der ist Rettungsschwimmer!«

Monika Matthes schluckte. Sie musste wohl mal nachschauen, wovon die Kinder da redeten. Aber erst bat sie Frau Holzner-Garibaldi und die Wasserbautante, die Kinder um sich zu scharen und dafür zu sorgen, dass keines ihr folgte. Dann setzte sie sich in Bewegung und steuerte auf die Biegung zu, die den weiteren Verlauf des Kanals vor ihrem Blick verbarg. Noch drei Wochen bis zum Schuljahresende. Drei Wochen bis zu ihrer wohlverdienten Pensionierung. Sie hatte keine Lust auf irgendwelche Komplikationen. Vielleicht lag da im Wasser nur eine Puppe. Oder vielleicht auch gar nichts, und die Kinder hatten sich alles nur ausgedacht. Wäre denkbar. Aber für Ferdinand und Moritz eigentlich nicht typisch – die beiden hatten zwar eine blühende Phantasie, aber ob sie sich so etwas wirklich einfallen lassen würden? Und immerhin hatten sie sich noch darüber gestritten, was sie denn überhaupt gesehen hatten. Irgendetwas musste da also gewesen sein. Nun – es gab leider nur einen Weg, das herauszufinden.

Monika Matthes holte noch einmal tief Luft und marschierte entschlossenen Schrittes um die scharfe Biegung.

***

Die Meldung kam am frühen Nachmittag. Karl Maibach, Erster Kriminalhauptkommissar, war gerade vom Mittagessen am Bodenseeufer zurück in sein Büro gekommen, und eigentlich hatte er für die nun anstehende Verdauungspause ein paar ruhige Stündchen am Schreibtisch eingeplant. E-Mails lesen, Berichte seiner Mitarbeiter durchgehen, Aktenstapel sortieren. Die Schreibtischschublade ausmisten. Den Papierkorb leeren. Obwohl das natürlich auch die Sekretärin tun könnte oder jemand von der abendlichen Putzkolonne. Aber manchmal war es ihm ein Bedürfnis, ganz banale Dinge selber zu erledigen – es gab ihm irgendwie das Gefühl, Herr der Lage zu sein und nicht angewiesen auf andere, die er noch nicht gut genug kannte, um sie richtig einschätzen zu können.

Ein Vierteljahr war es jetzt her, dass er von Ravensburg nach Friedrichshafen gezogen war und hier in der Kriminalpolizeidirektion arbeitete. Eine Kollegin war damals plötzlich ausgefallen, und ihre Stelle musste dringend neu besetzt werden. Und

da sich seit der Polizeireform vor ein paar Jahren die Kripo-
arbeit in Ravensburg sowieso komplett verändert hatte, seine
alte Stelle weggefallen und er selber beim Kriminaldauerdienst
gelandet war – eine Arbeit, an die er sich einfach nicht gewöhnen
konnte –, hatte er die Gelegenheit beim Schopf ergriffen, hatte
sich beworben und war auch sofort, sozusagen mit Kusshand,
genommen worden. Seine Ermittlungserfolge aus der Zeit in
Ravensburg konnten sich ja auch durchaus sehen lassen, und
er war immer ein beliebter Kommissariatsleiter gewesen. Auch
privat konnte er durch den Umzug einen Schlussstrich ziehen.
Eine neue Wohnung hätte er sich nach der Trennung von Ursula
sowieso suchen müssen, und der Bodensee war durchaus eine
attraktive Gegend. Dem morgendlichen Pendlerstau konnte er
so auch entgehen, und wenn ihm sein geliebtes Ravensburg dann
doch einmal fehlte, konnte er abends oder am Wochenende jederzeit hinfahren.

So hatte er sich das jedenfalls gedacht. In Wirklichkeit war
er in diesen drei Monaten Exil – wie er es manchmal insgeheim
vor sich selber bezeichnete – kaum mehr als zwei- oder dreimal
in Ravensburg gewesen. Ihm fehlte die Zeit, die Lust, die Energie. Er hatte schon jetzt so viele Überstunden angehäuft, dass
sie bequem für eine Woche Mallorca reichen würden – wenn
er darauf auch nur die geringste Lust gehabt hätte. Und so be-
schränkte er sich meist auf kurze Spaziergänge am Bodenseeufer
und verbrachte den Rest seiner knapp bemessenen Freizeit auf
dem neu gekauften Sofa in seiner neu gekauften Wohnung, mit
einer guten CD im Hintergrund und einem guten Buch in der
Hand. Wenn es ihm nicht nach kurzer Zeit aus derselben fiel,
weil ihn die Müdigkeit übermannte …

So wie jetzt. Er musste sich endlich zusammenreißen und die
Zeit nutzen, solange mal nicht das Telefon klingelte oder irgendeine Besprechung anstand. Die letzte komplizierte Ermittlung
hatte sein Team einige Tage zuvor erfolgreich abgeschlossen,
die Akten lagen nun bei der zuständigen Staatsanwältin, und
wenn alles archiviert war, was jetzt noch die Tischplatte und
die Ablagekörbe vermüllte, konnte er vielleicht ein bisschen

durchatmen, bis wieder die nächste größere Sache auf seinem Schreibtisch landete.

Er griff zum obersten Dokument des Stapels zu seiner Rechten und wollte gerade entscheiden, wohin er es abheften sollte, da ertönte hinter dem Stapel das melodiöse Gedudel seines Büroanschlusses. Seine Vorgängerin war wohl ein großer Beethoven-Fan gewesen, und er war immer noch nicht dazu gekommen, sich durch das Einstellungsmenü des Geräts zu klicken und »Für Elise« durch irgendeinen stinknormalen Klingelton zu ersetzen. Was hatten die Leute bloß immer mit diesen bescheuerten Melodien? Warum konnte ein Telefon nicht einfach nur läuten wie – na, wie ein Telefon eben?

»Maibach«, knurrte er in den Hörer und merkte selbst, dass er nicht besonders gut gelaunt klang.

Im Dienstwagen war es heiß. Kein Wunder, denn er hatte seit dem Vormittag in der sengenden Julisonne auf dem Parkplatz hinter der Kriminalpolizeidirektion gestanden, und die Klimaanlage tat zwar hörbar ihr Bestes, würde es aber kaum schaffen, das Wageninnere auf eine erträgliche Temperatur herunterzukühlen, bevor sie Weingarten erreicht hatten. Zum Glück war es noch früh genug am Nachmittag, um nicht schon vor Ravensburg in den Feierabendstau zu geraten. Mit etwas Glück würden sie die Strecke in einer knappen halben Stunde schaffen. Maibach drückte das Gaspedal noch etwas mehr durch, was ihm einen missbilligenden Seitenblick seiner Kollegin auf dem Beifahrersitz einbrachte. Er ignorierte ihn geflissentlich und drehte die Lautstärke des Autoradios hoch, um die Klimaanlage zu übertönen. Auch das schien seiner Begleiterin eher nicht zu gefallen, denn der Blick, mit dem sie ihn nun bedachte, ließ sich kaum noch ignorieren. Maibach seufzte und stellte das Radio aus.

»Wieso beeilen wir uns denn so sehr? Ich denke, der KDD hat die Leiche schon abtransportieren lassen? Und tot bleibt sie eh«, stellte Kriminalkommissarin Ulrike Müller fest.

Wo sie recht hat, hat sie recht, dachte Maibach. Laut sagte er:

»Darum geht es nicht. Die Kollegen, die als Erste am Fundort waren, waren welche vom Revier in Weingarten, und die haben nur noch Schicht bis um fünf. Ich will sie noch erwischen und mit ihnen reden, bevor sie Feierabend machen, und dann will ich auch noch an den Stillen Bach, solange es hell genug ist.«

»Hell bleibt's zurzeit doch ewig. Mindestens bis halb zehn. Aber wieso wollen Sie denn noch zum Fundort? Reichen Ihnen nicht die Fotos der Kriminaltechnik? Ich sollte heute Abend spätestens um acht daheim sein, mein Mann hat dienstags Stammtisch, und ich muss die Kleine ins Bett bringen.«

Maibach schaffte es gerade so, den nächsten in ihm aufsteigenden Seufzer zu unterdrücken. In den drei Monaten an der neuen Dienststelle hatte er eigentlich schon gelernt, dass es keinen Sinn hatte, mit Ulrike Müller zu diskutieren. Trotzdem ertappte er sich immer wieder bei dem Versuch, sie von vorgefassten Meinungen abzubringen. An einen Erfolg seiner Bemühungen glaubte er allerdings immer weniger. Bei der letzten Ermittlung hatte er es sich daher angewöhnt, möglichst andere verfügbare Mitarbeiter auf Außentermine mitzunehmen und Ulrike Müller den Papierkram zu überlassen – den erledigte sie, das musste man ihr lassen, mit großer Akribie und zu seiner vollsten Zufriedenheit. Heute war sie allerdings die Einzige gewesen, die außer ihm im Haus war, als er jemanden brauchte, um dem Anruf aus Weingarten zu folgen.

»Wissen Sie, Frau Müller, ich finde es einfach wichtig, den Leichenfundort mit eigenen Augen zu sehen und nicht nur die Aufnahmen, die der Fotograf gemacht hat. Ich brauche den persönlichen Gesamteindruck – die Atmosphäre, die gesamte Gegend, alles, was mir selber vielleicht auffällt …« Da, er versuchte es ja schon wieder.

Sinnlos wie immer, denn Frau Müller erwiderte nur: »Also ich find die Fotos und die Videos vom Kollegen Birkenmaier immer total gut gelungen. Und im Büro kann man die viel bequemer anschauen und bei Bedarf auch mehrmals. Ich weiß auch gar nicht, ob ich die richtigen Schuhe für so was anhab. Ist es an dem Bach denn arg matschig?«

»Soviel ich weiß, nicht. Ich glaube, da führt ein Kiesweg oder so am Bach entlang. Ich war früher mal da. Sonntagsspaziergang.«

Einer der unzähligen Sonntagsspaziergänge, zu denen ihn Ursula immer gedrängt hatte. Wenn er schon so selten daheim sei, solle er wenigstens am Wochenende was Nettes mit ihr unternehmen, war ihre ständige Forderung gewesen. Er hatte vergeblich dagegengehalten, ein gemütlicher Nachmittag auf dem Sofa sei doch auch was Nettes. Letztendlich war er immer seinem schlechten Gewissen gefolgt und hatte sie brav überallhin begleitet – um den Bad Waldseer Stadtsee herum, in den Wackelwald am Federsee, auf den Pfänder, in den Schussentobel … Es gab wohl kaum eine halbwegs sehenswerte Spazierstrecke im Umkreis von hundert Kilometern, die sie nicht irgendwann im Lauf ihrer zwölfjährigen Ehe entlangmarschiert waren. Wobei »marschiert« noch ein milder Ausdruck für das Tempo war, das Ursula vorgelegt hatte. Nun ja, das hatte immerhin dazu beigetragen, dass er selber trotz der Schreibtischarbeit einigermaßen fit geblieben war.

»Sonntagsspaziergang? Echt? So was machen Sie? Hätt ich gar nicht von Ihnen gedacht!«, kommentierte Ulrike Müller vom Beifahrersitz. »Also ich wär ja froh, wenn mein Mann das mit mir auch mal freiwillig machen würde. Aber der will sonntags immer nur chillen auf dem Sofa! Ich brauch immer ewig, bis er mitkommt – dabei ist Bewegung an der frischen Luft am Wochenende doch so wichtig, gerade wenn man sonst immer im Büro hockt. Und Kinderwagenschieben hält fit, sag ich immer!«

Er überlegte kurz, ob er mit Ulrike Müller die unterschiedlichen Vorstellungen von familiärer Freizeitgestaltung weiter vertiefen wollte, entschied sich aber dagegen. Sie war bestimmt auch auf diesem Gebiet beratungsresistent.

Um kurz vor halb vier parkte Maibach vor dem Weingartener Polizeirevier und stieg aus, froh, endlich aus dem stickigen Wagen zu entkommen. Die Luft, die ihn draußen empfing, war leider nicht viel angenehmer. Es wäre dringend Zeit für ein paar Tage kühleres Wetter, dachte er.

Ulrike Müller ging schon auf den Eingang des Reviers zu und hielt ihm die Tür auf. »Hoffentlich haben die hier eine gute Klimaanlage!«

Aha – da waren sie also ausnahmsweise mal einer Meinung. Erleichtert stellte er fest, dass es im Gebäude tatsächlich angenehm kühl war. Ein uniformierter Kollege mittleren Alters hatte sie wohl schon erwartet, denn er kam direkt auf ihn zu und stellte sich als Polizeihauptmeister Eugen Müller vor.

»Ich war mit der Kollegin Scheurer als Erster bei der Leiche, nachdem der Notruf der Lehrerin an uns weitergeleitet wurde. Birgit ist gerade noch mal auf Streife unterwegs, aber ich nehme an, es reicht, wenn ich Ihnen alles erzähle.«

Wenn die Kollegen nur nicht immer so viel »annehmen« würden, dachte Maibach missgestimmt. Er hatte am Telefon ausdrücklich darum gebeten, mit *beiden* Kollegen aus dem Streifenwagen sprechen zu können. Persönliche Eindrücke waren wichtig, und gerade die Eindrücke der Kollegin – wie hieß sie noch mal? Birgit … Schäufele? – hätten vielleicht andere Akzente gesetzt als die des eher prosaisch wirkenden Kollegen Müller. Maibach glaubte sehr an weibliche Intuition – auch wenn Ulrike Müller ihn diesbezüglich enttäuschte. Er hoffte inständig, dass bei ihrem männlichen Namensvetter wenigstens Nomen nicht Omen war.

»Also, Herr Müller. Wo können wir uns hinsetzen und ungestört unterhalten?«, fragte er.

Der Kollege blickte ihn überrascht an, so als hätte er vorgehabt, das Ganze zwischen Tür und Angel hinter sich zu bringen, ging dann aber voraus zu einem kleinen Besprechungsraum am Ende des Ganges. Auch hier war es angenehm kühl.

»Na, dann erzählen Sie mal. Wie war das, als Sie zum Fundort der Leiche kamen?«

»Also, wir wurden ja, wie gesagt, angefordert, nachdem die Lehrerin den Notruf abgesetzt hatte. Wir waren ganz in der Nähe, beim Schwimmbad. Über Nacht hat irgend so ein Möchtegern-Künstler eine Wand des Freibad-Restaurants mit Graffiti beschmiert. Als der neue Einsatzbefehl kam, mussten wir nur die paar hundert Meter weiter bis zum Stillen Bach. Die Lehrerin hatte die Schulkinder mit einer Kollegin und einer Wanderführerin schon zurück zum Spielplatz geschickt. Sie selber stand am Bach und hat uns die Leiche gezeigt. Wir hätten sie aber auch so gefunden. War ja nicht zu übersehen.«

»Wie meinen Sie das?«

»Der Bach ist ja nur ungefähr zwei Meter breit. Und meiner Schätzung nach höchstens zwanzig Zentimeter tief. Kurz vor der Stelle, wo der Tote lag, macht er eine Biegung, aber dahinter hat man freien Blick auf ein langes, gerades Stück, und da lag er mittendrin. Den konnte keiner übersehen.«

»Um wie viel Uhr hat die Lehrerin denn die Leiche entdeckt?«

»Das muss so gegen neun Uhr gewesen sein. Der Notruf ging um neun Uhr acht in der Leitstelle ein, und wir waren um zwanzig nach neun vor Ort. Übrigens hat genau genommen nicht die Lehrerin die Leiche entdeckt, sondern zwei ihrer Schulkinder.«

Oh je. Kinder. Das machte die Angelegenheit nicht gerade einfacher. »Haben Sie mit denen gesprochen?«

Eugen Müller zögerte kurz. »Na ja, nicht direkt … Wir haben erst mal mit der Lehrerin gesprochen und die Leiche kurz angeschaut, und als klar war, dass das ein Fall für die Kripo ist, haben wir den KDD aus Ravensburg angefordert und eine zweite Streife aus Weingarten. Wir beide haben den Wanderweg vom Waldspielplatz her gesichert, und die Kollegen sind nach hinten zum Parkplatz an der Straße zum Rösslerweiher gefahren und haben vom hinteren Ende her abgesperrt. Zum Glück gibt's nur diese zwei Zugänge.«

Maibach überlegte kurz. »Ist Ihnen oder den anderen beiden Kollegen am hinteren Ende irgendjemand begegnet?«

»Also uns nicht. Und die Kollegen haben auch nichts erwähnt.«

»Autos auf dem Parkplatz?«

»Nicht dass ich wüsste. Aber da müssten Sie die anderen beiden fragen. Maier und Höferer. Die müssten demnächst hier reinkommen, wenn ihre Schicht zu Ende ist.«

Maibach nahm sich vor, auf jeden Fall auf die beiden zu warten. »Kommt Ihre Kollegin Frau Schäufele auch noch mal rein?«

»Birgit Scheurer meinen Sie? Kann ich nicht sagen – die lässt sich auch manchmal am Ende der Streife gleich am BOB-Bahnhof absetzen. Fährt immer mit dem Zug nach Hause, wohnt in Aulendorf.«

»Noch mal zurück zu den Kindern. Wie war das? Haben Sie jetzt mit denen gesprochen oder nicht?«

»Wir hatten die Gruppe gebeten, auf dem Spielplatz zu warten. Nachdem wir den Zugang zum Waldweg abgesperrt hatten, haben wir die Personalien der Begleitpersonen notiert und die Namen der beiden Kinder, die der Lehrerin den Fund gemeldet hatten. Die Birgit meinte, wir sollten mit den Kindern lieber nicht reden, ohne dass ihre Eltern anwesend wären. Die Birgit hat dann auch noch zwei Leute vom Kriseninterventionsteam organisiert, und die sind mit der Gruppe zurück zur Schule gegangen. Sie meinten, sie würden dort in ihrer gewohnten Umgebung besser über das Erlebte sprechen können. Räumliche Distanz und so. Und wir waren froh, dass die Kinder weg waren, als der Kriminaldauerdienst und die Spurensicherung kamen.«

Maibach wusste nicht so recht, ob er mit dieser Entwicklung glücklich sein sollte oder nicht. Einerseits hatte »die Birgit« wohl alles richtig gemacht – sie hatte sich um psychologische Betreuung gekümmert und nicht versucht, von den vermutlich verstörten Kindern irgendwelche Aussagen zu bekommen, mit denen sie im weiteren Verlauf der Ermittlungen nichts anfangen konnten oder durften. Andererseits befürchtete er, dass die Erinnerungen der Kinder durch das Gespräch mit den Psychologen nun schon verfälscht worden sein konnten oder dass wichtige Details vergessen waren, bis es zum offiziellen Verhör kam. Sie mussten sich unbedingt darum kümmern, dass die Kinder möglichst schnell im Beisein ihrer Eltern befragt wurden. Er holte seine To-do-Liste aus der Hosentasche und machte unter »Einkaufen« und »Michaela anrufen« eine kurze Notiz: »Kinder bald befragen«. Dann wandte er sich nochmals an den Weingartener Kollegen.

»Sie sagten vorhin, es sei Ihnen klar gewesen, dass das ein Fall für die Kripo sei. Sie meinen also, dass ein Unfall beispielsweise nicht in Betracht kommt? Warum?«

»Das konnten wir uns einfach nicht vorstellen. In so einer Pfütze kann keiner ertrinken. Oder Selbstmord begehen. Nein. Wenn Sie mich fragen, dann hat den einer so lange mit dem Gesicht ins Wasser gedrückt, bis er tot war. Oder er war schon tot, und man hat ihn nachträglich in den Bach gelegt.«

»Welches der beiden Szenarien erscheint Ihnen denn wahrscheinlicher? Ganz spontan?«

»Hm. Eher das zweite. Dass er schon tot war, als er im Bach landete. Zumindest waren keinerlei Kampfspuren oder so zu sehen.«

»Hat der Gerichtsmediziner sich schon dazu geäußert, wie lange der Mann im Wasser gelegen hat? Oder zum möglichen Todeszeitpunkt?«

»Tut mir leid, das haben wir alles nicht mehr mitbekommen. Wir haben nur noch auf den KDD und die Spusi gewartet, Bericht erstattet, und dann sind wir weiter. Hatten schon wieder den nächsten Einsatz – ein Betrunkener hat vor dem Kaufland randaliert. Das Übliche. Den sammeln wir mindestens zweimal im Monat dort ein.«

Viel mehr war von dem Kollegen wahrscheinlich nicht zu erfahren. »Gut, Herr Müller. Dann vielen Dank für Ihre Auskunft. Ich nehme an, Sie geben noch einen schriftlichen Bericht zu den Akten?«

Polizeihauptmeister Müller bedachte ihn mit einem etwas säuerlichen Blick. »Ich dachte, wenn ich's Ihnen alles schon mündlich berichtet habe, dann …«

»Doch, doch, Herr Müller. Bitte unbedingt schriftlich fixieren und weiterleiten. Und sollte Ihnen oder Ihrer Kollegin – äh, Scheurer? – noch was einfallen, bitte sofort melden. Jede Kleinigkeit kann wichtig sein. Wissen Sie ja.«

Er warf Ulrike Müller auf dem Stuhl neben ihm einen auffordernden Blick zu. Sie war während des ganzen Gesprächs, das er mit ihrem Namensvetter geführt hatte, so ruhig gewesen, dass er ihre Anwesenheit fast vergessen hatte.

»So, Frau Müller, auf geht's. Dann machen wir mal eine kleine Wanderung am Stillen Bach. Wird uns guttun.«

Sie sah ihn an, als bezweifelte sie dies, und grummelte: »Wollten Sie nicht noch auf die zweite Streifenwagenbesatzung warten?«

Sieh an, da denkt jemand mit, dachte er verblüfft. »Ja, richtig! Das hätte ich fast vergessen. Vielen Dank, Kollegin – sehen Sie, da war es ja richtig gut, dass ich Sie mitgenommen habe!«

PHM Müller nannte ihm die Mitarbeiter des Kriminaldauerdienstes, die am Fundort den Fall übernommen hatten. Immerhin waren es zwei Kollegen, die er kannte und in guter Erinnerung hatte. Sie hatten bestimmt alles sorgfältig erledigt und würden ihm das ganze Material zügig nach Friedrichshafen weiterleiten.

Von der zweiten Streifenwagenbesatzung, die kurz nach seinem Gespräch mit PHM Müller im Revier eintraf, war nichts Hilfreiches mehr zu erfahren. Fahrzeuge waren auf dem kleinen Parkplatz am hinteren Ende des Wanderwegs nicht abgestellt gewesen, und Wanderer oder Spaziergänger waren ihnen auch keine begegnet.

Eigentlich komisch, dachte Maibach. Er hätte vermutet, dass sich der Weg bei Joggern und Hundebesitzern großer Beliebtheit erfreute, und erwartet, dass außer besagter Schulklasse an so einem schönen Morgen noch andere Naturliebhaber am Bach entlang unterwegs gewesen wären. Vielleicht auch schon vor der Schulklasse. Aber wenn dem so war, warum hatte dann nicht schon früher jemand die Leiche gemeldet? Sie war, mit den Worten des Weingartener Kollegen, nicht zu übersehen gewesen, oder? War sie erst kurz zuvor dort abgelegt worden? Spekulieren half da wenig, tadelte er sich selber. Er musste auf die Ergebnisse der Gerichtsmedizin und der Spurensicherung warten. Aber Warten war nun mal nicht seine Stärke.

Er hatte beschlossen, den Weg am Stillen Bach entlang von der Seite aus zu begehen, von der auch die Schulklasse gekommen war. Also parkte er, wie die Weingartener Kollegen am

Vormittag, beim Hofgut Nessenreben und stieg ächzend aus dem Wagen.

Die Hitze hatte noch nicht merklich nachgelassen, obwohl es mittlerweile früher Abend war. Vom nahe gelegenen Freibad drangen gedämpftes Kreischen und Kinderlachen an sein Ohr. Dort war heute bestimmt die Hölle los; ein heißer Tag Anfang Juli, makellos blauer Himmel, Sonnenschein von früh bis spät – das lockte sicher jede Menge Weingartener ins Grüne. Ob das Bad früh am Morgen auch schon geöffnet hatte? Jemand war offensichtlich vor Ort gewesen, um mit den Weingartener Streifenbeamten die graffitiverschmierte Gaststätte zu begutachten; da musste man also auf jeden Fall nachhaken …

»In welche Richtung geht's denn jetzt zum Bach?«, wollte Ulrike Müller neben ihm wissen. Er hatte wohl etwas zu lange in Gedanken versunken dagestanden, denn in ihrem Tonfall schwang deutlich Ungeduld mit. »Wie gesagt, ich muss spätestens um acht zu Hause sein. Überstunden sind bei mir heute nicht drin, sonst flippt mein Mann aus.«

Obwohl er prinzipiell den Standpunkt vertrat, dass die Mitarbeiter der Kripo jederzeit zu Überstunden bereit sein mussten – Tote hielten sich nicht an Bürozeiten und Mörder noch viel weniger –, konnte er es ihr heute doch nicht ganz verdenken, dass sie nach Hause wollte. Die Ermittlungen, die sein Team in den vergangenen Wochen geführt hatte, waren überaus kräftezehrend und zeitintensiv gewesen. Nicht nur er, sondern auch seine Mitarbeiter hatten jede Menge Überstunden angehäuft, auch Frau Müller, obwohl sie zu Hause eine einjährige Tochter hatte. Sie hatte sich selten beschwert und ihre Arbeit an den Akten hervorragend gemeistert. Bei ihr liefen alle Fäden zusammen, sie hatte stets den Überblick behalten. Nur manchmal hatte sie durchblicken lassen, dass der Ehemann, die Schwiegereltern, die Tagesmutter und die Nachbarin sich doch ab und zu wünschten, auch die Mutter wäre mal für ihr Kind da. Das Kind wünschte sich das vermutlich auch. Falls sich Einjährige schon etwas wünschen konnten. Maibach war sich da nicht so sicher, mit Kindern kannte er sich nicht aus.

»Da vorne geht's Richtung Waldspielplatz, und von dort aus kommt man auf den Weg zum Bach. Kommen Sie, Frau Müller. Da ist's wenigstens schattig.«

Sie schlugen ein flottes Sonntagsspaziergangstempo an und gelangten rasch zum Spielplatz. Eine Familie mit drei kleinen Kindern saß an einem Picknicktisch und hatte diverse Schüsseln und Dosen vor sich ausgebreitet. Ein paar Halbwüchsige lungerten an der Grillstelle herum, ohne etwas zu grillen, und eine Mutter stand neben der Rutsche und schaute zu, wie ihr etwa fünfjähriger Sohn fäusteweise Kies und Laub die Rutsche hinunterrieseln ließ.

Von der Polizeiabsperrung des Wanderwegs war nichts mehr zu sehen. Die Spurensicherung musste schon im Laufe des Nachmittags ihre Arbeit beendet haben. Hoffentlich hatten sie irgendetwas Brauchbares entdeckt – aber es würde sicher noch ein paar Tage dauern, bis er ihren Bericht auf dem Tisch hatte.

Sie gingen an den halbstarken Nichtgrillern vorbei Richtung Bach; Maibach schnappte einen Gesprächsfetzen auf – »Doch, Alter! Hab's doch gesehen, das waren echt Bullen! Mit so weißen Anzügen, wie bei CSI! Die haben da vorne überall rumgestochert!« Aha – sehr lange war die Spusi offenbar doch noch nicht weg.

Durch einen Hohlweg gelangten sie zum Bach. Hohe Laubbäume wuchsen auf der Hangseite bis dicht ans Wasser heran und spendeten wohltuenden Schatten. Der befestigte Weg zwischen dem Kanal und dem zur Talseite steil abfallenden, ebenfalls dicht bewaldeten Abhang war gut und gern zwei Meter breit. Um eine Wegbiegung vor ihnen kam eine Wandergruppe mit Spazierstöcken und Rucksäcken. Dies musste die Stelle sein, hinter der die Kinder am Vormittag den Toten entdeckt hatten.

»Frau Müller, ich glaube, gleich sind wir da.«

»Was, schon? Ich dachte, der Bach wäre kilometerlang.«

»Ist er ja auch. Aber der Kollege hat doch was von einer Biegung gesagt, oder? Und hier kommt eine.«

Die lärmende Wandergruppe zog an ihnen vorbei, manche grüßten freundlich. Maibach grüßte zurück und blieb noch kurz stehen, bis die Gruppe durch den Hohlweg hinter ihnen verschwunden war. Dann ging er weiter um die Kurve herum.

Vor ihnen erstreckte sich ein langes, gerades Stück Weg. Der Bach, dessen Bett zum Wanderweg hin mit Holzbohlen eingefasst war, floss träge dahin, so langsam, dass kaum eine Bewegung zu erkennen war. Maibach dachte an die Beschreibung, die ihnen der Weingartener Beamte gegeben hatte.

»Frau Müller, wo ist denn hier Ihrer Ansicht nach ›mittendrin‹?«

»Was?«

»Der Kollege sagte, die Leiche habe ›mittendrin‹ in dem langen, geraden Kanalstück gelegen. Wo ist das Ihrer Meinung nach?«

Ulrike Müller blieb stehen und musterte den weiteren Verlauf des Baches. »Gehen Sie doch mal ein Stück weiter, Chef. Ich sag dann Stopp, wenn Sie mittendrin sind.«

Maibach setzte sich in Bewegung. Ziemlich genau an der Stelle, die auch ihm wahrscheinlich erschien, rief Frau Müller von hinten »Stopp!«. Er war vielleicht achtzig Meter weit gegangen, und nach etwa derselben Strecke krümmte sich der Kanal ein weiteres Mal und war von hier aus nicht weiter einsehbar.

»Kommen Sie mal her. Sehen Sie was?«

Ulrike Müller stellte sich neben ihn. »Keine Ahnung. Hier sieht doch alles gleich aus.«

In der Tat war an nichts mehr zu erkennen, was sich hier am Morgen abgespielt hatte. Das Bachbett wies keinerlei Spuren auf, die den Leichenfundort gekennzeichnet hätten. Auch am Weg war nichts zu sehen, kein Hinweis auf die Tätigkeit der Kollegen, kein Rest Flatterband, keine Fußspuren. Maibach ging in die Hocke und spähte an den Holzbohlen der Einfassung entlang.

Ein in halsbrecherischem Tempo herannahender Mountainbiker rief ihm zu: »Was verloren?«

»Nein, alles gut«, rief Maibach zurück und stand auf. Der Biker düste weiter, ohne anzuhalten. Von weiter hinten nahte schon der nächste Radler.

»Ziemlich viel los hier, oder?«, sagte Ulrike Müller.

In der Tat, genau wie er gedacht hatte. Hier konnte eine Leiche eigentlich nicht lange liegen, ohne entdeckt zu werden – zumindest nicht am Nachmittag. Ob frühmorgens noch alles ganz ruhig war? Vielleicht war das Gelände doch zu abgelegen, um vor der Arbeit kurz mit dem Hund Gassi zu gehen; da hatten es alle eilig und spazierten eher irgendwo durch die Stadt. Sie mussten auf jeden Fall einen Zeugenaufruf starten, um eventuelle Frühaufsteher zu finden, die schon vor der Schulklasse hier unterwegs gewesen waren. Er zog seine Liste aus der Hosentasche und notierte »Spaziergänger«, zögerte kurz und schrieb dann noch »Freibad« darunter.

»Und, Chef? Haben Sie gesehen, was Sie sehen wollten?«

Gute Frage. Hatte sich dieser Ausflug gelohnt? Er wusste noch nicht einmal, wo genau die Leiche gelegen hatte. Aber immerhin hatte er nun einen Eindruck von dem Gelände, um das es ging.

»Ich denke, ich habe fürs Erste genug gesehen. Jetzt gehen wir noch bis zum Parkplatz am anderen Ende, und dann fahren wir zurück.«

»Nein, also echt jetzt, Chef – wie lange dauert das dann? Und wozu das Ganze? Da ist doch sicher auch nichts zu sehen, und ich muss dringend heim!«

Maibach überlegte kurz. »In Ordnung, Frau Müller. Sie machen jetzt Feierabend, nehmen den Dienstwagen und fahren zurück. Ich mach den Spaziergang allein und fahre dann später mit dem Zug nach Hause.«

»Wirklich? Sind Sie sicher?«

»Jaja, gehen Sie schon. Wir treffen uns morgen wie üblich zur Teambesprechung um acht.«

Er ging zügig weiter bis zum Parkplatz am hinteren Ende des Wanderwegs. Das dauerte gut zwanzig Minuten, in denen ihm immer wieder Spaziergänger mit und ohne Hund, Mountainbiker oder normale Radler begegneten. Als er schließlich an dem schmalen Landsträßchen mit dem kleinen Parkplatz am Seitenstreifen ankam, stand für ihn fest, was er schon vorher vermutet hatte: Falls der Tote schon als Leiche an den Bach transportiert worden war, dann bestimmt nicht vom hinteren Ende her, sondern aus Richtung Waldspielplatz. Er konnte sich nicht vorstellen, dass jemand mit einer Leiche im Schlepptau dieses lange Wegstück zurückgelegt hatte. Das Risiko, gesehen zu werden, war viel zu groß.

Allerdings war auch der Spielplatz nicht ohne Risiko. Wenn der Täter mit dem Auto gekommen war, musste er an Nessenreben vorbei. Wohnte dort jemand? War das Hofgut noch bewirtschaftet? Er hatte vorhin keine anderen Autos gesehen, aber es gab einen Bereich mit Tischen und Gartenstühlen, der an eine Gartenwirtschaft erinnerte. Auch das würden sie klären müssen. Vielleicht war die Leiche doch noch keine Leiche gewesen, als sie zum Stillen Bach gekommen war. Mit jemandem einen Spaziergang zu unternehmen, ihn vor Ort zu töten und allein zurückzugehen wäre unauffälliger. Vorausgesetzt, es waren keine Zeugen in der Nähe, die das Kampfgeschehen – denn etwas in der Art musste es dann gegeben haben – beobachten konnten. Würde jemand so eine Tat vorsätzlich planen? Sein Opfer hierherlocken und dann umbringen? Warum ausgerechnet hier? Dieses Rinnsal war nicht gerade das geeignetste aller Gewässer, um jemanden zu ertränken. Im Gegenteil, das musste ziemlich mühsam sein. Allerdings war die Todesursache noch gar nicht klar. Der Mann konnte auch erst erschlagen und dann ins Wasser gelegt worden sein. Oder vergiftet? Oder einen Herzanfall erlitten haben und unglücklich gestürzt sein? Also vielleicht doch kein Mord, sondern ein Unglücksfall?

Maibach merkte, wie seine Gedanken anfingen, sich im Kreis zu drehen. Im Moment kam er so nicht weiter. Er würde wohl oder übel den morgigen Tag abwarten müssen und schauen, was ihm der KDD, die Spurensicherung und die Gerichtsmedizin an vorläufigen Berichten rüberschicken würden.

Er trat den Rückweg an. Als er am Hofgut Nessenreben vorbeikam, schaute er sich um, klopfte sogar an einige Türen an den Stall- oder Wirtschaftsgebäuden, entdeckte aber keine Anzeichen etwaiger Bewohner.

Der Abend brachte nun endlich langsam die erhoffte Abkühlung. Maibach bog in den Wiesenweg ein, der bergab in Richtung Freibad führte. Es war kurz nach acht, und aus dem Freibadgelände strömten scharenweise Besucher auf den Parkplatz. Maibach ging entgegen dem Strom zum Eingangsbereich. Die Rollläden an den Kassenhäuschen waren schon heruntergelassen, aber durch die Gitterabsperrung konnte er eine junge Frau sehen, die gerade im Begriff war, die Tür zum Verkaufsraum abzuschließen.

»Entschuldigung!«

Die junge Frau drehte sich zu ihm um und hob fragend den Kopf. »Wollten Sie noch rein? Tut mir leid, da müssen Sie morgen wiederkommen. Wir schließen gerade.«

»Ich habe nur ein paar kurze Fragen. Maibach, Kripo Friedrichshafen.«

»Kripo?« Sie kam auf ihn zu und blieb hinter dem Absperrgitter stehen. »Ist was passiert?«

Maibach zog es vor, diese Frage vorerst nicht zu beantworten. Stattdessen fragte er: »Hatten Sie heute Morgen schon Dienst?«

»Nein. Meine Schicht war heute von zwei bis acht. Ist es wegen der Schmierereien am Restaurant? Da gehen Sie am besten rüber zum Seiteneingang. Dann können Sie dort direkt mit dem Chef sprechen.«

»Mich interessiert, ob heute am frühen Morgen jemand von den Mitarbeitern etwas Ungewöhnliches bemerkt hat. Ab wann ist denn jemand vor Ort?«

»Wir öffnen normalerweise um neun. Nur mittwochs haben wir ab sieben geöffnet.«

Heute war Dienstag. »Und ab wann ist im Restaurant jemand da?«

»Auch so um den Dreh rum. Wenn die ersten Badegäste da sind, will der eine oder andere was zum Essen oder Trinken kaufen, und der Mittagsbetrieb muss auch vorbereitet werden.«

»Wer hatte denn heute Morgen an der Schwimmbadkasse Dienst? Wissen Sie das?«

»Jürgen Kipp. Wohnt, glaub ich, in Ravensburg. Soll ich Ihnen seine Adresse geben?«

»Das wäre nett. Hat Ihr Kollege irgendwas erwähnt, das ihm heute Vormittag komisch vorkam?«

»Nicht dass ich wüsste. Er hat nur von den Schmierereien erzählt, aber ich hab das so verstanden, als wäre das eher heute Nacht passiert. Ich glaub nicht, dass er was beobachtet hat.«

Maibach ließ die junge Frau in dem Glauben, dass er auf der Jagd nach dem Graffitikünstler sei, wartete noch, bis sie mit Jürgen Kipps Adresse aus dem Verkaufsraum zurückkam, und wünschte ihr dann einen schönen Abend. An der Bushaltestelle sah er eine größere Gruppe Badegäste stehen und beschloss, sich ihnen anzuschließen und mit dem Bus in die Stadt zu fahren. Während er wartete, zog er seine To-do-Liste aus der Hosentasche, strich »Freibad« durch und schrieb »Kipp« und »Freibadgaststätte« darunter. Was stand sonst noch an? »Spaziergänger« und »Kinder bald befragen« musste bis morgen warten. »Michaela anrufen«? Hm. Wo er gerade in Weingarten war, könnte er natürlich auch noch einen kurzen persönlichen Abstecher machen. Und »Einkaufen«? Das würde sich dann, wenn er Glück hatte, für heute Abend auch erledigt haben. Hoffte er zumindest, in Anbetracht seines plötzlich ziemlich laut knurrenden Magens. Denn seine Schwester war eine hervorragende Köchin.

***

Schweißgebadet und mit zittrigen Händen ging er ins Badezimmer und hielt den Kopf unter den Wasserhahn. Endlich allein. Er sank auf den Boden und vergrub das Gesicht in den Händen. Ihm war übel. Speiübel.

Der Tag war die Hölle gewesen. Um keinen Verdacht zu erregen, hatte er sich möglichst normal benehmen müssen. Musste den anderen höflich begegnen, durfte keinem Gespräch ausweichen, sich nicht anmerken lassen, welche Bilder ihn quälten, sobald er vor Erschöpfung einen Moment die Augen schloss.

Nach den Ereignissen der Nacht hatte er bis zum Weckerklingeln wach gelegen. Hatte in die Dunkelheit gestarrt, und immer, wenn er versucht hatte, die Augen zu schließen, hatten ihn die schrecklichen Bilder überfallen, die er jetzt vielleicht für immer mit sich herumtragen würde. Konnte man so etwas jemals wieder loswerden? Und wenn nicht – wie sollte er damit klarkommen? Schon ein einziger Tag hatte ihn so viel Kraft gekostet – wie sollte er das Ende der Woche erreichen? Die kommende Woche, den nächsten Monat, die restlichen Jahre seines Lebens überstehen? Er wusste es nicht.

Die Leiche war bestimmt schon entdeckt worden. Wussten sie schon, wer es war? Wie lange würde es dauern, bis sie es herausfanden? Würden sie eine Verbindung zu ihm herstellen? Er hatte sein Bestes getan, um alle Spuren zu verwischen, aber er machte sich nichts vor. Die polizeilichen Methoden waren heutzutage verdammt gut. Vermutlich war es nur eine Frage der Zeit, bis sie ihn verdächtigten.

Was sollte er nur tun? Er verließ das Bad und warf sich aufs Bett. Schlafen. Erst einmal schlafen und alles für ein paar Stunden vergessen.

ZWEI

Schon kurz nach acht, stellte er bei einem Blick zur Wanduhr im Erdgeschoss des Dienstgebäudes fest und beschleunigte seine Schritte auf dem Weg zur Treppe. Mist. Er hatte seine Mitarbeiter in letzter Zeit immer wieder ermahnt, dass das pünktliche Erscheinen zur Dienstbesprechung das A und O einer guten Zusammenarbeit im Team sei, und nun war ausgerechnet er es, der an diesem Tag zu spät kam, an dem ein neuer Fall auf die Gruppe wartete …

Maibach hatte den gestrigen Abend bei seiner Schwester sehr genossen. Ein leckeres Abendessen, eine Runde »Mensch ärgere dich nicht!« mit den drei Kindern und eine ungezwungene Plauderei mit Michaela hatten ihm sehr gutgetan, genauso wie die berufsbedingte Abwesenheit seines Schwagers, den er noch nie hatte leiden können. Schließlich war er über Nacht geblieben, anstatt zum Bus und dann zum letzten Abendzug von Ravensburg nach Friedrichshafen zu hetzen. Dafür war aber die Hektik heute Morgen umso größer, denn er musste verdammt früh raus, damit er vom Bahnhof noch einen kurzen Abstecher in seine Wohnung machen konnte. Seine Sachen vom Vortag waren verschwitzt, so konnte er unmöglich zum Dienst erscheinen.

Die neuen waren es jetzt allerdings auch schon wieder, dachte er genervt. Wenn nur diese Hitze bald aufhören würde. Schon frühmorgens waren es über zwanzig Grad – das konnte ja wieder heiter werden.

Der Besprechungsraum im ersten Stock war bereits gut gefüllt. Maibach hörte schon auf dem Treppenabsatz das Stimmengewirr, das durch die geöffnete Tür in den Flur drang. Die Klimaanlage der Kriminalpolizeidirektion konnte es leider nicht mit der des Weingartener Reviers aufnehmen, und so hatten er und seine Kollegen es sich in den vergangenen Wochen angewöhnt, alle Fenster und Türen auf Durchzug zu stellen, damit die Temperaturen wenigstens einigermaßen erträglich blieben.

»Wo bleibt er denn, euer Chef?«, ließ sich in diesem Moment eine kräftige Bassstimme hinter der Tür des Besprechungsraums vernehmen. »In Ravensburg hat er immer gesagt, das pünktliche Erscheinen zur Dienstbesprechung sei das A und O einer guten Zusammenarbeit im Team!«

Halblautes Lachen aus mindestens drei Kehlen folgte dieser Bemerkung, wurde jedoch rasch unterdrückt oder in Husten umgewandelt, als Maibach durch den Türrahmen trat.

»Guten Morgen allerseits! Schön, dass alle pünktlich da sind. Ich entschuldige mich für die vierminütige Verspätung, aber wie ich sehe, hat Kollege Schitterer in meiner Abwesenheit schon mal für gute Stimmung gesorgt.«

»Man tut, was man kann!«, kam es in sonorem Bass zurück. Thomas Schitterer vom KDD Ravensburg grinste ihm entgegen und schlug ihm freundschaftlich auf die Schulter.

Maibach erwiderte den Gruß mit einem Knuff in die Seite seines früheren Lieblingskollegen. »Shitty! Mit dir habe ich heute Morgen eigentlich gar nicht gerechnet.«

»Ich war gerade sowieso in der Nähe. Muss nachher noch was mit den Kollegen vom Friedrichshafener KDD besprechen, und da dachte ich, ich schau mal kurz bei euch vorbei. Immerhin ist die Weingartener Wasserleiche mittlerweile in eure Zuständigkeit übergegangen, hab ich gehört. Und dass du auch hier deine morgendliche Gruppenbesprechung um acht Uhr startest, hab ich einfach mal vermutet.«

Thomas Schitterer war während Maibachs Zeit als Kommissariatsleiter in Ravensburg einer seiner besten Mitarbeiter und engsten Freunde gewesen. Nach der Auflösung ihrer Dienststelle waren sie gemeinsam zum Kriminaldauerdienst gewechselt. Im Gegensatz zu Maibach hatte Schitterer sich dort von Anfang an wohlgefühlt und war mit seiner neuen Stelle sehr zufrieden.

»Apropos Weingartener Wasserleiche«, kam nun eine näselnde Stimme aus dem Hintergrund. »Könnten wir so langsam erfahren, um was es genau geht? Und wieso sind überhaupt wir zuständig für den Fall? Hätten den nicht die Ravensburger übernehmen können? Immerhin ist Weingarten so was wie ein Vorort von Ravensburg, da wären die doch viel näher dran als wir, oder?«

Das mit dem Vorort sollte er besser nicht so laut sagen, wenn jemand aus Weingarten in der Nähe ist, dachte Maibach. Aber hier in seinem Friedrichshafener Team waren die Feinheiten im Verhältnis der beiden Nachbarstädte wohl nicht so relevant, und er ließ die Bemerkung von Kriminalhauptkommissar Rüdiger Wille unkommentiert. Stattdessen informierte er die Kollegen über die Ereignisse des Vortags und erteilte dann Thomas Schitterer das Wort.

»Gut, dann will ich mal zusammenfassen, was sich gestern so getan hat. Ihr kriegt's natürlich auch noch schriftlich – darauf legst du ja bestimmt immer noch großen Wert, oder?« Schitterer grinste Maibach an, der das Grinsen nur halbherzig erwiderte. Schitterer zog eine Augenbraue hoch und fuhr dann in ernsterem Tonfall fort.

»Es handelt sich um eine männliche Leiche, dem Augenschein nach circa sechzig Jahre alt. Lag mit dem Gesicht nach unten im Wasser, das an der Stelle – wie überhaupt im ganzen Bach – nur gut zwanzig Zentimeter tief ist. War vollständig bekleidet, und zwar mit einem hellen grauen Anzug, weißem Hemd, dunkelgrauen Socken und schwarzen Glattlederschuhen. Unterwäsche aus weißem Feinripp. Zwei Taschentücher aus Stoff in den Hosentaschen, in der rechten Jackentasche ein einzelner Schlüssel mit einem Anhänger – so ein beschriftbares kleines Täfelchen aus Plastik, das aber nicht beschriftet war. In der linken Jackentasche eine Geldbörse mit etwas Kleingeld und fünfundsiebzig Euro in Scheinen. Keine Bank- oder Kreditkarten. Autoschlüssel, Handy oder Ausweispapiere Fehlanzeige. Bisher haben wir noch keine Hinweise auf die Identität des Toten. Es liegen momentan auch keine passenden Vermisstenanzeigen im Bereich des Präsidiums Konstanz vor. Anfrage an die Nachbarpräsidien ebenfalls negativ, Anfrage nach Vorarlberg und in die Ostschweiz läuft noch. Ich lass dann alles, was noch bei uns eingeht, an euch weiterleiten.«

Im hinteren Teil des Raumes war ein Räuspern zu hören, dann erklang wieder die näselnde Stimme von vorhin. »Ich hab ja schon mal gefragt, aber noch keine Antwort bekommen. Wieso kriegen ausgerechnet wir diese Ermittlung aufgehalst? Ravensburg wär doch viel näher dran!«

Unwillig wandte Maibach sich dem Kollegen zu. »Herr Wille, Sie wissen doch genauso gut wie ich, dass die Kripo in Ravensburg seit der Polizeireform keine großen Kapazitäten mehr hat. Und die Ravensburger stecken außerdem momentan mitten in einer schwierigen Ermittlung, während wir unsere gerade abgeschlossen haben und noch nichts Neues auf dem Tisch hatten. Da hat es eben uns erwischt. Sie wissen ja – den klassischen Zuständigkeitsbereich ...«

»... gibt es nicht mehr, jaja, ich weiß, ich weiß. Das Zitat hab ich jetzt schon oft genug gehört. Besser wird's dadurch noch lange nicht. Wir hätten nach den stressigen Wochen, die wir hinter uns haben, auch mal eine Verschnaufpause verdient. Und von wegen Kapazitäten! So wahnsinnig üppig sind unsere auch nicht! Und jetzt müssen wir in nächster Zeit wahrscheinlich andauernd nach Weingarten gurken – was da allein an Fahrtzeit wieder auf der Strecke bleibt!«

Zustimmendes Murmeln erfüllte den Raum. Ein Blick in die Gesichter seiner übrigen Mitarbeiter ließ Maibach erahnen, dass Rüdiger Wille beileibe nicht der Einzige im Team war, dem diese Ermittlung gegen den Strich ging. Aber ändern konnten sie daran sowieso nichts, und er hatte jetzt auch keine Lust, sich auf fruchtlose Diskussionen einzulassen.

In ziemlich barschem Ton erwiderte er deshalb: »Schluss jetzt mit dem Gemoser. Konzentrieren wir uns lieber nochmals auf die Ergebnisse von gestern, solange der KDD noch da ist. Shitty, was sagen die Spurensicherung und die Gerichtsmedizin?«

»Alles natürlich nur vorläufig, du kennst ja die Kollegen. Die Spusi hat am Bach nichts Wesentliches gefunden. Die Gerichtsmedizinerin – das war übrigens die Claudi – meinte, die

Leiche könne noch nicht arg lange da gelegen haben. Sah wohl noch ziemlich normal aus, von Wasserleiche im engeren Sinn kann also keine Rede sein. Zur Todesursache wollte sie sich aber noch nicht äußern, obwohl ich mein Bestes versucht hab, was aus ihr rauszukitzeln. Da werdet ihr wohl warten müssen, bis die Ergebnisse der Autopsie vorliegen.«

»Hat sie gesagt, wann das ungefähr sein wird?«

»Nee. Aber sie wird sicher so schnell wie möglich drangehen.«

Davon war Maibach überzeugt. Frau Dr. Claudia Mönch war eine der fähigsten Gerichtsmedizinerinnen, mit denen er je zusammengearbeitet hatte, und sie war bekannt dafür, dass sie zügig, aber gründlich arbeitete. Eigentlich hatte er bisher Glück mit den Leuten, die mit dem Fall befasst waren. Es hätte deutlich schlimmer kommen können. Jetzt musste er es nur noch schaffen, sein eigenes Team zu motivieren …

»Vielen Dank für deinen Bericht, Thomas. Wir werden uns zunächst um die Feststellung der Identität des Toten bemühen müssen. Wille und Loderer, darum kümmern Sie sich bitte. Gehen Sie auch der Sache mit dem Schlüssel nach. Marke, Schlüsselnummer und so weiter – Sie wissen schon.«

Kriminaloberkommissar Stefan Loderer nickte, während Rüdiger Wille nur etwas Unverständliches vor sich hin grummelte. Maibach wandte sich an Kriminaloberkommissarin Katrin Gerber.

»Frau Gerber, Sie nehmen Herrn Kleinschmidt mit, fahren nach Weingarten und nisten sich für ein paar Zeugenbefragungen dort im Revier ein. Vorrangig die Schulkinder – natürlich nur mit Eltern – und deren Begleiter. Dann ein Herr Kipp vom Freibad und die Mitarbeiter des Freibadrestaurants – da war so eine Sache mit Graffiti-Schmierereien, lassen Sie sich das von den Weingartener Kollegen noch mal genauer erklären. Dann machen Sie noch einen Abstecher nach Nessenreben zur Gartenwirtschaft – ich will wissen, wer da wohnt und ob die was gesehen haben. Im Zweifelsfall bitten Sie einfach die Kollegen aus Weingarten um Mithilfe bei den Befragungen, wenn's Ihnen zu viel wird.«

Ein leichtes Stöhnen aus der Richtung von Kriminalkommissar Jens Kleinschmidt deutete darauf hin, dass dies bereits jetzt der Fall war. Unbeeindruckt fuhr Maibach fort: »Ja, und last, but not least: Frau Müller, wären Sie wieder so freundlich, alle eingehenden Berichte zu verwalten? Das machen Sie ja so exzellent! So, an die Arbeit, meine Damen und Herren. Berichte, wie gesagt, an Frau Müller und spätestens heute Abend um fünf wieder große Runde hier im Besprechungsraum. Frohes Schaffen allerseits!«

»Hast du noch Zeit für einen Kaffee, oder musst du gleich weiter?« Maibach ging mit Schitterer den Gang zu seinem Büro entlang und schloss, ganz gegen seine Gewohnheit, die Tür hinter sich.

»Für einen Kaffee ist immer Zeit. Gibt's hier einen anständigen?«

»Kann ich nicht so beurteilen. Aber die Kollegen scheinen ihn zu mögen. Der Automat steht vorne im Treppenhaus. Warte, ich hol dir einen. Will nur noch schnell mein Teewasser aufsetzen. Ich hatte heute Morgen zu Hause keine Zeit mehr, mir welchen zu kochen. Aber zum Glück hab ich hier ja meinen Wasserkocher.«

Thomas Schitterer grinste. Über Maibachs Leidenschaft für Earl-Grey-Tee war in Ravensburg oft genug gespottet worden. Bei einigen Kollegen hatte sie ihm sogar zeitweilig den Spitznamen »der graue Graf« eingebracht.

Maibach verließ das Büro und kam kurz darauf mit einem Plastikbecher Kaffee wieder.

Schitterer nahm einen Schluck, verzog das Gesicht und meinte: »Puh, für einen Automatenkaffee ganz schön heiß! Aber nicht schlecht, gar nicht schlecht …« Er zog den Besucherstuhl vor Maibachs Schreibtisch zu sich her und ließ sich aufatmend darauf nieder. »Und, wie geht's dir so in letzter Zeit? Hab wenig von dir gehört! Komm doch mal auf ein Bierchen vorbei, wenn du in Ravensburg bist.«

»Gern. Aber da war ich in letzter Zeit selten. Hatte hier ziemlich viel zu tun. Wohnung einrichten und so. Und im Dienst war's auch ziemlich stressig.«

»Hab ich mir gedacht, ja.« Schitterer fixierte ihn mit einem durchdringenden Blick. »Sag mal, hab ich mich da verhört, oder bist du mit deinem Team per Sie?«

Maibach goss heißes Wasser über den Teebeutel in seiner Tasse und stieß hörbar die Luft aus. »Immer noch der scharfe Beobachter, was? Ja, ich weiß auch nicht so recht, wie das kam. Irgendwie hab ich's am ersten Tag hier vergeigt und hab die erste Mitarbeiterin, die mir über den Weg lief, gesiezt. Wenn du's genau wissen willst: Ich hab sie für die Sekretärin gehalten, und da wollte ich anfangs ganz korrekt sein und ja nicht herablassend wirken. Und in Wirklichkeit war's halt die Katrin Gerber aus dem Team. Als ich das dann gemerkt hab, war's schon zu spät – ich musste notgedrungen auch die anderen siezen, sonst wär's erst recht komisch geworden. Und dabei ist es dann irgendwie geblieben …«

Schitterer betrachtete ihn nachdenklich und schüttelte den Kopf. »Das passt gar nicht zu dir. Wieso hast du's denn nicht einfach mit einem Lächeln auf den Lippen klargestellt? Du bist doch sonst so locker, das dürfte dir doch nicht schwerfallen …«

»Mein Gott, jetzt reit nicht drauf rum. Ich werd's schon noch hinbiegen. Ist doch kein Drama.«

»Ein Drama nicht, nein. Aber kurios ist es schon. Ihr seid vermutlich die einzige Dienststelle im Land, in der gesiezt wird. Und überhaupt, wenn wir schon dabei sind: Deinen Ton gegenüber den anderen fand ich vorhin auch ziemlich schroff. *Schluss jetzt mit dem Gemoser.* So hast du dich früher nie angehört, obwohl wir ja auch den ein oder anderen Nörgler im Team hatten.«

»Bist du jetzt bald fertig? Ich weiß selber, dass ich zurzeit ein bisschen gereizt bin. Das ist das Wetter. Wenn's wieder abkühlt, geht's mir auch wieder besser. Aber jetzt erzähl mal von dir. Wie läuft's in Ravensburg so? Immer noch glücklich und zufrieden?«

Thomas Schitterer ging zum Glück auf den Themenwechsel ein und plauderte noch ein wenig über alte Ravensburger Bekannte, bevor er sich schließlich auf den Weg zu seiner nächsten

Besprechung machte. An der Tür drehte er sich noch einmal um. »Wie gesagt – es wäre nett, wenn du mal auf ein Bierchen vorbeikämst. Meld dich mal, okay?«

»Okay, versprochen. Weiß aber noch nicht genau, wann. Mach's gut und grüß mir die Kollegen.«

Alle seine Mitarbeiter waren unterwegs. Im Flur war alles still. Maibach schaute auf die Uhr. Den Vormittag hatte er damit verbracht, endlich die übrig gebliebenen Akten der letzten Ermittlung wegzuräumen, seine E-Mails zu lesen und zu beantworten und, worauf er besonders stolz war, einen dieser verhassten Statistikbögen auszufüllen, die ihm mit schöner Regelmäßigkeit auf den Schreibtisch flatterten und die er für totale Zeitverschwendung hielt. Normalerweise ließ er sie so lange in seinem Postfach liegen, bis der Abgabetermin längst verstrichen war. Bisher hatte auch noch niemand danach gefragt, was ihn in seiner Annahme bestätigte, dass die Bögen nach ihrer Abgabe sowieso von niemandem gelesen wurden, sondern nur in irgendeinem Postfach vergammelten oder unbearbeitet in einen Aktenordner gesteckt wurden. Egal. Diesmal hatte er wenigstens guten Willen gezeigt. Er legte den Bogen in seinen Postausgang; die Sekretärin würde schon wissen, wohin damit.

Seine Armbanduhr zeigte dreizehn Uhr. Zeit fürs Mittagessen. In Ravensburg waren sie um die Mittagszeit immer in einer größeren Gruppe essen gegangen. Hatten dabei über alles Mögliche geredet, oft natürlich auch über ihre Arbeit, hatten sich ausgetauscht, Ermittlungsergebnisse diskutiert, neue Ideen durchgespielt und wieder verworfen …

Hier in Friedrichshafen war er bisher immer allein unterwegs. Er wusste nicht einmal, wie seine Mitarbeiter ihre Mittagspause gestalteten. Oder ob sie überhaupt eine machten – oft waren sie unterwegs, vielleicht begnügten sie sich tatsächlich alle mit einem Snack vom Bäcker und wurden abends von ihren Liebsten bekocht, wer wusste das schon? Es konnte ihm ja auch egal sein.

Egal? Maibach seufzte. Nein, eigentlich war es ihm nicht egal.

Sosehr er bisher versucht hatte, sich einzureden, dass er die Ruhe seiner einsamen Mittagspausen genoss, so sehr verspürte er jetzt plötzlich eine unerwartete Sehnsucht nach der Geselligkeit, der Kollegialität von früher. Ob es etwas mit dem unverhofften Auftauchen von Shitty am Vormittag zu tun hatte? Die Worte seines Ravensburger Kollegen klangen ihm wieder in den Ohren. *Das passt gar nicht zu dir. So hast du dich früher nie angehört. Du bist doch sonst so locker.*

Er verließ sein Büro, nahm auf der Treppe zwei Stufen auf einmal und trat an die frische Luft. Hatte er zumindest erwartet. Aber die Luft, die ihm draußen entgegenschlug, war alles andere als frisch. Sie erinnerte ihn an Sauna und an schweißgetränkte Tennissocken – beides Dinge, die er nicht ausstehen konnte – und nahm ihm jeglichen Appetit. Er beschloss, dass ein belegtes Brötchen heute reichen würde, und schlug den Weg zum nächstgelegenen Bäcker ein. Während er in der Warteschlange stand, bemerkte er das heutige Sonderangebot: drei Plunderteilchen zum Preis von zwei. Na, wenn das mal kein Wink des Schicksals war? Er bestellte zwölf, eine bunte Mischung, und machte sich mit einer prall gefüllten Tüte in der Hand auf den Rückweg ins Büro.

Während er seinen Computer wieder hochfuhr, griff er zum Telefon. Die Obduktionsergebnisse konnte er nicht vor morgen Abend erwarten, da die Gerichtsmedizinerin hoffnungslos überlastet war, wie sie ihm wortreich erklärte. Der Bericht des KDD hingegen sollte ihm noch am selben Tag vorliegen, und die Fotos vom Fundort der Leiche waren bereits per Mail eingegangen.

Maibach biss in sein Brötchen und öffnete die erste Datei. Offenbar hatte er gestern ziemlich exakt die Stelle gefunden, an der die Leiche entdeckt worden war; er erinnerte sich gut an die etwas verschobenen Holzbohlen der Kanaleinfassung, die nun auf dem Bildschirm erschienen. Der Tote im Bach war aus allen möglichen Perspektiven abgelichtet – für einige der Bilder musste sich der Fotograf wohl nasse Füße geholt haben. Mehr als ein Männerrücken im Anzug und ein von wallendem grauen Haar bedeckter Hinterkopf war jedoch nicht zu erkennen. Maibach klickte sich in rascher Folge durch die Bilder, bis er zu den Aufnahmen kam, auf denen der Tote bereits auf einer Plastikplane neben dem Bachbett lag. Hier war zum ersten Mal sein Gesicht zu sehen. Maibach betrachtete es lange und gründlich. Nasse graue Haarsträhnen klebten über einer hohen Stirn; buschige dunkle Augenbrauen, eine ziemlich ausgeprägte Hakennase und ein kräftiges Kinn erinnerten Maibach an Darstellungen römischer Kaiser in irgendwelchen Geschichtsbüchern. Ein markantes Gesicht. Wer den Mann gekannt hatte, würde ihn zweifellos anhand dieser Fotos identifizieren können.

Maibach schickte sich die beste Aufnahme auf sein Handy und erstellte Ausdrucke einiger Bilder, die er an das Whiteboard im Besprechungsraum heftete. Dann begann er, die Vermisstenmeldungen der letzten Tage durchzugehen. Thomas Schitterer hatte recht – es gab im näheren Umkreis keine Meldung, die auf den Toten passte. Er weitete die Suche nach und nach auf alle Bundesländer aus, dann auf das benachbarte Ausland und auf einen Zeitraum von mehreren Wochen. Doch auch das führte zu keinem Ergebnis.

Kurz vor siebzehn Uhr waren fast alle Mitglieder der Ermittlungsgruppe wieder im Besprechungsraum versammelt. Jemand hatte dankenswerterweise die Rollos an der Fensterfront heruntergelassen; die sengende Nachmittagssonne versuchte dennoch, die Raumtemperatur auf das Niveau eines Hochofens ansteigen zu lassen, und Maibach fand, es gelang ihr ganz gut. Zum Glück hatte er die Bäckertüte nach seiner Rückkehr sofort in den Kühlschrank im Pausenraum gepackt, sonst wären die Teilchen wohl nicht mehr genießbar gewesen.

Er achtete diesmal peinlich genau darauf, bereits zwei Minuten vor der angesetzten Besprechungszeit im Raum zu sein. Ulrike Müller und die Kollegen Wille und Loderer waren schon vor ihm da. Als er mit seinem Tablett voller Backwaren und Kaffeebecher hereinkam, warf Rüdiger Wille einen erstaunten Blick darauf, sagte aber nichts, sondern setzte sein Gespräch mit

Loderer fort, als wäre Maibach gar nicht da. Maibach verteilte die Becher auf den Tischen und legte an jeden Platz noch eine Serviette aus dem Päckchen, das er im Pausenraum im Schrank entdeckt hatte. Grüne Servietten. Mit hellbraunen Hasen darauf. Na wenn schon. Hauptsache, die Tische blieben sauber.

Punkt siebzehn Uhr räusperte er sich und setzte zu seiner vorbereiteten kleinen Rede an.

»Hallo zusammen. Bevor wir unsere Teambesprechung abhalten, wollte ich kurz mit euch, äh, Ihnen, eine Kleinigkeit klären.«

»Chef, wollen wir nicht noch kurz warten?«, unterbrach ihn Ulrike Müller. »Die beiden anderen stehen im Stau, müssten aber jeden Moment hier sein.«

Wie auf Befehl ertönten aus dem Treppenhaus eilige Schritte, dann hasteten die zwei verschwitzt und gestresst aussehenden Kollegen durch die Tür und steuerten auf die freien Plätze zu.

»Entschuldigung, Chef, wir haben es nicht früher geschafft«, schnaufte Katrin Gerber und zog dann erstaunt die Augenbrauen hoch. »Nanu, ist heute Ostern?«

»Nein, äh, nicht direkt. Ich meine, nein. Ich habe keine anderen Servietten gefunden.«

Maibach war aus dem Konzept geraten. Er beschloss, nochmals von vorn anzufangen. »Ja, also noch mal hallo. Willkommen zur Teambesprechung. Kein Problem, dass Sie zu spät kommen, Frau Gerber und Herr Kleinschmidt. Wir wissen ja alle, wie voll die Straßen um diese Zeit sind.«

Diese Bemerkung wurde mit einem süffisanten Grinsen von Rüdiger Wille und mit erstaunten Seitenblicken der anderen Kollegen quittiert. Maibach fuhr fort: »Wie schon gesagt, wollte ich, bevor wir gleich zur Sache kommen, noch kurz etwas anderes mit Ihnen klären. Also, besser gesagt, mit euch. Wir arbeiten jetzt schon ein Vierteljahr als Team zusammen, haben bei unserer letzten Ermittlung einen super Erfolg erzielt – ja, und da ist es wohl endlich an der Zeit, dass wir dieses steife Sie ablegen und zum Du übergehen. Das hätten wir eigentlich längst tun sollen. Prost.«

Er hob seinen Kaffeebecher mit Earl-Grey-Tee in die Höhe und zeigte auf das Tablett mit den Plunderteilchen. »Nehmt euch alle was Süßes und einen Kaffee, und dann – auf weiterhin gute Zusammenarbeit.«

Nach kurzem Zögern griff Ulrike Müller als Erste nach einem Vanilleberliner und reichte dann das Tablett weiter. »Vielen Dank, Chef! Ich bin die Uli«, grinste sie ihn an. »Aber wie sollen wir denn zu Ihnen, äh, zu dir sagen? Karl?«

»Oh nein, bloß nicht. Dann komme ich mir vor wie mein eigener Großvater. Sagt zu mir, wie ihr wollt – Chef, Maibach oder Charlie. Alles außer Karl bitte.«

»Na dann, Charlie«, näselte Rüdiger Wille. »Schön, dich kennenzulernen! Aber nenn mich bitte alles, bloß nicht Rüdiger. Kannst Willi zu mir sagen.«

Das Eis war gebrochen. Die süßen Gebäckstücke fanden reißenden Absatz – wahrscheinlich hatten die Kollegen tatsächlich nichts Richtiges zu Mittag gegessen. Als jeder sein zweites Teilchen vor sich hatte, beschloss Maibach, den ernsteren Teil des Treffens zu beginnen. Er bat Ulrike Müller, die Ergebnisse zu protokollieren, und wandte sich dann an Loderer und Wille.

»Seid ihr mit der Frage der Identifizierung des Toten irgendwie vorangekommen, Willi und, äh, Stefan?«

»Na ja, wie man's nimmt. Stefan hatte die Idee, dass der Tote wegen seiner feinen Kleidung vielleicht ein Geschäftsreisender sein könnte. Wir haben also alle Hotels, Gästehäuser und Pensionen in Weingarten und in Ravensburg abtelefoniert. Zum Schluss auch noch die Jugendherberge in Ravensburg, obwohl er nicht gerade ein Jugendlicher war. Aber heutzutage kann da ja eigentlich jeder hin …«

»Guter Ansatz«, lobte Maibach. »Und habt ihr irgendeinen Hinweis erhalten, der uns weiterbringt?«

»Keines der Hotels vermisst einen Gast. Leider. Wir haben natürlich alle gebeten, die Augen offen zu halten und uns sofort zu informieren, falls sie doch noch merken sollten, dass ihnen ein Gast abhandengekommen ist. Aber wir sind trotzdem ein Stück weitergekommen – was den Schlüssel betrifft.

Die allermeisten Hotels verwenden nämlich gar keine normalen Schlüssel mehr, sondern haben Schließanlagen, die mit Magnetkarten funktionieren. Also der Schlüssel, den der Tote bei sich hatte, wird wohl kein Hotelzimmerschlüssel sein. Am ehesten könnte er von einem kleineren Gästehaus oder einer Privatpension stammen; wir bleiben dran, wenn wir den Schlüssel dann morgen haben. Aber, wie gesagt, vermisst wird auch dort momentan niemand.«

»Okay, gute Arbeit! Eventuell müssten wir den Radius der Hotelbefragung auch noch ins Umland ausweiten. Das werden wir dann morgen sehen. Frau Ger... äh, Katrin und Jens, wie sieht's bei euch aus? Wie lief es in Weingarten?«

Katrin Gerber erstattete detailliert Bericht über die Befragung des kleinen Moritz, der zusammen mit seiner Mutter auf dem Weingartener Revier erschienen war. Seine Aussage hatte keine neuen Erkenntnisse gebracht. »Pfiffiges Kerlchen«, sagte Katrin zum Abschluss. »Nur die Mutter hätte uns fast einen Strich durch die Rechnung gemacht; die hat den Kleinen zwischendurch mal so eingeschüchtert, dass er fast nichts mehr gesagt hätte.«

»Na ja, damit muss man wahrscheinlich rechnen. Und wie war es bei dem zweiten Kind – wie hieß der noch gleich? Ferdinand?«

»Da hatten wir leider kein Glück. Die Mutter meinte am Telefon, es ginge heute unter keinen Umständen. Das Kind sei noch so traumatisiert, dass es nicht mit uns reden könne. Sie hat aber zugesagt, morgen früh ins Weingartener Revier zu kommen. Um neun.«

»Na gut. Gegen den Willen der Eltern können wir da schlecht was ausrichten. Ihr fahrt am besten gleich nach Dienstantritt los, die Frühbesprechung halten wir dann ohne euch ab.«

»Könnten wir das Gespräch mit dem Jungen nicht dem Weingartener Revier überlassen?«, meldete sich Jens Kleinschmidt zu Wort. »Birgit Scheurer macht das ganz gut mit den Kindern. Dann müssten wir nicht noch mal hinfahren.«

Maibach überlegte kurz. »Nein, das behagt mir nicht. Die

Kinder sind zwei entscheidende Zeugen. Wenn da was von der Aussage verloren geht, nur weil eine ungeübte Kollegin vom Streifendienst die falschen Fragen gestellt hat, will ich nachher nicht derjenige sein, der den Fehler zu verantworten hat. Es bleibt dabei. Ihr fahrt noch mal hin. Habt ihr eigentlich alles andere erledigt, was noch auf eurer Liste war? Schwimmbad et cetera?«

Die beiden hatten ihre Zeit in Weingarten tatsächlich sehr gut genutzt, stellte Maibach befriedigt fest. Sie berichteten ausführlich von ihren Gesprächen mit dem Schwimmbadmitarbeiter Jürgen Kipp, dem nichts Verdächtiges aufgefallen war, den Betreibern der Gartenwirtschaft des Hofguts Nessenreben, die in der Nacht von Montag auf Dienstag nicht vor Ort gewesen waren, und dem Pächter der Freibadgaststätte. Auch er hatte keine verdächtigen Beobachtungen gemacht, die im Zusammenhang mit ihrem Fall stehen konnten. Dafür hatte er ihnen die Schmierereien an der Außenwand gezeigt und sich bitter darüber beklagt, dass so etwas nicht zum ersten Mal vorgekommen sei.

»Er sagt, er hat dieses Jahr schon an die tausend Euro für Malerarbeiten an der Fassade ausgegeben. Meistens hält es ein paar Wochen, dann ist wieder was draufgesprüht. Dieses Mal ist es ein Schriftzug, der nicht eindeutig zu entziffern ist. Wartet mal – ich hab's fotografiert, ihr könnt ja selber mal schauen, ob ihr das lesen könnt«, schloss Katrin Gerber ihren Bericht ab und reichte ihr Handy herum. Alle warfen einen Blick auf die verschnörkelten roten Buchstaben mit schwarzer Umrandung.

»Was soll das heißen? Vielleicht Bussi? Oder Kussi?«, mutmaßte Rüdiger Wille. »Hingeschmiert von einem Jüngling im Liebestaumel?«

»Könnte auch Russi sein, oder?«, meinte Jens Kleinschmidt.

»Mussi, Nussi …«, überlegte auch Maibach. »Egal. Das bringt uns momentan nicht weiter. Es wird ja wohl kaum der Name des Mörders oder des Opfers sein. Wahrscheinlich irgendwelche Halbstarken, die sich da ausgetobt haben. Interessant wäre es für uns nur dann, wenn die dabei irgendwelche Beobachtungen gemacht hätten. Aber die werden sich natürlich hüten, uns zu kontaktieren.«

»Wir könnten ja morgen noch mal bei den Kollegen in Weingarten nachfragen, ob der Schriftzug schon anderweitig aufgetaucht ist«, schlug Jens Kleinschmidt vor. »Vielleicht haben die so was wie eine Liste der üblichen Verdächtigen, die wir mal abklappern könnten.«

»Ja, macht das«, meinte Maibach. »Wenn sonst niemand mehr etwas hat, machen wir Schluss für heute und kommen morgen früh wie gewohnt um acht wieder hier zusammen. Bis auf euch zwei«, wandte er sich an Gerber und Kleinschmidt. »Ihr fahrt, wie besprochen, nach Weingarten. Ach ja, und, Uli – morgen früh kommt unser Zeugenaufruf in der Zeitung. Im Internet ist er schon heute Abend geschaltet. Ich möchte, dass du ab sofort alle eingehenden Reaktionen protokollierst.«

Ulrike Müller nickte. »Hoffentlich sind es nicht zu viele.«

»In dem Fall müsstest du dir Unterstützung vom Revier um die Ecke holen. Oder vielleicht haben Willi und Stefan noch Kapazitäten frei. Okay. Schluss für heute. Vielen Dank für euren Einsatz. Schönen Feierabend.«

Maibach raffte seine Unterlagen zusammen, packte die Bäckertüte und die verkrümelten Servietten auf das Tablett und entsorgte den Müll im Eimer unter der Spüle im Aufenthaltsraum. Als er die Tür zu seinem Büro hinter sich schloss, ertappte er sich bei einem Lächeln. So vergnügt hatte er in den letzten Wochen selten einen Arbeitstag beendet.

Frisch geduscht, in dünnem Leinenhemd und leichten Chinos, trat Maibach am nächsten Morgen nach einem ausgiebigen Frühstück beschwingt den Weg ins Büro an. In seiner Aktentasche befand sich eine Thermoskanne mit frisch aufgebrühtem Earl-Grey-Tee. Die besten Voraussetzungen also, um dem Tag gelassen die Stirn bieten zu können.

Es war kurz nach sieben Uhr, die Morgentemperatur war noch erträglich, und er beschloss, heute zu Fuß zu gehen. Eingekauft hatte er am Vorabend, und zwar so reichlich, dass für den Rest der Woche kein Ernährungsnotstand mehr zu befürchten war.

Auch seine To-do-Liste hatte er aktualisiert. Alle Einträge waren durchgestrichen. Eigentlich hätte er den Zettel wegwerfen und dann bei Bedarf wieder einen neuen anfangen können. Aber es bereitete ihm immer ein besonderes Vergnügen, eine lange Liste mit erledigten Punkten bei sich zu tragen. Deutlich vor Augen zu haben, was schon alles geschafft war. Und so warf er auch jetzt zur Ermunterung noch einen kurzen Blick auf die Liste, bevor er sie in die Gesäßtasche zurücksteckte und losmarschierte.

Er wählte einen kleinen Umweg mit Seeblick. Die Wasserfläche lag ruhig und tiefblau vor der malerischen Kulisse der Schweizer Alpen im Hintergrund. Ein paar Frühaufsteher waren schon mit ihren Booten unterwegs, kleine weiße Tupfer, die einen reizvollen Kontrast zum Blau des Sees bildeten. Eine Fähre näherte sich aus Richtung Romanshorn. Bald würde wieder die volle Hektik und Betriebsamkeit eines Sommertages mit Pendlern, Einheimischen und Touristen über die Stadt und den See hereinbrechen. Und auch für sein Team und ihn selbst würde dieser Tag wohl den Beginn der heißen Phase der Ermittlung bedeuten. Aus Erfahrung wusste er, dass er in den kommenden Tagen wohl nicht mehr dazu kommen würde, einen solchen

Moment der Ruhe zu genießen. Er atmete tief durch und warf einen letzten wehmütigen Blick auf das frühmorgendliche Idyll. Dann beschleunigte er seine Schritte und drehte ab in Richtung Dienststelle.

Schon auf dem Treppenabsatz im ersten Stock war es vorbei mit der Ruhe. Frau Mechtersheimer, die Sekretärin seiner Abteilung, stand am Kaffeeautomaten und drehte sich zu ihm um, als er versuchte, mit einem knappen Gruß an ihr vorbeizuhuschen.

»Ach, Herr Maibach, gut, dass ich Sie sehe. Bei mir klingelt heute Morgen schon am laufenden Band das Telefon. Lauter Leute, die sich melden wegen der Sache an dem Bach da in Weingarten. Sie, Herr Maibach, des geht fei net, dass ich jetzt da die ganzen Anrufe entgegennehm. Da müssen Sie schon jemand von Ihren Ermittlern dafür abstellen. Ich hab ja auch noch andere Sachen zu tun, gell.«

Statistikbögen einsammeln und abheften zum Beispiel, dachte Maibach, und noch andere so nützliche Dinge. Laut sagte er: »Selbstverständlich, Frau Mechtersheimer. Das haben wir im Team schon geklärt. Gleich nach der Morgenbesprechung übernimmt Frau Müller die Anrufe auf der Hotline-Nummer. War denn bisher schon etwas Interessantes dabei?«

Schon gleich nachdem er die Frage gestellt hatte, war ihm klar, dass das ein Fehler gewesen war. Und Frau Mechtersheimer erwiderte auch prompt: »Also wirklich, Herr Maibach. Woher soll ich denn wissen, was für Sie interessant ist? Ich bin doch hier nicht fürs Kriminalistische zuständig! Das müssen Sie schon selber entscheiden. Ich hab alles notiert und die Telefonnummern für Rückfragen dazugeschrieben. Die Zettel hab ich Ihnen auf den Schreibtisch gelegt. So, und jetzt geh ich mal wieder an meine Arbeit. Die erledigt sich nämlich nicht von selbst.«

»Ja, dann einen schönen Tag noch, Frau Mechtersheimer.« Er schnitt eine kleine Grimasse in Richtung ihres davoneilenden Rückens und ging den Flur entlang zu seinem Büro.

Auf dem Schreibtisch lagen in Reih und Glied sieben Notizzettel in DIN-A5, zum Teil halb leer, zum Teil eng beschrieben, und jeder mit einer mehrfach umkringelten Adresse und Telefonnummer am Ende der Seite. Er schenkte sich einen heißen Tee aus seiner Thermoskanne ein und begann, sie zu lesen. Allerdings wurde er aus Frau Mechtersheimers Aufzeichnungen nicht recht schlau; nach der Morgenbesprechung würde er wohl ein paar Rückrufe tätigen müssen.

Um acht Uhr traf er sich mit den drei Mitarbeitern, die nicht nach Weingarten unterwegs waren, im Besprechungsraum. Als Erstes erkundigte er sich bei Ulrike Müller nach den bisher eingegangenen Berichten.

»Ja, Chef, der Bericht vom KDD ist gestern Abend noch gekommen, und die Spurensicherung hat ebenfalls einen vorläufigen Bericht geschickt. Demnach sind an den Kleidern und an den sonstigen Sachen des Toten keine auffälligen Fasern oder anderweitig aufschlussreichen Spuren gefunden worden. Bei der Kleidung handelt es sich um hochwertige Markenklamotten eines namhaften Herstellers, auch die Unterwäsche – nur vom Feinsten. Fingerabdrücke auf dem Schlüsselanhänger und dem Schlüssel sowie auf der Außen- und Innenfläche des Portemonnaies stammen von dem Toten selber. Um die Fundstelle der Leiche herum gab es wohl einigen Kleinkram, den sie noch analysiert haben – Bonbonpapiere, Zigarettenkippen und so Zeug – aber es ist natürlich fraglich, ob ein Zusammenhang mit der Leiche besteht. Bisher gibt es kein verwertbares Ergebnis. Die Kleidung und die übrigen Sachen müssten im Lauf des Vormittags an uns weitergeleitet werden.«

»Die sind schon da. Frau Mechtersheimer hat sie mir eben in die Hand gedrückt, als ich gekommen bin«, meldete sich Rüdiger Wille zu Wort. »Ich hab den Schlüssel gleich mitgebracht.«

Er legte einen Schlüssel mit blauem Plastikanhänger vor sich auf den Tisch. »Auf der einen Seite ist oben eine dreistellige Nummer eingraviert – 104 –, ansonsten finde ich nichts Auffälliges daran.«

»Zeig mal. Hm. 104? Vielleicht Zimmer 4 im ersten Stock?«, überlegte Maibach. »Das würde zu eurer These vom Hotel oder einer kleineren Pension passen. Ich schlage vor, in Ermangelung anderer Ansätze telefoniert ihr heute Vormittag noch ein bisschen herum. Weitet den Radius ins Umland aus, von mir aus sogar bis hier nach Friedrichshafen. Fragt gezielt nach der Schlüsselnummer 104. Irgendwo werdet ihr bestimmt fündig werden, das hab ich im Gefühl.«

»Gefühl«, brummelte Rüdiger Wille vor sich hin. »Eine Hausfrau hat das im Gefühl …«

»Was?«, fragte Maibach irritiert.

»Nichts, Chef. War nur ein Zitat. Loriot. Hart gekochtes Ei.«

Mit dieser Erklärung konnte Maibach zwar auch nichts anfangen, aber er fragte nicht weiter nach. Ulrike Müller hingegen hatte die Anspielung wohl verstanden, denn sie grinste breit in Rüdiger Willes Richtung, und dieser grinste ebenso breit zurück.

»Wie dem auch sei. Uli, du wirst den Vormittag auch hauptsächlich am Telefon verbringen müssen. Stell die Hotline-Anrufe auf deinen Büroanschluss – Frau Mechtersheimer hat sich vorhin bei mir beklagt, dass sie für uns die Telefondame spielen musste. Protokollier alle eingehenden Anrufe; bei denen, die Frau Mechtersheimer entgegengenommen hat, werde ich selber nachhaken.«

Er warf einen Blick auf die Whiteboard-Notizen vom Vorabend. Alle wichtigen Aufgaben waren verteilt.

»Okay, Leute. Wir treffen uns wieder um siebzehn Uhr. Frohes Schaffen.«

Maibach setzte sich an seinen Schreibtisch und wählte die Telefonnummer auf dem obersten Zettel.

Nach dem dritten Klingeln meldete sich eine weibliche Stimme. »Dürr?«

»Guten Tag, Maibach, Kripo Friedrichshafen. Sie haben sich bei unserer Hotline gemeldet.«

»Ja, hab ich. Wegen Herrn Wegener.«

»Sie vermissen Ihren Nachbarn, wenn ich die Information richtig verstanden habe?«

»Ja, genau. Ich habe heute Morgen in der Zeitung gelesen,

dass Sie einen Toten im Stillen Bach gefunden haben. Da war eine Beschreibung angegeben, und die passt haargenau auf Herrn Wegener.«

»Wann haben Sie ihn denn zuletzt gesehen?«

Am anderen Ende der Leitung war es einen Moment still. Dann kam die zögernde Antwort: »Das muss am Montagvormittag gewesen sein, so kurz nach zehn. Er hat bei mir geklingelt.«

Maibach wartete auf die Fortsetzung, und als keine kam, hakte er nach: »Und? Was wollte er von Ihnen?«

»Mir seinen Schlüssel geben, damit ich für ihn die Blumen gießen und die Post reinholen kann. Er lebt nämlich allein, müssen Sie wissen.«

»Hat er Ihnen gesagt, wo er hinwollte?«

»Ja. Nach Spanien. Auf so eine Insel. Teneriffa, glaube ich.«

Maibach atmete tief ein. »Das heißt also, Ihr Nachbar ist in Urlaub gefahren?«

»Er *wollte* in Urlaub fahren, ja. Aber was ist, wenn ihm unterwegs etwas zugestoßen ist? Die Beschreibung ...« Frau Dürr brachte den Satz nicht zu Ende. Stattdessen war ein unterdrücktes Schluchzen zu hören.

»Nun beruhigen Sie sich erst einmal, Frau Dürr.«

»Entschuldigen Sie. Ich wollte nicht ...« Wieder blieb der Satz unvollendet, und es erklang ein lautstarkes Schnäuzen. »Allein der Gedanke ...«

Maibach rollte mit den Augen und zählte innerlich auf zehn. Dann sagte er so freundlich wie möglich: »Haben Sie denn Grund zu der Annahme, dass Herr Wegener in irgendeiner Gefahr schwebte? Dass er beispielsweise mit jemandem Streit hatte?«

»Herr Wegener? Nein!«, kam es wie aus der Pistole geschossen zurück. »Das ist so ein friedliebender, freundlicher Mensch. Der hat mit niemandem Streit.«

»Na, sehen Sie, Frau Dürr. Dann besteht bestimmt kein Grund zur Beunruhigung. Hat Ihnen Herr Wegener vielleicht die Adresse seines Hotels dagelassen oder eine Telefonnummer, unter der Sie ihn erreichen können?«

»Nein. Aber ich glaube, das Hotel heißt España.«

»Gibt es jemanden, der die genauen Kontaktdaten haben könnte? Familie? Freunde? Andere Nachbarn?«

»Nein, nicht dass ich wüsste. Ach, bitte, Sie müssen ihn in Spanien suchen lassen. Ich habe keine ruhige Minute, solange ich nicht weiß, ob er der Tote ist.« Ihre Stimme nahm einen hysterischen Klang an.

»Besitzen Sie ein Foto von Herrn Wegener?«

»Neeeein«, kam es mit tränenerstickter Stimme zurück.

»Gut, Frau Dürr. Ich bedanke mich für Ihren Hinweis. Machen Sie sich bitte keine Sorgen. Wir gehen der Sache nach. Auf Wiederhören.«

Er legte auf, bevor die Frau Gelegenheit zu einem weiteren Gefühlsausbruch hatte, und steckte den erledigten Notizzettel in eine Klarsichthülle, die er mit »UNWAHRSCHEINLICH« beschriftete. Dann goss er sich eine Tasse Tee ein und griff seufzend zur nächsten Telefonnotiz.

Im Lauf des Nachmittags stieg die Hitze im Büro auf ein kaum noch erträgliches Niveau an. Maibach fächelte sich mit einem leeren Schnellhefter Luft zu und grübelte über die Telefonate nach, die er bisher geführt hatte.

Weitere vier der sieben Hotline-Anrufer hatten Hinweise gegeben, denen man nachgehen konnte. Nummer sechs hatte nur angerufen, um mitzuteilen, dass er normalerweise immer morgens um halb sieben am Stillen Bach joggen ging, nur leider diesen Dienstag nicht, weil er da verschlafen hatte, und er drückte sein außerordentliches Bedauern darüber aus, dass er daher der Polizei leider keine sachdienlichen Hinweise geben konnte. Und Nummer sieben war eine Dame, die der Polizei anbieten wollte, mit ihren hellseherischen Fähigkeiten Licht ins Dunkel dieses Falles zu bringen. Maibach lehnte dankend ab.

Auch die vier brauchbaren Hinweise bezogen sich, wie Frau Dürrs Anruf, nicht auf Beobachtungen am Stillen Bach, sondern auf die Beschreibung des Toten, sodass Maibach schließlich eine

Liste mit fünf Namen an Rüdiger Wille und Stefan Loderer weiterreichte, mit der Bitte, abzuklären, ob einer der fünf vielleicht tatsächlich als der Tote im Bach in Frage kam. Wille und Loderer hatten mit ihren Nachforschungen bei Hotels und Pensionen bisher keinen Erfolg gehabt und waren dankbar für die neuen Hinweise, denen sie nachgehen konnten.

Auf dem Rückweg von ihrem Büro rief die melodiöse »Elise« Maibach schon vom Flur aus zurück an seinen Anschluss. Mist, den Klingelton hatte er doch ändern wollen. Das würde er gleich nach diesem Anruf machen, nahm er sich vor, und meldete sich.

»Maibach?«

»Hallo, Maiglöckchen! Hier ist die Claudi!« Die Stimme von Frau Dr. Claudia Mönch von der Gerichtsmedizin schallte fröhlich aus dem Hörer. »Wie geht's, wie steht's? Seid ihr eurem Mörder schon auf der Spur?«

»Wie man's nimmt. Wir tun unser Bestes, aber eine richtig heiße Fährte verfolgen wir noch nicht. Wir wissen ja nicht mal … Moment – hast du gerade *Mörder* gesagt? Heißt das, du hast Beweise gefunden, die eindeutig für Mord sprechen?«

»So ist es, Junikäfer! Deswegen rufe ich ja an. Hab mir doch gedacht, dass du sehnlichst auf meine Ergebnisse wartest – wie immer, möchte ich ganz bescheiden hinzufügen!«

Maibach hörte förmlich, wie sie von einem Ohr zum anderen grinste. Unwillkürlich musste auch er lächeln. Gelegentlich ging ihm Claudis Fröhlichkeit auf die Nerven, musste er zugeben, und ihr kreativer Umgang mit seinem Nachnamen hatte bisweilen etwas Lästiges. Aber im Großen und Ganzen war sie einfach ein Pfundskerl, immer gut gelaunt, immer hilfsbereit und, was natürlich für seine Ermittlungsarbeit ganz entscheidend war, eine absolute Fachfrau auf ihrem Gebiet.

»Na, dann schieß mal los. Du weißt natürlich, dass ich deinen Bericht auch möglichst bald schriftlich brauche, oder?«

Am anderen Ende der Leitung erklang ein theatralisches Seufzen. »Wie könnte ich das denn jemals vergessen? Natürlich bekommst du's schriftlich. Aber heute nicht mehr. Ich hab's ins Diktiergerät gesprochen, aber unser Schreibbüro hat schon

Feierabend gemacht. Schriftlich kriegst du's also frühestens morgen Vormittag. Reicht dir das, oder willst du jetzt schon was erzählt bekommen? Wenn's dich nämlich mündlich gar nicht interessiert, dann kann ich auch auflegen und Feierabend machen. Verdient hätte ich es.«

»Nun sei doch nicht gleich eingeschnappt. Ich bin ganz Ohr. Was haben deine phänomenalen obduktionstechnischen Fähigkeiten denn nun ergeben, oh Königin des Seziermessers?«

»Mach dich nur weiter so lustig! Wirst eines Tages schon sehen, was du davon hast. Aber jetzt im Ernst. Ihr habt es mit Mord zu tun. Eure Leiche ist zweifelsfrei ertrunken.«

Ertrunken. Also doch. Maibachs Gedanken wanderten zurück an den Fundort der Leiche. Den Stillen Bach. Dieses ruhige, flache Gewässer. Kaum zwanzig Zentimeter tief. Er musste nachhaken. »Wenn du ertrunken sagst – meinst du dann, er ist ertrunken, oder er wurde ertränkt?«

»Im Allgemeinen meine ich genau das, was ich sage. Ertrunken. Also zu Tode gekommen durch Wasser in der Lunge und Mangel an Luft in derselben«, antwortete die Gerichtsmedizinerin spitz. »Ob bei diesem Geschehen ein Fremdverschulden vorlag oder nicht, habe ich in dem Wort ›ertrunken‹ nicht impliziert. Ich würde allerdings stark davon ausgehen, dass ja.«

Maibach runzelte die Stirn. Manchmal war es nicht ganz leicht, den Ausführungen der Frau Doktor in Echtzeit zu folgen. Er räusperte sich. »Nur damit ich dich richtig verstehe – du meinst also, dass ihn jemand ertränkt hat? Unter Wasser gedrückt, bis er aufgehört hat zu atmen?«

Claudia Mönch seufzte in den Hörer. »Nein, so habe ich das nicht gesagt. Ich sagte lediglich, dass vermutlich ein anderer am Ertrinkungsgeschehen beteiligt war. In welcher Form genau, lässt sich nicht zweifelsfrei sagen.«

Maibach atmete tief durch. Es half nichts, er würde nochmals nachfragen müssen. »Claudi, warst du schon mal an diesem Stillen Bach? Weißt du, wie es da aussieht? Das Ding ist total flach, kaum tiefer als eine Pfütze bei Regenwetter. Da kann eigentlich niemand einfach so drin ertrinken. Den muss jemand unter Wasser gedrückt haben, anders kann ich mir das überhaupt nicht vorstellen.«

»Was du dir vorstellen kannst und was nicht, ist im Moment nicht von Belang. Vielleicht könntest du mich ja weiterreden lassen? Ich bin noch lange nicht am Ende. Und ob ich den Stillen Bach kenne oder nicht, ist ebenfalls ganz und gar unerheblich. Der Mann ist nämlich woanders ertrunken.«

Maibach schluckte. Woanders ertrunken? So langsam kam er sich vor, als wäre er im falschen Film.

Er beschloss, am besten gar nichts mehr zu sagen und Claudia Mönch einfach reden zu lassen. »Okay, Claudi. Du hast gewonnen. Erzähl einfach weiter, ich werde dich auch nicht mehr unterbrechen.«

»Freut mich zu hören. Also. Die Leiche weist eine Verletzung am Hinterkopf auf. Knapp fünf Zentimeter lang und schmal. Muss geblutet haben, aber nicht übermäßig viel. Ist danach angeschwollen zu einer dicken, länglichen Beule. Am Fundort ist das niemandem aufgefallen, mir selber auch nicht. Ich habe das erst gesehen, als ich ihn auf dem Tisch hatte und die Haare abrasiert waren. Die Verletzung könnte von einem Sturz herrühren oder von einem Schlag. Im Falle eines Schlages müsste die Tatwaffe eine Art Kantholz gewesen sein, aber nicht aus Holz, sondern aus Metall. Ein Kantmetall gewissermaßen, wenn du verstehst, was ich meine?«

Die darauffolgende Pause signalisierte Maibach, dass er nun wieder etwas sagen durfte. »Kantmetall, ich verstehe. Du meinst also so etwas wie eine Metallstange, nur eckig statt rund?«

»Du hast es erfasst. Holz war es vermutlich nicht, denn dann hätte ich irgendwelche Spuren davon finden müssen, winzige Splitter lösen sich da eigentlich immer. Es muss ein anderes Material gewesen sein, aber natürlich nicht unbedingt Metall. Und, wie gesagt, es muss auch kein Schlag gewesen sein. Ein Sturz ist ebenfalls denkbar.«

»Auf etwas Hartes, Kantiges, das nicht aus Holz war? An dem Bach gibt es aber so etwas nicht. Der ist von runden Holzbohlen eingefasst, und ansonsten ist da nichts Hartes weit und breit. Außer natürlich die Baumstämme im Wald drum herum. Aber die schließt du ja aus, oder?«

Claudia Mönch machte eine übertrieben lange Pause. Dann sagte sie in ziemlich scharfem Ton:»Sag mal, Aprilscherz, hast du mir eigentlich überhaupt zugehört? Ich hatte doch schon erwähnt, dass er nicht im Stillen Bach ertrunken ist. Also muss das kantige Etwas sich auch nicht dort befunden haben, sondern am tatsächlichen Ort des Geschehens. Kannst du mir folgen?«

Maibach spürte, wie ihm die Röte ins Gesicht stieg.»Ja, kann ich. Sorry. Aber ich glaube, ich habe das noch nicht richtig verdaut mit dem anderen Tatort. Wie kannst du dir denn überhaupt so sicher sein? Dass er woanders ertrunken ist?«

Die Kunstpause, die Claudia Mönch nun einlegte, verhieß nichts Gutes. Maibach machte sich auf die nächste schwer zu verdauende Überraschung gefasst.

»Ganz einfach. Die Analyse des Wassers in seiner Lunge spricht eine eindeutige Sprache.«

Jetzt machte sie es aber wirklich spannend. Er tat ihr den Gefallen und fragte nach.»Und? Was sagt sie?«

»Salzwasser. Der Mann ist in Salzwasser ertrunken.«

Maibach legte den Hörer auf und lehnte sich in seinem Stuhl zurück. Die Obduktionsergebnisse schwirrten in seinem Kopf herum wie ein Schwarm wild gewordener Bienen.

Claudi hatte ihm, nachdem er die erste Sprachlosigkeit überwunden und ungläubig nachgefragt hatte, in aller Ausführlichkeit von ihren Analyseergebnissen berichtet. Viele der chemischen Details waren ihm ein Buch mit sieben Siegeln, aber so viel hatte er verstanden, dass die Beschaffenheit des Wassers in den Lungenbläschen und der Salzgehalt des Blutes des Toten keinen anderen Schluss zuließen, als dass er tatsächlich in Salzwasser ertrunken war. Und damit war selbstverständlich der Stille Bach als Tatort ausgeschieden. Gleichzeitig war klar, dass eine andere Person in das Geschehen verwickelt sein musste, denn die Leiche war offensichtlich nachträglich an den Stillen Bach transportiert und dort abgelegt worden. Was vermuten ließ, dass die Person, die die Leiche transportiert hatte, auch am Tod des Mannes beteiligt gewesen war. Zusammen mit der Verletzung am Hinterkopf erschien also Mord, oder zumindest Totschlag, als realistisches Szenario.

Es gab noch ein weiteres Ergebnis, das Maibach hatte aufhorchen lassen: In der Luftröhre des Toten war ein Haar gefunden worden, das nun zu weiteren Untersuchungen an ein forensisches Labor geschickt werden sollte. Claudia Mönch war guter Hoffnung, dass brauchbares DNA-Material daraus gewonnen werden konnte, das sie vielleicht auf die Spur des Täters führen würde – vorausgesetzt, es handelte sich nicht um ein Haar des Toten. Die DNA-Analyse würde allerdings einige Zeit in Anspruch nehmen.

Den Todeszeitpunkt hatte die Gerichtsmedizinerin auf einen Zeitraum zwischen ein und drei Uhr in der Nacht von Montag auf Dienstag eingrenzen können. Genauer wollte sie sich nicht festlegen, hatte aber betont, dass dieser Zeitraum als sicher gelten könne. Sie hatte ihm auch ausführlich erklärt, warum. Maibach hatte sie reden lassen, denn er wusste, wie wichtig es ihr war, ihre Untersuchungsergebnisse mit all ihren wissenschaftlichen Facetten und Zusammenhängen darzulegen. Gemerkt hatte er sich letztendlich davon nur, dass es etwas mit der gemessenen Körpertemperatur, der Umgebungstemperatur, der eher kurzen Liegezeit im Wasser und dem Zustand des Mageninhalts zu tun hatte. Dieser bestand aus bereits ziemlich stark verdautem Mischgemüse mit Reis und Hühnchen und ziemlich wenig verdauten Erdnüssen. Außerdem musste der Tote vor seinem Ableben Alkohol getrunken haben; Claudia Mönch ging von einem Blutalkoholwert von eins Komma vier bis eins Komma sechs Promille zum Todeszeitpunkt aus.

Maibach schloss für einen Moment die Augen. Stellte sich einen Sechzigjährigen in Hemd und Anzug vor, der beim Abendessen saß. Vielleicht in dem Hotel oder der Pension, in der er in Zimmer 104 übernachtete? Vielleicht in Gesellschaft desjenigen, der ihn einige Stunden später ermorden würde? Was war in den folgenden Stunden passiert? Hatte der Mann mit seinem späteren Mörder – oder war es vielleicht eine Mörderin gewesen oder mehrere Leute? – an der Hotelbar gesessen, Cocktails geschlürft, zu vorgerückter Stunde eine Runde Knabberzeug spendiert? Und was war letztendlich schiefgegangen? Warum hatte ihn jemand getötet? Und wo? Wo gab es denn bitte schön mitten in Oberschwaben ein Gewässer mit Salzwasser, in dem man ertrinken – oder ertränkt werden – konnte?

Maibach nahm einen Schluck Tee und schaute auf die Uhr. Zehn vor fünf. Demnächst würden alle seine Mitarbeiter zur Teambesprechung erscheinen. Sein Blick blieb am Telefon hängen. Ach ja, richtig, der Klingelton. Maibach griff nach dem Apparat und klickte sich durch das Menü. »Audio« – »Klingeltöne« – »Okay«. »Für externe Anrufe«, »Für interne Anrufe«, »Für Termine«, »Für alle gleich«? Er wählte »Für alle gleich« aus und drückte erneut »Okay«. Der Handapparat schleuderte ihm ein so lautes »Für Elise« entgegen, dass er ihn fast fallen gelassen hätte. Das angezeigte Lautstärkemenü informierte ihn, dass er sich auf Stufe 15 befand. Rasch regelte er den Ton auf Stärke 3 herunter und drückte wieder »Okay«. Ja, das war besser. Immer noch »Für Elise«, aber kaum noch wahrnehmbar.

Jetzt musste er nur noch einen akzeptablen Ersatz für die Dame finden. Er klickte sich durch die vorgeschlagenen Melodien. »Asia«. »Bongo Tasty«. Wer zum Teufel hatte sich nur diese Namen ausgedacht? »Bop«. »Brahms Mania«. Und so weiter durch das Alphabet, jedes Gedudel, das er sich anhörte, war schlimmer als das vorherige. Schließlich langte er genervt bei einem Dreivierteltaktgeschrammel namens »Waltz« an und hatte immer noch nicht das Richtige gefunden. Ach, doch! Hier. Ganz am Ende erschienen tatsächlich noch drei namenlose, nur nummerierte Töne, die eine entfernte Ähnlichkeit mit einem stinknormalen Telefonklingeln hatten. Er wählte Nummer 1, drückte auf »Sichern« und legte den Apparat so schnell zurück auf die Basisstation, als befürchte er, sich gleich die Finger daran zu verbrennen. Geschafft! Maibach wischte sich den Schweiß von der Stirn, nahm seine Notizen, die Thermoskanne und die leere Teetasse vom Tisch und machte sich auf in Richtung Besprechungszimmer.

Diesmal hatte leider niemand daran gedacht, nachmittags die Rollos zu schließen, und so saßen sie nun wie in einem Backofen zusammen und schwitzten, was das Zeug hielt. Rüdiger Wille stellte ein paar Flaschen Mineralwasser aus dem Kühlschrank auf den Tisch und teilte Gläser aus. Maibach schüttelte dankend den Kopf und deutete auf seine frisch gefüllte, dampfende Teetasse.

»Also wirklich, Chef, ich verstehe nicht, wie Sie, äh, wie du bei dieser Hitze auch noch heißen Tee trinken kannst«, kommentierte Katrin Gerber. »Da schwitze ich ja schon, wenn ich's nur sehe!«

»Ganz im Gegenteil. Das ist eine gesicherte wissenschaftliche Erkenntnis. Hat mir mal die Frau Dr. Mönch von der Gerichtsmedizin verraten. Wenn der Körper ein Kaltgetränk in den Magen bekommt, denkt das Gehirn, man muss es auf Körpertemperatur bringen, und schaltet die Heizung an. Und dann schwitzt man erst recht. Wenn man hingegen ein Heißgetränk zu sich nimmt, schaltet der Körper die Kühlung an. Und man schwitzt weniger.«

Mit zweifelndem Blick betrachtete Rüdiger Wille Maibachs klatschnasses Oberhemd. »Na, ich weiß nicht, ob ich das glauben soll. Mir ist jedenfalls ein kühles Wasser lieber. Zum Wohl.«

»Zum Wohl. Auf alle Anwesenden und ihr Durchhaltevermögen bei diesen Temperaturen. Ich schlage vor, wir versuchen, möglichst zügig voranzukommen. Wir haben uns den Feierabend redlich verdient. Folgende Punkte habe ich mir notiert: Erstens – die Schlüsselfrage; zweitens – Hinweise aus der Bevölkerung; drittens – Befragung von Ferdinand; viertens – Hinweise auf den Graffitisprayer; fünftens – Obduktionsergebnisse sind da, davon werde ich dann noch berichten. Hat jemand noch was anderes?«

Katrin Gerber meldete sich. »Wir haben außer mit dem Jungen auch noch mit der Lehrerin und der Referendarin gesprochen. Nicht dass es viel gebracht hat, aber ich wollte es der Vollständigkeit halber erwähnen«, fügte sie mit etwas unsicherer Stimme hinzu.

»Okay. Dann fangt ihr beide doch am besten gleich an. Uli, wärst du wieder so freundlich, die wichtigsten Stichpunkte zu protokollieren?«

»Jaja. Protokolliert hab ich ja heute sonst noch nichts«, stöhnte Ulrike Müller und griff zum Whiteboardmarker. Sie schien ziemlich genervt zu sein, wie Maibach erst jetzt bemerkte. Nun ja, vielleicht setzte auch ihr die Hitze heute zu. Kein Wunder.

»Ja, also, dann wollen wir mal. Was gab es Interessantes in Weingarten?«, wandte sich Maibach an Katrin Gerber.

»Wir hatten als Erstes heute Morgen den Jungen da, Ferdinand. Natürlich mit seiner Mama. Die war fast noch schlimmer als die Mama von Moritz. Hat sich praktisch nach jedem zweiten Wort eingemischt, meinte dauernd, diese oder jene Frage sei für das arme Kind zu belastend … Also bei allem Verständnis für die berechtigte Sorge um ihr Kind, mir ging die Frau ziemlich auf die Nerven.«

Jens Kleinschmidt, der Jüngste im Team, nickte zustimmend. »Mir auch. Sie hat bei jeder Gelegenheit betont, wie furchtbar traumatisiert ihr Sohn ist. Dabei hat er auf mich überhaupt nicht traumatisiert gewirkt. Im Gegenteil. Ich fand den ziemlich frech, und er hat sich zum Glück von den Kommentaren seiner Mutter auch nicht arg beeindrucken lassen. Er hat es meiner Meinung nach sogar ziemlich genossen, uns sein Abenteuer zu schildern. Ich bin mir auch nicht sicher, ob der nicht ein bisschen was dazuerfunden hat, nur, damit es spannender wird.«

»Ja, den Eindruck hatte ich auch«, ergriff wieder Katrin Gerber das Wort. »Er hat zum Beispiel berichtet, er habe am Bach so komische Geräusche gehört, aber als wir nachgefragt haben, was für Geräusche das waren, hat er gesagt – ich zitiere: ›Geräusche aus dem Gebüsch, wie von einem Mörder und seinem blutigen Messer.‹ Näher beschreiben, wie ein blutiges Messer klingt, konnte er aber nicht, und dann hat auch gleich wieder seine Mama eingegriffen. Also wenn ihr mich fragt, das ist ein Kind mit blühender Phantasie, und die Sache mit den Geräuschen würde ich nicht ernst nehmen.«

Maibach nickte. »Gut. Da vertraue ich auf eure Intuition. Laut Obduktionsbericht ist der Tod allerspätestens um drei Uhr nachts eingetreten, es wäre also auch seltsam, wenn der Mörder um neun Uhr morgens immer noch im Gebüsch gesessen hätte. Und ein blutiges Messer hat, soweit wir wissen, bei der Tat auch keine Rolle gespielt. Hat der Junge sonst noch irgendetwas Aufschlussreiches gesagt?«

Kleinschmidt und Gerber sahen sich an und zuckten beide mit den Schultern.

Jens Kleinschmidt fügte hinzu: »Wir sind dann an die Schule gefahren und haben die Aussagen der Klassenlehrerin und der Referendarin aufgenommen. Beide sagen übereinstimmend, solange sie mit der Führerin am Bach waren, sei niemand sonst in der Gegend unterwegs gewesen. Und auch auf dem Waldspielplatz waren sie allein. Die ersten anderen Wanderer sind ihnen begegnet, als sie mit den Leuten vom Kriseninterventionsteam auf dem Rückweg zur Schule waren.«

Ulrike Müller notierte etwas auf dem Whiteboard und drehte sich dann zu der Gruppe um. »Das deckt sich auch mit den Anrufen, die ich entgegengenommen habe. Da waren ein paar dabei, die am Bach spazieren waren, aber alle erst um halb zehn oder später.«

Katrin Gerber ergänzte: »Und was die Sache mit den Graffitis angeht, sagen die Weingartener Kollegen, dass ihnen der Schriftzug vom Freibad bisher noch nie begegnet ist.«

Maibach nickte. »Vielen Dank an das Team Weingarten. Wer macht weiter? Willi und Stefan?«

Stefan Loderer und Rüdiger Wille berichteten abwechselnd von ihren Telefonaten. Bei der Suche nach der Herkunft des Schlüssels in der Jackentasche des Toten waren sie nicht weitergekommen und hatten sich daraufhin auf die fünf möglichen Namen des Mordopfers konzentriert, die Maibach ihnen weitergereicht hatte.

»Drei der Namen konnten wir relativ leicht von der Liste streichen«, berichtete Stefan Loderer und nahm einen Schluck Mineralwasser. »Wir mussten nur bei den sogenannten Vermissten anrufen, und die gingen ans Telefon und bestätigten uns höchstpersönlich, dass sie wohlauf waren und keineswegs morgens tot im Stillen Bach gelegen hatten. Lebendig natürlich auch nicht.«

Rüdiger Wille räusperte sich. »Ja, also echt. Man müsste doch annehmen, dass die Leute, bevor sie bei der Polizei anrufen, vielleicht vorher selber bei ihren Bekannten nachfragen, ob es ihnen gut geht. Ich melde doch niemanden als potenziellen Toten im Bach, bevor ich nicht versucht habe, ihn zu kontaktieren, oder?«

»Offensichtlich doch«, meinte Katrin Gerber. »Manche Menschen denken eben nicht so logisch wie unsereins. Die lesen was von einem Toten in der Zeitung, finden, dass die Beschreibung auf den Nachbarn passt, und schieben Panik. Da setzt das logische Denken manchmal aus.«

»Apropos Nachbar«, fuhr Stefan Loderer fort. »Das war die schwierigste Nuss, die wir knacken mussten. Eine Anruferin hatte den Namen ihres Nachbarn genannt, der auf Teneriffa in Urlaub sein sollte, in einem Hotel España. Ausgerechnet! *España!* Wir haben alle gleichnamigen Hotels auf Teneriffa abtelefoniert. Glaubt mir, ihr wollt nicht wissen, wie viele das sind! Und wisst ihr, wo wir den Herrn dann am Ende gefunden haben? Auf Mallorca!« Loderer verdrehte die Augen. »Nur gut, dass der Willi ein bisschen Spanisch kann, sonst wären wir total aufgeschmissen gewesen.«

Rüdiger Wille konnte Spanisch? Das hatte Maibach bisher auch nicht gewusst. Interessant! Er fragte nach: »Und was ist mit Nummer fünf? Konntet ihr den auch von der Liste streichen?«

Stefan Loderer nickte. »Letztendlich ja. Dazu mussten wir allerdings die Kollegen vom Revier in Ravensburg bemühen – da ging es um einen alleinstehenden Herrn in einem kleinen Weiler im Hinterland, der kein Telefon hat. Kaum zu glauben, dass es das heutzutage überhaupt noch gibt! Die Ravensburger haben eine Streife vorbeigeschickt und ihn zu Hause angetroffen. Tja.

Von den fünfen war es also keiner. Und dann hat uns im Lauf des Nachmittags die Uli noch den einen oder anderen Namen weitergereicht, aber auch die erfreuen sich alle bester Gesundheit.«

Ulrike Müller berichtete anschließend von den weiteren Anrufen und E-Mails, die sie im Lauf des Tages entgegengenommen hatte. Sie schloss mit den Worten: »Mir reicht's für heute. So viele Idioten hatte ich im ganzen restlichen Jahr nicht am Telefon. Am Ende habe ich es fast nicht mehr geschafft, freundlich zu bleiben, wenn mir wieder irgend so ein Depp erzählt hat, dass er meinte, die Leiche im Bach wäre bestimmt die Frau Maier von gegenüber. *Frau* Maier! Also alles, was recht ist! Chef, ich mach das mit der Aktenführung und so wirklich gern. Aber an die Hotline setze ich mich morgen nicht mehr, das weiß ich sicher. Da muss ein anderer ran, sonst drehe ich durch.«

Maibach lächelte aufmunternd in Ulrike Müllers Richtung. »Vielen Dank für die gute Arbeit, Uli. Hat jemand von euch Lust, die Hotline zu übernehmen? Ich nehme ja sowieso an, dass da morgen nicht mehr so viel reinkommt. Höchstens die paar Leute, die ihre Zeitung mit einem Tag Verspätung lesen. Und die, die gar keine Zeitung haben, sondern nur ›Weingarten im Blick‹. Das ist so etwas wie ein Amtsblatt und wird immer freitags an alle Haushalte in Weingarten verteilt, und da erscheint unser Zeugenaufruf morgen auch noch mal.«

Zu seiner Überraschung meldete sich Rüdiger Wille. »Kann ich machen. Ich telefoniere eigentlich ganz gern, habe ich heute mal wieder festgestellt. Und mit Idioten umgehen kann ich auch ganz gut. Wenn's sein muss, sogar auf Spanisch.«

»Dann wäre das ja geklärt. So. Und als krönenden Abschluss will ich euch jetzt noch die Ergebnisse der Obduktion vorstellen, die mir Frau Dr. Mönch vorhin telefonisch durchgegeben hat. Haltet euch fest. Es wird noch mal richtig spannend.«

Maibach fasste für seine Kollegen alles zusammen, was er von der Gerichtsmedizinerin erfahren hatte: Temperaturmessungen,

Mageninhalt, Promille im Blut, Todeszeitpunkt, Kopfverletzung, Haar in der Luftröhre, Warten auf eine DNA-Analyse. Den bizarrsten Punkt, das Ertrinken im Salzwasser, hob er sich auf bis ganz zuletzt. Es schadete ja nichts, wenn er den Kollegen auch ein bisschen von der Spannung gönnte, die Frau Dr. Mönch bei ihrem Bericht für ihn aufgebaut hatte.

Als er seine Bombe am Ende des Vortrags schließlich platzen ließ, herrschte zunächst für einen kurzen Moment verblüfftes Schweigen.

Rüdiger Wille war der Erste, der die Sprache wiederfand. »Salzwasser? Ja leck mich am Arsch!«

»Danke. Vielleicht ein andermal«, gab Maibach trocken zurück. »Ich war genauso geplättet wie ihr. Hat jemand zum Thema Salzwasser irgendeine zündende Idee? So ganz spontan?«

»Ostsee, Nordsee, Atlantik, Pazifik, Mittelmeer«, kam es von Rüdiger Wille. »Schwäbisches Meer eher nicht. Das letzte Mal, als ich im Bodensee baden war, war noch Süßwasser drin.«

»Jetzt mal im Ernst, Leute«, sagte Maibach. »Ich weiß, es ist spät, und wir wollen alle nach Hause. Aber ein paar Ideen würde ich schon gerne noch in den Abend mitnehmen. Zum Drüberschlafen sozusagen. Nachts kommen einem ja manchmal die besten Ideen, wenn das Unterbewusste so ganz entspannt vor sich hin philosophiert ...«

»Also *mein* Unterbewusstes philosophiert selten«, sagte Rüdiger Wille. »Egal, ob entspannt oder nicht. Aber jetzt mal tatsächlich im Ernst: Gibt es nicht Schwimmbäder, die einen Salzwasserpool haben? An der Ostsee hab ich das im Urlaub schon gesehen. Hier in der Gegend ist es mir allerdings noch nie aufgefallen.«

Jens Kleinschmidt nickte. »Eine Freundin von meiner Freundin hat mal von einem Erlebnisbad mit Wellnessbereich geschwärmt. Und dass das Salzwasser da besonders gut für das Wohlbefinden sei. Ich hab nicht mitbekommen, wo das genau war. Vielleicht Aulendorf? Oder Immenstaad? Ich kann heute Abend mal nachfragen.«

Maibach nickte. »Tu das, Jens. Interessanter Ansatz. Weitere Ideen, Leute? Salzwasser?«

»Spaghettitopf.«

»Willi! Ernst gemeinte Ideen bitte!«

»Wellnesshotels. Vielleicht gibt es da auch Salzwasserpools, wenn das so gut fürs Wohlbefinden ist«, mutmaßte Katrin Gerber. »Das würde ja auch zu unseren Überlegungen mit dem Hotelzimmer und dem Schlüssel passen.«

Stefan Loderer stöhnte. »Du meinst, wir müssen noch mal alle Hotels anrufen und nachfragen, ob sie einen Pool haben? Mit Salzwasser?«

»Kein schlechter Gedanke. Den nehmen wir jetzt mit in den wohlverdienten Feierabend. Da könnt ihr euch morgen noch mal dahinterklemmen, Willi und Stefan. Für heute machen wir Schluss«, meinte Maibach mit einem abschließenden Blick in die Runde. Mehr war heute Abend von seinen allesamt erschöpft wirkenden Mitarbeitern nicht zu erwarten. »Erholt euch gut, lasst euer Unterbewusstsein ein bisschen grübeln und kommt morgen mit zündenden Ideen um acht wieder zur Teambesprechung. Ich danke euch für eure konstruktive Mitarbeit.«

Er packte seine Thermoskanne und seine Tasse, klemmte sich die Notizen unter den Arm und steuerte sein Büro an. Nur noch ein kurzer Spaziergang durch den hoffentlich lauen Abend, und dann warteten zu Hause eine kühle Dusche und ein gut gefüllter Kühlschrank auf ihn. Und ein hoffentlich erträglich temperiertes Schlafzimmer hinter den geschlossenen Rollläden.

※ ※ ※

Die Meldung in der Tageszeitung war kurz, aber nicht zu übersehen. Die Polizei bat um Mithilfe bei der Identifizierung einer Leiche und suchte Zeugen, die nachts am Stillen Bach etwas beobachtet hatten. Na, dann sucht mal schön, dachte er mit einem Anflug von Erleichterung. Er war sich ziemlich sicher, dass ihn niemand gesehen haben konnte. Das war der Vorteil eines so gottverlassenen Ortes. Nachts gab es keinen Grund, sich dort aufzuhalten – es war ja nichts in der Nähe als Wald, Weiher und Pampa. Freibad und Gartenwirtschaft lagen um diese Zeit im Tiefschlaf. Er beglückwünschte sich innerlich zu seiner spontanen Eingebung, die Leiche dort am Bach zu entsorgen. Er musste sich jetzt nur weiterhin möglichst unauffällig verhalten. Heute war ihm das schon leichter gefallen als gestern. Selbst sein Schlaf war tief und traumlos gewesen, die erschreckenden Bilder, vor denen er sich so fürchtete, waren nicht wiedergekommen.

Eines jedoch beunruhigte ihn. Die Polizei würde nach dieser Zeitungsmeldung bald herausfinden, wer der Tote war und wo er sich vor seinem Tod aufgehalten hatte. Dort würden sie auftauchen und Fragen stellen. Das große Problem war: Hatte ihn jemand am Montagabend mit dem Opfer gesehen? Nicht am Bach, sondern schon früher? Vielleicht sogar einer, der über ihre gemeinsame Vorgeschichte Bescheid wusste oder zumindest erahnen konnte, was zwischen ihnen vorgefallen war? Bei diesem Gedanken brach ihm der kalte Schweiß aus. Was sollte er nur tun? Etwa jeden potenziellen Zeugen vorsorglich aus dem Weg räumen? Er schloss die Augen und spürte, wie diese Vorstellung sich in seinen Gedanken Raum zu verschaffen suchte. Ein verzweifeltes Stöhnen stieg in ihm auf – so leicht konnte man sich also daran gewöhnen, ein Mörder zu sein ...

***

Es war Donnerstagabend, kurz vor zwanzig Uhr. Hussein warf einen verstohlenen Blick Richtung Küche. Seine Mutter stand über die Arbeitsfläche gebeugt da und hackte Zwiebeln. Sie drehte ihm den Rücken zu und war ganz in ihre Arbeit vertieft. Seine beiden kleinen Geschwister saßen mit seinem Großvater im Wohnzimmer vor dem Fernseher. Er ergriff die Gelegenheit, schlich sich zur Wohnungstür und nahm den Schlüssel zum Fahrradschuppen im Hof an sich, der neben der Tür an einem Haken hing. Später in der Nacht würde er ihn hoffentlich genauso unbemerkt wieder hinhängen, bevor morgen früh seine Mutter die Laufräder seiner Geschwister für den Weg zum Kindergarten brauchte.

Der Duft von gedünstetem Knoblauch und Paprika stieg ihm in die Nase. Ihm lief das Wasser im Mund zusammen, und er merkte, wie hungrig er war. Seit dem Mittagessen in der Schulkantine waren sieben Stunden vergangen, und viel gegessen hatte er von der Pampe sowieso nicht. Kässpätzle. Alle seine Kumpels waren ganz selig, wenn es das gab. Er nicht. Er freute sich dann schon auf den Abend. Auf *zu Hause*. Auf etwas Richtiges zu essen.

»Hussein! Wo du bist? Du Tisch deckst bitte?«, rief seine Mutter. Hussein verdrehte genervt die Augen. Er hasste es, wenn seine Mutter ihr grauenvolles Deutsch an ihm ausprobierte. Warum konnte sie nicht mit ihm sprechen wie früher, als sie wirklich noch zu Hause gewesen waren? Er hatte doch seine Muttersprache nicht verlernt, nur weil er mittlerweile Deutsch konnte. Aber sie verstand das nicht. Sie meinte es nur gut, das wusste er. Sie wollte ihn unterstützen, ihm das Gefühl geben, dass sie jetzt voll und ganz in dieses Land gehörten, mit seiner Sprache und allem Drum und Dran. Wahrscheinlich würde sie über kurz oder lang auch noch anfangen, Kässpätzle zu kochen … Bei diesem Gedanken musste er sich fast schütteln. Nein, so weit durfte es nicht kommen!

Er ging in die Küche, schlang seinen Arm von hinten um ihre Schulter und sagte: »Klar kann ich den Tisch decken. Ich freu mich schon so auf dein leckeres Essen, Mama! Wann ist der Reis fertig? Soll ich Großvater und die Kleinen schon zum Essen rufen?«

»Noch fünf Minuten. Du nur Tisch deckst, dann ich rufen, wann fertig.«

Er deckte den Tisch, dann ging er zurück in das Zimmer, das er sich mit seinem kleinen Bruder teilte, und zog seinen gepackten Rucksack unter dem Bett hervor. Ein letztes Mal kontrollierte er, ob er auch wirklich alles eingesteckt hatte, was er für seinen nächtlichen Ausflug brauchen würde. Die beiden Spraydosen – je eine mit roter und schwarzer Farbe. Seinen schwarzen

Kapuzenpullover – nicht so sehr wegen der kühleren Nacht-temperaturen, sondern weil er damit besser unsichtbar werden konnte, wenn es nötig wurde. Sein Smartphone – schließlich wollte er das Ergebnis seiner Arbeit wieder dokumentieren. Als Letztes steckte er noch den Schuppenschlüssel in die kleine Seitentasche mit dem Reißverschluss. Nun musste er nur noch genug Geduld haben, bis nach dem Abendessen alle zu Bett gegangen und eingeschlafen waren. Dann konnte es wieder losgehen.

Diese Tour in der Nacht zum Dienstag war das Beste gewesen, was er seit Langem erlebt hatte. Eigentlich sollte es nur ein einmaliges Ausprobieren sein, eine Art nächtliche Mutprobe, nur für ihn selber. Zuschauer hätte er dabei nicht brauchen können, deshalb hatte er das Freibad ausgewählt. Das lag so schön außerhalb der Stadt, dass in den Stunden nach Mitternacht sicher keiner mehr zufällig dort vorbeikam, und trotzdem war es von der Stadt aus noch ohne allzu große Anstrengung mit dem Fahrrad zu erreichen. Er wollte nur einmal ausprobieren, wie es sich anfühlte, wenn die weiße Wand sich mit Farbe füllte. Wenn sie *seine* Wand wurde. Doch schon in derselben Nacht, als er nach seiner Rückkehr wieder sicher in seinem Bett lag, mit keuchendem Atem und rasendem Puls, wusste er, dass er dieses Erlebnis baldmöglichst wiederholen wollte. Und heute Abend war es so weit.

Er freute sich schon darauf. Nicht nur auf das erhebende Gefühl, seine farbige Spur auf einer bis dahin nichtssagend leeren weißen Wand zu hinterlassen. Sondern auch und vor allem auf den Kick, den Nervenkitzel, den er empfunden hatte, als er sich klarmachte, dass er jederzeit erwischt werden konnte. Dass er schlau und geschickt sein musste, um nicht gesehen zu werden. Dass er auf jedes Geräusch, jede Bewegung achten musste, um im Notfall blitzschnell verschwinden zu können. Und blitzschnell war er ja dann tatsächlich auch gewesen …

Allein die Erinnerung daran genügte, um ihn wieder in diesen wohligen Zustand der Erregung zu versetzen, den er da verspürt hatte. Er hatte gerade sein Werk vollendet, die Utensilien im Rucksack verstaut und sein Smartphone weggesteckt, als er hinter sich ein Rascheln im Gebüsch gehört hatte. Der Schreck war ihm in alle Glieder gefahren. In Panik war er auf sein Rad gesprungen und in halsbrecherischem Tempo über das schmale Sträßchen durch den Wald gebrettert, ohne sich noch einmal umzusehen. Im Nachhinein war er sich fast sicher, dass das Geräusch nur von einem Tier gekommen war – ein Eichhörnchen vielleicht oder eine Maus. Nichts wirklich Bedrohliches.

Bedrohlich war es erst kurz darauf geworden, als an der Kreuzung mit einem anderen schmalen Waldsträßchen dieser Verrückte mit seinem Porsche von rechts herausgeschossen kam. Mit durchdrehenden Reifen war er um die Kurve geschlingert, und Hussein hatte eine echte Vollbremsung hinlegen müssen, um nicht von dem Auto erfasst zu werden. Was der wohl nachts um halb drei da im Wald zu suchen hatte? Vielleicht hatte es ein nächtliches Saufgelage gegeben? Oder einen Streit? Hussein war nur froh, dass es ihm gelungen war, einen Zusammenstoß zu vermeiden. Der Autofahrer hatte das unbeleuchtete Rad bestimmt nicht einmal bemerkt, jedenfalls war er mit unverminderter Geschwindigkeit weitergefahren und hatte erst vorn an der Einmündung zur Hauptstraße, die von Weingarten heraufkam, kurz abgebremst. Hussein hatte deutlich das eine Bremslicht aufleuchten sehen, bevor der Wagen nach rechts abbog und den Berg hinauf Richtung Waldburg verschwand.

»Hussein! Essen fertig!«, tönte es aus der Küche.

Er schob die Gedanken an sein nächtliches Abenteuer beiseite, versteckte den Rucksack wieder unter dem Bett und ging in die Küche. Eine Stärkung konnte nicht schaden, bevor er heute Nacht wieder loszog.

VIER

Der Freitag begann schwül. Die Nacht hatte kaum Abkühlung gebracht, dafür wurden in der Wettervorhersage für den späteren Tagesverlauf Gewitter und Starkregen angekündigt. Hoffentlich stimmt die Vorhersage ausnahmsweise mal, dachte Maibach. Im Besprechungsraum war die Luft abgestanden und zum Schneiden dick. Auch im übertragenen Sinn. Es war bereits zehn nach acht, und alle außer Rüdiger Wille waren versammelt. Maibach, dessen Schlafzimmer bei Weitem nicht so kühl wie erhofft gewesen war, hatte schlecht geschlafen und fühlte sich gerädert. Auch seine Mitarbeiter sahen alle nicht gerade taufrisch aus. Nach einem weiteren genervten Blick auf seine Armbanduhr räusperte sich Maibach schließlich.

»Tja, Leute, ich denke, wir fangen schon mal ohne Willi an. Er wird ja hoffentlich bald auftauchen. Als Erstes würde ich gerne auf unsere Salzwasserfrage zurückkommen. Hat sich jeder dazu seine Gedanken gemacht?«

»Ich habe meine Freundin gefragt, über welches Erlebnisbad sie damals mit ihrer Kollegin geredet hat. Biberach. Das war Biberach. Dort gibt es anscheinend ein Solebecken mit Thermalwasser, mit echtem Salz vom Toten Meer. Und Massagedüsen und so Zeug. Soll gut sein für die Haut und überhaupt für den ganzen Körper. Die Kollegin war ganz begeistert.«

»Das ist ja schön und gut«, kommentierte Katrin Gerber. »Dann wissen wir das jetzt also. Aber wie soll uns diese Erkenntnis denn weiterbringen? Glaubt jemand im Ernst, unser Toter wäre in Biberach im Jordanbad ertrunken, im Salzwasserbecken? Und dann hat ihn der Bademeister herausgefischt, oder was, und ihn fünfzig Kilometer weit nach Weingarten gekarrt, um ihn dort im Stillen Bach zu versenken?«

»Ich hab ja nur weitergegeben, was ich von meiner Freundin erfahren habe«, verteidigte sich Jens Kleinschmidt mit leicht beleidigter Miene. »Ich habe ja nicht behauptet, dass das irgendetwas mit unserem Toten zu tun hat. Aber der Chef hat ja schließlich gefragt, oder?«

»Ja, habe ich. Und vielen Dank für die Auskunft«, beeilte sich Maibach einzugreifen. »Im Moment sind wir am Sammeln von Ideen. Wie das Ganze mit unserem Fall zusammenhängt, oder ob überhaupt, diese Frage müssen wir zunächst ausklammern. Irgendwann taucht vielleicht die entscheidende Kleinigkeit aus dem Meer von Informationen auf, die uns weiterhelfen kann. Aber dazu müssen wir dieses Meer erst mal befüllen, wenn ihr versteht, was ich meine. Und dabei darf es keine Denkverbote geben, Katrin.«

»So hab ich's ja auch nicht gemeint«, murmelte Katrin Gerber. »Sorry. Aber das mit Biberach halte ich einfach für undenkbar.«

»Undenkbar ist momentan nichts«, insistierte Maibach. »Aber unwahrscheinlich ist es schon, da gebe ich dir recht. Ich schlage vor, wir checken erst einmal ab, wo es sonst noch im näheren Umkreis von Weingarten Salzwasserbecken gibt – öffentliche Bäder genauso wie Hotelanlagen. Dann entscheiden wir, ob wir die alle abklappern und ein Foto des Toten herumzeigen sollen. Stefan, kannst du dich um diese Frage kümmern? Zusammen mit Willi, falls er denn heute noch erscheinen sollte?«

»Wird gemacht«, nuschelte Stefan Loderer, der gerade von einem Salamibrötchen abgebissen hatte. Er schluckte. »'tschuldigung. Hatte zu Hause keine Zeit zum Frühstücken.«

»Kein Problem. Uli, wie sieht die Aktenlage aus?«

Ulrike Müller, die gerade ausgiebig gegähnt hatte, zuckte zusammen, als sie ihren Namen hörte. »Die Aktenlage? Also … ja, die Aktenlage. Es sind mittlerweile einige weitere Berichte eingegangen, unter anderem die ausführliche Darlegung der gerichtsmedizinischen Untersuchungen von Frau Dr. Mönch. Aber außer vielen Fremdwörtern war da, glaube ich, nicht mehr enthalten, als was du uns gestern schon referiert hattest. Das Haar aus der Luftröhre des Toten befindet sich im Labor, aber mit Ergebnissen ist vor dem Wochenende nicht mehr zu rechnen. Die Abschriften der Gespräche mit Ferdinand und Moritz und den Lehrerinnen hat Frau Mechtersheimer auch schon fertiggestellt. Will jemand einen Ausdruck? Soll ich euch etwas davon zumailen? Oder reicht es, wenn ich es einfach ins Intranet packe, so wie beim letzten Fall?«

»Intranet reicht«, beschloss Maibach. »Katrin und Jens, lest es euch bitte zeitnah durch. Nicht dass irgendetwas verloren gegangen ist.« Natürlich zweifelte er keineswegs an Frau Mechtersheimers Abschreibkompetenz. Aber man konnte ja nie wissen.

»Gut, machen wir uns an die Arbeit. Uli, es tut mir leid, aber könntest du nochmals die Hotline übernehmen, bis Willi auftaucht?«

Ulrike Müller setzte gerade zu einem Stöhnen an, als im Flur hastige Schritte zu hören waren. Sie atmete erleichtert auf. »Ich glaube, das hat sich hiermit erledigt, Chef«, grinste sie und drehte sich zur Tür um. »Hallo, Willi! Noch nie habe ich mich so gefreut, dich zu sehen!«

Der Angesprochene blieb im Türrahmen stehen. »Reifenpanne«, knurrte er. »Musste das Auto stehen lassen und den Bus nehmen.«

»Du hättest ja kurz Bescheid sagen können, wo du bleibst«, erwiderte Maibach mit gerunzelter Stirn.

»Hab ich doch versucht. Ich hab deinen Büroanschluss gewählt, aber es ist keiner rangegangen«, maulte Rüdiger Wille zurück.

»Schwamm drüber. Willi, du übernimmst wie besprochen die Hotline, und wenn du Kapazitäten frei hast, hilfst du Stefan bei der Salzwasserrecherche. Katrin und Jens, wenn ihr die Protokolle durch habt, nehmt ihr euch diese Liste mit Namen vor.« Er reichte ihnen einen Notizzettel. »Die sind seit gestern Abend als Hinweise per E-Mail eingegangen. Uli, du hilfst mit.«

Maibachs Schädel brummte, als hätte er am Vorabend eine ganze Schnapsflasche geleert. Diese verdammte Hitze! Seufzend fuhr er seinen Computer hoch. Es hatten sich schon wieder einige E-Mails angesammelt. Die Hälfte davon leitete er an Ulrike Müller weiter und nahm sich die andere Hälfte selber vor. Besonders vielversprechend klang keine davon, aber nachgehen mussten sie allen. Irgendwann würde schon der entscheidende Hinweis dabei sein.

Ganz entfernt im Hintergrund klingelte irgendwo penetrant ein Telefon. Welcher Kollege ließ denn seinen Apparat so lange bimmeln, ohne ranzugehen? Hoffentlich nicht Willi an der Hotline! Das Klingeln verstummte. Er wandte sich wieder seinem Bildschirm zu, da erschien Frau Mechtersheimer an der geöffneten Bürotür.

»Ach, Herr Maibach, Sie sind ja doch im Haus! Gerade hat das Revier aus Weingarten angerufen. Der Kollege sagt, bei Ihrer Durchwahl sei keiner zu erreichen. Deshalb hat er mich gebeten, Ihnen etwas auszurichten. Ich wollte Ihnen nur schnell den Zettel auf den Tisch legen. Wieso gehen Sie denn nicht an Ihren Apparat?«

Maibach nahm den Zettel entgegen. »Wahrscheinlich war ich da noch im Besprechungsraum. Vielen Dank für Ihre Mühe, Frau Mechtersheimer.«

Das Revier in Weingarten teilte mit, dass in der vergangenen Nacht ein neues Graffito aufgetaucht war. Maibach stutzte. Graffito? Hieß das nicht Graffiti? Er las weiter. Ein Bauhofmitarbeiter hatte es an der Rückseite des städtischen Hallenbads entdeckt und bei der Polizei gemeldet. Die Streife, die vor Ort gewesen war, um die Schmierereien zu begutachten, hatte keinen Zweifel daran, dass es sich um denselben Schriftzug wie am Freibadrestaurant handelte. Zeugen, die in der Nacht etwas gesehen hatten, gab es bisher leider keine.

Maibach legte den Zettel beiseite. Er nahm sich die nächste Mail vor, unterbrach die Lektüre aber gleich wieder, ging ins Internet und googelte »Graffito«. Na da schau an, dachte er verwundert nach einem kurzen Blick auf die Ergebnisse. Schon wieder was gelernt.

»Nein, das ist bestimmt nicht nötig. Vielen Dank für Ihren Anruf. Sollten wir Ihre Hilfe in Anspruch nehmen wollen, kommen wir auf Sie zu. Auf Wiederhören.« Resigniert ließ Maibach den Hörer sinken. Manche Anrufer konnten einen an den Rand der Verzweiflung bringen – so wie diese Hellseherin, die nun schon den dritten Versuch gestartet hatte, sich in die Ermittlungen einzumischen.

Es war kurz vor Mittag. Maibachs Magen begann zu grummeln. Auf einen einsamen Gang zum Essen hatte er keine Lust. Vielleicht wollte jemand mitgehen? Es waren ja momentan alle im Haus. Eine gute Gelegenheit, das Teamklima zu verbessern. Kurz entschlossen ging er über den Flur ins Büro gegenüber. Kleinschmidt, Müller und Gerber saßen alle an ihren Schreibtischen.

Maibach nickte ihnen zu, wartete kurz, bis Katrin Gerber ihr Telefonat beendet hatte, und fragte dann in die Runde: »Wie kommt ihr voran? Gibt es was Neues?«

Ein Kopfschütteln von allen dreien und ein Seufzen von Ulrike Müller genügten als Antwort.

»Lauter falsche Fährten, Chef«, sagte Katrin Gerber. »Ich glaube, ich brauche mal eine Pause. Geht jemand mit zum Bäcker?«, fragte sie in Richtung ihrer beiden Bürogenossen.

Maibach hüstelte. »Ja, genau das wollte ich eigentlich auch gerade vorschlagen«, presste er hervor.

Ein erstaunter Blick von Katrin Gerber traf ihn. »Was? Sie … Du willst zum Bäcker? Ich habe gedacht, du gehst bestimmt jeden Mittag irgendwo im Restaurant essen.«

Nun, wenn er ehrlich war, hatte er schon eher den Chinesen als den Bäcker im Sinn gehabt, aber das musste er ihr ja nicht auf die Nase binden. »Nein, nein. Ich brauche nur einfach irgendetwas in den Magen, sonst kann ich mich nicht mehr konzentrieren«, erwiderte er.

»Na dann. Ich sage noch schnell den anderen Bescheid – Willi und Stefan haben sicher auch Hunger«, meinte Katrin Gerber und verschwand auf dem Flur.

Maibach folgte ihr zum Büro von Loderer und Wille. Stefan Loderer war offensichtlich hocherfreut über den Vorschlag, eine Pause einzulegen, und sprang förmlich von seinem Stuhl auf, als hätte er nur darauf gewartet, dass ihn endlich jemand zum Essen abholte. Rüdiger Wille hingegen saß mit konzentriertem

Gesichtsausdruck am Schreibtisch, den Telefonhörer ans Ohr gepresst. Er warf einen kurzen Blick zu den Kollegen an der Tür und fuchtelte wild mit der freien Hand in ihre Richtung. Dann zeigte er auf den Telefonhörer und bedeutete Stefan und Katrin, still zu sein.

»Ja, das machen wir«, sagte er ins Telefon. »Lassen Sie das Zimmer bitte verschlossen, bis wir kommen. Und bitten Sie die anderen Teilnehmer, bis zu unserem Eintreffen im Haus zu bleiben.« Er hörte wieder einen Moment zu und sagte dann eine Spur schärfer: »Nein, das ist ausgeschlossen. Lassen Sie niemanden abreisen, bevor wir da sind. Ja. Ja! Habe ich doch gesagt. Wir beeilen uns. Danke für Ihren Anruf. Ja. Bis gleich. Auf Wiederhören.«

Er legte den Hörer auf und drehte sich zu den anderen um, die mittlerweile alle im Zimmer standen und gespannt in seine Richtung starrten. An der Hotline hatte sich gerade etwas getan, so viel war sicher.

Rüdiger Wille stand auf und strahlte seine Kollegen an. »Bingo! Ich glaube, wir haben ihn!«

»Mensch, Willi, mach's nicht so spannend. Was ist los?«, fragte Katrin Gerber. »Du hast herausgefunden, wer unser Toter ist?«

»Genau das, meine Liebe«, erwiderte Rüdiger Wille mit breitem Grinsen. Er genoss die Aufmerksamkeit des Teams anscheinend in vollen Zügen. »Man muss halt nur die richtigen Leute ans Telefon lassen!«

Diese Bemerkung brachte ihm einen finsteren Blick von Ulrike Müller und ein in seine Richtung gezischtes »Idiot!« ein, was er aber nicht zu bemerken schien.

»Das war gerade die katholische Akademie Weingarten am Telefon. Präzise formuliert – Moment, wo hab ich den Zettel – das Tagungshaus Weingarten der Akademie der Diözese Rottenburg-Stuttgart. Die vermissen einen Teilnehmer an einem Workshop. Die Beschreibung passt auf unseren Toten, und ratet mal, welche Zimmernummer sein Gästezimmer im Akademiegebäude hat? Na?«

»104«, kam es mehrstimmig zurück.

»Genau! Ich habe gesagt, wir kommen sofort. Anscheinend

ist heute Abreisetag. Wir müssen uns beeilen, wenn wir die anderen Teilnehmer noch befragen wollen. Die sind wohl aus allen möglichen Orten in ganz Deutschland angereist und wollen sich nach dem Mittagessen alle auf den Heimweg machen.«

Maibach spürte, wie sein Pulsschlag sich beschleunigte. Endlich hatten sie eine vielversprechende Spur, der sie nachgehen konnten. Zufrieden wandte er sich an Wille. »Das sind ja hervorragende Neuigkeiten! Katholische Akademie Weingarten also. Kein Hotel, aber doch mit Gästezimmern. Wir lagen also gar nicht so falsch! Was war das für ein Workshop? Und hast du den Namen des vermissten Teilnehmers notiert?«

Rüdiger Wille konsultierte erneut seinen Notizzettel. »Den Titel des Workshops hab ich nicht mitgeschrieben. Lang und kompliziert, irgendwas mit Religion. Und der Teilnehmer heißt Wilhelm Gottfried Kühneborn. Professor Dr. Wilhelm Gottfried Kühneborn, um genau zu sein.«

Katrin Gerber runzelte die Stirn. »Kühneborn? Kühneborn? Den Namen hab ich irgendwo schon mal gehört in letzter Zeit. Wo war das bloß?« Sie verstummte. Maibach ließ ihr kurz Zeit zum Grübeln und sah sie fragend an, aber schließlich erwiderte sie seinen Blick und sagte mit Bedauern: »Nein, tut mir leid. Ich komm im Moment nicht drauf.«

»Tja, Leute. Das ändert natürlich die Sachlage. Wir müssen schleunigst nach Weingarten. Wir nehmen zwei Dienstwagen. Ach so, was machen wir mit der Hotline? Wer bleibt da, falls weitere Anrufe kommen?«

Er blickte auffordernd in die Runde, es tat ihm jedoch niemand den Gefallen, sich freiwillig zu melden. Verständlich, denn alle wollten nun, da es endlich eine handfeste Spur gab, direkt am Geschehen beteiligt sein. Möglicherweise würde er vor Ort auch alle Leute dringend brauchen. Sollte er Frau Mechtersheimer bitten, ausnahmsweise nochmals die Hotline zu betreuen?

»Willi, hast du eine Teilnehmerzahl von diesem Workshop? Mit wie vielen Befragungen müssen wir denn rechnen?«

»Zwölf Teilnehmer – ich glaube, einschließlich des Vermissten.«

»Okay. Wir sind sechs Leute, wir fahren alle. Befragungen in Zweierteams. Außer den Teilnehmern gibt es sicherlich noch andere Leute, die wir vernehmen müssen – Hausmeister, Sekretärin, sonstiges Personal, was weiß ich, wie das dort organisiert ist. Kennt jemand von euch den Laden?«

Katrin nickte. »Ich war da letztes Jahr mal zu einem Treffen für Ehrenamtliche. Beeindruckendes Gebäude, gleich bei der Basilika.«

»Gut, fahren wir erst mal los. Willi und Katrin, ihr kommt zu mir ins Auto. Jens, Uli und Stefan, ihr nehmt den zweiten Wagen. Treffpunkt Basilika, oder, Katrin?«

»Ja. Auf dem Parkplatz oben hinter der Basilika. Von dort geht's ins Akademiegebäude.«

»Perfekt. Drückt auf die Tube, Leute, es wird ernst!«

Erst als er schon mit durchdrehenden Reifen vom Hof fuhr, fiel ihm wieder ein, dass er das Problem mit der Hotline noch nicht gelöst hatte. Kurzerhand bat er Katrin Gerber, die sich gerade neben ihm mit schreckgeweiteten Augen anschnallte, im Sekretariat anzurufen. Sie hatte so eine freundliche Art – auf sie würde Frau Mechtersheimer bestimmt nicht halb so böse sein wie auf ihn.

Maibach fuhr in zügigem Tempo auf die Ausfallstraße Richtung Ravensburg. Jetzt, um die Mittagszeit, war von den Staus, die sich jeden Morgen und jeden Abend zur Hauptverkehrszeit bildeten, nichts zu sehen. Er wandte sich zu Katrin Gerber. »Ist dir in der Zwischenzeit eingefallen, woher du den Namen Kühneborn kennst?«

Sie schüttelte den Kopf. Auf der Rückbank zückte Rüdiger Wille sein Smartphone. »Soll ich den Namen googeln?«

»Gute Idee. In der Zwischenzeit kann uns Katrin erzählen, was sie von der Akademie weiß.«

»So wahnsinnig viel kann ich da gar nicht sagen«, meinte Katrin Gerber. »Ich war, wie gesagt, letztes Jahr mal da, aber nur für einen Tag. Von den Gästezimmern habe ich zum Beispiel gar nichts mitbekommen. Die Akademie bietet das ganze Jahr über Veranstaltungen an – Vorträge, Workshops, Seminare und so weiter. Die meisten haben was mit Theologie zu tun, aber nicht nur. Bei unserer Tagung ging es zum Beispiel um ehrenamtliche Flüchtlingshilfe. Nichts Religiöses, eher alltagspraktische Fragen. Umgang mit traumatisierten Menschen, Tipps zur Sprachförderung, Ansprechpartner bei Rechtsfragen, solche Sachen.«

Maibach hatte gar nicht gewusst, dass Katrin Gerber sich in diesem Bereich engagierte. Wie er so vieles über seine Mitarbeiter in Friedrichshafen nicht wusste. Überrascht war er allerdings nicht – irgendwie passte es zu Katrin, die sich auch im Team immer fürs Zwischenmenschliche zuständig fühlte.

»Hast du damals was über die Organisation der Akademie mitbekommen?«

»Es gibt eine Akademieleiterin, wenn ich mich recht erinnere. Unten im Erdgeschoss ist die Rezeption. Außerdem gibt es einen Speisesaal irgendwo im Gebäude. Überhaupt fand ich das Gebäude beeindruckend. Lange Gänge, viele Räume, auch ein ziemlich großer Saal war dabei, und überall diese hohen Decken und der Ausblick auf die Basilika gleich nebenan. Die stammt aus dem Barock, soviel ich weiß ...«

Maibach befürchtete schon, sich nun einen längeren architekturhistorischen Vortrag anhören zu müssen, da rettete ihn Rüdiger Wille. »Interessiert euch, was Google zu unserem potenziellen Opfer weiß?«

»Brennend!«, gab Katrin Gerber zurück.

»Also, es gibt eine Riesenmenge an Treffern unter seinem Namen. Der scheint ziemlich bekannt zu sein. Kommt hauptsächlich zusammen mit Stichworten wie ›Moraltheologie‹ und ›Katholizismus‹ vor. In diesem Bereich hat er anscheinend auch Bücher veröffentlicht. Gerade erst Anfang des Jahres ist wieder ein neues erschienen ...« Wille wischte über das Display seines Smartphones.

»›Jesus war nicht Mohammed‹! Genau! Jetzt weiß ich's wieder!«, unterbrach ihn Katrin Gerber.

Maibach warf ihr einen erstaunten Blick zu. »Jesus war nicht Mohammed? Das ist mir schon klar, aber was meinst du denn jetzt damit?«

Katrin Gerber verdrehte die Augen. »Das Buch, Chef! So heißt das letzte Buch von diesem Kühneborn! Das war doch eine Weile lang ziemlich in den Schlagzeilen! Der hat da wohl ziemlich offen islamfeindliche Thesen vertreten. Ich hab's selber nicht gelesen, aber bei uns in der Kirchengemeinde ging es ziemlich hoch her; viele im Flüchtlingshelferkreis haben sich tierisch über den aufgeregt.«

»Im Netz gibt es dazu auch einiges«, ergriff Rüdiger Wille wieder das Wort. »Das müssen wir später noch weiter recherchieren – vielleicht liegt da ein mögliches Motiv?«

Maibach nickte. »Möglich ist alles. Wir wollen mal hören, was uns die Leute in der Akademie zu sagen haben. Da sind wir.«

Maibach bog auf einen großen Parkplatz ein und steuerte den Wagen schwungvoll in eine freie Lücke zwischen zwei Kleinwagen. Katrin Gerber atmete deutlich hörbar auf und löste ihren Sicherheitsgurt. Rüdiger Wille blickte sich um.

»Wo sind denn die anderen? Waren die nicht hinter uns?«

»Die habe ich schon in Meckenbeuren aus dem Rückspiegel verloren«, meinte Maibach. »Wenn sie kommen, gehen wir erst gemeinsam zur Rezeption und peilen die Lage. Danach teilen wir uns in drei Teams auf und beginnen mit den Workshopteilnehmern, bevor die uns davonlaufen. Das ständige Personal vor Ort kommt dann später dran.«

Hinter ihnen bog nun auch der zweite Dienstwagen auf den Parkplatz ein. Stefan Loderer schälte sich aus dem Fahrersitz. »Na, du hast ja ein flottes Tempo vorgelegt«, kommentierte er. »Bei der roten Ampel in Meckenbeuren wollte ich dann doch lieber nicht mehr deinem Beispiel folgen. Sag mal, bekommst du eigentlich viele Strafzettel, bei deiner Fahrweise?«

»Gelegentlich«, gab Maibach zu. »Aber auch nicht mehr als andere Kollegen. Außerdem übertreibst du. Von einer roten Ampel in Meckenbeuren weiß ich nichts.«

»Ich schon«, murmelte Katrin Gerber. Laut sagte sie: »Da vorne ist übrigens der Eingang.«

Hier an der Rückseite, vom Parkplatz aus betrachtet, sah der

Kirchenbau der Basilika lange nicht so majestätisch aus, wie Maibach ihn in Erinnerung hatte. Bei den wenigen Anlässen, zu denen er die Kirche besucht hatte – die Hochzeit seiner Schwester vor bald fünfzehn Jahren und in den darauffolgenden Jahren die Taufen und Erstkommunionfeiern ihrer Kinder –, hatte er immer unten in der Stadt geparkt und sich der Basilika über die beeindruckende Treppe genähert, die zu ihrer Vorderfront hinaufführte. Von der Rückseite aus waren die Kuppel und die beiden vorderen Türme praktisch nicht zu erkennen. Dafür stand man vor der Fassade eines langen Gebäudeflügels, der früher den Benediktinermönchen als Klosteranlage gedient hatte. In diesem Trakt war offensichtlich auch die Akademie untergebracht.

Er drückte energisch gegen die Eingangstür und folgte dem Wegweiser zur Rezeption.

***

Hussein gähnte und legte sich auf sein Bett. Sein kleiner Bruder war mit dem Laufrad im Hof unterwegs, und so hatte er hoffentlich das Zimmer eine Weile für sich allein, bis zum Mittagessen wenigstens. Gerade war er aus der Schule gekommen. Zum Glück war freitags schon um kurz vor zwölf Uhr Schluss, länger hätte er es kaum aushalten können, ohne mitten im Unterricht einzuschlafen. Sein Klassenlehrer hatte ihn sowieso schon des Öfteren ermahnt, besser aufzupassen und nicht vor sich hin zu träumen.

Es war aber auch ziemlich spät geworden heute Nacht! Bei den hochsommerlichen Temperaturen, die zurzeit herrschten, waren seine kleinen Geschwister abends kaum ins Bett zu bringen, und bis er sicher sein konnte, dass auch Mutter und Großvater eingeschlafen waren, war es bereits wieder nach Mitternacht gewesen. Ja, spät war es geworden, aber es hatte sich gelohnt.

Zum wiederholten Mal betrachtete er das Foto, das er von seinem zweiten Kunstwerk gemacht hatte. Die Buchstaben elegant geschwungen, die beiden Farben diesmal sogar noch besser ineinander verwoben als beim ersten Mal, wie ihm schien. Er rief das Foto von Montagnacht auf und verglich die beiden. Ja, es war eindeutig ein künstlerischer Fortschritt zu verzeichnen. Schade, dass er die Fotos nicht seiner Kunstlehrerin zeigen konnte. Sie wäre bestimmt begeistert, sie fand sowieso, dass Husseins künstlerisches Talent herausragend war. Beim letzten Elterngespräch hatten die Lehrer seiner Mutter sogar vorgeschlagen, Hussein solle die Schule wechseln und auf ein Ravensburger Gymnasium gehen, das einen speziellen Kunstzug anbot. Aber erstens hatte die Mutter nicht alle Einzelheiten des Gesprächs verstanden, obwohl Hussein sich beim Übersetzen große Mühe gegeben hatte, und zweitens war für sie der Gedanke, dass ihr Ältester in einer anderen Stadt zur Schule gehen sollte, kaum erträglich. Hussein verstand das. Nach allem, was vor ihrer Flucht in Afghanistan vorgefallen war, wollte sie am liebsten keines der Kinder jemals wieder aus den Augen lassen. Schon gar nicht ihren Ältesten, der jetzt die Rolle des Vaters übernehmen musste.

Hussein seufzte. Ravensburg war nicht weit weg. Manche in Weingarten nannten es sogar »die südliche Vorstadt«, das hatte er schon mehrmals gehört. Und er wäre schon gern auf eine Schule mit Kunstprofil gegangen. Vielleicht könnte er eines Tages so gut werden, dass seine Werke sich richtig teuer verkaufen ließen, und dann würde er für seine Familie ein tolles Haus kaufen, mit eigenem Zimmer für jeden, und ein schickes Auto so wie diesen Porsche neulich …

Versonnen betrachtete er seine Bilder. Nein, vorerst würde er sich wohl damit begnügen müssen, nach weiteren freien Wänden Ausschau zu halten, die er nachts heimlich verschönern konnte. So schlimm war das ja auch nicht, es hatte schließlich wieder riesigen Spaß gemacht. Er durfte sich nur nicht dabei erwischen lassen.

Er blickte auf die Uhr. Kurz vor halb eins. Mama war einkaufen und hatte seine kleine Schwester dabei, Großvater döste wie immer im Wohnzimmer vor sich hin. Bis zum Essen war noch Zeit. Sollte er eine Runde schlafen oder lieber gleich mit den Hausaufgaben anfangen? Am Wochenende war meistens nicht so viel Zeit dafür, und außerdem hatte er morgen noch ein Fußballturnier. Also besser gleich.

Er setzte sich an den Schreibtisch, öffnete seinen Rucksack und zog das Hausaufgabenheft heraus. Mathe: zwei Aufgaben im Buch. Die konnte er auch morgen irgendwann zwischendurch erledigen. Bio: wiederholen für Kurztest. Vielleicht heute Abend. Deutsch: einen Zeitungsartikel deiner Wahl lesen und zusammenfassen. Oh je, das war der dickste Brocken. Und vor allem stellte es ihn vor das Problem, dass es bei ihm zu Hause gar keine Zeitung gab. Wozu auch? Niemand in der Familie außer ihm konnte gut genug Deutsch, um Zeitung lesen zu können. Und das Geld, das ein Zeitungsabo kosten würde, konnten sie für andere Dinge viel besser brauchen. Aber sein Klassenlehrer hatte nur gesagt, dann solle er eben heute ausnahmsweise ein Exemplar kaufen oder von einem Klassenkameraden ausleihen. Was Hussein aber auf dem Heimweg vergessen hatte.

Was tun? Manchmal lagen unten vor den Briefkästen irgendwelche Werbezeitschriften herum, die niemand haben wollte oder die der Zeitungsbote übrig hatte und vor den Wohnblock schmiss, vor dem sich sowieso schon jede Menge anderer Müll auftürmte. Hussein verließ die Wohnung und stieg die Treppe hinunter. Tatsächlich, er hatte Glück. Sogar im eigenen Briefkasten steckte etwas, das einer Zeitung recht ähnlich sah: ›Weingarten im Blick‹. Normalerweise flog es sofort ins Altpapier, aber heute konnte er es hoffentlich brauchen. Er nahm das dünne Heft mit nach oben, setzte sich wieder an den Schreibtisch und begann, nach einem geeigneten Artikel zu suchen.

***

An der Rezeption wurden sie bereits erwartet. Eine freundliche Frau mittleren Alters sah ihnen sichtlich nervös entgegen. »Sie sind bestimmt die Herrschaften von der Polizei?«

Maibach bejahte, woraufhin die Frau zum Telefon griff. »Ich benachrichtige Herrn Dr. Ohlkotte. Er wird gleich hier sein.«

»Sehr gut«, erwiderte Maibach, der keine Ahnung hatte,

wer Herr Dr. Ohlkotte war. Vermutlich der Akademieleiter, das würde sich ja gleich klären.

Durch den langen Gang vor der Rezeption tönte der Widerhall sich nähernder Schritte, und ein junger Mann, der auf den ersten Blick der Zwillingsbruder von Jens Kleinschmidt hätte sein können, bog um die Ecke. Erst bei genauerem Hinsehen offenbarte sich, dass er wohl doch an die zehn Jahre älter sein musste; sein hellblondes Haar hatte an den Schläfen einen leichten Graustich, und um seine Augen zogen sich winzige Fältchen, die bei Jens noch nirgends zu sehen waren.

Auch Katrin Gerber, die direkt neben Maibach stand, musste die Ähnlichkeit mit ihrem Kollegen bemerkt haben, denn sie schaute verblüfft von Dr. Ohlkotte zu Jens Kleinschmidt und wieder zurück. Jens selber reagierte überhaupt nicht auf das Erscheinen seines Doppelgängers. Er stand am Tresen der Rezeption und studierte ein Faltblatt, das dort auslag.

»Ohlkotte«, verkündete der Mann mit einer unangenehm schneidenden Stimme, die keinerlei Ähnlichkeit mit Jens' weicher, sanfter Tonlage hatte, und streckte Maibach seine Hand entgegen. »Schrecklich, das mit Herrn Professor Kühneborn. Wir werden natürlich alles tun, was in unserer Macht steht, um Ihnen bei Ihren Ermittlungen weiterzuhelfen. Was genau ist denn passiert?«

Maibach fixierte ihn mit einem bohrenden Blick. »Nun, Herr Dr. Ohlkotte, das müssen wir alles erst noch klären. Darf ich mich zunächst einmal vorstellen: Erster Kriminalhauptkommissar Karl Maibach, Kriminalpolizeidirektion Friedrichshafen. Das sind meine Kollegen Loderer, Wille, Gerber, Kleinschmidt und Müller.«

Dr. Ohlkottes Blick wanderte von einem Beamten zum anderen. Maibach fuhr fort: »Sind Sie der Akademieleiter?«

»Nein. Die Leiterin des Tagungshauses ist diese Woche außer Haus. Sie ist mit einer Delegation aus Weingarten unterwegs in der Partnerstadt Mantua, in Italien. Ich selber bin normalerweise im Tagungshaus Hohenheim tätig und vertrete sie nur vorübergehend. Ich habe die Tagung, an der auch Professor

Kühneborn teilnimmt, organisiert und geleitet. Interreligiöser Dialog ist mein Schwerpunktgebiet.«

»Interreligiöser Dialog, verstehe. War das auch das Thema dieser Tagung?«

»Ja, genau. ›Katholizismus und Islam. Eine Standortbestimmung im Spannungsfeld zwischen Tradition und Moderne‹«, erwiderte Dr. Ohlkotte. »Wir sind in beiden Tagungshäusern der Akademie stets sehr bemüht darum, einen Beitrag zu leisten zur Diskussion über die brennendsten Themen in der aktuellen gesellschaftlichen Entwicklung.«

»Das ist Ihnen mit diesem Thema ja bestens gelungen«, erwiderte Maibach trocken.

Dr. Ohlkotte schien einen Moment verunsichert, fuhr dann aber eifrig fort: »In der Tat. Und es ist mir auch gelungen, für diese Tagung einige der führenden Köpfe in der aktuellen Diskussion als Teilnehmer und Referenten zu gewinnen.« Stolz blickte er in die Runde. »Darunter, wie Sie ja wissen, Herrn Professor Kühneborn.«

»Ja. War der Professor denn als Teilnehmer oder als Referent eingeladen?«

»Beides. Die Tagung war so strukturiert, dass sich Impulsvorträge, Arbeitsgruppen und Diskussionen im Plenum abwechseln und ergänzen sollten. Die meisten der Teilnehmer hatten zugesagt, auch ein Impulsreferat über ihr Fachgebiet zu halten.«

»Professor Kühneborn also auch?«

»Professor Kühneborn auch, ja.«

»Wann hat er denn sein Impulsreferat gehalten?«

Dr. Ohlkotte schluckte. »Nun, das ist es ja. Er hat es nicht gehalten. Er wäre heute Morgen an der Reihe gewesen, aber er ist nicht erschienen.«

Diese Auskunft fand Maibach reichlich merkwürdig. Die Leiche des Professors – wenn er es denn tatsächlich war – hatte am Dienstagmorgen im Stillen Bach gelegen. Und heute war Freitag. Er hakte nach: »Wie meinen Sie das, er ist nicht erschienen? Ist Ihnen denn erst heute Morgen aufgefallen, dass der

Professor nicht da war? Ich denke, die Tagung dauerte schon einige Tage an? Wann hat sie genau begonnen?«

»Alle Teilnehmer sind am Sonntagabend zum Abendessen angereist. Die erste Arbeitssitzung fand am Montagmorgen nach dem Frühstück statt.«

»War Herr Professor Kühneborn da anwesend?«

»Ja.«

»Und wann haben Sie dann das Verschwinden des Professors bemerkt?«

Dr. Ohlkotte hüstelte. Die Frage war ihm sichtlich unangenehm. »Nun, ehm. Es ist so, dass … Also, zuletzt gesehen wurde er hier am Montagabend. Beim Abendessen.«

»Beim Abendessen? Interessant. Was gab es denn?«

Verwirrt blickte Dr. Ohlkotte ihn an. »Soweit ich mich erinnere, Hühnerfrikassee mit Reis und Mischgemüse. Ist das denn relevant?«

Maibach tauschte einen raschen Blick mit seinen Kollegen. »Das kann man im Voraus nie wissen«, antwortete er ausweichend. »Aber zurück zu Montagabend. Sie sagen, er wurde zuletzt beim Abendessen gesehen. Bei uns angerufen hat Ihre Sekretärin heute kurz vor Mittag. Warum haben Sie sich denn nicht früher bei uns gemeldet?«

»Dazu sahen wir keine Veranlassung.«

»Moment. Nur damit ich Sie richtig verstehe. Sie führen eine Tagung durch, die von Sonntag bis Freitag geht. Am Montagabend verschwindet einer der Teilnehmer. Und Sie gehen diesem Verschwinden erst am Freitagmorgen nach?«

Wieder hüstelte Dr. Ohlkotte und wischte sich mit einem Taschentuch über die Stirn. »Professor Kühneborn hatte angedeutet, dass er eventuell erst wieder zu seinem Vortrag am Freitag anwesend sein würde. Deswegen haben wir uns keine großen Gedanken gemacht. Erst als er heute Morgen sein Impulsreferat nicht hielt, kam uns das merkwürdig vor. Und dann hat unsere Sekretärin in ›Weingarten im Blick‹ diesen Zeugenaufruf gelesen und mich informiert. Die Beschreibung passte auf den Professor. Daraufhin haben wir angerufen.«

Maibach fand diese Erklärung immer noch ziemlich dürftig, entschied sich aber dafür, zunächst nicht weiter nachzuhaken.

»Haben Sie vielleicht ein Foto des Professors?« Er hätte dem Tagungsleiter natürlich auch eines der Fotos der Leiche zeigen können, die vor Ort oder später bei der Autopsie gemacht worden waren. Aber wenn es auch anders ging, war es ihm lieber. Und es ging anders. Dr. Ohlkotte bejahte. »Vorne im Gang haben wir eine Leseecke für die Tagungsteilnehmer aufgebaut. Dort liegen auch die Veröffentlichungen des Professors. Sein Foto ist auf dem Umschlag hinten abgebildet.«

Sie folgten dem Tagungsleiter zu einer kleinen Sitzgruppe im Flur, wo neben einigen nicht sehr bequem aussehenden Stühlen auch ein Zeitungsständer und ein gut bestückter Büchertisch standen. Dr. Ohlkotte griff nach einem der Bücher.

»Das ist sein neuestes Werk. ›Jesus war nicht Mohammed‹. Ist Ihnen das Buch bekannt?«

Der Tonfall, in dem er diese Frage stellte, deutete unmissverständlich an, dass er daran zweifelte.

»Oh ja, durchaus. Das hat ja bei seinem Erscheinen ganz schön Wellen geschlagen mit den islamfeindlichen Positionen, die der Professor darin zum Ausdruck bringt«, erwiderte Maibach, ohne eine Miene zu verziehen.

Ulrike Müller warf ihm einen entgeisterten Seitenblick zu, Katrin Gerber und Rüdiger Wille schauten sich an und unterdrückten ein Grinsen. Dr. Ohlkotte bedachte Maibach mit einem anerkennenden Nicken.

»Ja, in der Tat. Ein sehr kontrovers diskutiertes Werk. Aber genau solche Werke brauchen wir in der aktuellen Diskussion, um die Standpunkte zuzuspitzen und zu verdeutlichen. Erst wenn man weiß, wo man steht, kann man entscheiden, wohin man gehen will, finden Sie nicht?«

»Mmh«, brummte Maibach und nahm Dr. Ohlkotte das Buch aus der Hand. »Darf ich mal das Foto sehen?«

Ein etwas arrogant dreinblickender älterer Herr mit wallendem grauen Haar, buschigen Augenbrauen und römisch-aristokratischen Gesichtszügen war auf dem hinteren Buchdeckel

abgebildet. Die Fotos des Toten hatten lange genug am Whiteboard im Besprechungsraum gehangen, um sich Maibach deutlich einzuprägen. Er hatte keinen Zweifel mehr. Die namenlose
Leiche hatte soeben einen Namen bekommen.

***

Dass das Amtsblatt der Stadt Weingarten sich als so interessant
herausstellen würde, hatte Hussein nicht geahnt. Zuerst hatte er
einfach nur Seite um Seite umgeblättert und die Überschriften
überflogen. Welches Thema sollte er wählen? »Kindergarten-
gruppe besucht die Stadtbücherei«. Gähn. »Team Jugendarbeit
plant Einweihungsfest zur Eröffnung des neuen Skaterplatzes«.
Schon interessanter. »Fußballer auf Erfolgskurs«. Ja, könnte gehen. Allerdings war der Artikel ziemlich lang. Gab es nicht noch
etwas Kürzeres?

Beim Weiterblättern blieben seine Augen an einer Über-
schrift hängen. »Vorfall am Stillen Bach in der Nacht von Montag auf Dienstag: Polizei sucht Zeugen«. Der Stille Bach, so viel
wusste er, floss durch den Wald ganz in der Nähe des Freibads.
Moment mal. Freibad. Montagnacht. Vorfall … Der Schreck
fuhr ihm in die Glieder. Suchte die Polizei etwa jemanden, der
einen Graffitisprayer beobachtet hatte? Das Geräusch hinter
der Hecke! Wenn da doch jemand gewesen war, der ihn gesehen
hatte und beschreiben konnte? Der sich nun bei der Polizei
melden würde? Ihm wurde abwechselnd heiß und kalt bei dem
Gedanken. Seiner Mutter würde es das Herz brechen, wenn sie
erfahren würde, was er heimlich nachts so trieb. Dass er fremde
Wände besprühte. Sicher, eigentlich verschönerte er sie ja mit
seiner Kunst. Aber Sachbeschädigung war es trotzdem, das war
ihm klar. Er konnte förmlich hören, welche Vorwürfe sie ihm
machen würde. Wie kannst du nur? In dem Land, das uns so
gastfreundlich aufgenommen hat, als wir in höchster Not waren? Zeigst du so deine Dankbarkeit? Schäm dich, mein Junge!
Was würde dein Vater dazu sagen!

Hussein spürte, wie der Kloß, der sich in seinem Hals bildete, immer dicker wurde. Was wusste die Polizei von ihm? Wie dicht war sie ihm schon auf den Fersen? Bezahlte sie am Ende noch eine Belohnung für jeden Hinweis, der sie auf seine Spur führte? Mit zitternden Händen zwang er sich, weiterzulesen.

Die Erleichterung, die er kurz darauf verspürte, war unbeschreiblich. Es ging gar nicht um seine Wandmalerei. Es ging um einen Toten im Bach, von dem die Polizei nicht wusste, wer er war. Wer ihn zu kennen meinte, sollte sich unter der angegebenen Telefonnummer bei der Polizei melden. Eine genaue Beschreibung des Mannes war abgedruckt, aber Hussein sagte sie nichts. Wie auch, außer seinen Lehrern, dem Fußballtrainer und dem Sozialarbeiter von der Caritas kannte er hier keine Erwachsenen, und auf sie alle traf die Beschreibung nicht zu. Er las den Artikel zu Ende. Personen, die sich in der Nacht von Montag auf Dienstag oder am frühen Dienstagmorgen in der Nähe des Fundortes aufgehalten und irgendwelche verdächtigen Beobachtungen gemacht hatten, wurden ebenfalls gebeten, sich bei der Polizei zu melden.

Hussein ließ die Zeitung sinken. Die Bedeutung dessen, was er soeben gelesen hatte, begann ihm zu dämmern. Er *war* dort gewesen. Und er *hatte* eine Beobachtung gemacht, die man verdächtig nennen konnte: ein Auto, das mit durchdrehenden Reifen nachts um halb drei durch den Wald gerast war und ihn beinahe umgenietet hätte. Ein Porsche, dunkelmetallic, mit nur einem funktionierenden Bremslicht. Und er war in Richtung Waldburg weitergefahren. Dafür würde sich die Polizei bestimmt interessieren, da war sich Hussein sicher.

Vielleicht war die Information ja sogar eine Belohnung wert? Er schaute noch mal im Artikel nach – nein, davon war leider nichts erwähnt. Aber man konnte ja mal nachfragen … Das Problem war nur, dass die Polizei dann bestimmt wissen wollte, was er zu dieser Zeit dort oben gemacht hatte. Um sich dafür eine passende Ausrede einfallen zu lassen, brauchte er mehr Zeit und eine zündende Idee. Das ging nicht so schnell. Und zuerst musste er herausfinden, ob es sich überhaupt lohnen würde, die Information zu liefern.

Schon wollte er zu seinem Handy greifen und die angegebene Telefonnummer eintippen, als ihm einfiel, dass die Polizei bestimmt anhand der Handynummer den Anrufer identifizieren konnte. Das ging also nicht. Er musste von einem öffentlichen Telefon aus anrufen. In der Nähe des Stadtgartens gab es eines. Sollte er es tatsächlich versuchen? Wie viel Geld konnte ihm der Hinweis wohl einbringen? Er hatte keine Ahnung. Aber immerhin ging es ja um einen Menschen, der gestorben war. Vermutlich sogar getötet worden. Und anders als in Afghanistan war doch in Deutschland ein Menschenleben etwas wert, oder nicht? Er beschloss, es auf jeden Fall zu versuchen, und verließ kurz entschlossen die Wohnung. Bis Mama vom Einkaufen kam und das Essen fertig hatte, würde er zurück sein.

✳ ✳ ✳

An der Rezeption ließ Maibach die Teilnehmerliste der Tagung dreimal ausdrucken und drückte Willi und Katrin je ein Exemplar in die Hand. Es waren zwölf Teilnehmer aufgeführt, inklusive des Professors.

»Wo befinden sich die Tagungsteilnehmer jetzt?«, fragte er Dr. Ohlkotte.

»Momentan sind alle beim Mittagessen im Speisesaal. Danach gibt es Kaffee, und von vierzehn bis fünfzehn Uhr dreißig ist das Abschlussplenum angesetzt. Hinterher treten die Teilnehmer die Heimreise an.«

Das werden wir erst noch sehen, dachte Maibach. »Sie werden verstehen, dass wir mit allen Teilnehmern sprechen müssen, bevor irgendjemand abreist«, erklärte er. »Wir haben zwei Möglichkeiten: Entweder – wir nehmen Rücksicht auf das Tagungsprogramm und beginnen mit unseren Befragungen gleich nach Ihrem Abschlussplenum. In diesem Fall würden wir uns vorher noch das Zimmer des Professors ansehen, um die Zeit zu überbrücken. Die Befragungen ziehen sich dann bis spät in den Abend, und die Teilnehmer werden ihre Reisepläne ändern müssen.«

In die Pause hinein, die er an dieser Stelle einlegte, fragte Dr. Ohlkotte mit säuerlicher Miene: »Oder?«

Er wird anbeißen, dachte Maibach befriedigt. »Oder – wir beginnen ohne Verzögerung mit den Befragungen. Es ist jetzt …«, er schaute übertrieben gründlich auf seine Armbanduhr, »… Viertel vor eins. Wenn Sie den Kaffee sausen lassen und die Teilnehmer sich unverzüglich für Gespräche zur Verfügung stellen, bin ich zuversichtlich, dass wir bis gegen sechzehn Uhr mit allen Befragungen durch sein können. In diesem Fall müssten Sie eventuell auf Ihr Abschlussplenum verzichten – oder es danach nachholen –, aber die meisten Teilnehmer könnten vermutlich ihre Rückreise wie geplant antreten.« Und wir auch, fügte er im Stillen hinzu.

Dr. Ohlkotte schwieg einen Moment. »Nun gut. Ich denke, die Tagungsteilnehmer werden mit letzterer Möglichkeit einverstanden sein.«

»Schön. Dann benötigen wir drei Räume, möglichst in unmittelbarer Nachbarschaft zueinander. Und vielleicht ein paar Flaschen Mineralwasser und saubere Gläser in jedem Raum. Oder natürlich auch gerne den geplanten Kaffee, falls der schon vorbereitet sein sollte«, fügte er nach kurzer Überlegung mit einem gewinnenden Lächeln hinzu. »Dann müssten Ihre Teilnehmer nicht darauf verzichten, und meinen Mitarbeitern täte ein Tässchen auch gut.«

»Selbstverständlich. Die Sekretärin wird sich gleich darum kümmern. Frau Schickle, wären Sie so freundlich und würden den Kaffee in die Tagungsräume 4, 5 und 6 bringen lassen? Und ein paar Kaltgetränke dazu?«

Die Sekretärin nickte und verließ die Rezeption. Dr. Ohlkotte fuhr an die Ermittler gewandt fort: »Ich schlage vor, Sie nehmen die drei kleineren Tagungsräume gleich im Flur neben dem Speisesaal. Wenn Sie mir bitte folgen wollen?«

Unterwegs besprach sich Maibach mit seinen Mitarbeitern. »Wir gehen kurz gemeinsam in den Speisesaal und klären ein paar grundsätzliche Dinge, und dann könnt ihr schon anfangen. Uli und ich lassen uns zunächst noch kurz das Gästezimmer zeigen. Wenn ihr eure ersten Befragungen beendet habt, macht ihr Pause und erstattet mir Bericht über alles Interessante, was dabei herausgekommen ist. Dann machen wir weiter mit der zweiten Runde. Alles klar?«

Alle nickten.

Dr. Ohlkotte steuerte jetzt eine Tür an, neben der die Aufschrift »Speisesaal« stand. »So, hier wären wir. Die drei Tagungsräume sind gleich hier rechts, und dies ist der Speisesaal.«

Der Raum war kleiner, als Maibach erwartet hatte. Ein appetitlicher Geruch nach gebratenem Fischfilet stieg ihm in die Nase. Anscheinend hatte es Kartoffelsalat dazu gegeben, halb volle Schüsseln standen noch auf einem Servierwagen am Rand, neben einigen Terrinen, in denen sich Reste von etwas befanden, was nach Tomatensuppe mit Croûtons aussah. Maibachs Magen knurrte schon wieder.

Tische mit blendend weißen Tischdecken standen im Raum verteilt. An dreien davon saßen die Tagungsteilnehmer. Maibach schaute nochmals genauer in die Runde: Ja, er hatte richtig gesehen. Es waren elf Männer, keine einzige Frau saß dabei. Das war ihm bei seinem flüchtigen Blick auf die Teilnehmerliste gar nicht aufgefallen. Da hatte er nur bemerkt, dass fast alle auf der Liste einen oder mehrere akademische Titel besaßen. Exklusive Gesellschaft hier. Aber vielleicht ein wenig einseitig besetzt, um die großen Menschheitsprobleme lösen zu können …

Er betrachtete die Gruppe genauer. Die meisten hatten ihre Mahlzeit schon beendet und wandten ihre Gesichter nun Dr. Ohlkotte und den Ermittlern zu, die hinter Maibach in den Speisesaal kamen. Nur ein jüngerer Mann am hintersten Tisch würdigte sie keines Blickes und kratzte geräuschvoll die letzten Reste Schokoladenpudding aus seinem Glasschälchen.

Dr. Ohlkotte wandte sich an die Anwesenden. »Liebe Freunde, ich hatte ja vorhin schon angedeutet, dass wir uns wegen des unerklärlichen Verschwindens unseres verehrten Kollegen Herrn Professor Dr. Kühneborn heute Morgen telefonisch an die Polizei gewendet haben. Dies sind Herr Kriminal…ober – ehm …«

»Erster Kriminalhauptkommissar«, berichtete Maibach.

»Ja, natürlich. Herr Kriminalhauptkommissar Maibach und sein Team aus Friedrichshafen. Sie müssen Ihnen eine traurige Mitteilung machen. Ich übergebe das Wort. Herr Maibach, bitte schön.«

Täuschte er sich, oder hatte der Schokopuddingesser am hinteren Tisch bei der Erwähnung des Professors die Augen verdreht? Maibach beschloss, den jungen Mann im Auge zu behalten. Er stellte sich und seine Mitarbeiter kurz vor und informierte die Anwesenden in knappen Worten über den Leichenfund am Dienstagmorgen und die Erkenntnis, dass es sich bei dem Toten mit an Sicherheit grenzender Wahrscheinlichkeit um Herrn Professor Dr. Kühneborn handelte.

Entsetzte Blicke aus allen Richtungen waren die Folge. Auch der junge Mann ganz hinten schaute bestürzt zu seinem Tischnachbarn gegenüber. Dieser erwiderte den Blick. Lag noch etwas anderes als Bestürzung darin? Auf die Entfernung konnte Maibach sich nicht sicher sein.

»In Anbetracht dieser Entwicklung müssen wir nun leider den Ablauf Ihres Tagungsprogramms ändern. Herr Dr. Ohlkotte hat sich damit einverstanden erklärt, dass wir gleich im Anschluss mit unseren Befragungen beginnen werden. Wir bemühen uns, so zügig wie möglich voranzukommen, und hoffen, dass Sie alle Ihre Heimreise wie geplant antreten können. Ich danke Ihnen für Ihr Verständnis und hoffe auf Ihre Kooperation.«

Gedämpftes Murmeln ertönte an den drei Tischen.

»Meine Kollegen werden nun die ersten Namen aufrufen. Wenn Sie ihnen dann bitte in einen der Tagungsräume folgen würden beziehungsweise hier warten könnten, bis Sie an die Reihe kommen. Vielen Dank.«

Er nickte seinen Kollegen zu, bedeutete Ulrike Müller, ihm zu folgen, und verließ den Speisesaal in dem gleichen forschen Tempo, in dem er ihn betreten hatte.

***

In der Stadtmitte war einiges los um die Mittagszeit. Auf der Terrasse des Cafés am Stadtgarten waren fast alle Tische belegt, die Kellner hatten alle Hände voll zu tun und eilten geschäftig zwischen Tresen und Terrasse hin und her. Kinder spielten in dem kleinen Bach, der sich am Rand des Parks entlangzog, viele von ihnen nur mit einer Badehose bekleidet.

Der Fahrradständer auf der gegenüberliegenden Straßenseite war wie immer um diese Zeit übervoll, und alle, die dort keinen Platz mehr gefunden hatten, hatten ihre Räder einfach wild darum herum geparkt. Hussein stellte seines dazu und quetschte sich zwischen zwei Rennrädern durch, um überhaupt an das Telefon heranzukommen, das hinter dem Briefkasten an einer silbergrauen Säule montiert war. Er zog ein paar Münzen aus der Tasche und nahm die herausgerissene Seite des Amtsblatts zur Hand. Noch einmal atmete er tief durch. Sollte er wirklich?

Er war kurz davor, sein Vorhaben wieder abzublasen, doch dann dachte er an all die Dinge, die er kaufen könnte, wenn er mehr Geld hätte. Einen echten Lederfußball. Für Mama die schicken Sandalen, von denen sie neulich beim Schaufensterbummel geschwärmt hatte. Oder vielleicht sogar, wenn richtig viel Geld dabei herauskam, ein Fahrrad für seinen kleinen Bruder. Für das Laufrad war er eigentlich schon längst zu groß, immerhin kam er im September in die Schule, und dort würden sie ihn doch alle auslachen, wenn er mit dem Laufrad anrollte wie ein Baby … Es half nichts, er musste sich ein Herz fassen und die Nummer wählen. Wenn es brenzlig wurde, konnte er ja jederzeit wieder auflegen.

Am anderen Ende der Leitung ertönte das Freizeichen. Einmal, zweimal, dreimal … Bei zehn würde er auflegen. Sieben, acht. Merkwürdig, dass sich so lange niemand meldete. Hatte die Polizei kein Interesse mehr an der Information? Vielleicht hatten sie den Täter ja schon gefasst?

Als er kurz davor war aufzulegen, schepperte plötzlich eine weibliche Stimme aus der Leitung. »Dies ist der Anrufbeantworter der Kriminalpolizeidirektion Friedrichshafen. Das Sekretariat ist momentan nicht besetzt. Bürozeiten sind von

Montag bis Donnerstag, sieben bis achtzehn Uhr, Freitag sieben bis dreizehn Uhr. Bitte hinterlassen Sie Ihre Kontaktdaten nach dem Signalton, wenn Sie einen Rückruf wünschen. In dringenden Fällen wenden Sie sich an Ihre örtliche Polizeidienststelle oder wählen den Polizeinotruf unter der Nummer 110.« Ein durchdringender Piepton beendete die Ansage.

Nein, eine Nachricht auf Band wollte Hussein durchaus nicht hinterlassen, und schon gar nicht mit seinen Kontaktdaten. Er schaute auf die Uhr. Zwei Minuten nach eins. Mist, knapp verpasst. Nun, dann würde er es eben am Montag wieder versuchen. Selber schuld, wenn die Polizei am Wochenende nicht länger arbeitete. Er legte auf, quetschte sich wieder an den beiden Rennrädern vorbei – schicke Dinger, so eines hätte er auch gern! – und schwang sich auf sein eigenes altes, verbeultes, gebrauchtes Rad.

✳✳✳

Nachdem die beiden anderen Teams mit ihren jeweils ersten Gesprächspartnern in den angrenzenden Tagungsräumen verschwunden waren, ließen Maibach und Ulrike Müller sich von Dr. Ohlkotte zum Gästezimmer des Professors führen.

»Die Gästezimmer sind frühere Klosterzellen«, erklärte der Tagungsleiter unterwegs. »Aber Sie werden sehen, dass sie modernisiert worden sind und durchaus den Erwartungen heutiger Gäste gerecht werden. So, hier sind wir. Zimmer 104.«

Dr. Ohlkotte drehte den Generalschlüssel im Schloss und wollte schon vor den beiden durch die Tür gehen, als Maibach ihn in scharfem Ton daran hinderte. »Bitte nicht betreten! Und nichts anfassen, das ist alles potenzielles Beweismaterial. Vielen Dank für Ihre Bemühungen. Lassen Sie den Schlüssel einfach hier; ab jetzt kommen wir allein zurecht.«

Dr. Ohlkotte zögerte kurz, wandte sich dann aber zum Gehen.

»Noch eine letzte Frage«, rief Maibach ihm hinterher.

Dr. Ohlkotte drehte sich um.

»Wissen Sie, wer die nächsten Angehörigen von Professor Kühneborn sind? Und haben Sie vielleicht die Kontaktdaten?«

»Da bin ich leider überfragt. Ich kenne den Professor nur rein beruflich. Aber ich werde Frau Schickle fragen, ob Sie dazu etwas in den Anmeldeunterlagen hat.«

»Vielen Dank. Ach, noch etwas. Verfügt die Akademie neben den Gästezimmern noch über andere hotelähnliche Angebote? Einen Wellnessbereich vielleicht? Sauna? Swimmingpool oder dergleichen?«

Dr. Ohlkotte schüttelte vehement den Kopf. »Nein, wo denken Sie hin. Selbstverständlich möchten wir, dass unsere Gäste sich in unseren Tagungshäusern wohlfühlen. Aber Luxushotels sind wir dann doch nicht. Die Akademie versteht sich in erster Linie als eine Stätte des religiösen und gesellschaftlichen Gedankenaustauschs, nicht als Hotelbetrieb. Wer zu uns kommt, sucht nicht nach Wellness, sondern eher nach spiritueller Anregung.«

Damit stelzte er durch den langen Flur davon. Maibach warf Ulrike Müller einen Blick zu, zuckte mit den Schultern und verzog das Gesicht.

»Man wird ja wohl noch fragen dürfen, oder?« Sie nickte.

Maibach zog ein zerknittertes Paar Einmalhandschuhe aus seiner Hosentasche, die er aus dem Vorrat im Dienstwagen eingesteckt hatte.

»Wir gehen nur kurz rein und schauen, ob uns etwas auffällt. Den Rest überlassen wir der Kriminaltechnik. Uli, ohne Handschuhe fasst du bitte nichts an.«

»Natürlich nicht«, gab sie empört zurück. »Ich bin ja nicht blöd.«

So hatte er es auch nicht gemeint. Besänftigend lächelte er ihr zu, dann betraten sie den Raum.

Das Erste, was Maibach ins Auge fiel, war ein blau karierter Schlafanzug quer über dem komplett in Weiß bezogenen, ungemachten Bett. Auch im Rest des Raumes war Weiß die dominierende Farbe – falls Weiß überhaupt eine Farbe war. Maibachs Kunstlehrerin am Gymnasium hatte das immer vehement bestritten. Hier im Gästezimmer jedenfalls kam diese Farbe, oder Nichtfarbe, überall vor: Wände, Türen, Fensterrahmen, Vorhänge, Lampenschirme. Zusammen mit den beiden hohen Fenstern, vor denen die Sommersonne schien, verlieh dies dem Zimmer eine ungeheuer helle, freundliche Atmosphäre. Hier konnte man sich als Gast bestimmt wohlfühlen.

Die Möbel waren schlicht und funktional gehalten. Eine Wand zierte ein geschmackvoller abstrakter Kunstdruck, der mit seinen bunten Farben einen reizvollen Kontrast zu der weißen Grundstimmung bildete. Über dem Schreibtisch war ein kleiner Flachbildfernseher montiert. Die dazugehörige Fernbedienung entdeckte Maibach auf dem Nachttisch, daneben lag, mit den Seiten nach unten, ein aufgeschlagenes Buch. Maibach besah sich den Titel. Joseph Ratzinger: »Glaube – Wahrheit – Toleranz. Das Christentum und die Weltreligionen«. Der Professor hatte also etwas zum Tagungsthema Passendes gelesen.

Auf einer hölzernen Ablagebank neben der Tür zum Bad stand ein geöffneter Koffer. Maibach warf einen Blick hinein. Zwei weiße Hemden mit kurzen Ärmeln, eine dunkelgraue lange Hose, Socken, Unterwäsche. Weitere Bücher. Nichts Ungewöhnliches.

Ulrike Müller hielt sich hinter Maibach, als er die Tür zum Badezimmer öffnete. Auch hier war alles in Weiß gehalten. Auf der Ablage vor dem Spiegel lag ein Rasierapparat, daneben stand ein blauer Zahnbecher mit Zahnbürste und Zahnpastatube. Ein Kamm lag davor. Falls es doch noch irgendwelche Zweifel an der Identität des Toten geben sollte, konnte die Kriminaltechnik hier Material für einen DNA-Abgleich finden, denn im Kamm hatten sich einige Haare verfangen. Mittellang, gewellt und grau.

Er drehte sich zu Ulrike Müller um. »Uli, was hältst du von diesem Zimmer?«

Im ersten Moment schien sie nicht recht zu wissen, wie sie auf diese Frage reagieren sollte. Dann meinte sie: »Mir fällt nichts Besonderes auf. Sieht alles sehr sauber und ordentlich aus, bis auf das Bett. Wir gehen ja davon aus, dass er Montagnacht gestorben ist, also hat er nur Sonntagnacht hier geschlafen. Und sich am Montag den ganzen Tag lang nicht die Mühe gemacht, sein Bett zu machen. Vielleicht hat er gedacht, hier gäbe es einen Zimmerservice, der das jeden Tag erledigt. Oder er ist es von zu Hause her nicht gewohnt, solche Tätigkeiten zu verrichten, weil immer seine Ehefrau hinter ihm herräumt.«

Interessanter Punkt. Sie mussten natürlich so bald wie möglich die Lebenssituation des Opfers durchleuchten und durften sich nicht ausschließlich auf die Tagungsteilnehmer hier vor Ort konzentrieren.

»Gut, wir haben genug gesehen. Wir schließen wieder ab, und dann soll sich die Kriminaltechnik das alles gründlich vornehmen.«

Sie begaben sich zurück zur Rezeption. Auch aus den Anmeldeunterlagen des Professors ging nicht viel über sein Privatleben hervor. Nur seine Adresse war angegeben. Er wohnte in Eichstätt. Nicht gerade der nächste Weg, um in Weingarten eine Tagung zu besuchen. Aber vielleicht war er es gewohnt, in der ganzen Republik herumzureisen und sein Buch vorzustellen?

Sie mussten die nächsten Angehörigen kontaktieren. Erleichtert dachte Maibach, dass er das wegen der räumlichen Distanz kaum selber machen konnte. Er hasste es, Todesnachrichten zu überbringen. Dieses Mal konnte er das glücklicherweise an die Kollegen in Bayern delegieren.

»Uli, gehst du schon mal vor und bereitest alles für die erste Befragung vor? Ich will nur noch kurz telefonieren.«

Maibach zückte sein Handy und trat auf den Flur vor der Rezeption, stellte aber schnell fest, dass er keinen Empfang hatte. Vermutlich waren die Klostermauern dafür zu dick. Er ging den Flur entlang und trat ins Freie. Die Hitze traf ihn wie ein Schlag in die Magengrube. In den angenehm kühlen Gängen des Akademiegebäudes hatte er ganz vergessen, wie drückend heiß es draußen war. Er schaute auf. Hinter dem Parkplatz war der Himmel bedrohlich dunkel geworden. Es sah tatsächlich so aus, als würde der Wetterbericht recht behalten. Hoffentlich.

Ein Blick auf das Display zeigte ihm, dass sein Handy nun einsatzbereit war. Peter Leitner, der zuständige Kollege von der Kriminaltechnik, war zwar nicht begeistert über den Anruf am

Freitagnachmittag, versprach aber, schnellstmöglich mit seinem Team zu erscheinen. Maibach wählte nach kurzer Überlegung eine zweite Nummer. Thomas Schitterer meldete sich nach dem zweiten Klingeln. Maibach brachte ihn kurz auf den aktuellen Stand, dann bat er ihn: »Könntest du was für mich recherchieren? Meine Leute sind alle hier bei den Befragungen der Tagungsteilnehmer, und das wird eine ganze Weile dauern. Ich müsste wissen, welche Angehörigen des Toten zu benachrichtigen sind. Könntest du das für mich herausfinden? Du bist ja praktisch auch von Anfang an mit dem Fall befasst gewesen ...«

Thomas Schitterer lachte. »Bei mir musst du dich nicht rechtfertigen, Charlie. Höchstens bei meinem Chef, aber der ist schon gegangen. Für dich setz ich mich gern noch mal ein Stündchen hin. Gib mir mal die Personalien von deinem Toten durch, ich melde mich dann bei dir.«

»Shitty, du hast was gut bei mir.«

»Ich nehme dich beim Wort! Sag mal, wenn du gerade in Weingarten bist – hättest du heute Abend Lust auf das versprochene Bierchen in Ravensburg? Du darfst mich auch einladen.«

Maibach überlegte. »Ich muss erst schauen, wie der Nachmittag weiter verläuft. Ich sag dir später noch Bescheid. Okay?«

»Okay. Bis dann.«

Maibach steckte sein Handy weg, dann kehrte er zurück in das kühle Gemäuer, in dem vielleicht ein Mörder darauf wartete, von ihm befragt zu werden.

Das Aufnahmegerät lag auf einem Vierertisch bereit, um den Ulrike Müller drei Stühle gruppiert hatte – einen auf der einen Längsseite, zwei gegenüber. Befriedigt stellte Maibach fest, dass die Akademiesekretärin nicht nur für Getränke gesorgt, sondern auch eine gut gefüllte Platte mit Streuselkuchen bereitgestellt hatte. Ein erfreulicher Ersatz für das ausgefallene Mittagessen. Nach kurzer Überlegung stellte er allerdings die Kuchenplatte beiseite und ließ auf dem Besprechungstisch nur drei Gläser und drei Tassen stehen. Die Tagungsteilnehmer hatten schon genug zu essen bekommen, und es sollte nicht der Eindruck entstehen, dass es sich hier um ein Kaffeekränzchen handelte. Es ging schließlich um Mord.

Er nahm sein Exemplar der Teilnehmerliste zur Hand. Die beiden anderen Teams hatten schon mit den zwei obersten Namen begonnen. Nummer drei war ein gewisser Dr. Dr. Paul Friedrichsen aus Fulda. Wieder war Maibach erstaunt, woher die Teilnehmer alle kamen. War dieses Tagungsthema wirklich so spannend? Er selber hatte den sperrigen Titel eher zum Gähnen gefunden. Aber er war ja auch kein Theologe. Zum Glück, dachte er befriedigt. Sein eigener Beruf gefiel ihm da doch bedeutend besser.

»Unser erster Zeuge ist Dr. Dr. Paul Friedrichsen aus Fulda«, teilte er Ulrike Müller mit. »Wie rede ich denn den am besten an? Herr Doppeldoktor?«

Ulrike Müller grinste. »Weiß nicht, Chef. Kannst es ja mal ausprobieren und sehen, wie er reagiert. Aber ich wäre eher für Herr Dr. Friedrichsen. Oder nur Herr Friedrichsen. Die sollen sich nicht so anstellen mit ihren Titeln. Zu mir sagt ja auch keiner Frau Kriminalkommissarin, oder?«

Da hatte sie mal wieder recht. Er beschloss, bei den Gesprächen tatsächlich auf alle Titel zu verzichten. Das würde wahrscheinlich auf den Nachmittag hochgerechnet mindestens zehn Minuten Zeitersparnis einbringen, dachte er amüsiert.

Es klopfte, und Rüdiger Wille trat ins Zimmer, gefolgt von Stefan Loderer. »Unser erstes Gespräch hätten wir erledigt. Sollen wir gleich weitermachen?«

»Nein, wartet mal und kommt rein. Hattet ihr schon Kuchen?«

Rüdiger Wille machte große Augen. »Ach, wie kommt es denn, dass der bei euch gelandet ist? Bei uns stehen nur Getränke!«

»Ich bin halt der Chef«, antwortete Maibach leichthin. »Nehmt euch was, und wenn die anderen beiden auch fertig sind, machen wir eine kurze Besprechung und sehen, was wir bisher haben.«

Es dauerte nicht lange, und auch Katrin Gerber und Jens Kleinschmidt betraten den Raum.

Nachdem sich alle mit Kuchen eingedeckt hatten, bat Maibach die beiden Teams, von ihren ersten Befragungen zu berichten. Er hörte aufmerksam zu, ohne die Kollegen zu unterbrechen. Als Katrin Gerber mit dem Bericht von Team zwei fertig war, ergriff er das Wort.

»Gute Arbeit, Leute. Ich zähle mal auf, was mir aufgefallen ist: Erstens – beide Teilnehmer sagen, dass sie keinerlei privaten Kontakt zum Professor hatten, weder vor noch während der Tagung. Sie waren ihm beide schon bei anderen Konferenzen begegnet, hatten aber auch da nur rein beruflich mit ihm zu tun. Richtig?«

»Richtig.«

»Dasselbe hat vorhin auch Dr. Ohlkotte gesagt. Irgendwie finde ich das seltsam. Wenn die sich dauernd bei irgendwelchen Tagungen über den Weg laufen, muss doch mal einer ein privates Wort mit ihm gewechselt haben, oder? Oder reden die pausenlos nur über ihr Tagungsthema? Schon beim Frühstück und abends in der Trinkstube auch noch? Jedenfalls finde ich, dass wir da bei den Gesprächen nachhaken müssen. Notiert euch das bitte.«

»Apropos Trinkstube«, warf Ulrike Müller ein. »Beide geben an, bis nachts um zwei in der Trinkstube gewesen und dann direkt ins Bett gegangen zu sein. Wenn ich das richtig sehe, bedeutet das, dass sie für den Todeszeitpunkt ein Alibi hätten, oder?«

»Der Todeszeitraum ist laut Frau Dr. Mönch Dienstag zwischen ein und drei Uhr morgens«, gab Maibach zu bedenken. »Theoretisch bleibt also noch eine Stunde Zeit. Allerdings müsste dann in unmittelbarer Nähe ein Salzwasserpool herumstehen, in dem sie den Professor nach ihrem Zechgelage – oder was immer man in so einer Trinkstube wohl macht – kurz mal noch ertränken konnten. Laut Dr. Ohlkotte hat die Akademie aber keinen Wellnessbereich. Stefan, du hattest doch heute Morgen noch nach Salzwasserpools recherchiert – gibt es hier irgendwo einen direkt um die Ecke?«

Stefan Loderer schüttelte den Kopf. »In Weingarten direkt gibt es gar keinen öffentlich zugänglichen Salzwasserpool, weder in den städtischen Bädern noch in irgendeinem Wellnesshotel. In ganz Baden-Württemberg gibt es vielleicht ein gutes Dutzend Bäder, die so was anbieten – hier in der Nähe, wie gesagt, Biberach oder Immenstaad am Bodensee und dann noch welche im Schwarzwald oder in Hohenlohe, viel zu weit weg für unsere Ermittlung. Die öffentlich zugänglichen Solebäder sind also anzahlmäßig ziemlich überschaubar. Allerdings«, er nahm einen Bissen Streuselkuchen und fuhr dann fort, »allerdings gibt es da ein kleines Problem. Ich bin im Internet auf einige Firmen gestoßen, die Salzwasserpools für Privatgrundstücke anbieten. Bei einem der Anbieter habe ich erfahren, dass das gerade schwer im Kommen ist. Private Häuslebauer, die sich im Garten einen Pool mit Salzwasser anlegen lassen. Er sprach von mindestens zehn Pools, die seine Firma in den letzten Jahren in Oberschwaben gebaut hat, und das war ja nur der eine Anbieter.«

»Das heißt, wir müssen damit rechnen, dass der Professor bei irgendjemandem zu Hause ertränkt wurde? Im Salzwasserpool im Garten? Das wirft natürlich noch einmal ein ganz anderes Licht auf die Sache«, meinte Maibach stirnrunzelnd. »Umso wichtiger, dass wir etwas über sein Privatleben herausfinden. Fragt also auf jeden Fall in diese Richtung nach.«

Die Ermittler machten sich Notizen. Maibach wartete kurz, bevor er erneut das Wort ergriff. »Gut. Punkt eins, Privatkontakte. Punkt zwei, Alibis. Dann kämen wir zu Punkt drei, den ich sehr interessant fand. Eure beiden Zeugen berichteten übereinstimmend über eine Meinungsverschiedenheit am Montag, zwischen Professor Kühneborn und einem Doktoranden – wie hieß der noch gleich?«

»Tobias Klein«, antworteten Katrin Gerber und Stefan Loderer fast gleichzeitig.

»Habt ihr dazu Näheres?«

»Das muss schon am Vormittag losgegangen sein«, berichtete Katrin Gerber. »Nach einer allgemeinen Einführung ins Tagungsthema fand das erste – wie nennen die das? – ›Impulsreferat‹ statt. Ein Teilnehmer trägt etwas aus seinem Forschungsgebiet vor, möglichst kurz und prägnant. Danach kann man

Fragen stellen und die vorgestellten Thesen diskutieren. Und dabei hat unser Professor Kühneborn den Redner ziemlich niedergemacht, woraufhin nicht dieser selber, sondern sein Doktorand wiederum Professor Kühneborn beleidigt haben soll.«

»So hat unser Gesprächspartner das auch geschildert«, ergänzte Stefan Loderer. »Es klang nach einer ziemlich erhitzten Diskussion, und anscheinend flammte das Ganze dann beim Abendessen nochmals auf. Allerdings konnte oder wollte unser Zeuge sich an keine Einzelheiten erinnern. Angeblich war er selber so angeregt in ein fachliches Gespräch mit seinen Tischnachbarn verwickelt, dass er von dem Streit am Nebentisch nur die Lautstärke, aber nicht den Inhalt mitbekommen hat.«

»Der *wollte* sich nicht erinnern, ganz klar«, meinte Rüdiger Wille. »Dem war das sichtlich unangenehm, uns überhaupt von einem Streit berichtet zu haben. Ist dir nicht aufgefallen, wie er bei unseren Nachfragen andauernd nach möglichst harmlosen Formulierungen gesucht hat? ›Fachliche Differenzen‹ und ›inhaltliche Unterschiede‹ und so? Ich sage euch, da hat es gewaltig gekracht zwischen mindestens einem Teilnehmer und dem späteren Mordopfer, und die anderen wollen uns das nicht auf die Nase binden.«

»Den Eindruck hatte ich auch«, stellte Jens Kleinschmidt fest. »Unserer hat sich gewunden, als Katrin ihn gefragt hat, warum sich niemand Sorgen gemacht hat, als Professor Kühneborn ab Dienstag nicht mehr anwesend war.«

»Stimmt. Er hat so was genuschelt wie ›Der hatte ja gesagt, es sei ihm zu blöd, weiter mit einem Haufen Schwachsinniger zu diskutieren‹. Aber mehr wollte er nicht rauslassen«, ergänzte seine Kollegin.

Maibach nahm sich ein zweites Stück Streuselkuchen. Der war lecker, allerdings etwas trocken, und Tee gab es ja leider nicht. Also schenkte er sich ein Glas Mineralwasser ein und nahm einen kräftigen Schluck. »Das klingt hochinteressant. Als ich von Ohlkotte wissen wollte, warum die Sekretärin erst heute Morgen bei uns angerufen hat, da hat er sinngemäß gesagt, der Professor habe *angedeutet*, dass er vielleicht erst wieder am

Freitag da sein werde, um sein eigenes Referat zu halten. Ich hatte da schon so ein merkwürdiges Gefühl. Ich meine, wer meldet sich denn zu einer Veranstaltung an, die fünf Tage dauert, und sagt dann am ersten Tag Bescheid, dass er erst am letzten Tag wieder mitmacht? Am Montag ist etwas Gravierendes vorgefallen, von dem man uns nichts sagen will. Für uns bedeutet das natürlich, dass wir doppelt so intensiv nachbohren werden.«

Die Kollegen nickten zustimmend.

»Ach, und noch etwas. Die Trinkstube. Habt ihr nachgefragt, wer da sonst noch war beziehungsweise ob Professor Kühneborn auch dort war?«

Katrin Gerber schob ihr Exemplar der Tagungsliste über den Tisch. »Hier. Ich hab alle, die unser Zeuge in der Trinkstube gesehen hat, auf der Liste angekreuzt. Er wusste allerdings nicht, wie lange sie jeweils da waren. Und war sich ziemlich sicher, dass Kühneborn nicht erschienen ist.«

Acht der zwölf Namen waren markiert. Maibach kopierte die Kreuzchen auf seine eigene Liste und gab Katrins Exemplar dann an Rüdiger Wille weiter. »Wie war das noch mal mit diesem Tobias Klein? Der den Streit mit Kühneborn hatte? Das ist der Doktorand von wem?«

»Professor Dr. Günther Schattner. Der Letzte unten auf der Liste. Das war der, der am Montagmorgen das erste Referat gehalten hat.«

Maibach überlegte. »Okay. Wir machen Folgendes. Wir weichen von der alphabetischen Reihenfolge ab und ziehen diesen Professor Schattner nach vorne. Den nehmt ihr als Nächsten, Willi und Stefan. Er soll euch möglichst viel über seinen Doktoranden erzählen. Den will ich mir dann am Ende persönlich vorknöpfen. Nach der nächsten Runde ist wieder Treffen und Abstimmung hier bei uns im Raum. Viel Erfolg!«

Die anderen vier verließen das Zimmer. Maibach schenkte sich noch ein Mineralwasser nach, dann schickte er Ulrike Müller los, um ihren ersten Gesprächspartner, den Doppeldoktor aus Fulda, aus dem Speisesaal abzuholen.

Eine knappe Stunde später waren alle wieder in Maibachs Raum versammelt. Sein eigenes Gespräch mit dem Doppeldoktor hatte keine neuen Erkenntnisse gebracht. Er kannte Professor Kühneborn nicht privat, hatte keine Idee, wer einen Grund gehabt haben könnte, ihm etwas anzutun, und war abends in der Trinkstube gewesen und von dort aus direkt zu Bett gegangen. Da alle Teilnehmer Einzelzimmer hatten, konnte er für die Behauptung, er sei sofort eingeschlafen, keinen Zeugen benennen.

Ähnliches galt für den Gesprächspartner von Katrin Gerber und Jens Kleinschmidt. Keine neuen Erkenntnisse, keine Privatkontakte zum Professor, insgesamt aber auch kein Grund anzunehmen, dass der Zeuge irgendetwas mit dem Tod des Professors zu tun gehabt hatte.

Als Letzte betraten Rüdiger Wille und Stefan Loderer den Raum. Alle blickten ihnen erwartungsvoll entgegen.

»Na, ihr habt euch ja ganz schön Zeit gelassen«, meinte Katrin Gerber. »Hoffentlich hat sich euer langes Gespräch mehr gelohnt als unsere! Wir haben nämlich beide nichts Neues zu vermelden.«

»Wir schon«, strahlte Stefan Loderer. »Ist noch Kuchen da? Wir hätten uns ein Stück verdient.«

»Unser Gespräch hat sich tatsächlich gelohnt«, begann Rüdiger Wille. »Dieser Professor Schattner kannte Professor Kühneborn auch privat. Wobei er betont hat, befreundet seien sie nicht gewesen. Er sagte sogar, seiner Meinung nach habe man mit Professor Kühneborn gar nicht befreundet sein können.«

»Wieso das denn?«

»Er hat ihn als einen ziemlichen Egozentriker beschrieben. Einen, der sich im Prinzip nur für sich selbst, nicht für andere Menschen interessiert hat. Andere waren ihm nur wichtig als Publikum für seine ›Auftritte‹, wie Professor Schattner es nannte.«

»Auftritte?«

»Ja, anscheinend kam es öfters vor, dass der Professor bei solchen Tagungen mit anderen in Streit geriet oder, ich zitiere wieder den Zeugen, einen Streit ›inszenierte‹, um genug Aufmerksamkeit zu bekommen.«

Maibach runzelte die Stirn. »Soll das heißen, dass es am Montag gar keinen echten Streit gab? Dass die beiden Streithähne den anderen nur etwas vorgespielt haben, oder wie?«

»Nein, so habe ich das nicht verstanden. Der Doktorand von Professor Schattner, dieser Tobias Klein, hat sich wohl tatsächlich schwer aufgeregt über Kühneborn. Schattner hatte sein Referat gehalten, Kühneborn widersprach ihm in der darauffolgenden Diskussion heftig, was wiederum den Doktoranden dazu brachte, Schattner zu verteidigen und Kühneborn anzugreifen.«

»Anzupöbeln, wenn ich das richtig interpretiere«, ergänzte Stefan Loderer. »Schattner wollte zwar nicht so recht raus mit der Sprache, aber er hat gesagt, sein Doktorand sei halt ein Hitzkopf und habe sich ziemlich im Ton vergriffen.«

»Und sei ›in der Wortwahl reichlich unangemessen‹ gewesen«, fügte Rüdiger Wille hinzu.

»Worüber haben sie denn überhaupt gestritten?«, wollte Ulrike Müller wissen.

Loderer zuckte mit den Achseln. »Na ja, schon irgendwas, was mit dem Tagungsthema zusammenhing. Darüber, wie die Christen mit den Muslimen umgehen sollen oder so. Ob man miteinander reden kann, ob die eine Religion recht hat oder ob beide wahr sein können – inhaltlich konnte ich nicht so genau folgen. Schattner hat es uns zwar ganz ausführlich erklärt, aber … Wenn ihr alle Details wissen wollt, müsst ihr euch besser die Aufnahme anhören. Mir klang das alles ziemlich spitzfindig.«

»Mir auch«, stimmte ihm Rüdiger Wille zu. »Aber insgesamt hatte ich den Eindruck, dass Kühneborn wohl eher konservativ war und alles abgelehnt hat, was nicht katholisch war, und Schattner ist wahrscheinlich aufgeschlossener oder progressiver – falls es das bei Theologen überhaupt gibt.«

»Klar gibt's das, Mann«, warf Katrin Gerber ungewohnt schroff ein. Loderer und Wille warfen ihr einen erstaunten Blick zu.

»Okay. Die hatten also unterschiedliche Positionen zum Tagungsthema, und am Ende hat der Doktorand des einen den anderen angepöbelt«, fasste Maibach die bisherigen Erkenntnisse zusammen. »Und Schattner selbst? Hat der sich nicht selber gegen die Angriffe des Kollegen verteidigt?«

Rüdiger Wille ergriff wieder das Wort. »Das haben wir ihn auch gefragt. Und da hat er eben geantwortet, dass er Kühneborn schon viel zu lange und zu gut kannte, um noch auf dessen Masche reinzufallen. Anscheinend hat der das mit Vorliebe gemacht – andere Tagungsteilnehmer kritisieren, seine eigenen polarisierenden Thesen in den Raum werfen und dann durch den folgenden Streit die Aufmerksamkeit aller auf sich ziehen.«

»Klingt nach einem höchst sympathischen Zeitgenossen«, meinte Ulrike Müller. »Da muss man sich ja direkt wundern, dass den nicht schon längst einer umgebracht hat.«

»Also bitte, Uli«, sagte Maibach tadelnd zu seiner jungen Mitarbeiterin. »Wir fangen jetzt nicht an, mit einem Mörder zu sympathisieren, auch wenn das Opfer ein unangenehmer Typ gewesen sein mag!«

»Jaja, schon klar.« Ulrike Müller warf ihm einen entschuldigenden Blick zu. »Ist mir nur so rausgerutscht.«

Maibach wandte sich wieder an die beiden Kollegen. »Ihr habt vorhin gesagt, die beiden hätten sich schon lange gekannt. Was hat Schattner denn sonst noch so über Kühneborn erzählt?«

Abwechselnd berichteten Loderer und Wille, was sie über das Mordopfer in Erfahrung gebracht hatten. Wilhelm Gottfried Kühneborn war Jahrgang 1954, genauso wie Günther Schattner. Die beiden hatten sich 1974 kennengelernt, als sie in Tübingen angefangen hatten, Theologie zu studieren. Sie wollten beide Priester werden und wohnten daher in einem Wohnheim für Priesteramtskandidaten, wo sie sich praktisch täglich begegneten.

»Das war wohl eine ziemlich enge Gemeinschaft«, sagte Rüdiger Wille. »Schattner meinte jedenfalls, es sei ganz zwangsläufig so gewesen, dass man untereinander viel Kontakt hatte, selbst wenn man sich gar nicht richtig leiden konnte. Die beiden hatten auch an der Uni oft dieselben Kurse und eine gemeinsame Lerngruppe für Prüfungen und so.«

»Aber befreundet waren sie auch damals nicht?«, wollte Maibach wissen.

»Schattner sagt Nein«, erwiderte Stefan Loderer. »Er meinte, sie hätten sich halt aneinander gewöhnt und viel Zeit zusammen verbracht, weil es sich bei den vielen Gemeinsamkeiten so ergeben habe.«

»Später haben sie sich eine Weile aus den Augen verloren«, ergänzte Rüdiger Wille. »Anscheinend hat Schattner ziemlich früh gemerkt, dass das mit dem Priesteramt doch nichts für ihn ist. Er hat sich verliebt, ist schon vor dem Examen mit seiner Freundin zusammengezogen und hat sie dann später geheiratet. Kühneborn ging nach dem Examen irgendwo in die Provinz, um sein Diakonat zu machen. Das hat er dann aber wohl vorzeitig abgebrochen und sich ebenfalls nie zum Priester weihen lassen – warum, wusste Schattner auch nicht. Nicht wegen einer Freundin – Kühneborn blieb Junggeselle und lebte in den letzten Jahren mit seiner älteren Schwester zusammen, die ihm den Haushalt führte.«

»Hab ich doch gleich gesagt«, trumpfte Ulrike Müller auf. »Weißt du noch, Chef? Als wir das Zimmer angeschaut haben? Ich hab ja gleich gesagt, der hat eine Frau, die dauernd hinter ihm herräumt! Nur dass es eben seine Schwester war und keine Ehefrau.«

»Schattner hat gesagt, ihm seien die beiden vorgekommen wie ein Pfarrer und seine Pfarrhaushälterin«, ergänzte Stefan Loderer. »So als ob Kühneborn es insgeheim bereut habe, vor der Priesterweihe abgesprungen zu sein, und trotzdem den Lebensstil eines Pfarrers angenommen habe.«

Rüdiger Wille nahm den Faden wieder auf. »Jedenfalls ist Kühneborn nach dem abgebrochenen Diakonat wieder in Tübingen aufgetaucht und hat, wie Schattner, eine Unikarriere angestrebt. Ab da verliefen die beiden Wege wieder ziemlich parallel – Promotion, Habilitation, erste Buchveröffentlichungen. Laut Schattner hatten sie recht häufig miteinander zu tun, waren aber inhaltlich schon immer verschiedener Meinung. Sie haben sich regelmäßig miteinander gestritten, wenn sie sich bei

Tagungen und ähnlichen Gelegenheiten begegnet sind. Aber Schattner hat das so dargestellt, als ob ihn das nicht weiter gestört hat. Er meinte, das Streitgespräch sei ›befruchtend für den wissenschaftlichen Diskurs‹, oder so ähnlich.«

»Klingt nach einer Art Hassliebe, meint ihr nicht?«, sagte Katrin Gerber nachdenklich. »Könnte Schattner nicht nach so vielen Jahren Zoff mit Kühneborn am Montag ausgerastet sein? Vielleicht, weil Kühneborn sich nun auch noch seinen Doktoranden als neues Streitobjekt ausgesucht hatte? Habt ihr Schattner nach einem Alibi für Montagnacht gefragt?«

»Klar haben wir«, gab Rüdiger Wille etwas beleidigt zurück. »Er war nach dem Abendessen spazieren – allein. Ach ja, apropos Abendessen. Da ist der Streit noch mal eskaliert, hatten wir ja schon von den anderen Zeugen gehört. Nach Schattners Angaben saß er mit Kühneborn ganz friedlich am Tisch und hat sich mit ihm über ihrer beider Pläne für den Abend unterhalten – erinnert mich gleich noch mal daran, da gibt's nämlich auch noch was Interessantes –, und dann kam der Doktorand dazu und griff die Streitthemen vom Vormittag noch mal auf. Davon war Kühneborn so genervt, dass er am Ende gesagt hat, er wolle sich jetzt aber nicht drei Tage lang von ihm immer wieder den gleichen Schwachsinn anhören. Er habe gute Lust, erst am Freitag wiederzukommen, wenn er endlich Gelegenheit habe, seine Thesen ausführlich darzulegen. Der Doktorand hat nicht lockergelassen, wurde auch wieder ausfällig, und das Ende vom Lied war, dass sie sich angebrüllt haben und der Professor wutschnaubend den Speisesaal verlassen hat. Danach hat Schattner ihn nicht mehr gesehen, sagt er.«

Maibach nickte nachdenklich. »So weit deckt sich das ungefähr mit den bisherigen Zeugenaussagen. Diesen Doktoranden müssen wir uns auf jeden Fall nachher besonders intensiv vornehmen. Willi, ich schlage vor, das machen dann wir beide zusammen. Du hast die Aussagen des Doktorvaters gehört. Mal sehen, wie der junge Hitzkopf selber die Sache darstellen wird.«

»Und was war jetzt mit Schattners Alibi?«, mischte sich Katrin Gerber wieder ein.

»Erst war er spazieren und hat sich eine Weile in den Park gesetzt und den Kindern zugeschaut, die am Bach gespielt haben. Auf dem Rückweg ist er zwei weiteren Tagungsteilnehmern begegnet, hat mit ihnen die Basilika besichtigt und ist ihnen dann auch in die Trinkstube gefolgt. Dort war er aber nicht sehr lange – er sagt, gegen zehn Uhr sei er in sein Zimmer gegangen. Er brauche seinen Schlaf, er sei ja nicht mehr der Jüngste.«

»Zeugen für den Rest der Nacht hat er wohl auch keine, oder?«

»Als wir ihn das gefragt haben, hat er nur gelacht und gesagt, er stehe in dieser Hinsicht nicht auf Theologen, und seine Frau sei zu Hause in Tübingen geblieben.«

»Ihr habt vorhin etwas von Plänen für den Abend erwähnt, an die wir euch erinnern sollten? Heißt das, Schattner wusste, was Kühneborn noch vorhatte?«, hakte Maibach nach.

Stefan Loderer nickte. »Schattner sagt, er habe Kühneborn gefragt, ob er mit ihm spazieren gehen wolle. Kühneborn wollte aber nicht. Er hatte vor, später noch in ein Konzert zu gehen, und wollte sich vorher etwas in seinem Zimmer ausruhen.«

»Konzert? Wusste der Schattner Näheres? Wo, wann, mit wem?«

»Leider nicht. Er meinte lediglich, es müsse wohl direkt in Weingarten gewesen sein, denn der Professor habe gesagt, den Spaziergang mache er dann auf dem Weg zum Konzert.«

Maibach nickte zufrieden. »Das klingt doch nach einer Spur, die wir verfolgen können. So viele Konzerte wird es in Weingarten am Montag nicht gegeben haben. Habt ihr sonst noch etwas zu berichten, bevor wir weitermachen?«

Als Loderer und Wille verneinten, stand Maibach auf und streckte sich.

»Dann kommt jetzt Runde drei; wir machen alphabetisch weiter, treffen uns danach wie gehabt zum kurzen Austausch, und bei Runde vier nehmen Willi und ich uns diesen Tobias Klein vor. Uli, du gehst dann für das letzte Gespräch mit Stefan zusammen. Also dann! Ihr wisst, wonach ihr fragen sollt – gutes Gelingen!«

Um kurz vor halb fünf traf ein Team der Spurensicherung ein und nahm sich das Gästezimmer von Professor Kühneborn vor. Maibach bat die Kollegen, ihn sofort zu benachrichtigen, falls sie etwas von Bedeutung für den Fall entdecken sollten. Insgeheim hatte er aber wenig Hoffnung, dass dabei etwas herauskommen würde; schließlich war das Zimmer nicht der Tatort, so viel stand bereits fest.

Vor den hohen Fenstern der Tagungsräume verdunkelte sich der Himmel zusehends. In der Ferne hörte man bereits unheilverheißendes Donnergrollen. Maibach, der den Nachmittag in den kühlen Akademieräumen zur Abwechslung sehr angenehm gefunden hatte, freute sich schon auf die hoffentlich erträglicheren Außentemperaturen nach dem Gewitter.

Innerhalb der eigentlich so friedlichen Akademie schien sich mittlerweile allerdings ebenfalls ein Gewitter anzubahnen. Mehrere der Tagungsteilnehmer, die sich immer noch im Speisesaal zur Verfügung halten sollten, hatten bei seinen Mitarbeitern mit wachsender Ungeduld nachgefragt, wann sie denn endlich gehen dürften. Maibach wartete die Teambesprechung nach der dritten Zeugenbefragungsrunde ab. Als klar wurde, dass auch diese Gespräche keine neuen Erkenntnisse mehr zutage gefördert hatten, beschloss er nach kurzer Diskussion mit seinen Mitarbeitern, die Tagungsteilnehmer, die schon befragt worden waren, abreisen zu lassen. Gegen keinen von ihnen gab es einen hinreichenden Tatverdacht, und falls sich doch noch Nachfragen ergeben sollten, hatten sie von allen die Kontaktdaten und konnten sie notfalls nochmals von den Kollegen an den jeweiligen Wohnorten befragen lassen.

Maibach begab sich zum Speisesaal. Schon als er die Tür öffnete, sprang ein sichtlich erregter älterer Herr von seinem Stuhl auf und rief ihm entgegen: »Wie lange wollen Sie uns denn hier eigentlich noch festhalten? Bei allem Verständnis für die Arbeit der Polizei, aber das geht jetzt langsam zu weit! Wir alle bedauern, was mit Professor Kühneborn geschehen ist, und wir haben Ihnen alles gesagt, womit wir Ihnen helfen können. Aber wenn Sie uns jetzt nicht bald abreisen lassen, werde ich mich an höchster Stelle über Sie beschweren! Das grenzt ja an Freiheitsberaubung!«

Diese Tirade wurde von mehreren anderen Anwesenden durch kräftiges Nicken, Klopfen auf die Tische und halblautes Gemurmel unterstützt.

Es handelte sich um den Zeugen, den Maibach zusammen mit Ulrike Müller am frühen Nachmittag als Ersten befragt hatte. An den Namen konnte er sich nicht erinnern – einen doppelten Doktortitel hatte er gehabt, aber sonst? Beschwichtigend hob er die Hände.

»Von Freiheitsberaubung kann keine Rede sein, meine Herren. Wir sind Ihnen allen zu großem Dank verpflichtet für Ihre Auskünfte, die unsere Ermittlung hoffentlich weiterbringen werden. Ich bin gekommen, um Ihnen mitzuteilen, dass diejenigen von Ihnen, die wir bereits befragt haben, nun die Rückreise antreten können. Falls Ihnen nachträglich noch Dinge einfallen sollten, die für uns wichtig sein könnten, bitte ich Sie, uns zu kontaktieren. Ich danke Ihnen nochmals für Ihr Verständnis, entschuldige mich für eventuelle Unannehmlichkeiten und wünsche Ihnen eine gute Heimreise.«

Seine Worte lösten im Speisesaal ein allgemeines Stühlerücken aus.

Dr. Ohlkotte, der Tagungsleiter, den Maibach nun ebenfalls unter den Anwesenden bemerkte, hatte alle Mühe, selber noch ein paar Worte des Bedauerns über den Verlauf des letzten Tagungstages loszuwerden und sich von den im Aufbruch befindlichen Teilnehmern gebührend zu verabschieden.

Ein junger Mann – Maibach war sich sicher, dass es der Schokopuddingesser war, der ihm anfangs bei seinem Eintreffen im Speisesaal aufgefallen war – stieß seinen Stuhl besonders laut zurück und schnaubte in Maibachs Richtung: »Und was ist mit denen, die immer noch nicht dran waren? Mein Zug ist längst weg – zahlt die Polizei mir nachher wenigstens die Umbuchungsgebühr? Wie lange soll das denn noch gehen?«

Maibach schaute ihn ein paar Sekunden lang durchdringend an und erwiderte dann betont freundlich: »Ah, Sie sind bestimmt Herr Klein, nicht wahr? Sie dürfen gleich mitkommen, mit Ihnen wollte ich mich sowieso als Nächstes unterhalten.«

Etwas verunsichert blieb der junge Mann zunächst stehen und schaute seinen Tischnachbarn an. Maibach ging davon aus, dass es sich bei diesem um den Doktorvater, Professor Schattner, handelte. Der Professor nickte dem jungen Mann aufmunternd zu, woraufhin dieser sich in Bewegung setzte und mit unwilliger Miene hinter Maibach her zum Befragungsraum marschierte, wo Rüdiger Wille bereits mit gezücktem Bleistift und aufnahmebereitem Diktiergerät auf das letzte Gespräch des Nachmittags wartete.

Rüdiger Wille schob das Aufnahmegerät noch ein kleines Stück weiter über den Tisch in Richtung ihres Gesprächspartners und musterte diesen dann mit unverhohlener Neugier. Tobias Klein saß mit halb unsicherer, halb empörter Miene den beiden Ermittlern gegenüber und wippte nervös auf seinem Stuhl vor und zurück.

Maibach bedachte ihn mit einem freundlichen Blick, schob eine leere Tasse in seine Richtung und fragte: »Möchten Sie gerne einen Kaffee, Herr Klein?«

Klein schnaubte. »Nein danke, ich will keinen Kaffee. Außerdem hatte ich im Speisesaal schon zwei Tassen, und er schmeckt scheußlich. Und kalt ist er jetzt auch.«

»Wie Sie wünschen«, entgegnete Maibach mit unverminderter Freundlichkeit und schenkte sich ein Glas Wasser ein. »Vielleicht lieber ein Mineralwasser?«

Klein verdrehte die Augen. »Was soll das werden? Den Gegner erst in Sicherheit wiegen und dann hinterrücks auf ihn losgehen? Stellen Sie mir lieber Ihre Fragen, damit ich endlich heimfahren kann. Ich hab auch noch was anderes vor am Wochenende.«

Maibach lehnte sich in seinem Stuhl zurück und betrachtete sein Gegenüber schweigend. Der junge Mann ertrug die Stille erkennbar schlecht und blickte nervös von Maibach zu Wille und wieder zurück. Auf seiner Oberlippe bildeten sich kleine Schweißperlen, obwohl es im Raum immer noch kühl war. Schließlich beschloss Maibach, dass sein Gesprächspartner nun wahrscheinlich reif für die erste Frage war.

»Was Sie da gerade gesagt haben, Herr Klein, erstaunt mich«, begann er.

Als er nicht weitersprach, warf Klein ihm einen trotzigen Blick zu. »Ach ja? Wieso? Was hab ich denn gesagt?«

»Sie sehen uns offensichtlich als Gegner an, die Ihnen – warum auch immer – eine Falle stellen wollen. Wie kommt das?«

Der junge Mann zuckte mit den Schultern, gab aber keine Antwort.

»Sehen Sie, Herr Klein, alle anderen, mit denen wir heute geredet haben, waren sehr bemüht, unsere Fragen so ausführlich wie möglich zu beantworten, denn alle waren schockiert und betrübt über den Tod von Herrn Professor Kühneborn. Sollte das bei Ihnen aus irgendeinem Grund anders sein?«

»Ja – nein – ach verdammt. Die sind doch alle im Grunde genommen auch nicht *betrübt*, dass der Arsch tot ist. Sie geben es nur nicht zu.«

»Interessante Wortwahl«, kommentierte Rüdiger Wille. »Ihr Doktorvater hat vorhin schon angedeutet, dass Sie es damit manchmal nicht so genau nehmen. Betrübt über den Tod des *Arsches*, wie Sie sich ausdrücken, sind Sie also jedenfalls nicht, wenn ich Sie richtig verstehe?«

Tobias Klein rutschte wieder auf seinem Stuhl hin und her. »Natürlich ist es prinzipiell immer traurig, wenn jemand stirbt. Für die Angehörigen und so. Aber für den Rest der Welt hält sich der Verlust eben manchmal in Grenzen.«

»Aha. Und so ist das Ihrer Meinung nach bei Professor Kühneborn?«

»Ja.«

»Können Sie uns das näher erläutern? Wie gut kannten Sie ihn denn? Hatten Sie schon vor der Tagung hier mit ihm zu tun?«

»Mit ihm persönlich zu tun hatte ich vorher noch nie. Aber seine Bücher kannte ich natürlich. Das reichte schon, um zu wissen, was das für einer war.«

»So? Was für einer war er denn?«

»Ein engstirniger, erzkonservativer, intoleranter Idiot, wenn Sie es genau wissen wollen!«, brach es aus dem jungen Mann heraus. »Und da bin ich sicher nicht der Einzige hier, der das so sieht. Nur die anderen haben alle vor ihm gekuscht, anstatt ihm mal richtig die Meinung zu geigen! Er war ja der *berühmte Professor*, der *viel beachtete Autor*! Dem widerspricht man nicht, den lässt man einfach ungehindert seinen Schwachsinn verzapfen. Es könnte ja der eigenen Karriere schaden, wenn man sich mit ihm anlegt!«

Das Gesicht des Doktoranden hatte im Lauf seiner kurzen Rede eine leicht ungesunde Röte angenommen. Er wischte sich mit dem Handrücken über die Stirn und schielte verstohlen zu Maibachs Mineralwasserflasche hinüber.

Maibach beschloss, diesen Blick vorerst nicht gesehen zu haben. »Sie selber haben aber nicht vor ihm gekuscht, oder? Uns ist berichtet worden, dass es am Montag mehrmals zum Streit zwischen Ihnen beiden gekommen ist. Was können Sie uns darüber sagen?«

Tobias Klein räusperte sich. »Ja, das stimmt. Vormittags, nach dem Vortrag von Professor Schattner, und abends beim Abendessen noch mal. Der Typ hat mich einfach total auf die Palme gebracht, verstehen Sie?«

»Bisher noch nicht. Aber wir sind ganz Ohr.«

»Professor Schattner war mit dem ersten Impulsreferat der Tagung betraut. Nicht von ungefähr, denn seine Beiträge zum Thema Interreligiöser Dialog sind bei Weitem das Beste, was auf diesem Gebiet zurzeit im deutschsprachigen Raum zu finden ist. Deshalb habe ich mich ja auch entschieden, bei ihm zu promovieren«, fügte er stolz hinzu und blickte Maibach zum ersten Mal direkt in die Augen. »Und er hat mich sofort als Doktorand akzeptiert und mir sogar eine Stelle als wissenschaftlicher Assistent verschafft.«

»Schön für Sie«, bemerkte Maibach trocken. »Herr Professor Kühneborn hat Ihre Bewunderung für Ihren Doktorvater aber offenbar nicht zu hundert Prozent geteilt, oder?«

»Er hat ihn gehasst! Das wurde schon beim ersten Kommentar deutlich, den er vom Stapel gelassen hat, als die Diskussionsrunde eröffnet wurde. Hat ihn einen ›weltfremden Träumer‹ genannt, einen ›gefährlichen Idealisten‹, der das Ende des Christentums in unserem Land beschleunigen wird, und so weiter. Und alles nur, weil Professor Schattner der Meinung ist, wir Christen müssten mit den Muslimen in einen offenen Dialog treten und die Gemeinsamkeiten der beiden Religionen mehr hervorheben als die Unterschiede. Damit hat er doch recht! Der Zuzug so vieler zutiefst gläubiger Menschen in unser Land eröffnet doch so viele Chancen auch für das Wiedererstarken des christlichen Glaubens und des religiös motivierten Engagements in unserer Gesellschaft!« Klein brach ab, schluckte trocken und schielte erneut in Richtung Wasserflasche.

Maibach fragte nach: »Und genau so haben Sie dann Ihre Argumente zur Verteidigung Ihres geschätzten Doktorvaters auch gegenüber Herrn Professor Kühneborn formuliert?«

Klein errötete noch etwas mehr. »Nein. Das werden Sie ja schon von den anderen gehört haben. Ich hatte mich nicht so besonders unter Kontrolle. Kann schon sein, dass ich das ein oder andere etwas schärfer formuliert habe, als unbedingt nötig war. Aber mich hat dieser borniert Idiot einfach maßlos aufgeregt! Kam natürlich wieder mit seinen islamfeindlichen Thesen aus diesem Machwerk, ›Jesus war nicht Mohammed‹. Ich bitte Sie! Schon allein dieser bescheuerte Titel! Populismus pur! Der Kühneborn legte es doch geradezu darauf an, einen Konflikt heraufzubeschwören, anstatt den Dialog zu fördern! Und keiner der anderen Teilnehmer hat auf sein hanebüchenes Geschwätz reagiert, noch nicht einmal Professor Schattner selber! Da musste ich mich doch zu Wort melden!«

Fast gegen seinen Willen empfand Maibach eine gewisse Sympathie für den jungen Mann. Er hatte seine Meinung wenigstens offen gesagt, und sein von ihm offensichtlich hoch verehrter Doktorvater hatte ihn ohne mit der Wimper zu zucken im Regen stehen lassen.

»Sie sagten vorhin, Professor Kühneborn *hasste* Ihren Doktorvater. Hatten Sie den Eindruck, dass das auf Gegenseitigkeit beruhte?«

Klein blickte erstaunt auf. »Nein, überhaupt nicht. Professor Schattner ist so ein toleranter Mensch, der kann überhaupt niemanden hassen. Er hat sich ja auch gar nicht gegen Kühneborns Polemik gewehrt. Echt bewundernswert, das ist einfach an ihm abgeprallt. Bestimmt, weil er im Innersten genau weiß, dass er recht hat.«

Die Existenz von Menschen, die nicht hassen konnten, bezweifelte Maibach zutiefst. Dafür hatte er in seinem Berufsleben schon zu vieles gesehen. Aus der Perspektive eines jungen, aufstrebenden Akademikers, der seinen Doktorvater fast schon zu vergöttern schien, mochte das anders aussehen.

Klein wischte sich erneut den Schweiß von der Stirn. »Könnte ich bitte doch ein Glas Wasser haben?«

»Aber natürlich«, entgegnete Maibach liebenswürdig und schenkte ihm ein. »Noch mal zurück zum Montag. Auch beim Abendessen hatten Sie Streit? Warum fing das denn wieder an?«

Klein drehte sein Wasserglas zwischen den Fingern und zuckte mit den Schultern. »Ich weiß auch nicht. Eigentlich hatte ich mir vorgenommen, den Idioten für den Rest der Tagung zu ignorieren. Das war nämlich kein schönes Gefühl, ihm als Einziger Paroli zu bieten, und am Nachmittag hat mich auch noch Professor Schattner dafür kritisiert und gemeint, ich solle mich gefälligst am Riemen reißen. Mein Verhalten sei ›einer akademischen Diskussion unwürdig‹ gewesen. Wo ich doch auch für ihn gesprochen hatte! Eigentlich war ich für den Rest des Tages bedient.«

»Aber?«

In den Augen des jungen Mannes blitzte Zorn auf. »Aber als ich in den Speisesaal kam, saßen die beiden am Abendbrottisch zusammen, als ob nichts gewesen wäre! Ich dachte, Professor Schattner redet jetzt wenigstens unter vier Augen mal Klartext mit dem Depp, und wollte mich dazusetzen, um ihn zu unterstützen. Und da waren die gerade dabei, Pläne für den Abend zu schmieden! Wie kann der Professor nur dieses faschistoide

Arschloch zum Spaziergang einladen, habe ich gedacht! Und dann sind mir die Sicherungen durchgebrannt. Ein Wort gab das andere, wir haben angefangen, uns anzubrüllen, und dann ist Kühneborn aus dem Saal gestürmt.«

»Haben Sie ihn danach noch einmal gesehen?«

»Nein.«

»Haben Sie mitbekommen, was er für Pläne für den restlichen Abend hatte?«

»Er wollte irgendwohin spazieren und sich ein Konzert anhören.«

»Was für eines?«

»Keine Ahnung.«

»Wie haben Sie selbst den restlichen Abend verbracht? Waren Sie mit den anderen Teilnehmern noch in der Trinkstube?«

»Nein. Ich hatte die Schnauze voll von dem ganzen Verein. Wollte an dem Tag nichts mehr hören und sehen. Erst bin ich eine Weile an die frische Luft gegangen, dann in mein Zimmer. Ich hab gelesen bis elf, dann wollte ich schlafen. Aber ich konnte nicht, irgendwie war ich noch zu aufgedreht. Da hab ich im Internet gesurft bis nachts um halb vier. Erst dann konnte ich einschlafen.«

»Haben Sie denn einen Computer dabei?«

»Nein. Mit dem Smartphone. Hier hat man zwar manchmal keinen Telefonempfang, aber das Internet funktioniert einwandfrei. WLAN-Hotspot, extra für die Akademiegäste.«

Maibach lehnte sich zurück. »Sie sind also den ganzen Abend lang allein gewesen. Oder sind Sie zwischendurch noch mal einem von den anderen begegnet?«

Klein schüttelte den Kopf.

»Haben Sie eigentlich irgendwelche Bekannten hier in Weingarten?«, mischte sich Rüdiger Wille nun ein.

»Bekannte? Nein, warum?«

»Nur so. Hätte ja sein können. Gehen Sie gerne schwimmen?«

»Schwimmen?«

»Schwimmen.«

Verwirrt blickte Klein von Wille zu Maibach. »Ich weiß zwar nicht, was das jetzt für eine Bedeutung hat, aber nein, ich gehe nicht gern schwimmen. Hab eine Allergie gegen Chlor im Wasser.«

»Salzwasserbecken sollen da ganz wohltuend sein«, erklärte Rüdiger Wille. »Schon mal davon gehört?«

»Nein. Aber danke für den Tipp«, erwiderte Klein etwas verunsichert. »Hören Sie, es ist ja nett, dass wir uns jetzt noch über Freizeitgestaltung unterhalten. Aber wenn Sie nichts anderes mehr von mir wissen wollen, würde ich gerne heimfahren. Wie gesagt, ich hab noch was vor am Wochenende.«

Maibach und Wille tauschten einen Blick.

»Vielen Dank für das Gespräch, Herr Klein«, meinte Maibach schließlich. »Ich würde mich gerne noch einen Moment mit meinem Mitarbeiter unterhalten. Unter vier Augen. Wenn Sie sich noch kurz in den Speisesaal setzen könnten? Es dauert nicht lange, dann kommen wir noch mal kurz auf Sie zu.«

»Wenn es sein muss«, murrte der junge Mann, schob seinen Stuhl zurück und leerte im Stehen sein Glas mit einem langen Zug. »Hoffentlich dauert es nicht zu lang.«

»Puh. Ganz schöner Hitzkopf«, sagte Maibach, als sich die Tür hinter Tobias Klein geschlossen hatte.

»War ja nicht anders zu erwarten, nach dem, was wir schon von den anderen Zeugen gehört hatten«, meinte Rüdiger Wille. »Und jetzt? Was machen wir mit ihm?«

Maibach drehte sich suchend nach der Kuchenplatte um. »Lag da vorhin nicht noch ein Stück Streuselkuchen?«, murmelte er.

»Vorhin schon«, grinste Wille zurück.

»Aha. Ja. Gute Frage. Was machen wir mit ihm? Einerseits ist er der Einzige hier, der nachweislich Streit mit dem späteren Todesopfer hatte.«

»Nicht ganz«, gab Rüdiger Wille zu bedenken. »Auch Schattner hatte einen Konflikt mit Kühneborn. Schon viel länger als sein Doktorand und nicht so offensichtlich vor allen Leuten ausgetragen. Aber der Doktorand sprach von Hass. Das kann ein starkes Motiv sein.«

»Ja, aber laut Klein kam der Hass von Kühneborn, nicht von Schattner.«

»Na ja. Das würde ich nicht so für bare Münze nehmen. Du hast doch auch gemerkt, wie der seinen Chef vergöttert. Dass er ihm Hass nicht zutraut, muss nicht heißen, dass da auch wirklich keiner war.«

Maibach nickte. Das sah er im Prinzip genauso. »Okay. Einmal angenommen, einer von den beiden ist tatsächlich unser Mörder. Wie ist das dann abgelaufen? Er hat ihn zum Konzert verfolgt, ist danach mit ihm irgendwo in Salzwasser baden gegangen und hat ihn ertränkt? Und ihn dann zum Stillen Bach getragen?«

Rüdiger Wille zuckte mit den Schultern. »Ich weiß nicht. Das mit dem Salzwasser bringt eigentlich jede Theorie wieder ins Wanken, oder? Hier bei der Akademie gibt es keines, öffentlich zugänglich in der Stadt auch nicht … Deshalb hab ich den Klein nach Bekannten gefragt, die hier wohnen. Das wäre doch noch am ehesten denkbar, oder? Irgendein privater Pool. Der Professor und sein Mörder treffen sich abends – vielleicht bei diesem Konzert oder danach. Zufällig oder verabredet. Und dann geht der Professor noch auf ein Bierchen mit dem anderen heim, sie sitzen am Pool im Garten, es kommt zum Streit, und boing, der Professor kriegt eins über die Rübe und fällt ins Wasser. Oder wird ins Wasser gedrückt. Ende des Professors. Der Täter kriegt Panik, lädt ihn ins Auto und fährt zum Stillen Bach.«

Maibach ließ sich das Szenario durch den Kopf gehen. »Das hat was«, gab er schließlich zu. »Lass uns das mal weiterspinnen. Das würde erstens bedeuten, wir suchen nach einer Kontaktperson in Weingarten, die einen Pool im Garten hat. Richtig?«

»Richtig. Weingarten oder Umgebung. Der kann auch beispielsweise mit dem Auto im Konzert gewesen sein und den Professor nachher mitgenommen haben, irgendwo ins Umland.«

»Okay. Weingarten oder Umland. Zweitens bräuchte er ein

Auto. Und die nötige Ortskenntnis. Die Leiche an den Stillen Bach zu transportieren ist ohne Auto kaum denkbar, oder?«

Wille nickte nachdenklich. »Das würde aber Klein entlasten. Der ist mit dem Zug da. Und ein Taxi wird er sich kaum genommen haben, mit einer Leiche im Schlepptau.«

»Mmh, unwahrscheinlich. Wie ist Schattner eigentlich hier? Auch mit dem Zug?«

»Mist, das haben wir ihn gar nicht gefragt. Wenn er ein Auto hätte – dann könnte er nach seinem Besuch in der Trinkstube losgefahren sein, den Kühneborn vom Konzert abgeholt und ihn irgendwo hingebracht haben, wo es dann passiert ist.«

»Er wusste doch gar nicht, welches Konzert Kühneborn besuchen wollte.«

»Sagt er.«

»Stimmt. Sagen sie beide.« Maibach schwieg einen Moment und verfolgte den Gedanken weiter. »Und was ist, wenn sie es beide waren? Doktorvater und Doktorand? Sie entdecken im Lauf des Tages ihre gemeinsame Abneigung gegen das ›faschistoide Arschloch‹, wie Klein so schön sagte, und beschließen, der Welt einen Gefallen zu tun und ihn aus dem Weg zu räumen?«

»Hm. Ja. Ein Alibi haben sie beide nicht. Aber irgendwie klingt das schon ein bisschen weit hergeholt, findest du nicht?«

Maibach musste zugeben, dass er im Lauf seines Berufslebens schon glaubwürdigere Hypothesen aufgestellt hatte. »Ja, schon. Sag mal, die Sache mit dem Smartphone. Kann die Kriminaltechnik eigentlich nachweisen, ob das mit dem Surfen im Internet bis nachts um halb vier stimmt? Dann könnten wir wenigstens den Klein ausschließen.«

»Den Standort des Handys kann man nachvollziehen. Die Aktivitäten vermutlich auch. Aber da kenne ich mich nicht gut genug aus. Ist die Spusi noch oben im Gästezimmer? Frag doch mal den Leitner.«

»Gute Idee.« Maibach zückte sein Handy. »Menschenskind, jetzt hab ich wieder keinen Empfang hier. Warte schnell, ich frag ihn persönlich. Bin gleich wieder da.«

Vor der Tür stieß er beinahe mit Ulrike Müller und Stefan

Loderer zusammen, die ihre letzte Zeugenbefragung anscheinend ebenfalls beendet hatten. »Ach, könntet ihr bei der Rezeption nachfragen, ob die ein Konzertprogramm von Weingarten haben? Lasst euch von Willi schon mal alles erzählen. Bin gleich zurück.«

Die Spurensicherung war so gut wie abgeschlossen – viel zu untersuchen hatte es in dem Gästezimmer nicht gegeben. Ein paar Leute von Peter Leitners Team waren bereits am Einpacken.

»Wir haben natürlich Fingerabdrücke gesichert«, berichtete Leitner. »Die müssen wir aber erst zuordnen. Ansonsten: Der Raum wird vermutlich nach jedem Gast penibel gereinigt. Kaum Fasern, ein paar Haare, alles ziemlich überschaubar. Die Auswertung hast du im Lauf des Montags auf dem Schreibtisch, wenn nichts dazwischenkommt.«

»Irgendwelche interessanten persönlichen Gegenstände? Autoschlüssel, Wohnungsschlüssel, Papiere?«

»Ja. In der Nachttischschublade lag ein Dokumentenmäppchen mit Ausweis, Führerschein und ein paar Kreditkarten. Alles ausgestellt auf den Namen Kühneborn, Professor Dr. Wilhelm Gottfried. Was für ein Name! Ach ja, ein Zugticket von und nach Eichstätt lag auch dabei, und ein Ladegerät. Vermutlich von einem Handy älterer Bauart. Ziemlich klobiges Ding, heute nicht mehr gebräuchlich.«

»Aber kein Handy dazu?«

»Nein.«

»Mmh. Und der Tote hatte es auch nicht dabei. Danke schon mal. Ach, weswegen ich überhaupt gekommen bin. Apropos Handy: Könnt ihr herausfinden, ob ein bestimmtes Smartphone an einem bestimmten Ort zu einer bestimmten Zeit zum Surfen im Internet benutzt wurde?«

»Der Ort ist kein Problem. Musst dir halt die Daten der in Frage kommenden Funkzellen besorgen und schauen, ob es eingeloggt war. Das mit den Aktivitäten ist schon mit etwas größerem Aufwand verbunden. Am besten wäre es natürlich, das betreffende Gerät vorliegen zu haben. Das vereinfacht die Sache erheblich.«

»Wenn ich dir das Gerät besorge, könntest du am Wochenende was rauskriegen?«

Leitner seufzte. »Ich wusste doch, da kommt noch was nach. Wär auch zu schön gewesen! Okay, her mit dem Ding. Aber dafür braucht dann der schriftliche Bericht zum Zimmer etwas länger. Sagen wir Dienstag. Kann auch Mittwoch werden.«

»Gebongt. Wie lange seid ihr noch hier?«

»In einer Viertelstunde könnten wir fertig sein. Wo hast du das Gerät?«

»Ich hab's noch gar nicht. Aber wenn du bei mir unten im Tagungsraum 6 vorbeischaust, bevor ihr fahrt, kann ich's dir mitgeben.«

Leitner warf ihm einen schiefen Blick zu. »Aha. Soso. Na dann, bis nachher.«

»Bis nachher.« Beflügelt von der Aussicht auf neue Erkenntnisse eilte Maibach zurück zu seinen Mitarbeitern.

Mittlerweile war das komplette Team im Tagungsraum 6 versammelt. Loderer hatte einen Stapel Programmhefte und Flyer mitgebracht. Als Maibach eintrat, begann er: »Chef, wir haben für den Montagabend zwei in Frage kommende Konzerte hier in Weingarten gefunden. Das eine …«

Maibach unterbrach ihn mit einer Handbewegung. »Moment, Stefan. Darauf kommen wir nachher. Zunächst wäre mir wichtig, zu entscheiden, was wir mit dem Doktoranden machen. Hat Willi euch ins Bild gesetzt?«

Alle nickten.

»Dann stehen wir jetzt vor der Frage, ob wir bei diesem Tobias Klein einen hinreichenden Tatverdacht sehen oder nicht. Einerseits der Streit, das hitzige Temperament, kein Alibi. Andererseits aber auch kein Salzwasserpool, kein Auto, keine nachgewiesene Ortskenntnis.«

»Ein Auto kann man sich aber auch mieten. Außerdem hätte er vielleicht eines zur Verfügung gehabt«, sagte Stefan Loderer. »Auf dem Weg zur Rezeption kam mir vorhin Schattner entgegen und hat gefragt, ob sein Doktorand noch bei euch sitzt.

Er wollte auf ihn warten und ihn mit dem Auto nach Tübingen mitnehmen, weil er seinen Zug verpasst hat.«

»Aha, interessant. Wenn sie es also doch eventuell zu zweit waren …«, überlegte Rüdiger Wille halblaut.

»Dann müssten wir entweder beide jetzt gehen lassen oder beide hierbehalten«, meinte Katrin Gerber. »Aber dafür reichen unsere Erkenntnisse doch nicht aus, oder? Nur wegen eines lautstarken Streits?«

Maibach seufzte. »Ich denke, du hast recht, Katrin. Wir werden sie gehen lassen. Allerdings würde ich mir wahnsinnig gerne noch Kleins Smartphone unter den Nagel reißen. Leitner von der Kriminaltechnik meint, er könnte übers Wochenende das Internet-Alibi durchleuchten, wenn er das Gerät hätte.«

»Können wir das denn konfiszieren, einfach so?«, wollte Jens Kleinschmidt wissen.

»Konfiszieren wird heikel. Aber da der Herr Doktorand es uns freiwillig überlassen wird, sehe ich da kein Problem«, schmunzelte Maibach und machte sich auf den Weg zum Speisesaal. Die verwunderten Blicke seiner Mitarbeiter folgten ihm.

»Möchte nicht wissen, was der dem jetzt erzählt«, kommentierte Rüdiger Wille. »Ich sag's euch, der Chef hat's manchmal faustdick hinter den Ohren.«

»Merkst du das erst jetzt?«, fragte Katrin Gerber.

Keine fünf Minuten später kam Maibach zurück ins Tagungszimmer und schwenkte triumphierend ein ziemlich teuer aussehendes Smartphone.

»Was so ein bisschen gutes Zureden nicht alles bewirken kann«, meinte er leichthin und legte das Gerät vor sich auf den Tisch, ohne sich um die fragenden Blicke der anderen zu kümmern. »So, und wie war das jetzt mit dem Konzertprogramm, Stefan?«

Die beiden in Frage kommenden Konzerte waren ein klassisches Klavierkonzert im Kultur- und Kongresszentrum Oberschwaben und der Auftritt einer oberschwäbischen Oldieband im Kino- und Kulturzentrum Linse. Maibach kannte beide Veranstaltungsorte. Ursula, seine mittlerweile von ihm getrennt lebende Frau, hatte ihn des Öfteren von Ravensburg aus nach

Weingarten geschleppt. Vorzugsweise an seinen freien Wochenenden. Um des lieben Friedens willen war er mitgegangen und hatte sich so manchen Musikklängen ausgesetzt, die nicht wirklich nach seinem Geschmack waren, und so manchen Film angeschaut, bei dem er dann mit schöner Regelmäßigkeit eingenickt war und sich durch lautes Schnarchen den Zorn sowohl seiner Gattin als auch der in seiner Nähe sitzenden Programmkinofans zugezogen hatte.

Seine Überlegungen wurden durch ein Klopfen an der Tür unterbrochen. Frau Schickle, die Akademiesekretärin, wollte das Geschirr abräumen, bevor sie in den wohlverdienten Feierabend entschwand.

»Würden Sie sich bitte diese beiden Flyer kurz anschauen, Frau Schickle?«, bat Maibach. »Wissen Sie zufällig, ob sich Professor Kühneborn für eines dieser Konzerte interessiert hat?«

Frau Schickle zeigte ohne zu zögern auf den Flyer der Oldieband. »Dieses hier, ja. Er hat mich noch gefragt, wie man von hier aus am besten zur Linse kommt. Ich hab's ihm erklärt. Man kann gut zu Fuß durch die Innenstadt hingehen. Dauert keine zehn Minuten. Ach, der Arme. Wenn ich daran denke, dass das sein letztes Konzert gewesen ist …« Mit betrübter Miene belud sie einen Servierwagen mit gebrauchten Tassen und Tellern. »Hat denn der Kuchen geschmeckt?«, erkundigte sie sich mit einem Blick auf die leere Kuchenplatte.

»Ausgezeichnet, Frau Schickle. Vielen Dank«, erwiderte Maibach und fragte sich insgeheim, ob sie ihn wohl selber gebacken hatte. »Aber sind Sie sich da sicher? Mit dem Konzert, meine ich? Kann es nicht doch das Klavierkonzert im Kultur- und Kongresszentrum gewesen sein?«

»Nein, da bin ich mir ganz sicher. Er hat gesagt, er will in Erinnerungen schwelgen. Das kann man doch am besten bei Oldies, oder nicht? Und außerdem hat er ausdrücklich nach der Linse gefragt und nicht nach dem KuKoZ.«

»Kuhkotz?«, echote Rüdiger Wille, als sie den Raum verlassen hatte. »Was ist denn das für ein Name für einen Konzertsaal? Heißt der echt so?«

Maibach schüttelte den Kopf. »Das ist nur die Abkürzung für Kultur- und Kongresszentrum. Ka-U-Ka-O-Zett. Zusammen ausgesprochen: KuKoZ.«

»Bisschen unglückliche Abkürzung, oder?«, grinste Wille.

»Wie dem auch sei. Dann hätten wir jetzt einen neuen Ansatzpunkt – das Konzert in der Linse. Zeig noch mal den Flyer, Stefan.«

Stefan Loderer reichte ihm die farbige Hochglanzbroschüre über den Tisch.

»Oldies but Goldies«, las Maibach vor. »Folgen Sie uns ins Land der Nostalgie mit Oberschwabens kultigster Oldieband, den Wait-a-Whiles. Kennt die jemand von euch?«

Keiner hatte den Namen je gehört.

»Land der Nostalgie«, wiederholte Rüdiger Wille nachdenklich. »Oldies. In Erinnerungen schwelgen. Das könnte schon zusammenpassen.«

»Dem müssen wir unbedingt nachgehen. So schnell wie möglich, also, mit anderen Worten, heute Abend noch. Freitagabends ist in der Linse auf jeden Fall Betrieb. Vielleicht finden wir jemanden, der sich an den Professor erinnert.«

Ulrike Müller stöhnte. »Heute Abend noch? Muss das echt sein, Chef? Können wir das nicht morgen machen? Da kommen wir doch sowieso noch mal her, hast du gesagt, wegen der Gespräche mit den Mitarbeitern hier, oder?«

Maibach überlegte kurz. Seine Leute hatten heute gute Arbeit geleistet, und die kommenden Tage würden sicher noch einiges an weiteren Aufgaben mit sich bringen.

»In Ordnung. Ihr könnt heimfahren. Ich bleibe hier und übernehme das – wollte mich nachher sowieso noch mit dem Kollegen Schitterer treffen«, sagte er dann. »Einzige Bedingung: Ihr lasst mir einen Dienstwagen da und quetscht euch zu fünft in den anderen.«

Nun war es neunzehn Uhr. Maibach stand noch im Tagungsraum und schaute aus dem Fenster. Draußen ging ein Gewitter nieder, wie er es bisher nur selten erlebt hatte. Der Regen prasselte nicht nur gegen die Fensterscheiben, sondern wurde beinahe waagrecht dagegengeschossen, als ob irgendwo auf dem Parkplatz eine Hundertschaft seiner Kollegen vom SEK mit Wasserwerfern am Werk wäre. Der Sturm fegte alles über den Platz, was nicht niet- und nagelfest war. Pizzaschachteln, Plastiktüten, kleinere Äste der Kastanienbäume, die neben dem Akademiegebäude wuchsen, alles wirbelte in ständig wechselnden Richtungen durch sein Blickfeld. Wenn er jetzt versuchen würde, das Auto zu erreichen, wäre er in seinem dünnen Hemd auch auf die Entfernung von wenigen Metern klatschnass. Aber ewig konnte es nicht so weiterregnen. Zum Glück hatte ihm Dr. Ohlkotte nach kurzem Zögern den Generalschlüssel der Akademie überlassen, so konnte er das Ende des Unwetters im Trockenen abwarten.

Er zückte sein Handy und wählte Thomas Schitterers Nummer. Seltsamerweise hatte er momentan einen hervorragenden Empfang. Konnte so etwas denn wetterabhängig sein?

»Schitterer?«, klang es einen Moment später laut und deutlich aus dem Hörer.

»Hallo, Shitty, ich bin's noch mal. Hast du was für mich rausgekriegt?«

»Na klar. Willst du's am Telefon, oder wie sieht's aus mit dem Bierchen in Ravensburg?«

»Bierchen wäre prima. Aber was hältst du von Weingarten? In der Linse?«

»Auch nicht schlecht. Da gibt's auch was Leckeres zu essen, ich könnte noch was vertragen.«

»Ich auch. Und außerdem könnte ich dann sozusagen das Angenehme mit dem Nützlichen verbinden.«

Maibach erklärte in knappen Worten, was sie herausgefunden hatten, und sie verabredeten sich auf ein Treffen, sobald das Gewitter nachgelassen hatte.

Als das Gespräch beendet war, schaute Maibach wieder aus dem Fenster. So plötzlich, wie es vorhin angefangen hatte zu stürmen, so plötzlich schien der Spuk auch wieder vorbei zu sein. Er vergewisserte sich, dass er den Schlüssel dabeihatte, verließ die Akademie und eilte über den Parkplatz. Unter seinem Scheibenwischer klemmte ein völlig zu Papiermaché zerlaufener Strafzettel. Den konnte so leider keiner mehr lesen. Hätte genauso gut ein Werbezettel für ein Orgelkonzert in der Basilika sein können. Maibach kratzte die Pampe von der Scheibe und schüttelte sie auf den Boden, wo sie in einer riesigen Pfütze landete und ein adrettes kleines Inselchen bildete. Hinter dem Parkplatz erblickte er am dunklen, fast schwarzen Himmel einen der schönsten Regenbogen, die er je gesehen hatte. Na, wenn das kein gutes Omen war!

Zumindest bei der Parkplatzsuche hatte Maibach tatsächlich Glück an diesem Abend. Direkt gegenüber der Linse wurde gerade eine Parkbucht frei. Selbst wenn der Regen nochmals einsetzen sollte, käme er also mit seinen leichten Sommersachen und ohne Jacke trocken nach Hause.

Er überquerte die Fahrbahn und betrat das Foyer des Kulturzentrums. Der Zeitpunkt seines Eintreffens war nicht nur parkplatztechnisch günstig gewählt, wie er befriedigt feststellte. Es gab auch noch genügend freie Tische – wahrscheinlich waren die ersten beiden Filme des Abends noch nicht zu Ende, und die zweiten würden erst später beginnen. Sollte er noch auf Shitty warten oder schon etwas bestellen? Wenigstens einen Blick auf die Speisekarte konnte er ja riskieren.

Die Liste der kleinen Speisen, die dauerhaft zur Auswahl standen, kam ihm noch sehr bekannt vor. Ursulas Lieblingssalat – groß, gemischt, mit Pute – gab es immer noch. Ob Ursula nach wie vor gelegentlich hierherkam? Allein? Mit einer ihrer unzähligen Freundinnen? Oder vielleicht sogar mit einem neuen … nein, unmöglich. So lange waren sie noch nicht getrennt, und Ursula würde bestimmt nicht so schnell schon … Er versuchte, sich wieder auf die Speisekarte zu konzentrieren. Was sollte er nehmen? Den altbekannten Wurstsalat mit Bauernbrot vielleicht? Mit oder ohne Käse? Eigentlich wollte er lieber etwas Warmes – schließlich war das Mittagessen heute ausgefallen. Also doch ein Blick auf die Tageskarte …

So versunken war er in die Auswahl seines Menüs, dass er Thomas Schitterers Ankunft erst bemerkte, als dessen Hand mit Wucht auf seiner Schulter landete. Maibach fuhr zusammen.

»Mensch, Shitty! Wenn ich eines Tages einen Herzanfall kriege, bist du schuld!«

»Sorry. Hätte ja wissen können, dass du nichts mehr hörst und siehst, wenn's um deine Lieblingsbeschäftigung geht.«

»Meine Lieblingsbeschäftigung?«

»Essen.«

»Ach so. Ich dachte, du meinst Zeugen suchen.«

Sie grinsten sich an. Gut, dass es mit dem Treffen geklappt hatte, schoss es Maibach durch den Kopf. Ein Abend mit Shitty war Entspannung pur. Genau, was er jetzt brauchte. Und ein warmes Essen.

Shitty hatte sich für den schwäbischen Linseneintopf entschieden, Maibach sich an eine der exotisch klingenden Suppen gewagt – Limette-Süßkartoffel, vegan. Anfangs hatten ihn die Namen der Gerichte hier manchmal abgeschreckt, aber aus mittlerweile langjähriger Erfahrung wusste er, dass das vollkommen unbegründet war. Genüsslich kratzte er den letzten Rest zusammen und freute sich schon auf sein Hauptgericht. Eventuell würde er sich auch noch einen Nachtisch gönnen, zur Feier des Tages. Hm. Gab es denn an diesem Tag etwas zu feiern? Ja, das fand er schon. Immerhin hatten sie nun ein sehr viel klareres Bild von ihrem Fall. Sie kannten die Identität des Toten, wussten einiges über seinen Hintergrund, hatten Zeugen gefunden, die noch kurz vor seinem Tod mit ihm zusammen gewesen waren. Nur eine heiße Spur zum Täter, einen greifbaren Tatverdacht, eine genauere Vorstellung vom Ablauf des Geschehens, das alles hatten sie leider nicht. Irgendwie glaubte Maibach nicht an die Tatbeteiligung Professor Schattners und seines Doktoranden. Sein Bauchgefühl sprach dagegen. Etwas anderes musste dahinterstecken, das spürte er.

Nach seiner Mousse au Chocolat mit Mangocreme lehnte er sich mit seligem Lächeln zurück. Auch Thomas Schitterer blickte satt und zufrieden auf seinen säuberlich mit Brot ausgewischten Eintopfteller.

»Wie sieht's aus – musst du noch fahren, oder übernachtest du bei deiner Schwester? Geht noch ein Bierchen?«

»Ein Bierchen geht immer. Aber ich fahre heim, wir machen morgen früh Dienstbesprechung im Büro, bevor wir noch mal herkommen.«

Schitterer holte zwei Bier an der Theke, dann ließ er sich von Maibach ausführlich erzählen, was dieser vorhin am Telefon nur stichwortartig skizziert hatte. Anschließend berichtete er, was er über die persönlichen Verhältnisse des Toten herausgefunden hatte. Professor Kühneborn hatte weder Frau noch Kinder, und seine ältere Schwester, die mit ihm zusammen an seinem Eichstätter Wohnsitz gemeldet war, führte ihm den Haushalt. Eine feste Professur hatte er momentan nicht, wohl aber im Lauf der letzten paar Jahre diverse Gastprofessuren an renommierten theologischen Instituten. Seine Hauptbeschäftigung war jedoch schon seit Längerem das Herumreisen und Vorstellen seiner Publikationen, neuerdings besonders des Bestsellers »Jesus war nicht Mohammed«.

»Das deckt sich mit dem, was wir herausgefunden haben«, stellte Maibach fest, als Schitterer geendet hatte.

»Mit anderen Worten, ich hätte mir die Zeit sparen können, die ich für deine Recherche investiert habe?«, entgegnete Schitterer mit gespielter Entrüstung.

»Auf keinen Fall! Ich wüsste doch gar nicht, was ich ohne dich tun sollte!«, beeilte sich Maibach mit breitem Grinsen zu versichern. »Im Ernst – du könntest mir gleich noch mal deine detektivischen Fähigkeiten zur Verfügung stellen. Ich habe Professor Kühneborns Porträt von seinem Buch abfotografiert. Ich schicke es dir auf dein Handy weiter, und dann machen wir uns beide an die Arbeit und befragen das Personal. Die Gelegenheit ist günstig – wenn nachher die Leute aus den Filmsälen an die Theke strömen, haben wir schlechte Karten.«

»Okay. Was genau wollen wir wissen?«

»War Kühneborn am Montag hier? Hat ihn jemand gesehen?

Wann, wie lange, wo genau? Hat er mit jemandem geredet? Ist er mit jemandem zusammen weggegangen? Und so weiter, du weißt schon. Ach so, und ob es hier Erdnüsse gibt.«

»Erdnüsse?«

»Ja. Die hatte er noch ziemlich unverdaut im Magen. Im Gegensatz zum Akademie-Abendessen, das war schon viel weiter verarbeitet, wenn du verstehst, was ich meine.«

»Vollkommen.«

»Und ob er Alkohol getrunken hat. Wir fangen an mit dem Thekenpersonal – nimm du den Herrn, ich die Dame –, und danach geht's mit den Filmvorführern weiter. Laut Programm müsste der erste Film demnächst aus sein. Wir haben keine Zeit zu verlieren.«

Wieder hatten sie Glück. Das Personal an diesem Abend war dasselbe, das auch am Montag im Einsatz gewesen war. Für die Befragung aller Mitarbeiter brauchten sie nur eine gute halbe Stunde, danach stand fest: Professor Kühneborn hatte eindeutig das Konzert der Wait-a-Whiles besucht. Beide Thekenmitarbeiter erinnerten sich unabhängig voneinander an den älteren Herrn im hellgrauen Anzug, und zwar genau wegen des Anzugs. Er war ihnen aufgefallen, weil an dem Tag sowohl draußen als auch drinnen mörderische Temperaturen geherrscht hatten und die meisten anderen Gäste in kurzärmligen Hemden oder T-Shirts da gewesen waren. Er war nach ihren übereinstimmenden Aussagen schon eine Weile vor Konzertbeginn gekommen, hatte sich eine Eintrittskarte gesichert und dann an einem der kleinen Tische im Foyer ein Mineralwasser getrunken. Der eine Mitarbeiter hatte ihm die Eintrittskarte verkauft, seine Kollegin das Wasser serviert.

Ob er zu Konzertbeginn tatsächlich in den großen Saal gegangen war, konnte keiner der beiden mit Sicherheit sagen; zu diesem Zeitpunkt war schon mächtig Betrieb gewesen, und sie hatten nicht mehr auf den Gast geachtet.

Einer der Filmvorführer jedoch, der bei dem Konzert für die Saaltechnik verantwortlich gewesen war, war sich ziemlich sicher, dass er den Mann am Ende des Konzerts aus dem Saal hatte kommen sehen. Leider wusste er nicht, ob er allein oder in Begleitung gewesen war, und er hatte auch nicht beobachtet, wann er die Linse verlassen hatte.

Maibach wandte sich an Thomas Schitterer. »Was hältst du von der Sache?«

Schitterer zuckte mit den Schultern. »Wenigstens weißt du jetzt mit Sicherheit, dass er hier war. Wir müssten nur noch jemanden finden, der beobachtet hat, was er danach gemacht hat.«

»Nur noch.«

»Ja. Ich weiß. Das könnte schwierig werden. Was meinst du – wie groß sind die Chancen, dass heute Abend unter den Filmbesuchern welche sind, die schon am Montag hier im Konzert waren?«

Maibach überlegte. »Na ja, wahrscheinlich eher gering. Wer geht schon zweimal in der Woche aus? Und dann auch noch ins gleiche Kino?«

»Einmal Konzert, einmal Film? Das wäre doch denkbar. Und zweimal pro Woche ist jetzt nicht so viel – ich kenne Leute, für die ist das das absolute Minimum!«

Sie beschlossen, auf gut Glück noch eine weitere Fragerunde anzuhängen, und sprachen alle Kinobesucher an, die mittlerweile aus den beiden Filmsälen gekommen waren, ebenso die Gäste an den Tischen und der Theke und alle, die neu ankamen, um sich einen der Filme im Spätprogramm anzuschauen. Tatsächlich fanden sich drei Leute, die auch am Montag das Konzert besucht hatten. Neue Informationen über den Professor erhielten sie aber leider nicht mehr – diesen Gästen jedenfalls war der Mann auf dem Foto nicht aufgefallen.

Schließlich sah Maibach frustriert auf die Uhr. »Tja, das hat nicht mehr so viel gebracht«, sagte er. »Jetzt muss ich mich mal auf die Socken machen, hab ja noch ein Stück zu fahren.«

»Du kannst auch gerne mit zu mir kommen. Auf dem Sofa ist immer Platz für dich, das weißt du ja.«

Maibach erinnerte sich dankbar an manche Gelegenheit, bei

der er dieses Angebot angenommen hatte – besonders während der letzten, eher turbulenten Phase seiner Trennung von Ursula, wenn er vor den ewigen Zankereien zu Hause geflüchtet war. Aber bequem war das Sofa nicht gewesen, daran erinnerte er sich leider noch genauso gut.

»Danke, Shitty, das ist nett von dir. Aber ich fahre lieber heim und kann dafür morgen früh ein bisschen länger liegen bleiben.«

»Wie du willst. Vielleicht sehen wir uns in nächster Zeit ja noch öfters? Melde dich einfach, wenn du wieder in der Gegend bist. War schön heute Abend.«

»Ja, war schön. Und danke noch mal für deine Hilfe. Hast was gut bei mir.«

»Hab ich doch ständig!«, grinste Schitterer und gab ihm zum Abschied nochmals einen ordentlichen Klaps auf die Schulter. »Also dann, mach's gut!«

»Mach's besser.«

Maibach trat hinaus an die frische Luft. Nach dem Gewitter vom frühen Abend verdiente sie diese Bezeichnung zur Abwechslung wirklich, und er atmete tief durch. Das tat gut. Im Laufschritt überquerte er die Straße und stieg in den Wagen. Er wählte den Weg durch die Innenstadt von Ravensburg. Um diese Zeit lohnte sich der Umweg über die B 30 nicht. Viel war nicht mehr los, und er kam zügig voran. Stadtauswärts in Richtung Friedrichshafen signalisierten ihm mehrere leuchtende Smileys ihren Unmut darüber, dass er mit Tempo fünfundfünfzig unterwegs sei. Habt euch nicht so, dachte er. Wegen der fünf Stundenkilometer …

Erst als ein greller Blitz, der mit dem Unwetter von vorhin wohl eher nichts zu tun hatte, die Nacht erhellte, fiel ihm wieder ein, dass hier ja ab zweiundzwanzig Uhr Tempo dreißig galt. War es wirklich schon so spät? Mist.

FÜNF

Er bekam keine Luft mehr. Das Wasser war überall. Es drang in alle Öffnungen seines Körpers, ließ die Bilder vor seinen Augen verschwimmen, rauschte in seinen Ohren, füllte Mund und Nase. Verzweifelt wehrte er sich gegen den unbarmherzigen Sog, doch das Wasser war stärker. Es riss ihn immer weiter in den Abgrund. Er versuchte zu schreien, aber kein Ton war zu hören. Wollte um sich schlagen, doch seine Arme und Beine waren wie gelähmt.

Er versuchte zu verstehen, was passiert war. Musste nicht der andere im Wasser sein? Der andere, nicht er? Er hatte doch am Beckenrand gestanden, als der andere … Mit einem Ruck fuhr er hoch. Eine Welle der Erleichterung durchflutete ihn. Er lebte. Er war aus dem schrecklichen Traum erwacht. Er war nicht im Wasser, er war der am Beckenrand. Täter, nicht Opfer. Oder war er beides? Und war nicht beides ein Alptraum?

***

Maibach zog die Rollläden hoch und riss als Erstes in der ganzen Wohnung die Fenster auf. Die Hitze der vergangenen Tage hatte sich in den Räumen angestaut, und er hoffte inständig, dass das Lüften den erwünschten Erfolg bringen würde, damit er wenigstens in der kommenden Nacht besser schlafen konnte. Gestern Abend war er so hundemüde aus dem Auto gestiegen, dass er nicht mehr die Energie zum Lüften aufgebracht hatte und sofort ins Bett gefallen war. Gut geschlafen hatte er aber in der stickigen Bude nicht. Er hatte wirr geträumt und sich von einer Seite auf die andere geworfen, bis er schließlich um kurz nach sechs entnervt eingesehen hatte, dass es besser war, aufzustehen und eine kühle Dusche zu nehmen, als sich weiterhin im nass geschwitzten Bett herumzuwälzen. Vielleicht hätte er doch lieber Shittys Angebot annehmen und auf dem Sofa übernachten sollen; schlimmer hätte die Nacht dort auch nicht werden können.

Nach der Dusche genehmigte er sich ein reichhaltiges Frühstück. Die Vorräte im Kühlschrank sahen danach ziemlich mickrig aus. Dabei hatte er doch neulich erst Großeinkauf gemacht, oder nicht? Wann war das noch mal gewesen? Er zog seine zerknitterte To-do-Liste aus der Hosentasche, notierte unter allen durchgestrichenen Einträgen in Großbuchstaben »EINKAUFEN!!« und unterstrich es doppelt. Das musste er unbedingt noch heute erledigen, sonst sah es für den Sonntag mau aus.

Für den Weg ins Büro nahm er diesmal den Dienstwagen, den er über Nacht vor dem Haus geparkt hatte. Er stellte ihn hinter der Dienststelle ab und stieg die Treppe zu seinem Büro hinauf. Es war erst halb acht, und die Flure waren menschenleer. Von seinen Mitarbeitern noch keine Spur, und auch im Sekretariat war alles still. Ach so, es war ja Samstag. Frau Mechtersheimer hatte heute bestimmt frei.

Auf seinem Schreibtisch herrschte gähnende Leere. Nur zwei gelbe Post-it-Zettel mit Frau Mechtersheimers Schrift lagen da. Auf dem einen stand eine Ravensburger Telefonnummer mit dem Hinweis »Bitte um Rückruf – Hinweis zur Identität der Wasserleiche«, auf dem zweiten die kurze Mitteilung: »Habe um dreizehn Uhr die Hotline auf Anrufbeantworter gestellt. Schönes Wochenende.«

Maibach unterdrückte ein Fluchen. So war das nicht gedacht gewesen! Er war davon ausgegangen, dass Frau Mechtersheimer den ganzen Nachmittag im Sekretariat war und danach vielleicht die Geistesgegenwart hatte, einen Streifenpolizisten vom Revier nebenan an die Hotline zu bitten, wenn sie selber Feierabend machte. Oder die Hotline ins Revier umleitete. Da hatte er ihr wohl zu viel zugetraut. Oder zu wenig – denn er konnte sich des Gedankens nicht ganz erwehren, dass sie ihn mit voller Absicht hatte auflaufen lassen, um klarzustellen, was er von ihr verlangen durfte und was nicht.

Missmutig begab er sich ins Sekretariat. Abgeschlossen hatte sie wenigstens nicht, und so zog er sich ihren Bürostuhl heran, nahm Papier und Bleistift zur Hand und hörte den blinkenden Anrufbeantworter ab. »Sie haben zwanzig neue Nachrichten.« Nicht alle bezogen sich auf ihren Zeugenaufruf, und diejenigen, die versprachen, den Toten identifizieren zu können, konnte er nun glücklicherweise ignorieren. Blieben noch drei, die etwas Sachdienliches zu der Frage nach Beobachtungen am Stillen Bach mitteilen wollten, und ein Anrufer, der gar nichts gesagt und nach einigen Sekunden aufgelegt hatte. Es klang nach einer öffentlichen Telefonzelle – wo gab es die denn überhaupt noch? Im Hintergrund waren Autos und Kindergeschrei zu hören; es erinnerte ihn entfernt an die Geräuschkulisse des Weingartener Freibads. Er schaute auf das Display: Ja, die Vorwahl passte – Ravensburg oder Weingarten. Wenn der Anrufer etwas Wichtiges mitzuteilen hatte, würde er es hoffentlich nochmals versuchen.

Die anderen sahen so aus, als hätten sie deutlich besser geschlafen als er. Katrin Gerber, eben noch in ein angeregtes Gespräch mit Ulrike Müller vertieft, blickte auf, als Maibach durch die Tür trat, und fragte mit einem Blick und in einem Ton, den er nur als mitleidig deuten konnte: »Oh je, Chef – ist es heute Nacht spät geworden?«

»Nicht besonders, nein. Warum?«, entgegnete er leichthin und fragte im Plauderton zurück: »Und ihr? Seid ihr noch vor dem Gewitter nach Hause gekommen?«

Sie nickte und wollte gerade noch etwas sagen, als Stefan Loderer dazwischenfragte: »Hattest du gestern eigentlich auch einen Strafzettel unter dem Scheibenwischer?«

»Strafzettel? Ach, da war so ein aufgeweichter Wisch, ja. Aber was das war, hab ich nicht mehr erkennen können. Das hat ja gegossen wie aus Kübeln, nicht wahr?«

Loderer fragte zum Glück nicht weiter, und so begann Maibach, seine Mitarbeiter über die Ergebnisse der Befragungen im Kulturzentrum Linse zu informieren.

»Schade, dass niemand weiß, was nach dem Konzert war«, kommentierte Ulrike Müller, als er geendet hatte. »Und wie machen wir jetzt weiter?«

»Heute befragen wir erst einmal das Akademiepersonal, wie geplant. Der Tipp mit dem Konzert kam ja auch von der Sekretärin dort – wer weiß, vielleicht hat noch jemand etwas Interessantes mitgekriegt. Ich habe den Zeitplan so gemacht, dass es reicht, wenn zwei Teams parallel die Gespräche führen. Wir müssten also nur zu viert nach Weingarten. Zwei könnten hierbleiben und Bürokram erledigen. Erstens: Hotline-Anrufe entgegennehmen. Zweitens: Hotline-Hinweisen von gestern nachgehen – die Notizen dazu bekommt ihr von mir. Drittens: Hintergrundrecherche zu Professor Kühneborns Berufs- und Privatleben vertiefen. Viertens, da das Sekretariat heute und morgen nicht besetzt ist: Gesprächsabschriften von gestern anfertigen. Wer hat Lust?«

Maibach schaute seine Mitarbeiter der Reihe nach an. Er hatte damit gerechnet, dass sich kein Freiwilliger finden würde, doch zu seiner großen Erleichterung gingen zwei Hände nach oben; Ulrike Müller und Jens Kleinschmidt. Maibach bedankte sich mit einem Kopfnicken.

Anschließend wandte er sich an die übrigen drei Teammitglieder. »Dann fahren wir vier also noch mal nach Weingarten. Die ersten Gespräche sind auf elf Uhr angesetzt. Ich schlage vor, wir treffen uns um zwanzig nach zehn unten auf dem Parkplatz. Ein Dienstwagen wird heute reichen, denke ich.«

»Und morgen?«, meldete sich Jens Kleinschmidt zu Wort. »Ist für morgen schon etwas geplant, oder haben wir da frei?«

»Das kann ich dir noch nicht sagen«, gab Maibach zur Antwort. »Kommt ganz darauf an, was sich heute noch so alles ergibt.«

Stefan Loderer drehte sich zu Maibach um, bevor er den Raum verließ. »Und was soll ich mit dem Strafzettel von gestern machen?«

»Leg ihn einfach Frau Mechtersheimer auf den Schreibtisch«, entgegnete Maibach. »Sie soll's überweisen.«

Zurück in seinem Büro suchte er als Erstes die Nummer der zuständigen Polizeidienststelle in Eichstätt heraus und bat die dortigen Kollegen, die Todesnachricht an die Schwester des Professors zu überbringen. Außerdem sollten sie die Schwester nach Konflikten oder Feinden des Professors befragen und herausfinden, ob sie etwas über den Verbleib des Handys ihres Bruders wusste. Anschließend stellte er alle Unterlagen für Ulrike und Jens zusammen, packte seine Thermoskanne und alles Weitere, was er in Weingarten benötigen würde, in seine Aktenmappe und machte sich auf den Weg nach unten. Es war noch etwas Zeit bis zur geplanten Abfahrt, er konnte noch schnell zu seinem Lieblingsbäcker gehen und sich mit ein paar belegten Brötchen eindecken.

Auf dem Rückweg vom Bäcker piepste sein Handy. Das Display zeigte an, dass seine Schwester anrief.

»Hallo, Michi! Was gibt's?«

»Hallo, Charlie. Wo bist du gerade?«

»Momentan noch in Friedrichshafen, aber demnächst auf dem Weg nach Weingarten. Warum?«

»Na, das passt ja prima. Ich wollte dich fragen, ob du nicht Lust hättest, heute Abend mit uns zu essen. Manuel hat heute Nachmittag noch ein Fußballturnier, und danach wollten wir im Garten den Grill anschmeißen.«

Lust zum Grillen – besser gesagt, Lust, etwas Gegrilltes zu essen – hatte Maibach eigentlich immer. Ganz kurz zögerte er dennoch mit seiner Antwort, denn ein samstäglicher Grillabend bei seiner Schwester bedeutete mit ziemlicher Sicherheit, dass auch sein Schwager anwesend sein würde. Unter der Woche traf man ihn abends eher selten zu Hause an, aber samstagabends hatte selbst der tüchtigste Immobilienmakler meist keine dringenden Termine. Na ja, sei's drum. Es gab ja was Gutes zum Essen als Entschädigung. Maibach sagte zu.

Als seine drei Kollegen im Hof erschienen, teilte er ihnen mit, dass sie doch besser mit zwei Autos fahren sollten, weil er abends noch eine Einladung in Weingarten hatte. Täuschte er sich, oder sah Katrin Gerber irgendwie erleichtert aus, als sie sich zu Rüdiger Wille und Stefan Loderer in den anderen Wagen setzte? Wie auch immer – im Rückspiegel konnte er ihren

Gesichtsausdruck nicht mehr lange beobachten, denn schon an der nächsten Kreuzung blieb der Wagen seiner Mitarbeiter an der roten Ampel hängen, wohingegen Maibach selber noch bei Gelb durchgefahren war. Dunkelgelb.

**

Hussein stieg aus, nahm seinen Sportbeutel aus dem Kofferraum und folgte seinen beiden Kumpels in Richtung Sportplatz. Manuels Vater, der sie hergefahren hatte, wollte sich die Spiele heute nicht anschauen. Er rief ihnen noch ein kurzes »Viel Erfolg!« nach, stieg wieder in den Wagen und fuhr eilig vom Parkplatz. Die Rückfahrt würde später Nicos Vater übernehmen.

Hussein war froh, dass sich bisher immer jemand gefunden hatte, der ihn zu den Turnieren am Wochenende mitnahm. Die Spiele fanden jede Woche in einer anderen Ortschaft statt, gelegentlich natürlich auch in Weingarten selbst – dort konnte er zu Fuß oder mit dem Rad ins Stadion kommen. Aber die Dörfer zu erreichen war für ihn allein fast unmöglich. Seine Mutter hatte kein Auto und einen Führerschein auch nicht. Sonst kannte er kaum jemanden, und Busse fuhren nicht überallhin. Und selbst wenn – Busfahren war teuer, und mit den Fahrplänen und dem Umsteigen fühlte er sich schlicht überfordert.

Zum Glück war Hussein ein guter Torschütze, und so hatte auch der Trainer ein Interesse daran, ihn jedes Wochenende bei den C-Jugend-Spielen dabeizuhaben. Wahrscheinlich kümmerte er sich deshalb so intensiv um die Bildung von Fahrgemeinschaften, die auch Hussein mitnahmen. Ansonsten war der Trainer nämlich eher kein großes Organisationstalent.

Das Turnier sollte erst in einer guten Stunde beginnen, aber der Trainer bestand darauf, dass alle rechtzeitig da waren, um sich in Ruhe umziehen und warm spielen zu können. Hussein trottete über den Parkplatz. Der nächtliche Regen hatte einige Pfützen hinterlassen, die er vorsichtig umrundete. Hoffentlich war das Spielfeld nicht so matschig, dass man dauernd ausrutschte.

Vorn beim Vereinsheim hatte sich ein Grüppchen von Weingartener Spielern versammelt, Manuel und Nico standen auch schon dabei. Der Trainer war noch nirgends zu sehen. Typisch, dachte Hussein. Uns lässt er eine Stunde zu früh antanzen, und selber kommt er bestimmt wieder mindestens zwanzig Minuten später.

Er schaute sich auf dem Parkplatz um. Nein, der alte Passat des Trainers war nirgends geparkt. Überhaupt standen noch kaum Autos da. Kein Wunder, die meisten anderen Mannschaften rückten immer deutlich später zu den Turnieren an. Aber irgendwann war dann der Parkplatz meistens so vollgeparkt, dass die Letzten kaum noch eine Lücke fanden. Hussein kannte das schon. Wenn er konnte, schaute er sich bei jedem Turnier irgendwann in einer Spielpause auf dem Parkplatz um. Er liebte Autos. Wenn er so durch die Reihen ging, stellte er sich vor, welches davon vielleicht eines Tages ihm gehören könnte. Eines Tages, wenn er durch seine Kunst – oder vielleicht auch als Fußballstar – genug Geld verdienen würde, um sich alles zu leisten, was er bisher nur bei anderen bewundern konnte.

So langsam kamen weitere Elterntaxis angerollt. Manche ließen die Spieler nur aussteigen und fuhren wieder weg, andere parkten und stiegen aus, um ihre Kinder bei den Spielen anzufeuern. Der weiße Nissan, der gerade durch die Einfahrt kam, sah schick aus. Vielleicht ein bisschen ungepflegt. Wenn Hussein erst einmal so einen besaß, würde er ihn jedes Wochenende waschen und polieren, da war er sich sicher.

Oder den schwarzen Mercedes vielleicht? Mensch, was für tolle Autos es gab. Den kleinen Fiesta, der jetzt einbog, wollte er nicht. Obwohl – vielleicht als Zweitwagen, für seine Mutter, wenn sie erst einmal den Führerschein gemacht hatte?

Hussein war so mit seinen Gedanken beschäftigt, dass er gar nicht merkte, wie der alte dunkelgrüne Passat des Trainers in eine Parklücke einbog. Erst als ihm sein Trainer etwas zurief und ihn zur Gruppe der Weingartener Spieler hinüberwinkte, erwachte er aus seinem Tagtraum und lief hinterher. Auf den Porsche, der eben ein paar Jungs hatte aussteigen lassen und nun wieder anfuhr, wurde er erst durch das genervte Hupen des Fahrers aufmerksam. Entschuldigend winkte Hussein ihm zu und blieb stehen, um das Fahrzeug passieren zu lassen. Ein Traumauto. Schick. Gut gepflegt. Porsche, dunkelblaumetallic. Er blickte dem Wagen hinterher und bemerkte erst, als der Porsche vom Gelände rollte, dass von den beiden Bremslichtern nur eines funktionierte.

Wettkampftrikots überziehen. Warmlaufen. Torschussübungen. Passübungen. Mechanisch spulte Hussein das von ihm verlangte Programm ab, aber richtig bei der Sache war er nicht. Der Trainer merkte das offensichtlich auch, denn mehrmals hatte er ihm schon zugerufen, er solle gefälligst nicht schlafen, sondern abspielen. Auch jetzt riss ihn ein erneuter genervter Schrei aus seinen Gedanken.

»HUSSEIN, verdammt noch mal! Du sollst rüberpassen zu Nico, Menschenskind! Wenn du nachher bei den Spielen auch so verpennt bist, gibt's einen Tritt in den Arsch!«

Ja, sprachlich konnte man vom Trainer einige interessante Ausdrücke lernen. Hussein versuchte, sich wieder auf das Training zu konzentrieren, aber es fiel ihm schwer. Seine Gedanken kreisten unablässig um das einzelne Bremslicht, das beim Abbiegen aufgeleuchtet hatte. An einem dunkelmetallic lackierten Porsche. Genau wie neulich nachts. Konnte es ein Zufall gewesen sein? Wie viele solcher Fahrzeuge gab es wohl in der Gegend? So ein Porsche war teuer. Andererseits waren viele Leute hier in Deutschland ja auch unermesslich reich – also gab es vielleicht auch viel mehr solcher Fahrzeuge, als ihm bisher bewusst gewesen war …

Aber das kaputte Bremslicht? Wenn der Wagen wirklich derselbe war wie neulich nachts im Wald, dann durfte er diese Chance nicht ungenutzt lassen. Das mit dem Anruf bei der Polizei hatte ja gestern nicht geklappt. Er hatte sich zwar ganz fest vorgenommen, es am Montag zu den angegebenen Bürozeiten nochmals zu versuchen. Aber die Polizei war ja auch nicht blöd. In drei Tagen konnte viel passieren, und vielleicht hatten sie bis dahin schon den Täter ohne Husseins Zutun ermittelt, und er würde für seinen Hinweis keine Belohnung mehr bekommen. Falls es überhaupt eine gab, selbst das war noch nicht einmal sicher. Der Täter selbst hingegen – der müsste doch ein großes Interesse daran haben, dass seine Anwesenheit im Wald nicht bekannt wurde. Und wer einen Porsche besaß, hatte bestimmt noch mehr Geld und konnte es sich leisten, sich das Schweigen eines Zeugen zu erkaufen. So wie neulich der Mörder in dem Film, den Hussein im Fernsehen gesehen hatte. Der hatte auch eine ganz schöne Summe lockergemacht, um der Entdeckung zu entgehen.

»HUSSEIN! ABSPIELEN!«

Er musste sich zusammenreißen. Die Spiele würden bald losgehen, und er durfte den Trainer nicht enttäuschen. Immerhin war er einer der besten Torschützen in der Mannschaft, der Trainer zählte auf ihn. Aber in den Pausen zwischen den Spielen musste er sich etwas einfallen lassen. Unbedingt.

✳✳✳

Sie hatten alle Mitarbeiter der Akademie, von den drei Sekretärinnen über den Hausmeister bis hin zum Küchen- und Reinigungspersonal, über Professor Kühneborn befragt. Während der Abschlussbesprechung piepste Maibachs Handy. Wieder wunderte er sich – eine halbe Stunde zuvor hatte er noch versucht, es zu benutzen, aber keinen Empfang gehabt. Ein hörbar erregter Jens Kleinschmidt meldete sich.

»Chef, störe ich?«

»Nein, im Gegenteil. Wir machen hier demnächst Schluss und waren gerade am Überlegen, ob wir uns morgen einen freien Tag leisten können oder nicht. Was gibt's? Habt ihr was Interessantes entdeckt? Wir nämlich nicht.«

Jens Kleinschmidt erstattete kurz Bericht über seine Telefonate im Zusammenhang mit den Hotline-Anrufen; es war nichts Interessantes dabei gewesen. Die Angaben zu Vorkommnissen am Stillen Bach bezogen sich alle auf Zeiten, die für ihre Ermittlungen nicht relevant waren. Bis auf einen Hinweis zu einem Ereignis in der Nacht zu Dienstag: Im Bachbett sei ein Ufo gelandet und gleich darauf wieder abgeflogen. Diesem Hinweis ließ Jens jedoch – nicht zuletzt wegen der lallenden Aussprache seines Gesprächspartners am Telefon – eher eine niedrige Priorität zukommen. Maibach tendierte dazu, ihm zuzustimmen.

»Aber bei unserer Recherche zum Hintergrund des Professors sind wir möglicherweise auf etwas gestoßen«, fuhr Kleinschmidt fort. »Erinnerst du dich an die Aussage von Professor Schattner, dass Kühneborn irgendwo in der Provinz sein Diakonat gemacht, es dann aber vorzeitig abgebrochen hat und wieder nach Tübingen an die Uni zurück ist, um dort Karriere zu machen?«

Maibach erinnerte sich. Auch die anderen Anwesenden nickten bestätigend; er hatte sein Handy auf Lautsprecher gestellt, um sie mithören zu lassen. »Ja, weiß ich noch. Und?«

»Und das Kaff, in dem er Diakon war, liegt im Landkreis Ravensburg. Genauer gesagt, zwischen Ravensburg und Waldburg. Katholische Kirchengemeinde Sankt Urbanus, Wartenweiler. Ich hab schon versucht, dort jemanden zu erreichen, aber anscheinend gibt es die Kirchengemeinde in der Form heute gar nicht mehr. Das ist alles zusammengelegt worden mit den anderen Dörfern drum herum, zu einer Seelsorgeeinheit. Wegen Priestermangel. Der zuständige Pfarrer hat mir am Telefon gesagt, dass in Wartenweiler selber heutzutage gar keine Gottesdienste mehr abgehalten werden. Sie konzentrieren sich auf die Kirchen in den etwas größeren Teilgemeinden der Seelsorgeeinheit. Aber vor fünfunddreißig Jahren war das natürlich noch anders. Ach ja, so lange ist das nämlich her mit dem Diakonat. 1981/82 war er dort. Leider wusste der jetzige Pfarrer aber nichts über diese Zeit, der ist noch ziemlich jung. Er hat aber versprochen, mal in der Gemeinde herumzufragen und uns anzurufen, wenn er jemanden findet, der über die Zeit Bescheid weiß.«

»Vielen Dank, Jens! Das klingt tatsächlich interessant. Seid ihr beide im Büro dann so weit fertig?«

»Ja. Wir würden jetzt gern Feierabend machen.«

»Tut das. Wir sind auch kurz vor dem Aufbruch hier. Wartet noch einen Augenblick – wie machen wir das denn morgen?« Halblaut überlegte er vor sich hin. »Ob es wohl etwas bringt, sich dieses Wartenweiler mal anzuschauen? Oder warten wir ab bis Montag und versuchen dann, über den Pfarrer etwas Neues in Erfahrung zu bringen?« Er grübelte einen Moment, bevor er schließlich entschied: »Wenn nichts Neues mehr passiert, machen wir morgen Pause und treffen uns am Montag zur Morgenbesprechung. Okay?«

»Okay, Chef«, kam es zweistimmig aus Friedrichshafen. »Schönes Wochenende.«

»Gleichfalls.« Er beendete das Gespräch und wandte sich an seine anderen drei Mitarbeiter. »Also, dann machen wir hier auch Schluss für heute. Schönen Sonntag. Falls sich etwas tut, melde ich mich.«

Er sah dem Dienstwagen mit seinen Mitarbeitern nach, der langsam vom Parkplatz rollte. Sein Magen knurrte schon wieder, obwohl er die Besprechungspausen zwischen den Befragungen jeweils für ein belegtes Brötchen und eine Tasse Tee genutzt hatte. Jetzt war es halb fünf – ob der Grill seines Schwagers wohl schon warm war? Es gab nur eine Möglichkeit, das herauszufinden. Also setzte er sich ebenfalls ans Steuer und machte sich auf den Weg. Unterwegs kam er am Weingartener Festplatz vorbei, wo ein großer Jahrmarkt aufgebaut war. Ach ja, richtig, daran hatte er noch gar nicht gedacht. Jetzt begann wieder die Zeit der Heimat- und Kinderfeste. Dieses Wochenende war in Weingarten das Welfenfest, eine Woche später war Friedrichshafen mit dem Seehasenfest dran, und dann kam noch das Ravensburger Rutenfest. Als alter Ravensburger freute er sich darauf natürlich am meisten.

Auf sein Klingeln öffnete ihm die achtjährige Annika und strahlte ihn an. »Hallo, Onkel Charlie! Mama hat schon gesagt, dass du kommst. Hast du schon mein Prinzessinnenschloss gesehen? Da gibt's einen Spiegelsaal und zwei Treppen, und unten ist ein Geheimversteck, da hat die Prinzessin ihre Juwelen drin. Und in den Kleiderschränken …«

Weiter kam sie nicht, denn aus dem Wohnzimmer kam ihr Vater und unterbrach sie. »Mäuschen, jetzt lass den Onkel Karl doch erst mal reinkommen.«

Den Onkel Karl. Maibachs gute Laune erhielt einen ersten kleinen Dämpfer.

»Hallo, Karl, altes Haus. Nett, dich mal wieder zu sehen. Immer rein in die gute Stube!«, fuhr sein Schwager in betont fröhlichem Tonfall fort, der Maibach sofort erahnen ließ, dass auch sein Gegenüber eigentlich gut auf seine Gegenwart hätte verzichten können. So war das schon immer gewesen, seit dem ersten Tag, an dem seine kleine Schwester ihm damals voller Enthusiasmus ihren Zukünftigen präsentiert hatte. Was findet sie bloß an dem, war der erste Gedanke gewesen, der Maibach durch den Kopf schoss. Und wenn er es sich recht überlegte, hatte er in den über fünfzehn Jahren, die das nun schon zurücklag, noch keine befriedigende Antwort auf diese Frage gefunden.

»Karl ist da!«, informierte Klaus seine Frau, die sich anscheinend in der Küche aufhielt.

Seit fünfzehn Jahren war er der Einzige weit und breit, der zwar genau wusste, dass Maibach seinen Vornamen nicht leiden konnte, ihn aber trotzdem penetrant verwendete. Innerlich revanchierte Maibach sich, indem er ihn für sich selber »Klausimausi« nannte – so hatte Michaela ihn damals vorgestellt. Mittlerweile war dieser Kosename aus der Ehe der beiden längst verschwunden, aber Maibach fand ihn eigentlich immer noch passend.

»Hey, Charlie! Schön, dass du kommst!«, begrüßte ihn Michaela, die nun mit einem Geschirrtuch in den Händen aus der Küche kam.

»Hallo, Schwesterherz. Wolltet ihr heute nicht lieber aufs Welfenfest?«

Michaela schüttelte den Kopf. »Du weißt ja, da sind wir nicht so scharf drauf. Wir gehen lieber in zwei Wochen aufs Rutenfest. Klar, die Kinder … die wollen natürlich am liebsten jeden Tag auf den Rummel, wir werden morgen schon mal mitgehen. Und am Montag natürlich zum Festzug, da laufen sie ja mit. Aber sonst …« Sie unterbrach sich und deutete auf den Wohnzimmertisch, auf dem noch eine Kaffeekanne stand. »Manuel ist noch beim Turnier, er kommt so gegen sechs, dann grillen wir. Willst du vorher noch einen Kuchen?«

Maibach hörte sich nicht Nein sagen, und so saß er kurz darauf zufrieden kauend auf dem Sofa und ließ sich von Annika in die Geheimnisse ihres rosa Märchenschlosses einweihen. Im Hintergrund klapperte Michi weiter mit dem Geschirr. Als der Kuchen verzehrt und die Prinzessin in ihr Spiel versunken war, lehnte er sich auf dem bequemen Sofa zurück. Der schlechte Schlaf der vergangenen Nacht machte sich bemerkbar, und es tat gut, für ein paar Minütchen die Augen zu schließen.

»Und, wie läuft's so mit deinen Ermittlungen?«, wollte Michaela wissen und schloss die Küchentür hinter sich. Maibach zuckte zusammen. Hatte er tatsächlich geschlafen? Es sah ganz danach aus. Annika hatte sich inzwischen zu ihrem Papa in den Garten verzogen, der, tatkräftig unterstützt von dem vierjährigen Tobias und dessen riesigem Kuschelschaf, den Grill aufbaute.

»Könnte besser sein. Wir sind zwar ein paar Schritte vorangekommen, aber den endgültigen Durchbruch haben wir noch nicht geschafft«, antwortete Maibach ausweichend. Obwohl er sich sehr gern mit seiner Schwester über alles Mögliche unterhielt, versuchte er meist, die Aussagen über seine Fälle so vage wie möglich zu halten. Vor allem, wenn die Gefahr bestand, dass Klausimausi oder eines der Kinder plötzlich dazukommen und mithören konnten.

»Na, das wird schon noch. Bisher hast du doch auch immer eine gute Trefferquote gehabt, oder?«, meinte seine Schwester und blickte auf die Uhr. »Was, schon kurz vor sechs? Dann können wir ja bald loslegen. Wenn Manuel nach einem Turnier heimkommt, hat er immer einen Mordshunger, da kann es ihm nicht schnell genug gehen. Klaus!«

Ihr Mann steckte seinen Kopf durch die Terrassentür. »Was?«

»Wie weit bist du? Manuel wird bald da sein, du kannst schon mal ein paar Würstchen auflegen.«

Maibach half seiner Schwester, den Gartentisch zu decken. Mmh, eine große Schüssel Kartoffelsalat gab es auch! Das erste Fleisch brutzelte auf dem Grill, Brot und Brötchen standen bereit, und die Außentemperaturen waren geradezu himmlisch nach der Hitze der letzten Tage. Genießerisch streckte er seine Beine unter dem Gartentisch aus und blickte in den mittlerweile wieder klaren blauen Abendhimmel. Hier konnte man es aushalten.

»Na, Karl, wie läuft's denn so mit deinem neuesten Fall?«, dröhnte Klausimausis Stimme in seine angenehmen Gedanken. »Hab schon gehört, dass du gerade hier bei uns in Weingarten einen Mörder fangen musst. Beängstigend!«, fuhr er fort und sah dabei alles andere als verängstigt aus.

Sensationslustig wäre wohl der treffendere Ausdruck, dachte Maibach.

»Was ist ein Mörder, Onkel Charlie?«, wollte Tobias wissen und setzte sich mitsamt Kuschelschaf auf Maibachs Schoß. »Und wie fängt man den?«

Michaela warf ihrem Mann einen scharfen Blick zu. »Weißt du, Tobias, das ist Onkel Charlies Berufsgeheimnis. Darüber darf er mit Kindern nicht sprechen.«

»Schade. Schäfi Mäh will das auch gerne wissen.«

»Das glaube ich nicht. Schafe interessieren sich doch nur für Gras«, merkte Maibach an, um Michaela beim Wechsel des Themas zu unterstützen. »Apropos Gras. Klaus, wie bekommst du deinen Rasen nur immer so schön kurz?«

Das interessierte ihn zwar nicht die Bohne, aber es war eine wirksame Möglichkeit, um Klaus eine Weile monologisieren zu lassen. Es klappte auch vorzüglich. Neben den Vor- und Nachteilen verschiedenster Rasenmäher und Rasenmähmethoden erläuterte ihm sein Schwager auch noch ausführlich die Fehler, die der Nachbar zur Rechten, ein gewisser Herr Schwertfeger, bei der Pflege seines Grundstückes machte. Maibach wusste, was jetzt alles kommen würde. Der Nachbarschaftsstreit der Familie seiner Schwester mit den Schwertfegers war fast genauso alt wie das Haus hier. Maibach schaltete auf Durchzug und hörte erst wieder zu, als sich der kleine Tobias ins Gespräch einmischte.

»Weißt du was, Onkel Charlie? Der Schwertfeger ist saudoof!«, stellte er sachkundig fest.

»Tobias, jetzt fang du nicht auch noch an«, tadelte ihn seine Mutter. »Und saudoof ist ein hässliches Wort. Wenn du das noch mal sagst, musst du einen Euro in die Schimpfwortkasse zahlen.«

»Stimmt aber, dass der doof ist! Das sagt Papa auch immer. Und Papa hat immer recht. Gell, Papa?«

Beantworten musste Klausimausi diese sowieso nur rhetorisch gemeinte Frage seines Jüngsten nicht mehr, denn mit lautem Gejohle kam plötzlich ein zerzauster und verschwitzter Dreizehnjähriger um die Ecke gestürmt. »Wir sind eine Runde weiter!«, brüllte er, reckte seine Hand in die Höhe und wurde enthusiastisch von seinem Vater abgeklatscht.

»Glückwunsch, mein Großer! Hab auch nichts anderes erwartet! Und? Wie viele Tore hast du geschossen?«

»Keines. Aber ich habe zwei vorbereitet.«

»Auch nicht schlecht«, erwiderte der Vater in deutlich weniger begeistertem Ton und wandte sich wieder dem Grill zu. »Jetzt müssen wir aber anfangen, das Fleisch und die Würstchen sind schon fast verbrutzelt.«

»Ihr seid heute aber auch spät dran! Solltet ihr nicht gegen sechs zurück sein?«, fragte Michaela.

»Eigentlich schon. Aber wir konnten nicht losfahren, weil der Hussein so getrödelt hat. Wir mussten voll lange auf den warten. Wir dachten, er wäre noch in der Kabine, aber am Ende haben wir ihn auf dem Parkplatz entdeckt. Der ist so ein totaler Autonarr, bestimmt hat er sich von allen Autos die Marke notiert oder so. Hatte sich sogar vom Trainer Papier und Schreibzeug geliehen.«

»Aber ein guter Torschütze, oder? Wie viele hat er denn heute versenkt? Gib mir mal deinen Teller rüber, Karl. Fleisch oder Wurst?«

»Fleisch«, antwortete Maibach, zeitgleich mit Manuels »Sechs Tore in fünf Spielen«.

»Was, nur? Beim letzten Turnier hat der doch mindestens zwei oder drei pro Spiel geschossen.«

»Ja, aber ich glaube, er hatte heute einen schlechten Tag. Der Trainer hat ihn auch dauernd angebrüllt, weil er so unkonzentriert war.«

»Das kann vorkommen«, mischte sich Michaela ein. »Und ob Brüllen hilft, würde ich mal bezweifeln. Euer Trainer brüllt sowieso zu viel. Nehmt Kartoffelsalat, Leute, und fangt an zu essen, bevor es kalt wird.«

Maibach langte kräftig zu. »Dein Kartoffelsalat ist ein Gedicht, Schwesterherz«, schwärmte er nach der ersten Gabel. »Noch besser als der gestern Abend in der Linse – obwohl der auch nicht schlecht war.«

»Du warst gestern Abend in der Linse? Sag bloß – hast du dich etwa mit Ursula getroffen?«

Maibach schüttelte den Kopf. »Nein, nein. Rein dienstlich.«

»Soso, rein dienstlich«, dröhnte Klausimausi dazwischen. »Nennt man das so, wenn man auf Kosten des Steuerzahlers abends mit den Kollegen noch ein Bierchen zwitschern geht, hm?«

Man sollte die Lynchjustiz wieder einführen, überlegte Maibach.

»Was führt dich denn dienstlich in die Linse?«, beeilte sich Michaela zu fragen, ehe ihm eine patzige Antwort einfallen konnte.

»Wir hatten einen Hinweis bekommen, dass unser To… äh, dass der Mann, um den es bei den Ermittlungen geht, dort ein Konzert besucht hatte, und waren auf der Suche nach Zeugen, die ihn gesehen haben könnten.«

»Und, hattet ihr Erfolg?«

»Ja. Er muss da gewesen sein.«

»Was war das denn für ein Konzert?«, mischte sich Klaus wieder ein.

»Die Wait-a-Whiles. Kennt ihr die? Ich hatte noch nie von

denen gehört, aber laut Flyer sind sie die kultigste Oldieband Oberschwabens oder so.«

Michaela ließ ihre Gabel sinken und starrte ihn an. »Was? Die Wait-a-Whiles waren in der Linse? Und ich hab's nicht mitgekriegt! Scheiße!«

»Scheiße sagt man nicht!«, krähte Tobias begeistert. Annika triumphierte: »Mama, jetzt musst du einen Euro in die Schimpf-wortkasse zahlen!«, und Manuel lachte laut auf und rieb sich die Hände.

»Ja, Kinder, ist ja gut. Tut mir leid. Mir rutscht halt auch mal was raus, wie euch. Aber das ist ja echt zu blöd. Die wollte ich schon lange mal wieder sehen. Ich dachte, die haben sich schon zur Ruhe gesetzt. Und jetzt treten sie wieder auf, und ich krieg's nicht mit.«

»Dann habe ich wohl eine echte Bildungslücke, wenn ich sie nicht kenne?«, meinte Maibach.

»Kann man wohl sagen, Bruderherz. Die musst du echt mal anhören. Der Leadsänger hat so eine tolle Stimme, der klingt fast wie John Lennon in ›Imagine‹. Ich glaube, ich habe noch eine alte Kassette von ihnen, von ganz am Anfang. Da war ich sogar eine Zeit lang verschossen in den Schlagzeuger. Die Jungs waren nur ein paar Jahre über mir auf dem Gymnasium, und dort hatten sie auch ihre ersten Auftritte. In der Schülerdisco. Erinnerst du dich nicht mehr? Oder hattest du da schon das Abi gemacht? Auf jeden Fall hießen sie da aber noch anders: Die vier aus Wartenwei-ler. Das mit dem englischen Wortspiel ist ihnen wahrscheinlich erst später eingefallen, und dann haben sie sich umbenannt.«

Maibach, der während der langen Ausführungen seiner Schwester gedanklich etwas abgeschweift war, horchte auf. »Wie? Was meinst du? Wortspiel?«

»Na, wie gesagt. Wartenweiler – Warte eine Weile – Wait a while. Die Wait-a-Whiles.«

Maibach musste sich beherrschen, um seine Erregung nicht allzu deutlich zu zeigen. »Soll das heißen, die kommen aus War-tenweiler? Die Bandmitglieder? Wartenweiler, dieses kleine Kaff zwischen Ravensburg und Waldburg?«

Michaela sah ihn etwas verwundert an. »Ja, sag ich doch. Wieso? Was ist daran so Besonderes?«

»Gar nichts«, beeilte sich Maibach zu versichern und wechselte schnell das Thema. »Hast du noch Kartoffelsalat? Der ist echt vorzüglich.«

Nach dem Essen saßen sie noch eine Weile im Garten, aber Maibach hatte keine Ruhe mehr. Er musste dringend allein sein, um diese neue Information zu verdauen und zu entscheiden, welche Konsequenzen er daraus ziehen sollte. Sobald es die Höflichkeit erlaubte, bedankte er sich überschwänglich bei seinem Schwager für das exzellente Grillfleisch und bei seiner Schwester für die Gastfreundschaft – er hoffte, Klausimausi würde die kleine Spitze verstehen. Die Kinder bestürmten ihn, er solle bald wiederkommen, was er versprach, und dann eilte er zu seinem Dienstwagen. Wartenweiler. Die Wait-a-Whiles. Wäre er selber, ohne die beiläufige Bemerkung seiner Schwester, je darauf gekommen? Vermutlich nicht. Gut, dass er die Einladung zum Grillen angenommen hatte.

**

Er stellte seinen Wagen in die Garage und drückte auf den Knopf der Fernbedienung, um das Rolltor zu schließen. Die beiden anderen Jungen hatte er direkt vor ihrer jeweiligen Haustür abgeliefert. Sein Sohn war schon ins Haus gerannt, hatte dort vermutlich seinen Sportbeutel einfach in eine Ecke geknallt und stand nun unter der Dusche. Nötig war es – nach diesen Turnieren waren die Jungs immer total durchgeschwitzt. Ach so, da fiel ihm ein, er hatte ja die Tasche mit den Trikots noch im Kofferraum. Er holte sie heraus und ging dann ebenfalls ins Haus. Simone würde nicht begeistert sein, dass sie diese Woche mit dem Waschen dran war. Aber der Trainer hatte gesagt, alle anderen Mamas hätten in dieser Saison schon einmal diese Aufgabe übernommen, und bevor jemand zum zweiten Mal drankam, wäre es ihm recht, wenn auch sie einmal … Er hatte ihm die Tasche aus der Hand genommen und sie in den Kofferraum gepackt. Sie hatten in letzter Zeit sowieso so oft Streit wegen allem Möglichen, da kam es auf einen Anlass mehr oder weniger auch nicht an.

Er seufzte. Die Spannungen zwischen ihm und Simone waren bei Weitem nicht das, was ihm am meisten Sorgen bereitete. Mit einem schnellen Blick vergewisserte er sich, dass sein Sohn nicht mehr in der Nähe war, dann zog er den Zettel aus der Tasche, den er vorhin so eilig zerknüllt und verschwinden lassen hatte, bevor ihn einer der Jungs bemerken konnte. Er las ihn nochmals. Obwohl er gleich beim ersten Mal genau verstanden hatte, was da stand. Aber irgendwie konnte er es trotzdem nicht begreifen.

Die Buchstaben verschwammen vor seinen Augen. Wie konnte das nur möglich sein? Und woher war der Zettel so plötzlich aufgetaucht, ohne dass er es bemerkt hatte? Wieder und wieder rief er sich die Szene ins Gedächtnis. Er war spät dran gewesen, weil ihn ein Telefonat kurz vor der Abfahrt noch aufgehalten hatte. Als er auf den Parkplatz vor dem Vereinsheim hatte einbiegen wollen, waren ihm so viele andere Elterntaxis in der engen Einfahrt entgegengekommen, dass er den Versuch, auf den Parkplatz zu gelangen, gleich aufgegeben hatte und sich stattdessen am Rand des schmalen Sträßchens vor der Einfahrt postiert hatte. Im Gewusel auf dem Parkplatz hatte er seinen Sohn und dessen Freunde erblickt, die sich suchend zwischen den geparkten Wagen umschauten. Er hatte gewinkt und gerufen, aber sie hatten ihn nicht bemerkt. Letztlich war ihm nichts anderes übrig geblieben, als hinüberzugehen und sie zum Wagen zu lotsen. Dabei war er dann noch am Trainer hängen geblieben, der ihm die Tasche mit den Trikots aufzwängte. Alles in allem war er vielleicht drei Minuten von seinem Auto weggewesen, aber das hatte demjenigen, der den Zettel unter den Scheibenwischer geklemmt hatte, offensichtlich genügt, um spurlos zu verschwinden. Er konnte sich jedenfalls nicht erinnern, dass ihm irgendjemand in der Nähe des Wagens aufgefallen wäre, sosehr er sich auch das Hirn zermarterte. Während die Jungs ihre Beutel im Kofferraum verstauten, war er nach vorn gegangen, um einzusteigen, und hatte die Nachricht entdeckt. Und gelesen.

Und schnellstens verschwinden lassen. Jetzt betrachtete er den Zettel erneut.

Ich weiß, was du am Dienstagnacht im Wald getan hast. Bring nächstes Turnier 20.000 Euro mit, und ich sag es niemand.

Keine Unterschrift, natürlich nicht. Außerdem war der Text in Druckschrift geschrieben, wohl um keine Rückschlüsse auf den Schreiber zuzulassen.

Der kalte Schweiß brach ihm aus, er musste sich auf die Treppe setzen. Es hatte ihn doch jemand gesehen. Nachts, am Bach. Wie konnte das sein? Er war so sicher gewesen, dass niemand in der Nähe war. Konnte er sich so getäuscht haben?

Und wie hatte ihn derjenige erkannt? Wieso hatte er ihm heute erst die Nachricht geschickt? Und wieso auf diesem Weg? Er konnte keinen klaren Gedanken fassen. Aber eines war sicher: Der Unbekannte durfte mit seinem Wissen auf gar keinen Fall zur Polizei gehen, sonst war alles aus. Er musste etwas unternehmen, und zwar schnell. Das nächste Turnier war am kommenden Samstag.

***

Um einundzwanzig Uhr dreißig erreichte Maibach Friedrichshafen. Unterwegs hatte er sich die neue Information wieder und wieder durch den Kopf gehen lassen. Kühneborn hatte vor fünfunddreißig Jahren eine Stelle als Diakon in Wartenweiler gehabt. Die Bandmitglieder der Wait-a-Whiles kamen aus Wartenweiler. Der Professor hatte ihr Konzert besucht, nach Aussage der Akademiesekretärin, um alte Erinnerungen aufzufrischen. Sie alle hatten angenommen, dass sich diese Aussage auf die Musikrichtung bezog – Oldies, alte Erinnerungen. Was, wenn es gar nicht darum gegangen war? Wenn der Professor alte Erinnerungen an Wartenweiler gemeint hatte? Oder gar an die Bandmitglieder persönlich?

Maibach fing an zu rechnen. 1981/82 war der Professor als Diakon in der Gemeinde gewesen. Michaela war Jahrgang 1973, damals also acht oder neun Jahre alt. Sie hatte gesagt, die Musiker seien ein paar Jahre älter als sie, aber vermutlich jünger als er selber, denn er hätte sich sonst auch noch an die Band erinnert. Zwischen ihm und seiner Schwester lagen sieben Jahre. Irgendwo dazwischen waren also wohl die Bandmitglieder geboren. Vielleicht Jahrgang 1969? 1970? Dann wären sie etwa zwischen elf und dreizehn Jahre alt gewesen, als der Professor in ihrem Heimatdorf Diakon war. Kinder. Oder junge Teenager. Was konnten sie mit dem Diakon zu tun gehabt haben? Welche Erinnerungen wollte der Professor auffrischen? Hatte er nicht sogar zur Sekretärin gesagt, er wolle in Erinnerungen »schwelgen«? Das klang doch auf jeden Fall positiv. Dennoch hatte der Abend letztlich zum Tod des Professors geführt, also musste sich, wenn die Theorie stimmte, das Motiv für die Tat aus der gemeinsamen Zeit in Wartenweiler ergeben. Aus irgendetwas Negativem logischerweise.

Sie mussten dringend mehr über Kühneborns Zeit in Wartenweiler erfahren. Denn dass darin der Schlüssel zur Lösung des Falles lag, davon war Maibach mehr und mehr überzeugt.

Als er das Ortsschild passierte, stand sein Entschluss fest. Er konnte jetzt noch nicht nach Hause fahren. Zuerst musste er ins Büro, einige Dinge abklären, vielleicht auch noch seine Mitarbeiter für morgen einberufen.

Er setzte sich an den Schreibtisch und fuhr seinen Computer hoch. Die absolute Ruhe im Haus tat ihm gut. Seine Müdigkeit vom Nachmittag war einer Art fiebrigen Munterkeit gewichen. Sein Jagdinstinkt war erwacht.

Als Erstes las er den Rechercheebericht über Professor Kühneborn durch, den Jens Kleinschmidt und Ulrike Müller ins Intranet gestellt hatten. Sehr detaillierte Angaben über alle Stationen seines Werdegangs, lange Listen mit theologischen Publikationen, aber über das abgebrochene Diakonat in Wartenweiler hatten die beiden offensichtlich keine Einzelheiten herausbekommen. Das Wort »abgebrochen« fiel ihm ins Auge.

Natürlich. Das hatte doch auch Professor Schattner erwähnt. Kühneborn war nach dem abgebrochenen Diakonat wieder in Tübingen aufgetaucht. Warum brach ein junger Mann, der auf dem besten Weg war, Priester zu werden, das Diakonat ab? Obwohl ihm doch der Lebensstil eines Pfarrers anscheinend behagte, denn Professor Schattner hatte berichtet, dass Kühneborn mit seiner Schwester zusammengelebt habe wie ein Priester mit seiner Pfarrhaushälterin.

Mit der Kirche hatte Maibach noch nie viel am Hut gehabt. Schon seine Eltern waren höchstens zu Weihnachten oder zu besonderen Anlässen in den Gottesdienst gegangen – Hochzeiten, Trauerfeiern, solche Dinge. Getauft war er immerhin, und an seine Erstkommunion erinnerte er sich auch noch vage. Aber schon zur Firmung hatte er sich nicht mehr aufraffen können, und seine Eltern hatten ihn auch nicht dazu gedrängt. Im Grunde war er immer ein Heidenkind gewesen. Jetzt bereute er fast, dass er so ganz und gar nichts über diesen Bereich wusste. Was machte ein Diakon eigentlich genau? Was brachte einen jungen Mann dazu, sich den Beruf des Priesters auszusuchen? Und den Weg dann doch nicht zu Ende zu gehen?

Er brauchte jemanden, der sich besser auskannte. Jens Kleinschmidt hatte den aktuellen Pfarrer von Wartenweiler, oder der Gegend dort, erwähnt. Am Ende des Berichts standen auch dessen Kontaktdaten. Konnte man abends um kurz vor zehn noch bei einem Pfarrer anrufen? Immerhin ging es um wichtige Informationen. Kurz entschlossen griff er zum Telefon.

Keine fünf Minuten später lehnte er sich zufrieden in seinem Schreibtischstuhl zurück. Der junge Pfarrer hatte nicht so geklungen, als hätte er ihn in seiner Abendruhe gestört. Im Gegenteil, fast war es Maibach so erschienen, als hätte er sich über den Anruf gefreut. Vielleicht war ja das Leben als Landpfarrer so langweilig, dass ein Anruf der Polizei – oder, genauer gesagt, zwei Anrufe der Polizei innerhalb eines Tages – das Highlight seiner Woche bildete. Jedenfalls war der junge Mann sofort bereit gewesen, Maibach zu treffen und seine Fragen zu beantworten. Er hatte ein gemeinsames Mittagessen nach dem Sonntagsgottesdienst vorgeschlagen – ein Gedanke, der Maibach behagte, zumal ihm gerade eingefallen war, dass er vergessen hatte, etwas für den Sonntag einzukaufen. Auf Maibachs Nachfrage stellte sich heraus, dass es direkt in Wartenweiler einen Gasthof gab, und dort hatten sie sich für zwölf Uhr verabredet.

Nach kurzer Überlegung griff Maibach nochmals zum Hörer. Das ganze Team musste er ja nicht um den wohlverdienten freien Tag bringen, aber ganz allein wollte er auch nicht unterwegs sein. Und hatte Katrin Gerber nicht erwähnt, dass sie in einer Kirchengemeinde aktiv war? Es war bestimmt von Vorteil, jemanden bei dem Gespräch dabeizuhaben, der etwas mehr Ahnung von der Materie hatte.

Im Gegensatz zu Hochwürden hörte sich Katrin so an, als hätte er sie aus dem Tiefschlaf gerissen. Maibach entschuldigte sich für die späte Störung und setzte ihr in knappen Worten auseinander, welche neuen Entwicklungen sich ergeben hatten. Schlagartig klang sie hellwach.

»Mensch, Chef, das ist ja irre! Wartenweiler und die Wait-a-Whiles! Und das mit dem abgebrochenen Diakonat in dem Kaff – das kann kein Zufall sein! Da fahren wir morgen hin, oder? Endlich eine heiße Spur!«

Maibach freute sich, dass sie so begeistert klang. »Ja, deshalb rufe ich an. Ich habe mich für morgen zum Mittagessen mit dem dortigen Pfarrer verabredet. Immerhin könnte ein Bandmitglied – oder mehrere oder alle – der oder die Täter sein. Da will ich morgen noch nicht unvorbereitet ran. Erst mal hören, was der Pfarrer uns erzählen kann. Und ich würde dich gern dabeihaben, weil du am ehesten – wie soll ich sagen – kirchlich drauf bist.«

Katrin lachte. »Kirchlich drauf? Netter Ausdruck. Aber okay, ich bin dabei. Mein Mann und meine Kinder können sich ihre Tiefkühlpizza selber in den Ofen schieben, das kriegen die hin.«

Nachdem sie sich für die Fahrt verabredet hatten, hatte

Maibach nur noch einen Anruf zu tätigen. Er musste es lange klingeln lassen, aber endlich ging Stefan Loderer an den Apparat. Maibach setzte auch ihn ins Bild. »Und deshalb fahre ich morgen mit Katrin nach Wartenweiler und unterhalte mich mit dem Pfarrer. An dich hätte ich zwei Bitten. Erstens: Könntest du herausfinden, ob es in Wartenweiler einen privaten Salzwasserpool gibt? Und zweitens: Ich möchte möglichst viel über die Bandmitglieder wissen. Auf dem Flyer steht eine Kontaktadresse, aber vielleicht haben die auch eine Homepage oder so? Wenn es dir zu viel wird, ruf jemanden von den anderen an und lass dir helfen. Am Montagmorgen um acht zur Teambesprechung hätte ich gern ausführliche Infos über alle aus der Band. Geht das?«

Am anderen Ende wurde der Hörer zugehalten, und gedämpfte Gesprächsfetzen drangen an Maibachs Ohr. Dann antwortete Stefan: »Klar, das geht. Morgen früh habe ich noch etwas zu erledigen, aber nachmittags gehe ich ins Büro. Wahrscheinlich rufe ich noch Willi an, der will bestimmt auch mitmachen, jetzt, wo's spannend wird. Uli und Jens lassen wir lieber in Ruhe, die brauchen mal ein bisschen Zeit fürs Private, glaube ich.«

»Okay, einverstanden. Viel Erfolg! Dann sehen wir uns am Montag.«

So, das wäre erledigt. Der Tag hatte nun doch noch eine erfreuliche Wendung genommen. Maibach spürte, wie die Müdigkeit langsam zurückkam. Er löschte das Licht und verließ die Polizeidirektion.

Auf der Fahrt nach Hause wirbelten die Gedanken nur so durch seinen Kopf. Ein ermordeter Theologe. Ein abgebrochenes Diakonat. Ein umstrittenes Buch. Ein Konzertbesuch. Eine Band. Salzwasser. Ein Dorf. Ein Bach. Süßwasser. Die Gedanken weigerten sich, ein sinnvolles Muster zu ergeben, und doch gab es eines, davon war er überzeugt. Sie mussten es nur noch finden.

SECHS

Wartenweiler war ein idyllisches kleines Dörfchen. Inmitten einer sanften Hügellandschaft lag es im hellen Sommersonnenschein. Maibach hätte die Abzweigung in das kurvige Landsträßchen fast verpasst, wenn Katrin ihn nicht im letzten Moment auf den Wegweiser aufmerksam gemacht hätte. Sie folgten dem schmalen geteerten Weg noch für einige Kilometer zwischen saftig grünen Wiesen hindurch und an vereinzelten Waldstücken vorbei, bis sie das Ortsschild erreichten und kurz darauf im Schatten der kleinen Dorfkirche parkten.

Gleich gegenüber der Kirche lag der Gasthof zum Hirsch. Er sah aus wie ein typischer Landgasthof in vielen Dörfern der Gegend – weiße Fassade, Fensterläden aus Holz, neben dem Haus ein umzäunter Garten mit Tischen unter bunten Sonnenschirmen mit dem Logo einer großen regionalen Brauerei. Befriedigt stellte Maibach fest, dass mehrere der Tische besetzt waren und an manchen von ihnen auch schon gegessen wurde. Verstohlen schielte er im Vorübergehen auf einige Teller; was er sah, stimmte ihn durchaus hoffnungsvoll.

»Drinnen oder draußen?«, wollte Katrin Gerber wissen. Ehe Maibach antworten konnte, wurde ihnen die Entscheidung abgenommen, denn an einem Tisch in der entferntesten Ecke des Gartens erhob sich ein junger Mann in Jeans und weißem T-Shirt halb von seinem Stuhl und winkte sie zu sich.

»Sie sind bestimmt Herr und Frau Maibach aus Friedrichshafen?«

»Maibach, stimmt genau. Und das ist meine Kollegin, Frau Gerber.«

»Angenehm. Bernau. Frank Bernau. Nehmen Sie doch Platz. Ich hoffe, Sie sitzen gerne im Schatten? Mir war es an den anderen Tischen zu heiß, ich vertrage die Hitze nicht so gut.«

»Da geht es Ihnen wie mir. Der Tisch ist perfekt. Vielen Dank, dass Sie sich die Zeit nehmen, um mit uns zu sprechen.«

Maibach musterte den jungen Mann interessiert. Er entsprach nicht gerade dem Bild, das er sich von einem Dorfpfarrer gemacht hatte – obwohl er im Detail gar nicht genau hätte sagen können, wie sein Bild eigentlich aussah. Sein Gegenüber schien zu merken, was in Maibachs Kopf vorging.

»Hatten Sie einen Priester im Talar erwartet?«, sagte er lachend. »Da muss ich Sie enttäuschen. Ich habe Feierabend für heute, und in Zivil fühle ich mich am wohlsten.«

Vom Gasthaus her steuerte eine Bedienung auf ihren Tisch zu. Sie bestellten Getränke und nahmen die Speisekarten entgegen, und für die nächsten paar Minuten waren alle drei in die Lektüre vertieft. Erst als die Getränke kamen und das Essen bestellt war, lenkte Maibach das Gespräch in Richtung ihrer Ermittlung.

»Ja, Herr Pfarrer«, begann er, wurde aber gleich unterbrochen.

»Ach bitte, sagen Sie lieber Herr Bernau zu mir. Ich mag die Anrede Herr Pfarrer nicht so sehr. Viel zu förmlich.«

»Gut. Herr Bernau also. Wie ich am Telefon schon sagte, interessieren wir uns für einen Ihrer Vorgänger hier. Professor Dr. Wilhelm Gottfried Kühneborn, der als Diakon hier in der Gemeinde war, vor fünfunddreißig Jahren. Sagt Ihnen der Name etwas?«

Bernau verzog das Gesicht. »Na, wem sagt der Name Kühneborn nichts?«, antwortete er sarkastisch. Mir, bis vorgestern, dachte Maibach, sprach es aber nicht aus. Der Pfarrer fuhr fort: »Spätestens seit seinem letzten Buch kennt den doch eigentlich jeder, der irgendwie mit Religion zu tun hat. Dass er allerdings früher hier in der Gemeinde tätig war, habe ich gestern am Telefon zum ersten Mal von Ihrem Kollegen gehört.«

»Mein Kollege meinte, Sie wollten sich bei Ihren Gemeindemitgliedern erkundigen, ob sich noch jemand an diese Zeit erinnert.«

»Dazu war seit Ihren Anrufen noch keine Gelegenheit, tut mir leid. In der Frühmesse heute Morgen im Nachbardorf waren zwar ein paar Leute aus Wartenweiler, aber ich musste direkt danach in den nächsten Gottesdienst drei Ortschaften weiter, und dahin verirrt sich meist niemand von hier. Und ich selber bin erst seit ein paar Jahren hier und weiß über die Zeit damals gar nichts. Da war ich ja noch nicht einmal geboren – ich bin Jahrgang 1983.«

Die Bedienung kam mit drei Beilagensalaten, und Maibach griff nach seiner Gabel. »Das macht nichts. Wir werden bestimmt noch Leute finden, die sich an damals erinnern können. Wenn Sie uns dabei behilflich sein können, umso besser – ich gebe Ihnen meine Karte, dann melden Sie sich einfach nochmals bei mir, falls Sie jemanden gefunden haben.«

»Gerne.«

»Aber vielleicht können Sie mir ein paar allgemeine Fragen beantworten. Was sind denn die Aufgaben eines Diakons in einer Gemeinde?«

»Nun, ein Diakon ist praktisch wie ein Pfarrer in der Ausbildung. Er hat schon die erste Weihe hinter sich, geht dann ein Jahr lang sozusagen bei einem fertigen Pfarrer in die Lehre und wird danach endgültig zum Priester geweiht. Er soll alle Aufgaben kennenlernen, die ein Pfarrer so hat – im Gottesdienst, in der Gemeindearbeit, auch in der Verwaltung. Nur manche Sakramente darf er noch nicht spenden, das geht erst nach der Priesterweihe.«

»Wir haben erfahren, dass Professor Kühneborn das Diakonat nicht zu Ende gemacht hat und sich auch nicht zum Priester weihen ließ. Was könnte der Grund dafür gewesen sein?«

Der junge Mann schwieg einen Moment, dann antwortete er zögernd: »Darauf kann ich eigentlich keine Antwort geben. Ich kenne den konkreten Fall nicht. Das weiß im Grunde nur der betreffende Mensch selber.«

»Aber was für Gründe könnten denn in Frage kommen? Ganz allgemein betrachtet? So etwas kommt doch bestimmt öfters vor, oder nicht?«

»Na, so oft nun auch wieder nicht. Wenn man den Weg einmal eingeschlagen hat, ist es schon eher ungewöhnlich, so kurz vor dem Ziel noch abzuspringen.«

»Vielleicht hat er in dem Jahr einfach gemerkt, dass er sich doch nicht für den Beruf eignet?«, schlug Katrin Gerber vor, die bisher nur still zugehört hatte. »Wir hatten auch mal einen Vikar in der Gemeinde, der konnte weder predigen noch mit Leuten umgehen. Bei dem hätte man sich auch gewünscht, er wäre noch rechtzeitig abgesprungen, aber als Vikar hatte er ja schon die Priesterweihe hinter sich, da war es wahrscheinlich schon zu spät.«

Ihre leeren Salatteller wurden abgeräumt, und während die Bedienung die Hauptgerichte servierte, herrschte nachdenkliches Schweigen am Tisch. Nach ein paar Bissen nahm Maibach den Faden wieder auf.

»Er könnte also aus irgendeinem Grund gemerkt haben, dass der Beruf nichts für ihn ist. Könnte es auch anders gelaufen sein? Dass beispielsweise der Gemeindepfarrer, bei dem er in die Lehre ging, ihn nicht für geeignet hielt? Und dass er deswegen gehen musste?«

Pfarrer Bernau zuckte mit den Schultern. »Möglich ist alles. Aber dann müsste es sich schon um etwas Ernsthaftes gehandelt haben, nicht nur um eine misslungene Predigt oder so. Etwas, was ganz grundsätzlich dem Ausüben des Berufes oder der Aufnahme in den Priesterstand im Wege stand.«

»Was könnte das zum Beispiel sein?«, hakte Maibach nach.

»Natürlich nur ganz allgemein betrachtet, weil Sie über den konkreten Fall ja nichts wissen.«

Der junge Pfarrer tupfte sich mit der Serviette den Mund ab. »Na ja, wenn einer ein Verhältnis mit einer Frau hat und es nicht gut genug vertuscht, zum Beispiel«, sagte er schließlich und errötete leicht. Das Gespräch schien ihm so langsam etwas unangenehm zu werden. »Aber, wie gesagt, da ich über den konkreten Fall ja nichts weiß …« Er ließ den Satz unvollendet und nahm stattdessen einen großen Schluck Mineralwasser.

Maibach spürte, dass er in diesem Gespräch kaum weiterkommen würde. Freundlich bedankte er sich bei dem Pfarrer für seine Bereitschaft, sich mit ihnen zu treffen. »Und die Rechnung geht selbstverständlich auf uns«, fügte er noch hinzu. »Ach, aber eine kleine Frage hätte ich da noch. Ich habe neulich durch Zufall von einer Oldieband gehört, die hier aus Wartenweiler stammen soll. Leider fällt mir der Name nicht mehr ein – kennen Sie die zufällig? Meine Schwester schwärmt so für Oldies, und da dachte ich, vielleicht könnte man für einen runden Geburtstag mal eine Band engagieren ...«

Das Gesicht des Pfarrers hellte sich auf. »Sie meinen bestimmt die Wait-a-Whiles. Ja, die sind in der Tat nicht schlecht – wenn man auf die Art von Musik steht, versteht sich. Meine Richtung ist das nicht. Aber die Band kenne ich natürlich. Die kennt jeder hier. Gelegentlich spielen sie auch bei Gemeindefesten, denn die meisten sind aktive Gemeindemitglieder und regelmäßige Kirchgänger. Ich glaube, die sind schon seit ihrer Kindheit hier in der Gemeinde verwurzelt. Früher gab es in Wartenweiler noch eine eigene Pfarrei, wie Sie ja wissen. Heutzutage ist das alles etwas schwieriger geworden.«

»Kennen Sie jemanden aus der Band näher? Wen müsste ich denn kontaktieren, wenn ich sie engagieren wollte?«

Der Pfarrer blickte sich um. »Ach, schade. Ich dachte, ich hätte einen von ihnen vorhin noch dahinten an dem Tisch sitzen sehen. Aber der ist wohl in der Zwischenzeit gegangen«, meinte er bedauernd. »Aber gehen Sie mal rein in die Gaststube, da gibt es einen Ständer mit Prospekten. Der Flyer von der Band ist bestimmt auch dabei.«

Maibach bedankte sich für den guten Tipp und holte sich gleich ein Exemplar des Flyers, das er dann betont aufmerksam studierte, bevor er es in die Tasche steckte. Beim Bezahlen gab er der Bedienung noch ein ordentliches Trinkgeld, denn sein Schweinebraten war wirklich ausgezeichnet gewesen. Obwohl sie natürlich nicht diejenige gewesen war, die ihn gekocht hatte. Aber trotzdem.

Am Montagmorgen, als Maibach um kurz vor acht zur Teambesprechung eilte, war die Spannung im Besprechungsraum fast mit Händen zu greifen. Auch er selber spürte den Energieschub, den ein Ermittlungsfortschritt mit sich brachte.

»Hallo, Leute. Wir haben keine Zeit zu vertrödeln. Uli und Jens, ich nehme an, die anderen haben euch schon auf den neuesten Stand gebracht, was unsere Erkenntnisse zum Thema Wartenweiler betrifft?«

Fast beleidigt erwiderte Ulrike Müller: »Ja, aber erst heute Morgen. Wieso habt ihr denn nicht gestern angerufen?«

»Na, wir wollten die beiden Küken im Team nicht mit Sonntagsarbeit überfordern«, sagte Stefan Loderer. »Es war meine Idee, euch mal einen freien Tag zu gönnen. Du mit deiner kleinen Tochter zu Hause und Jens mit seiner neuen Flamme … Eigentlich dachte ich, ihr würdet mir heute vor Dankbarkeit um den Hals fallen!«

Jens Kleinschmidt nickte ihm zu. »War nett gemeint, Stefan. Danke. Aber mir geht's wie Uli – ich hätte wenigstens gerne gewusst, dass es was Neues gibt. Dann hätte ich selbst entscheiden können, ob ich nicht doch mit ins Büro komme.«

»Also Leute, ich bin echt gerührt über so viel Einsatzbereitschaft. Keine Bange, in den kommenden Tagen wird es noch stressig genug, da kriegt auch ihr beide wieder jede Menge zu tun!«, versicherte Maibach. »Vorerst berichten mal diejenigen, die gestern recherchiert haben. Katrin und ich haben uns dieses Wartenweiler angeschaut und ein Gespräch mit dem Pfarrer geführt. Viel Konkretes zu unserem Fall kam dabei nicht heraus, weil er viel zu jung ist, um etwas über die damalige Zeit zu wissen. Allerdings meinte er ganz allgemein, dass ein abgebrochenes Diakonat schon eher ungewöhnlich sei. Es könnte daran gelegen haben, dass Kühneborn selbst sich nicht für einen geeigneten Pfarrer gehalten hat, oder aber daran, dass irgendetwas Gravierendes vorgefallen ist und man ihn deswegen nicht als Priester haben wollte. Pfarrer Bernau sprach beispielsweise von einem Verhältnis mit einer Frau.«

»Einem ›nicht gut genug vertuschten‹ Verhältnis zu einer Frau«, präzisierte Katrin. »Für mich klang das fast so, als ob ein Verhältnis an sich noch gar kein Problem darstellen würde, solange keiner davon Wind bekommt.«

»Stimmt, ist mir auch aufgefallen«, bestätigte Maibach.

»Aber hat nicht Professor Schattner gesagt, Kühneborn habe sich nie für Frauen interessiert?«, meldete sich Rüdiger Wille zu Wort. »Er hat in seiner Zeugenaussage angegeben, er wisse nicht, warum sich Kühneborn nicht zum Priester weihen ließ, aber eine Freundin sei sicher nicht der Grund gewesen.«

»Vielleicht hat er nur nichts davon mitbekommen?«, schlug Katrin Gerber vor.

»Auf jeden Fall behalten wir das im Hinterkopf. Vorerst würde mich interessieren, was ihr über die Bandmitglieder erfahren habt, Stefan und Willi.«

»Also, die Wait-a-Whiles als Musikgruppe gibt es seit 1985«, begann Stefan Loderer. »Angefangen haben sie als Schülerband in ihrem Gymnasium in Ravensburg, unter dem Namen Die vier aus Wartenweiler. 1987 haben sie sich in die Wait-a-Whiles umbenannt und angefangen, in den Kneipen in und um Ravensburg aufzutreten. Im Laufe der Jahre sind sie immer bekannter geworden, wobei der Höhepunkt wohl schon eine längere Zeit zurückliegt. In den letzten Jahren sind ihre Auftritte seltener geworden, und das Konzert in der Linse ist anscheinend Teil einer Serie von Konzerten zum dreißigjährigen Bandjubiläum, mit der sie versuchen wollen, ein Comeback zu starten. So habe ich das jedenfalls zwischen den Zeilen ihrer Homepage entnommen.«

Rüdiger Wille ergänzte: »Wie schon gesagt, stammen alle vier Musiker aus Wartenweiler und sind dort aufgewachsen. Ich fasse mal das Wichtigste zusammen: Sie sind zwischen 1968 und 1972 geboren, gingen alle nach der Wartenweiler Grundschule – die gibt's übrigens heute auch nicht mehr – aufs Gymnasium nach Ravensburg, wo der Älteste 1987, der Jüngste 1991 Abitur machte. Danach haben sie verschiedene berufliche Werdegänge eingeschlagen. Stefan und ich haben für jeden einen ausführlichen Lebenslauf ins Intranet gestellt – wenn euch mehr Details interessieren, könnt ihr dort alles nachlesen.«

»Alle vier sind also praktisch ihr ganzes Leben lang in der Nähe ihres Heimatdorfes geblieben, oder?«

»Ja, wenn man mal von Studium und Ausbildung absieht. Sie

scheinen jedoch auch damals weiterhin regelmäßig am Wochenende als Band in der Gegend aufgetreten zu sein und haben sich eine ziemlich große Fangemeinde erarbeitet.«

»Und sie wohnen alle vier mit ihren Familien immer noch oder wieder in Wartenweiler«, fügte Stefan Loderer hinzu. »Einer hat das elterliche Haus mit Schreinerei übernommen, direkt im Ortskern. Zwei andere haben Einfamilienhäuser im Neubaugebiet am Ortsrand, und der vierte wohnt mit Frau und Kind etwas außerhalb des Dorfes in einem früheren Forsthaus, schick renoviert. Auf Facebook hat er massenhaft Bilder von der Inneneinrichtung gepostet. Alles nur vom Feinsten.«

»Klingt ja ziemlich nach Erfolg, Geld und bürgerlichem Idyll«, überlegte Maibach laut vor sich hin. »Sind alle vier verheiratet?«

»Ja, und drei von ihnen haben Kinder.«

»In der Kirchengemeinde scheinen sie auch aktiv zu sein«, fiel Katrin Gerber ein. »Der Pfarrer hat doch gestern so etwas erwähnt, nicht, Chef?«

»Ja. Er hat gesagt, sie würden auch ab und zu mit der Band bei Gemeindefesten auftreten und seien – wie hat er es ausgedrückt – ›seit ihrer Kindheit in der Gemeinde verwurzelt‹.«

Rüdiger Wille runzelte die Stirn. »Dann haben wir doch einen möglichen Ansatzpunkt, oder? Kühneborn war 1981/82 als Diakon in der Gemeinde. Damals waren die vier … so zwischen zehn und vierzehn Jahre alt, oder?«

Maibach nickte. So ähnlich hatte er sich das auch ausgerechnet. »Die Frage ist nur, hatten sie damals wirklich Kontakt mit ihm? Und was für einen Kontakt? Was hat man als Kind in dem Alter denn für einen Kontakt mit dem Diakon?« Ihm selber kam das eher abwegig vor, aber Katrin Gerber schaute ihn verwundert an.

»Na, Erstkommunion. Kindergruppe. Pfarrjugend. Ministranten. Kinder- oder Jugendchor. Firmvorbereitung. Da gibt es doch jede Menge Kontaktmöglichkeiten, vor allem, wenn vielleicht der Diakon in der Gemeinde für die Jugendarbeit abgestellt wurde, weil der Pfarrer selbst schon zu alt war oder froh, jemandem einen Teilbereich abzutreten, der ihm persönlich nicht so lag. Da lässt man doch gerne mal den jungen Kollegen ran.«

So hatte er es noch gar nicht betrachtet, aber es leuchtete ihm sofort ein. »Klingt logisch, ja.«

»Und es könnte erklären, was Kühneborn im Konzert wollte«, meinte Stefan Loderer. »Wenn er den Flyer der Wait-a-Whiles gesehen hat – wovon wir ja ausgehen können, oder? –, sind ihm vielleicht die Gesichter der Bandmitglieder bekannt vorgekommen oder der Name, der als Kontaktadresse auf dem Flyer stand. Und da wollte er eben mal schauen, was aus den Kindern von damals geworden ist.«

Alle ließen sich dieses Szenario durch den Kopf gehen. Zustimmendes Gemurmel und Kopfnicken machte sich breit.

»Und dann könnte er mit einem der Kinder von damals aus irgendeinem Grund in Streit geraten sein«, dachte Maibach laut nach. »Bei dem ehemaligen Kind zu Hause, im idyllischen Wartenweiler. Der Streit eskaliert, der Professor landet im Gartenpool – ach so, genau. Stefan, gibt es in Wartenweiler einen Salzwasserpool? Du wolltest dich doch darum kümmern.«

»Ich habe an alle in Frage kommenden Betriebe Mails verschickt mit der Bitte um eine Liste der Pools, die sie für private Auftraggeber angelegt haben. Bisher ist leider noch keine Antwort da.«

»Dann kommt das hoffentlich im Lauf des Vormittags. Leite mir die Antworten bitte direkt weiter. Ich selber übrigens hatte heute Morgen schon eine interessante Mail von Peter Leitner von der Kriminaltechnik. Er hat sich das Smartphone unseres hitzigen jungen Doktoranden übers Wochenende vorgenommen. Er sagt, das Gerät war tatsächlich im WLAN der Akademie aktiv, und zwar von kurz vor Mitternacht bis genau drei Uhr zweiundvierzig am Dienstagmorgen. Mit Betonung auf aktiv, nicht nur einfach eingeloggt. Es wurden ständig neue Internetseiten aufgerufen. Leitner meint, entweder war der Doktorand selber beim Surfen, oder er hat jemand anderen damit beauftragt und sich so ein digitales Alibi verschafft. Was mir persönlich eher unwahrscheinlich vorkommt.«

Die anderen stimmten ihm zu. »Ich würde mein Geld auch eher auf einen von diesen Wartenweilern setzen«, bekräftigte Rüdiger Wille. »Fehlt uns nur noch der Ablauf des Abends nach dem Konzert und natürlich das Motiv.«

»Das kriegen wir noch raus, verlasst euch drauf. Ich denke, es wird Zeit, dass wir uns mit den Herren Musikern mal unterhalten. Stefan, lade sie bitte alle telefonisch vor, am besten für morgen früh, ab neun Uhr, hier bei uns in der Dienststelle. Für heute folgende Aufgabenverteilung: Katrin, kontaktiere mal die verschiedenen kirchlichen Ämter oder Dienststellen oder wie das bei denen auch immer heißen mag, die Unterlagen über die Ausbildung von Professor Kühneborn haben könnten. Vielleicht gibt es ja Aufzeichnungen, aus denen Näheres über die Gründe hervorgeht, weswegen er seine Ausbildung zum Priester abgebrochen hat. Uli, du kümmerst dich heute Vormittag um die Akten und die Berichte, die mittlerweile reingekommen sind, und systematisierst das Ganze. Stefan, Willi und Jens … Moment.«

Sein Handy piepste, und er schaute auf das Display. Die Gerichtsmedizinerin. »Maibach. Hallo, Claudi! Hast du was für uns?« Während er dem Redeschwall am anderen Ende der Leitung aufmerksam zuhörte, weiteten sich seine Augen; er sprang vom Stuhl auf und begann, im Zimmer umherzugehen. Die anderen, die nur seine erstaunten Ausrufe hörten, warfen ihm neugierige Blicke zu. Schließlich beendete er das Gespräch und sank zurück auf seinen Stuhl.

»Leute, das muss ich jetzt erst mal verdauen. Die Gerichtsmedizin hatte doch ein Haar an der Leiche gefunden und es zur DNA-Untersuchung an ein forensisches Labor geschickt. Gerade kam das Ergebnis zurück. Es gab einen Treffer in der DNA-Datenbank.«

Seine Erregung übertrug sich auf die Mitarbeiter. »Was denn für einen Treffer?«, fragte Stefan Loderer.

»Ein männliches Schamhaar, komplett mit Haarwurzel, aus der genügend DNA gewonnen werden konnte, um ein Profil zu erstellen und mit der Datenbank zu vergleichen. Das Haar befand sich in der Luftröhre des Opfers, daher geht die Gerichtsmedizin davon aus, dass es während des Ertrinkens mit dem Salzwasser zusammen in die Atemwege gelangt ist. Und dass es somit höchstwahrscheinlich vom Täter stammt.«

»Jetzt mach's nicht so spannend, Chef! Zu wem gehört die DNA? Doch nicht etwa zu einem der Bandmitglieder?«

Maibach schüttelte den Kopf. »Leider nein. Das DNA-Profil stimmt überein mit einem gewissen Martin Merk, achtundzwanzig Jahre, Hilfsarbeiter bei einer Gartenbaufirma. Lebt in Ravensburg. Ist aktenkundig wegen ein paar kleinerer Delikte – Alkohol am Steuer, Kneipenschlägereien, solche Dinge. Stefan, Willi, Jens – macht euch schon mal startklar. Ich besorge uns noch die notwendigen Informationen, und dann statten wir diesem Herrn Merk einen Besuch ab.«

Da es mitten am Montagvormittag war, war die Wahrscheinlichkeit groß, dass Martin Merk sich nicht zu Hause, sondern an seinem Arbeitsplatz aufhielt. Loderer, Kleinschmidt und Wille stiegen zu Maibach in den Wagen, und er steuerte wieder einmal die Ausfallstraße in Richtung Ravensburg an. Nach dem Ortsschild drückte er sofort das Gaspedal durch, aber keiner seiner Beifahrer nahm es ihm übel. Sie alle waren von der neuerlichen Wendung in dem Fall überrascht und wollten, genau wie ihr Chef, der Sache möglichst schnell auf den Grund gehen.

»Also ich begreife immer noch nicht richtig, wie dieser Martin Merk ins Bild passt«, begann Rüdiger Wille. »Jetzt hatten wir gerade eine halbwegs stimmige Theorie, die den Professor mit den Bandmitgliedern aus Wartenweiler in Verbindung brachte und mit seiner Zeit als Diakon dort – und jetzt taucht plötzlich ein ganz anderer Täter auf? Heißt das, dass wir wieder alles von vorne neu durchdenken müssen?«

»Na ja, neu durchdenken schadet ja im Prinzip erst mal nicht«, besänftigte ihn Maibach. Er setzte den Blinker und überholte auf einer langen, geraden Strecke einen vorausfahrenden Lkw. Nach dem Einscheren musste er vor dem nächsten Kreisverkehr ziemlich abbremsen, was ihm ein wütendes Hupen des Lkw-Fahrers einbrachte. Mit einem genervten Blick in den Rückspiegel fuhr er fort: »Möglichkeit eins ist natürlich, dass das Ganze gar nichts mit Wartenweiler zu tun hat. Dass Kühneborn und dieser Martin Merk eine wie auch immer geartete Beziehung zueinander hatten oder auch, alternativ, dass sie sich an jenem Abend einfach nur zufällig begegnet sind und dass dieser Merk ihn, warum auch immer, ertränkt hat.«

»Dann wäre die Verbindung mit den Wartenweilern also ein kompletter Holzweg?«

»Die *vermutliche* Verbindung. Nein, ein kompletter Holzweg wäre die Wartenweiler Spur trotzdem nicht. Sie erklärt immerhin die Anwesenheit des Professors im Konzert. Er wollte in Erinnerungen schwelgen. Erinnerungen an Wartenweiler vermutlich, ob er die Band nun kannte oder nicht.«

»Wir gehen aber schon noch davon aus, dass sich Täter und Opfer im Konzert begegnet sind?«, schaltete sich nun Stefan Loderer ein.

Maibach überlegte. »Hm. Nicht unbedingt. Er könnte diesem Merk auch später begegnet sein. Auf dem Rückweg zur Akademie, in der Stadt. Wir haben ja keine Zeugen, die gesehen haben, ob er in Begleitung oder allein die Linse verlassen hat.«

»Und dann? Wie soll es dann weitergegangen sein?«, fragte Rüdiger Wille. »Er trifft den Merk – den er vielleicht kennt, vielleicht nicht – und geht mit ihm nach Hause? Hat der denn einen Pool?«

»Als Hilfsarbeiter? Wahrscheinlich eher nicht. Aber vielleicht kennt er jemanden, der einen hat.«

Jens Kleinschmidt mischte sich nun ebenfalls ein. »Könnte es nicht auch ein Auftragsmord gewesen sein?«

Drei fragende Blicke trafen ihn. Stirnrunzelnd meinte Rüdiger Wille: »Auftragsmord? Das musst du uns näher erklären.«

»Also, ich könnte mir das so vorstellen«, begann Jens Kleinschmidt eifrig. »Einer der Musiker aus der Band erkennt Kühneborn, hat noch ein Hühnchen mit ihm zu rupfen, will sich selber aber die Hände nicht schmutzig machen. Dann ruft er Merk an, bietet ihm Geld und beauftragt ihn, den Kühneborn um die Ecke zu bringen.«

Rüdiger Wille tippte sich an die Stirn. »Und dieser Merk kommt sofort angelaufen, weil seine Identität als Gartenarbeiter ja nur Tarnung ist – in Wirklichkeit ist er Profikiller, was auch der Mensch aus Wartenweiler weiß. Als Mordwaffe bringt er seinen Swimmingpool mit – oder vielleicht doch nur einen Kochtopf mit Nudelwasser? – und versenkt den Professor darin. Mensch, Junge, alles, was recht ist. Aber du guckst zu viele Krimis im Fernsehen.«

»Ich meinte ja nur«, murmelte der junge Kollege beleidigt. »Ich dachte, es gibt in einer Ermittlung keine Denkverbote.«

»Denkverbote nicht«, konterte Rüdiger Wille. »Aber Spinnverbote schon.«

Maibach warf Wille einen warnenden Blick zu. »Das reicht jetzt. Lasst uns einfach abwarten, wie das Gespräch mit diesem Herrn Merk verläuft.«

»Sind wir uns denn schon sicher, dass er der Mörder sein muss, wegen dieses Haares? Vielleicht gibt es ja eine ganz andere Erklärung …«

»Ach, und wie sieht die aus?«, frotzelte Rüdiger Wille weiter. »Die beiden waren vielleicht einfach nur beim gleichen Frisör, oder was?«

»Mensch, Willi, du nervst!«, gab Stefan Loderer zurück. »Vorhin hast du doch selber gesagt, dass du nicht verstehst, wie dieser neue Verdächtige ins Bild passt, oder? Mehr wollte ich auch nicht sagen.«

»Merkwürdig finden wir das wohl alle«, beschwichtigte ihn Maibach. »Wir schauen jetzt, wie der Merk bei der ersten Befragung reagiert. Dann entscheiden wir, ob wir ihn als Zeugen oder als Beschuldigten weiter vernehmen. Aber eine gute Erklärung für dieses Haar hätte ich schon gerne von ihm. Bin mal gespannt, ob er uns eine liefern kann.«

Inzwischen hatten sie das Gelände der Gartenbaufirma am Stadtrand von Ravensburg erreicht. Maibach parkte zwischen zwei Kleintransportern mit der Aufschrift des Unternehmens. An der Rückseite des Parkplatzes lagen einige schuppenartige

Gebäude und kleinere Gewächshäuser, daneben gab es ein drei-
stöckiges Wohnhaus, das laut dem neben der Eingangstür ange-
brachten Messingschild auch die Verwaltungs- und Büroräume
der Firma beherbergte.

Auf ihr Klingeln hin ertönte der Summton des Türöffners,
und sie betraten das enge Treppenhaus. Die Tür zur Erdge-
schosswohnung öffnete sich, und eine junge Frau mit blondem
Pferdeschwanz blickte ihnen fragend entgegen.

»Hallo. Kann ich Ihnen helfen?«

»Das hoffe ich«, sagte Maibach freundlich lächelnd. »Wir
sind auf der Suche nach einem Ihrer Mitarbeiter. Herrn Merk.
Martin Merk. Könnten wir ihn wohl kurz sprechen?«

Die junge Frau lächelte bedauernd zurück. »Oh, das tut mir
leid. Der Herr Merk ist meistens unterwegs, den treffen Sie hier
nur morgens und abends an. Ansonsten ist er vor Ort bei unseren Kunden und erledigt die praktischen Arbeiten. Worum
geht es denn? Wenn Sie eine Beratung für die Gestaltung einer
Grünanlage wünschen, wäre unser Herr Österle der richtige
Ansprechpartner. Da müssten Sie allerdings einen Termin vereinbaren, er ist momentan auch außer Haus.«

»Nein danke. Wir brauchen nur Herrn Merk, und zwar persönlich und ziemlich dringend. Wo ist er denn momentan im
Einsatz?«

Die junge Frau schaute ihn zweifelnd an. »Also, ich weiß nicht
recht, ob ich Ihnen diese Information geben darf. Die Kunden
sind nicht besonders erfreut, wenn unsere Mitarbeiter während
der Arbeitszeit private Besuche empfangen, Sie verstehen?«

»Durchaus. Aber so privat ist unser Besuch nun auch wieder
nicht«, erwiderte Maibach und zog seinen Dienstausweis aus der
Tasche. »Und um auf Ihre Frage zurückzukommen – ich kann
Ihnen versichern, dass Sie uns diese Information ohne Bedenken
geben dürfen. Zeitnah am liebsten. Und bitte ohne gleich danach
bei Herrn Merk anzurufen.«

Wie sich herausstellte, war Martin Merk mit drei weiteren Mitarbeitern der Gartenbaufirma schon seit einer Woche dabei,

den ausgedehnten Garten einer prächtigen alten Villa in bester Hanglage von Ravensburg komplett neu zu gestalten. Wobei »Garten« eine nahezu unverschämte Untertreibung war, dachte Maibach, als er an der angegebenen Adresse aus dem Wagen stieg. Auch Stefan Loderer musste ungefähr dasselbe gedacht haben, denn er pfiff durch die Zähne und murmelte: »Wow! Das ist ja der reinste Schlosspark!«

In der Auffahrt vor dem Haus waren zwei Kleinlastwagen geparkt. Die Ladefläche des einen war mit Erdaushub bedeckt; auf dem anderen befanden sich diverse kleinere und größere Gartengeräte und eine Schubkarre. Am oberen Ende des neben der Villa steil ansteigenden Grundstücks waren vier Männer zu sehen, die, mit hohen Schaftstiefeln, dunklen T-Shirts und grünen Latzhosen bekleidet, um einen kleinen Bagger herumstanden. Drei von ihnen hielten Spaten in den Händen, der vierte betrachtete einen Plan und redete mit weit ausholenden Gesten auf die übrigen ein. Wahrscheinlich der Vorarbeiter, mutmaßte Maibach. Wer von den anderen war wohl Martin Merk? Sie waren noch zu weit von den Männern entfernt, um Einzelheiten erkennen zu können, und Maibach ging, gefolgt von seinen Kollegen, resoluten Schrittes die Treppenstufen rechts neben dem Haus nach oben in Richtung der diskutierenden Arbeiter.

Auf den letzten Metern war das Erdreich am Hang aufgegraben, offensichtlich hatte man auch den obersten Teil der Treppe entfernt. Maibach blieb auf dem letzten übrig gebliebenen Treppenabsatz stehen. Mittlerweile waren die Arbeiter auf sie aufmerksam geworden und schauten zu ihnen herüber. Der Vorarbeiter stieg – oder, besser gesagt, rutschte – den Hang abwärts auf sie zu und schaute Maibach fragend an.

»Was gibt's? Das ist eine Baustelle, Betreten für Unbefugte verboten.«

Maibach zückte seinen Dienstausweis. »Maibach, Kriminalpolizei Friedrichshafen. Wir würden gerne Herrn Martin Merk sprechen. Ist er hier?«

Der Vorarbeiter nickte und zeigte nach oben. »Martin!«, rief er über die Schulter. »Dein Typ wird verlangt!«

Einer der drei Arbeiter löste sich aus der Gruppe und begann sich ebenfalls hangabwärts zu bewegen. Auch er geriet dabei in der aufgebaggerten Erde ins Rutschen – so sah es jedenfalls zunächst für Maibach aus. Erst als sich der junge Mann in immer schnellerem Tempo bergab bewegte und dabei die Treppe, auf der Maibach und seine Kollegen standen, zielgerichtet verfehlte und stattdessen am äußersten Grundstücksrand entlang weiter nach unten in Richtung Einfahrt schlitterte, wurde ihm klar, dass sich da einer aus dem Staub machen wollte. Fluchend drehte er sich um, um die Verfolgung aufzunehmen, stieß aber mit der Schulter gegen Rüdiger Wille, der hinter ihm auf der Treppe stand, und geriet ins Taumeln. Es dauerte wertvolle Sekunden, bis sie sich beide wieder gefangen hatten.

Stefan Loderer, der mit Jens Kleinschmidt zusammen noch einige Stufen unter ihnen stand, bemerkte jetzt auch, was los war.

»Mensch, Jens, der haut ab!«, rief er, und die beiden jüngeren Ermittler setzten sich als Erste in Bewegung und rannten dem Flüchtenden hinterher. Dieser hatte mittlerweile die gepflasterte Einfahrt erreicht und kam dort nun bedeutend schneller voran. Als Loderer und Kleinschmidt am Fuß der Treppe angekommen waren, rannte Merk schon in halsbrecherischem Tempo die Straße entlang und verschwand hinter der nächsten Biegung. Loderer und Kleinschmidt verfolgten ihn und waren kurz darauf ebenfalls nicht mehr zu sehen.

Rüdiger Wille spurtete auf den Dienstwagen zu, dicht gefolgt von Maibach, der schon im Rennen die Fernbedienung drückte, sodass Wille bereits auf dem Beifahrersitz angeschnallt war, als Maibach sich endlich hinter das Steuer schwang. Mit quietschenden Reifen fuhr er rückwärts aus der Einfahrt und nahm ebenfalls die Verfolgung auf. Fassungslos starrten die restlichen Arbeiter ihnen nach.

»Autsch!«

»Halt doch mal still. Ich will dir doch nur die Salbe draufschmieren.«

»Die ist eiskalt, das tut verdammt weh, Willi!«

»Wusste gar nicht, dass du so ein Weichei bist. Halt jetzt still, gleich hast du's geschafft.«

Stefan Loderer saß mit schmerzverzerrtem Gesicht auf seinem Bürostuhl. Rüdiger Wille kniete vor ihm, in der Hand die Tube mit Sportsalbe, die sie auf der Rückfahrt bei einer Apotheke in Meckenbeuren besorgt hatten, und versuchte, den angeschwollenen und blau angelaufenen Knöchel seines Kollegen einzureiben. Katrin Gerber und Ulrike Müller standen daneben und warteten ungeduldig auf die Fortsetzung der Erzählung, die die beiden während der medizinischen Behandlung unterbrochen hatten.

»Und wie habt ihr ihn dann endgültig erwischt?«, fragte Katrin, als Stefan sich unter Stöhnen seine Socke wieder angezogen hatte.

»Wie gesagt, der war in so einen Fußweg eingebogen, bergab, mit vielen Treppen dazwischen. Ziemlich steil. Jens war ihm dicht auf den Fersen und hatte ihn praktisch schon am Wickel, da drehte der Typ sich mitten im Lauf um und griff hinter sich. Der hat den Jens so richtig in die Hecke reingepfeffert. Kein Wunder, dass der jetzt lauter Kratzer im Gesicht hat. Dann ist Merk weitergerannt. Jens hatte sich wieder aufgerappelt und rief mir zu, ich solle weiterrennen. Das hab ich dann gemacht, und irgendwie hab ich es tatsächlich geschafft, ihn einzuholen, bevor er die nächste Querstraße erreicht hatte. Er hatte wohl nicht mehr damit gerechnet, dass ich noch hinter ihm war. Ich kriegte ihn kurz vor der Einmündung von hinten an der Schulter zu fassen, und in dem Moment kamen auch der Chef und Willi im Auto unten auf der Straße zum Stehen und versperrten den Weg, sodass der Merk abbremsen musste. Und da ich praktisch schon an seiner Schulter hing, hat mich sein Schwung von den Füßen gerissen, und ich hab mir den Knöchel verdreht.«

Von der Bürotür her erklang ein leises Räuspern. Maibach streckte den Kopf zur Tür herein. »Na, habt ihr die Mädels jetzt genug mit euren Heldentaten beeindruckt? Dann würde ich nämlich vorschlagen, wir knöpfen uns den sauberen Herrn mal vor.«

Nach der erfolgreichen Verfolgungsjagd hatte Maibach den Flüchtigen kurzerhand für festgenommen erklärt, ihm Handschellen angelegt und ihn zwischen Jens und Stefan auf den Rücksitz gepackt, um ihn zum Verhör mit nach Friedrichshafen zu nehmen. Bei tätlichen Angriffen auf seine Mitarbeiter hörte für ihn der Spaß auf. Jetzt schmorte der Festgenommene seit einer guten halben Stunde in einem nüchternen Verhörzimmer im Erdgeschoss, bewacht von einem Kollegen in Uniform, und Maibach hoffte, dass er genug Zeit gehabt hatte, um sich des Ernstes seiner Lage bewusst zu werden und sich vielleicht etwas kooperativer zu zeigen.

Um den Verdächtigen gleich gebührend zu beeindrucken, nahm Maibach Jens Kleinschmidt zum Verhör mit. Jens' Kinn zierte ein dickes Pflaster, unter seiner Nase waren noch deutlich die Blutspuren zu sehen, die er sich auf Maibachs Anweisung hin nicht abgewaschen hatte, und seine rechte Wange war in voller Breite von oben bis unten mit den Kratzspuren übersät, die die Hecke neben dem Fußweg hinterlassen hatte.

Als sie den kleinen, stickigen Raum betraten, in dem sich als einzige Möblierung ein Metalltisch und drei Stühle befanden, sah der Festgenommene kurz auf, senkte dann den Blick jedoch wieder und starrte die Tischplatte an. Maibach gab dem uniformierten Kollegen mit einem Kopfnicken zu verstehen, dass er sich entfernen durfte, und zog für sich und Jens Kleinschmidt die beiden unbequemen Stühle gegenüber dem Verdächtigen heran. Ihre Metallfüße gaben auf dem nackten Boden des Raumes ein unangenehmes Quietschen von sich, das, wie Maibach zufrieden feststellte, auch bei Martin Merk seine Wirkung nicht verfehlte. Er kniff die Augen zusammen und rutschte auf seinem Stuhl weiter nach hinten, ohne jedoch den Blick von der Tischplatte zu lösen. Maibach setzte sich und rückte seinen Stuhl mit einer Serie noch gelungenerer Quietschtöne umständlich zurecht. Dann sprach er die notwendigen Angaben in das bereitstehende Diktiergerät, prüfte mit einem Blick zur Decke, ob das rote Blinklicht der dort montierten Videokamera funktionierte, und fixierte sein Gegenüber mit einem starren Blick.

Er musste mehr als eine Minute starren, bis Martin Merk endlich den Kopf hob und in seine Richtung schielte. Maibach starrte ihn weiter an. Mal sehen, wie lange es dauert, dachte er. Exakt achtundvierzig Sekunden, wie er auf dem Zählwerk des Diktiergeräts ablesen konnte. Dann hielt es Martin Merk nicht mehr aus und fragte in patzigem Ton: »Was soll das eigentlich? Was wollen Sie von mir?«

Na, das ist doch mal ein origineller Anfang, fand Maibach. Er deutete auf Jens Kleinschmidt, der neben ihm saß, und antwortete: »Wie wäre es denn fürs Erste mal mit einer Entschuldigung an meinen jungen Kollegen hier? Den haben Sie ja ganz schön übel zugerichtet, wie Sie sehen. Sie können von Glück sagen, dass er sich nicht dienstunfähig hat schreiben lassen. Er hat darauf bestanden, hier dabei zu sein. Ihr Glück. Dann ist es vielleicht nur einfache und nicht schwere Körperverletzung. Den Unterschied muss ich Ihnen bestimmt nicht erklären – Sie kennen sich ja aus mit Körperverletzung, nicht wahr?«

Sein Gegenüber schnaubte. »Was heißt hier Körperverletzung? Ich hab ihn überhaupt nicht angefasst. Er ist einfach nur gestolpert, das ist alles!«

»Mit Ihrer tatkräftigen Unterstützung, wie mein anderer Kollege bestätigen wird, der leider momentan zu starke Schmerzen im Knöchel hat, um weiterzuarbeiten. Hoffentlich ist der Knöchel nicht gebrochen, das könnte langwierig werden. Widerstand gegen Vollstreckungsbeamte, zwei Beamte verletzt, mindestens einer davon dienstunfähig – das hat sich für Sie heute Morgen ja richtig gelohnt. Und wenn man Ihr Vorstrafenregister bedenkt … kleinen Moment, ich zitiere mal … Alkohol am Steuer, Besitz und Konsum einer geringen Menge Cannabis, Fahren unter Drogeneinfluss, fahrlässige Körperverletzung, vorsätzliche Körperverletzung, Beamtenbeleidigung … Alle Achtung, Herr Merk, da haben Sie ja schon eine ganz schöne Sammlung beieinander.«

Merk schwieg und starrte wieder die Tischplatte an.

»Jetzt habe ich Ihre Entschuldigung irgendwie überhört, glaube ich.«

Merk schielte zu Jens Kleinschmidt hinüber und nuschelte etwas kaum Hörbares vor sich hin, das entfernt wie »Schulligung« klang.

»Na, sehen Sie, es geht doch. Ein klein wenig guter Wille, und schon kann man viel vernünftiger miteinander reden. Und reden wollten wir ja mit Ihnen. Deswegen haben wir Sie nämlich heute Morgen aufgesucht. Wir konnten ja nicht ahnen, dass Sie lieber einen kleinen Marathon rennen wollten. Uns hätte vielleicht ein freundliches Gespräch an Ort und Stelle genügt. Aber nun, da Sie schon mal hier bei uns sind, können wir uns umso ausführlicher unterhalten. Wir haben ja Zeit bis mindestens morgen Nachmittag.«

Der Festgenommene starrte ihn entsetzt an. »Ich muss so schnell wie möglich zurück zur Arbeit! Sonst verlier ich meinen Job! Das können Sie nicht machen!«

Maibach lehnte sich zurück. »Sie werden sich wundern, was ich alles machen kann«, sagte er betont gelassen. »Aber es liegt natürlich ganz an Ihnen. Wenn Sie unsere Fragen zu unserer Zufriedenheit beantwortet haben, können Sie vielleicht auch schon früher wieder gehen. Wie gesagt. Das liegt ganz bei Ihnen. Ach, da fällt mir noch ein – möchten Sie eigentlich im Beisein eines Anwalts vernommen werden? Dazu haben Sie das Recht, wie Sie sicher wissen. Allerdings würde es natürlich ein bisschen länger dauern …«

Martin Merk zögerte kurz. »Nein. Ich brauch keinen Anwalt. Was wollen Sie wissen?«

Maibach gab Jens Kleinschmidt das verabredete Zeichen. Sie hatten besprochen, dass Jens die ersten Fragen stellen sollte. Zu Übungszwecken sozusagen, denn als jüngster Ermittler im Team hatte er noch wenig Erfahrung in solchen Situationen.

»Wir interessieren uns zunächst einmal für den vergangenen Montag«, begann er mit etwas belegter Stimme. »Könnten Sie uns Ihren Tagesablauf schildern?«

»Heute vor einer Woche?«

»Genau. Der dritte Juli.«

»Warum?«

»Die Fragen stellen wir.«

Maibach grinste unwillkürlich in sich hinein. Klar, dass Jens so eine abgedroschene Phrase verwenden würde. Wahrscheinlich schaute er tatsächlich zu viele Krimis. Bei Martin Merk tat der Satz aber seine gewünschte Wirkung, und er begann, seinen Tagesablauf zu erzählen.

»Ich war morgens ab acht bei der Arbeit, wie immer. An dem Tag haben wir mit dem Garten angefangen, den wir jetzt immer noch in der Mache haben. Ist ein Haufen Arbeit, das haben Sie ja gesehen. Soll alles neu gestaltet werden, neuer Aufgang, neue Bepflanzung, neue Hanggestaltung mit Mauern aus Natursteinquadern ... Bis wir da fertig sind, vergehen noch mindestens drei Wochen.«

»Waren Sie zu viert, wie heute?«

»Anfangs ja, dann ist der Österle gegangen. Der kommt immer nur sporadisch vorbei, wenn wieder was nicht klar ist mit der Planung oder wenn es neue Wünsche vom Besitzer gibt.«

»Dann waren Sie also meistens zu dritt?«

»Ja.«

»Den ganzen Tag?«

»Bis sechs Uhr abends. Eigentlich sollten wir spätestens um fünf Feierabend machen, aber es hat sich was verzögert, und dann sind wir eben später weg.«

»Was haben Sie danach gemacht?«

»Ich bin nach Hause.«

»Geht es etwas ausführlicher?«

»Ich bin direkt von der Firma aus nach Hause gefahren. Da war ich so um kurz vor sieben. Dann hab ich geduscht und mir was zu essen gemacht.«

»Wohnen Sie allein?«

»Meistens.«

»Wie, meistens?«

»Meine Freundin ist ab und zu über Nacht da.«

»Auch am Montag?«

Merk antwortete nicht gleich. Eine Weile schien er angestrengt nachzudenken, dann sagte er: »Kann sein.«

»Was heißt das? Ja oder nein?«

»Ich weiß nicht mehr so genau …«

»Na, dann überlegen Sie! Das kann doch nicht so schwer sein!«

»Ich erinnere mich nicht mehr.«

Jens Kleinschmidt sah etwas ratlos zu Maibach hinüber. Der nickte ihm nur aufmunternd zu. Er dachte nicht daran, gleich bei der ersten Schwierigkeit das Ruder zu übernehmen. Sollte der junge Kollege ruhig erst selber versuchen weiterzukommen.

»Sie haben vorhin gesagt, Sie seien nach Hause gegangen, hätten geduscht und sich etwas zu essen gemacht. Richtig?«

»Ja.«

»Da waren Sie also noch allein.«

»Hm.«

»Wie bitte?«

»Ja.«

»Ist Ihre Freundin denn später noch gekommen?«

»Kann sein.«

Entnervt rutschte Jens Kleinschmidt auf seinem Stuhl nach vorne. »Jetzt hören Sie mal zu. Wenn *meine* Freundin bei mir übernachtet, dann erinnere ich mich hinterher sehr gut daran. War sie nun da oder nicht?«

»Keine Ahnung, Mann! Sie war irgendwann letzte Woche jedenfalls da, aber ob das am Montag oder am Dienstag oder am Mittwoch war, weiß ich nicht mehr so genau!«

Kleinschmidt beschloss, es vorläufig dabei zu belassen.

»Kennen Sie die Linse in Weingarten? Das Kulturzentrum?«, fragte er stattdessen.

Etwas verwundert über den Themenwechsel antwortete Merk: »Ja, kenn ich. Warum?«

»Da gab es am Montagabend ein Konzert.«

»Aha?«

»Sie waren nicht zufällig dort?«

»In der Linse? Nein.«

»Oder überhaupt in Weingarten?«

»Nein.«

»Was haben Sie denn den restlichen Abend gemacht?«

»Am Montag?«

»Ja klar am Montag!«

»Ich war zu Hause.«

»Sie sind den ganzen Abend nicht mehr vor die Tür gegangen?«

»Nein.«

»Daran erinnern Sie sich also noch gut?«

»Ja.«

»Seltsam. Sie erinnern sich nicht, ob Ihre Freundin da war. Aber dass Sie zu Hause geblieben sind, das wissen Sie noch genau?«

»Ja, Mann! Ob mit oder ohne Mandy, ich war auf jeden Fall daheim. Den ganzen Abend.«

»Und die ganze Nacht auch?«

»Klar. Die ganze Nacht auch.«

»Ihre Freundin heißt also Mandy. Wie weiter?«

Widerwillig diktierte ihm Martin Merk Namen und Kontaktdaten seiner Freundin.

»Da werden wir mal bei Ihrer Freundin nachfragen. Vielleicht hat die ja ein besseres Gedächtnis als Sie.«

Maibach stand auf und nahm Jens den Zettel mit den Angaben ab. »Darum kann sich gleich jemand von unseren Kollegen kümmern.«

Er ging vor die Tür, wechselte ein paar Worte mit dem uniformierten Beamten, der dort wartete, und kam ohne den Zettel wieder zurück in den Raum. Dann signalisierte er Jens, dass er nun selbst die Befragung übernehmen wollte. Dieser lehnte sich aufatmend zurück.

»Sagen Sie, Herr Merk, was für Arbeiten erledigen Sie denn so normalerweise für die Gartenbaufirma?«, begann Maibach im Plauderton.

»Na, das haben Sie doch gesehen. Wir graben um, transportieren Erde ab oder liefern welche an, je nachdem. Wir fällen

Bäume oder pflanzen welche, schneiden Hecken, legen Beete an – eben alles, was so rund um den Garten von den Kunden gewünscht wird.«

»Bauen Sie auch Swimmingpools?«

»Swimmingpools?«

»Ja. Sie wissen schon. Solche Becken. Mit Wasser drin. Zum Schwimmen.«

»Natürlich weiß ich, was ein Swimmingpool ist«, erklärte Merk gereizt. »Aber das machen wir nicht. Dafür gibt es Spezialfirmen. Das muss ja alles betoniert werden und gekachelt, und dann braucht man Rohrleitungen und Umwälzpumpen und so Zeug. Das macht kein normaler Gartenbaubetrieb. Wir sind für das Pflanzliche zuständig.«

»Verstehe. Sagt Ihnen der Name Kühneborn etwas?«

»Kühneborn?«

»Wilhelm Gottfried Kühneborn. Professor Dr.«

»Nein. Wer soll das sein?«

»Herr Merk. Mein junger Kollege hat Ihnen vorhin doch schon gesagt: Die Fragen stellen wir. Kennen Sie die Wait-a-Whiles?«

»Wen?«

»Die Wait-a-Whiles. Eine bekannte oberschwäbische Oldieband.«

»Oldieband?«

»Ja, Oldieband! Musikgruppe, die alte Hits nachspielt, Menschenskinder! Kennen Sie sie nun oder nicht?«

Merk schüttelte den Kopf. »Ich steh eher auf modernere Sachen. Indie, House, R'n'B und so, wissen Sie?«

Maibach wusste nicht, behielt das aber lieber für sich. Er blätterte in seinen Unterlagen, bis er die Namen der Bandmitglieder gefunden hatte. »Sagt Ihnen einer der folgenden Namen etwas? Rainer Trüb, Roland Menzel, Georg Fassbinder, Hubert Söllner?«

Wieder war ein Kopfschütteln die Antwort. »Nie gehört.«

»Noch mal zurück zu Montagabend. Sie behaupten, Sie wären die ganze Zeit zu Hause gewesen, wissen aber nicht mehr, ob allein oder zu zweit. Richtig?«

»Ja.«

»Wenn Ihre Freundin sich nun erinnern würde, dass sie nicht am Montag, sondern an einem anderen Tag bei Ihnen war. Mit anderen Worten, wenn sie Ihnen für Montagnacht kein Alibi geben könnte. Gäbe es dann sonst noch irgendjemanden, der bezeugen könnte, dass Sie nach Feierabend das Haus nicht mehr verlassen haben?«

Merk rutschte unruhig auf seinem Stuhl hin und her. »Ich glaube nicht, nein. Aber warum fragen Sie mich das alles? Wozu brauche ich denn ein Alibi?«

»Ach, wissen Sie, so ein Alibi ist immer praktisch«, gab Maibach zurück. »Ganz besonders, wenn es um Mord geht.«

»Mord?« Martin Merk riss die Augen auf. »Wieso denn Mord? Mit Mord hab ich doch nichts zu tun!«

Maibach fixierte ihn wieder mit seinem starren Blick. »Sehen Sie, Herr Merk, das würde ich Ihnen ja gerne glauben. Aber es gibt da gewisse Indizien, die Sie mit einem Mord in Verbindung bringen.«

»Das kann nicht sein!« Merk wurde sichtlich nervös. »Was denn für Indizien? Und wer wurde überhaupt ermordet?«

»Professor Kühneborn. Aber Sie behaupten ja, dass Sie ihn nicht kennen. Bleiben Sie bei dieser Behauptung?«

»Ja! Ich kenne keinen Kühneborn!«

»Vielleicht kannten Sie ihn ja nicht persönlich. Vielleicht hat Ihnen nur jemand anderes, der ihn kannte, den Auftrag zum Mord erteilt. Vielleicht einer der Herren Trüb, Menzel, Fassbinder oder Söllner?«

»Nein!«

»Ach ja, ich vergaß. Die kennen Sie ja auch nicht. Bleiben Sie bei dieser Aussage?«

»Ja, verdammt noch mal!«

»Waren Sie schon mal in Weingarten an der katholischen Akademie?«

»Katholische Akademie? Was soll ich denn da?«

»Kennen Sie Professor Dr. Günther Schattner aus Tübingen?«

»Ich kenne überhaupt keinen Professor! Weder hier noch sonst wo!«

»Sagt Ihnen der Name Tobias Klein etwas? Doktorand der Theologie?«

»Nein! Ich kenne keinen von denen! Und mit Mord hab ich nichts zu tun, das schwöre ich!«

»Wie erklären Sie sich dann, dass wir an Professor Kühneborns Leiche ein Haar von Ihnen entdeckt haben?«

»Was?« Merk wurde blass. Man sah ihm an, dass er um Fassung ringen musste. »Was um Gottes willen wollen Sie mir denn da anhängen?«, brachte er schließlich heraus. »Ich bin doch kein Mörder! Das müssen Sie mir glauben! Ich weiß gar nicht, wovon Sie da sprechen! Ich hab mit der ganzen Sache nichts zu tun!«

»Wenn Sie so unschuldig sind, wie Sie behaupten«, sagte Maibach und sah Merk direkt in die Augen, »dann verstehe ich eines nicht. Warum sind Sie denn weggerannt, als wir mit Ihnen reden wollten?«

Merk schluckte. »Ich weiß auch nicht. Gewohnheit. Ich meine, es war ja klar, dass Sie Bullen sind ...«

»Bullen?«

»Entschuldigung. Polizisten. Das habe ich gleich gesehen. Und zu viert. Und Sie haben nach mir gefragt. Da hab ich halt Panik bekommen.«

»So, Panik. Wissen Sie, Herr Merk, es wird Sie vielleicht überraschen, aber normalerweise rennen Menschen, die ein reines Gewissen haben, nicht weg, wenn die Polizei mit ihnen sprechen will. Sie hören sich erst mal an, worum es geht, und versuchen dann, uns mit ehrlichen Antworten behilflich zu sein. Panik bekommen eher die anderen. Die mit Dreck am Stecken, wenn Sie verstehen, was ich meine.«

Merk errötete, gab aber keine Antwort. Maibach griff zum Diktiergerät, sprach die Uhrzeit ins Mikrofon und wandte sich dann an Jens Kleinschmidt. »Kleine Unterbrechung. Wir gehen mal kurz nach oben. Herr Merk, Sie bleiben vorläufig hier. Überlegen Sie sich die Sache mit dem Anwalt noch einmal, bis wir wiederkommen.«

Er stand auf und verließ den Raum, dicht gefolgt von Jens Kleinschmidt. Ein uniformierter Kollege übernahm wieder die Wache, und die beiden Ermittler machten sich auf den Weg in den ersten Stock.

»Und, habt ihr mitgeguckt?«, fragte Maibach, als sie Loderers und Willes Büro betraten.

Stefan Loderer hatte seinen Fuß auf Rüdiger Willes Bürostuhl gelegt, Wille selbst stand hinter ihm und stützte sich auf Loderers Rückenlehne. Beide blickten auf den Computerbildschirm auf Loderers Schreibtisch, der die Videoaufnahmen aus dem Verhörzimmer zeigte. Im Moment saß der Verdächtige auf seinem unbequemen Metallstuhl und fuhr sich nervös durch die Haare.

»Den hast du ja gehörig in die Mangel genommen«, wandte sich Wille an Jens Kleinschmidt. *Die Fragen stellen wir!* Aus welchem Krimi hast du denn den Satz geklaut?«

»Wieso? Das hat der Chef doch auch gesagt«, verteidigte sich Jens Kleinschmidt. Wille grinste.

»Habt ihr seine Freundin schon erreicht?«, unterbrach Maibach das Geplänkel.

»Wir haben Uli damit beauftragt«, erwiderte Rüdiger Wille gelassen. »Wir dachten, so von Frau zu Frau …«

Wie auf Bestellung betraten Ulrike Müller und Katrin Gerber das Büro der Kollegen. Maibach sah Uli fragend an.

»Hast du diese Mandy nach Merks Alibi gefragt?«

Triumphierend hielt Uli einen Notizblock in die Höhe. »Er hat keins!«, verkündete sie. »Seine Freundin sagt, sie erinnere sich genau, dass sie letzte Woche nur am Mittwoch bei ihm übernachtet hat. Montag und Dienstag war sie mit Freundinnen unterwegs und hat nicht mal mit ihm telefoniert. Einmal Geburtstagsparty, einmal Discobesuch, und beide Abende unterwegs bis in die Puppen. Aber ohne Merk.«

»Was macht die Dame denn beruflich, wenn sie abends so lange weggehen kann?«, wunderte sich Maibach.

»Hab ich sie auch gefragt. Sie studiert an der PH, aber anscheinend ist das Semester schon so gut wie gelaufen, und alle machen nur noch Party.«

»Student müsste man sein«, grummelte Rüdiger Wille.

»Gut. Ich fasse mal zusammen: Haar an der Leiche, kein Alibi, Fluchtversuch«, zählte Maibach auf. »Das müsste locker reichen, um ihn vorerst hierzubehalten. Willi, kümmerst du dich um die Formalitäten?«

Wille nickte und verließ den Raum. Maibach drehte sich zu den anderen um. »Stefan und Jens, ihr macht auf jeden Fall jetzt Feierabend und versucht euch zu erholen. Mit Merk machen wir morgen weiter, und außerdem haben wir ja noch die vier aus Wartenweiler einbestellt. Hat das geklappt, Stefan?«

Loderer nickte. »Ich habe dir den Terminplan gemailt. Von den Poolfirmen sind auch ein paar Mails gekommen. Ich hab sie noch nicht bearbeitet, sondern gleich an dich weitergeleitet. Soll ich sie noch anschauen, bevor ich gehe?«

»Nein, lass mal. Ich mach das gleich. Kümmere du dich um deinen Fuß. Willst du zum Arzt?«

»Nein, geht schon. Ich lasse mich von meiner Frau abholen, und die macht mir dann einen Verband drauf. Wozu ist man schließlich mit einer Krankenschwester verheiratet?«

Maibach nickte. Bisher hatte er noch nicht einmal gewusst, ob Stefan überhaupt verheiratet war, geschweige denn mit wem. Was diese Ermittlung nicht alles zutage brachte! »Dann gute Besserung«, fügte er lächelnd hinzu. »Bis morgen.«

Anschließend wandte er sich an Katrin und Ulrike. »Gibt's bei euch noch was Neues?«

Ulrike zuckte mit den Schultern. »Ich habe alle neuen Berichte gelesen, systematisiert und für euch ins Intranet gestellt. Mir ist nichts weiter aufgefallen. Ach so – eine Sache noch. Was machen wir eigentlich mit der Hotline? Wie lange bleibt die noch geschaltet? Da ist heute nichts Verwertbares mehr reingekommen. Der Anrufbeantworter war aktiviert, ich habe ihn vorhin abgehört. Es waren nur zwei Anrufe drauf, bei denen aber keine Nachricht hinterlassen wurde. Der Anrufer hat jeweils nach ein paar Sekunden wieder aufgelegt.«

»Stell die Nummer auf meinen Apparat um«, entschied Maibach nach kurzer Überlegung. »Ich bin noch eine Weile im Büro; falls etwas kommt, kann ich es entgegennehmen. Dann könnt ihr beide jetzt auch Schluss machen. Wir sehen uns morgen zur Besprechung um acht. Ach, Katrin – hast du eigentlich bei der Kirche schon was erreicht?«

Katrin schüttelte den Kopf. »Ich habe mit den verschiedensten Stellen telefoniert. Alle waren sehr freundlich, aber keiner hatte irgendwelche Informationen für mich. Ich bin von Pontius zu Pilatus weiterverbunden worden, aber anscheinend gibt es nirgends auch nur die Spur einer Begründung, weshalb Kühneborn sich nach dem Diakonat nicht zum Priester hat weihen lassen. Und der damalige Gemeindepfarrer von Wartenweiler ist vor über zehn Jahren gestorben – von dem erfahren wir also auch nichts mehr.«

»Schade. Dann warten wir mal ab, ob uns die vier Bandmitglieder morgen etwas mehr erzählen können. Schönen Feierabend.«

»Gleichfalls.«

Katrin und Uli verließen das Büro, und Maibach beobachtete noch eine Weile den Festgenommenen auf dem Computerbildschirm, der nun begonnen hatte, unruhig auf seinem Stuhl herumzurutschen und auf seine Armbanduhr zu sehen. Wenn Rüdiger Wille die nötigen Papiere zusammenhatte, würden sie ihm mitteilen, dass er für heute Nacht auf Kosten des Steuerzahlers untergebracht wurde. Hoffentlich beeindruckte ihn das so, dass sie morgen etwas mehr aus ihm herausbekommen konnten.

Rüdiger Wille war es gelungen, in Rekordzeit die nötigen richterlichen Anordnungen zu beschaffen. Der sichtlich schockierte Martin Merk hatte nun doch nach einem Rechtsbeistand verlangt – die morgige Befragung würde also im Beisein eines Anwalts stattfinden, den der Verdächtige noch anrufen durfte, bevor er für die Nacht in eine der Arrestzellen gebracht wurde.

Nachdem auch Rüdiger Wille nach Hause gegangen war, saß Maibach in seinem Büro, vor sich eine Tasse dampfenden Earl-

Grey-Tees, und ließ sich den Fall zum wiederholten Male durch den Kopf gehen. Der unerwartete Durchbruch mit dem DNA-Profil des gefundenen Haares war natürlich einerseits erfreulich, warf aber andererseits jede Menge neuer Fragen auf, die Maibach noch nicht zufriedenstellend beantworten konnte. Wenn Merk der Täter war – was war sein Motiv? Welche Verbindung gab es zwischen ihm und dem Opfer? Wie war es zu der Tat gekommen? Und wo? Hatte die Spur nach Wartenweiler, die sie zuvor für so vielversprechend gehalten hatten, überhaupt etwas mit der Sache zu tun?

Apropos Wartenweiler. Maibach fuhr seinen Computer hoch und druckte die Dokumente aus, die Stefan Loderer ihm weitergeleitet hatte. Den Terminplan der Vernehmungen mit den Bandmitgliedern heftete er an seine Pinnwand, dann nahm er die Listen mit Salzwasserpools zur Hand, die ihnen von drei verschiedenen Firmen geschickt worden waren. Alle drei waren alphabetisch nach Wohnorten sortiert, und Maibachs Blick wanderte nach unten ans Ende der ersten Liste: Vogt – Waldburg – Wangen – Warthausen – Wilhelmsdorf. Wartenweiler war nicht dabei. Auch bei den anderen beiden Listen Fehlanzeige. Als Nächstes nahm er sich die Nachnamen der Auftraggeber vor und suchte nach den vier Bandmitgliedern: Fassbinder, Menzel, Söllner, Trüb – ebenfalls Fehlanzeige auf allen drei Listen. Frustriert legte er die Papiere beiseite und trommelte mit seinem Kugelschreiber auf die Tischplatte. Irgendwo im Hintergrund klingelte wieder leise und penetrant ein Telefon.

Er überlegte, ob er heute Abend noch etwas Sinnvolles anfangen konnte, und war gerade zu dem Schluss gekommen, dass auch er nun Feierabend machen würde, als Frau Mechtersheimer ohne anzuklopfen in sein Büro kam, einen Zettel in der Hand. Er hatte gar nicht gewusst, dass sie noch im Haus war, und ihr schien es ebenso zu gehen, denn sie fuhr geradezu zusammen, als sie ihn an seinem Schreibtisch bemerkte.

»Jesses, Herr Maibach! Sie sind ja noch da! Aber warum gehen Sie denn nicht an Ihr Telefon? Ein gewisser Herr Eisenbichler aus Eichstätt hat schon mehrmals versucht, Sie zu erreichen, jetzt hat er über die zentrale Durchwahl bei mir eine Nachricht für Sie hinterlassen. Hier, bitte.«

Sie legte den Zettel auf seinen Schreibtisch und holte tief Luft, als ob sie noch etwas sagen wollte. Anscheinend überlegte sie es sich aber anders, denn sie schüttelte nur den Kopf, wandte sich zum Gehen und rief ihm ein knappes »Ich geh dann mal. Schönen Feierabend!« zu, bevor sie sein Büro wieder verließ.

Maibach las die Nachricht durch, dann griff er zum Telefonhörer und wählte die angegebene Nummer. Verwundert stellte er dabei fest, dass sein Anrufbeantworter blinkte. Er hatte doch vorhin beim Betreten des Büros noch nachgeschaut, aber keine Nachrichten entdeckt. Ob mit seinem Apparat etwas nicht stimmte? Darum würde er sich gleich nach diesem Telefonat kümmern müssen.

Am anderen Ende ertönte das Rufzeichen, dann meldete sich eine forsche Stimme. »Eisenbichler?«

Maibach stellte sich vor und bedankte sich für die Nachricht, die er eben erhalten hatte. »Ach, sind Sie jetzt endlich erreichbar!«, polterte der bayerische Kollege ins Telefon. »Was ich heut schon bei Ihnen ang'rufen hab! Zum Glück ham S' ja so eine tüchtige Sekretärin!«

Maibach stimmte ihm mit mehr Inbrunst zu, als er in Wirklichkeit empfand, und bat ihn dann, die knappen Informationen der Telefonnotiz etwas näher zu erläutern.

»Ja, wie ich schon Ihrer reizenden Sekretärin erzählt habe: Sie hatten uns ja gebeten, die Todesnachricht an die Schwester des Professor Dr. Kühneborn zu überbringen. Das haben wir gemacht, gleich am Samstagmorgen. Die Arme ist uns fast zusammengeklappt, wir mussten dann noch ein Team vom Roten Kreuz hinzuziehen. An eine weitergehende Befragung war am Wochenende erst mal nicht zu denken. Heute Nachmittag war ich aber mit einem Kollegen nochmals bei ihr, und sie war so weit wieder stabil genug, um unsere Fragen zu beantworten. Es ging ja um eventuelle Feinde und so weiter, und außerdem sollten wir uns nach einem Handy erkundigen – Sie wissen Bescheid?«

Natürlich wusste er Bescheid – er hatte ja den Fragenkatalog am Samstagmorgen selber nach Eichstätt durchgegeben; allerdings war er sich ziemlich sicher, dass er da einen anderen Kollegen in der Leitung gehabt hatte.

»Ja, klar. Schießen Sie los. Was haben Sie herausgefunden?«

»Von Feinden will die gute Dame nichts mitbekommen haben. Wenn man ihr so zuhört, war ihr Bruder der beliebteste Mensch auf Gottes Erdboden. Was aber nicht ganz stimmen kann – Sie hätten mal vor einem halben Jahr hier die Lokalzeitung lesen sollen, nachdem der Professor sein neues Buch vorgestellt hatte. Da ging es ziemlich rund, wie ich mich erinnere.«

»Ja, das haben wir hier auch schon mitbekommen«, stimmte Maibach ihm zu. »Aber die Schwester wusste nichts Näheres über irgendwelche persönlichen Anfeindungen?«

»Nein. Wie gesagt, sie behauptet, er wäre überall beliebt gewesen und ein angesehener Theologe und Autor und überhaupt – so ein liebenswerter Mensch …«

»Schade. Ich hatte gehofft, über die Schwester etwas Näheres von eventuellen Problemen zu erfahren.«

»Ja, glaube ich Ihnen. Aber immerhin konnte sie uns zu Ihrer zweiten Frage ein bisschen mehr sagen. Die Frage nach dem Handy. Sie hat zu Protokoll gegeben, dass ihr Bruder ein Handy besaß und dass er es auch ständig bei sich hatte. Offenbar war es ein relativ altes Gerät und auch nicht internetfähig. Sie sagt, mit solchen neumodischen Dingen habe er nichts zu tun haben wollen, aber er habe das Gerät trotzdem immer griffbereit und eingeschaltet in der Tasche gehabt, als Notfallhandy. Falls ihm mal etwas zustoßen sollte, damit er rasch Hilfe rufen konnte. Anscheinend hatte er panische Angst vor einem Hirnschlag oder einem Herzanfall, seit seine Mutter vor einigen Jahren an so etwas gestorben war. Sie lebte wohl allein und kam nicht mehr rechtzeitig ans Telefon.«

»Wir haben bei der Leiche kein Handy gefunden«, sagte Maibach. »Und einen telefonischen Hilferuf von ihm hat es in der Nacht auch nicht gegeben.«

»Vielleicht hat der Mörder es ihm abgenommen?«, speku-
lierte der bayerische Kollege.

»Möglich. Wie ist denn die Nummer? Haben Sie die notiert?«
Am anderen Ende war es kurz still. »Tja, das ist das Blöde an
der Sache. Die Schwester kannte die Nummer nicht. Sie sagt,
der Professor habe es ausschließlich als Notfallhandy angesehen und sich strikt geweigert, die Nummer irgendjemandem
zu geben, nicht einmal ihr. Er wollte auf keinen Fall unterwegs
erreichbar sein.«

Komischer Kauz, dachte Maibach. Egozentriker, wie Professor Schattner gesagt hatte. Selber jederzeit anrufen können,
aber für andere nicht erreichbar sein. Was, wenn seine Schwester
ihn einmal dringend gebraucht hätte? Laut sagte er: »Gut, vielen
Dank für Ihre Informationen. Wir werden die Sache weiterverfolgen.«

»Na dann, viel Glück. Und grüßen Sie mir Ihre Sekretärin«,
trug ihm der Kollege auf und hängte ein.

Maibach saß noch eine Weile in Gedanken versunken da
und grübelte über das Gehörte nach. Ein Handy. Nummer un-
bekannt. Älteres Modell, kein Smartphone. Angeblich immer
griffbereit dabei, und doch war es bei der Leiche nicht gefunden
worden. Ladegerät in der Nachttischschublade des Akademie-
zimmers, was dafür sprach, dass der Professor mit ziemlicher
Sicherheit auch das Handy zur Tagung mitgebracht hatte. Aber
wo war es abgeblieben? Hatte tatsächlich der Täter es in seinen
Besitz gebracht? Oder vernichtet? Sie mussten schnellstmöglich
die Nummer in Erfahrung bringen. Ein Blick auf die Uhr ver-
riet ihm, dass er heute niemanden mehr erreichen würde. Aber
gleich morgen früh musste er einen Kollegen dransetzen. Er
zog seine To-do-Liste aus der Hosentasche und schrieb »Telefongesellschaften – Handy Kühneborn« auf. Dabei fiel ihm
der doppelt unterstrichene Eintrag vom Samstag wieder ins
Auge – »EINKAUFEN!!«. Ja richtig, das musste er unbedingt
heute auch noch erledigen. Das Frühstück war schon mehr als
dürftig ausgefallen, zum Abendbrot war fast nichts mehr im
Haus.

Zunächst jedoch griff er nochmals zum Telefon und klickte sich zum Anrufbeantworter durch. Es gab nur eine Nachricht, und die war, laut Display, vor gut zwanzig Minuten unter der Nummer der Hotline eingegangen, die für den Fall Kühneborn eingerichtet war. Mist, warum hatte er das denn nicht gemerkt? Er war doch im Büro gewesen! Er hörte die Nachricht ab, aber es war kein gesprochenes Wort zu hören; nur ein leichtes Schnaufen und im Hintergrund Kinderlachen und Autolärm. Dann brach die Aufnahme ab. Der Anrufer hatte aufgelegt.

**

Hussein war frustriert. Er warf sich auf sein Bett und starrte an die Decke. Heute klappte aber auch gar nichts. Erst hatte er in der Schule eine schlechte Mathearbeit zurückbekommen, obwohl Mathematik ansonsten zu seinen guten Fächern zählte. Überhaupt war er ein ganz ordentlicher Schüler, wenn man bedachte, was ihm im Vergleich zu seinen Klassenkameraden alles an Vorkenntnissen fehlte. Immerhin hatte er es aufs Gymnasium geschafft, das war außer ihm keinem anderen Schüler aus seiner Vorbereitungsklasse gelungen. Seine Mutter und sein Großvater waren auch mächtig stolz auf ihn. Gerade deshalb schmerzte ihn die Fünf in der Mathearbeit umso mehr. Er musste sie wohl oder übel von seiner Mutter unterschreiben lassen. Sie würde nichts dazu sagen, aber er wusste genau, wie sie ihn dabei ansehen würde. Traurig. Enttäuscht. Und gleichzeitig bemüht, ihm das nicht zu zeigen.

Wütend schmiss er sein Kopfkissen auf das Nachbarbett. Sein kleiner Bruder war draußen im Hof und fuhr wieder mit seinem lächerlich kleinen Laufrad durch die Gegend. Wenn er es wenigstens bis zum Schulanfang schaffen würde, ihm ein richtiges Fahrrad zu besorgen. Ein Fahrrad für Farhad. Er musste lächeln über den Klang dieser Worte, aber gleich darauf verdüsterten sich seine Gedanken wieder. Dreimal hatte er heute versucht, die Hotline-Nummer der Polizei anzurufen, und dreimal hatte er nur diesen bescheuerten Anrufbeantworter erreicht. Wieso ging da nie jemand ran? Wozu veröffentlichten sie die Nummer überhaupt, wenn sie nicht mit den Anrufern reden wollten? Er konnte ja schlecht seine Frage, ob es für wichtige Hinweise eine Belohnung gab, auf Band sprechen und um Rückruf bitten. Er musste schon direkt mit jemandem sprechen. Aber so langsam befürchtete er, dass das mit dem Geld von der Polizei nicht klappen würde. Morgen würde er noch einen letzten Versuch unternehmen, und dann musste er wohl einsehen, dass er diese Hoffnung auf schnellen Reichtum begraben musste. Dann blieb nur noch die andere Hoffnung. Am Samstag, beim nächsten Turnier.

Aber der Frust blieb. Hussein holte sich sein Kopfkissen vom Bett des kleinen Bruders zurück, pfefferte es auf sein eigenes Bett und trommelte eine Weile mit den Fäusten darauf herum. Auch das half nicht wirklich. Helfen würde nur ein neuer Kick, das wusste er. Bei dem Gedanken daran hellte sich sein Gesicht wieder auf. Der Rucksack war gepackt – wenn heute Nacht alle schliefen, würde er sich wieder auf den Weg machen.

Um kurz vor Mitternacht war es endlich so weit. Hussein nahm seine Ausrüstung und schlich sich durch den Flur zur Wohnungstür. Mit einem leisen Klicken zog er sie hinter sich zu und stieg die Treppe hinunter zum Hof. Sollte er zu Fuß gehen oder sein Fahrrad aus dem Schuppen holen? Fahrrad war besser, entschied er. Falls es schnell gehen musste. Er rechnete zwar nicht wirklich damit, dass ihn jemand stören würde, aber man konnte ja nie wissen.

Den Weg zum Schulgelände kannte er in- und auswendig. Er trat flott in die Pedale und schaltete sogar vorschriftsmäßig das Licht ein, obwohl ihn der Dynamo natürlich etwas Geschwindigkeit kostete. Den Fahrradständer im Hof konnte er um diese Zeit nicht nutzen, denn seit es immer mehr Probleme mit Vandalismus und betrunkenen Jugendlichen auf dem Schulgelände gegeben hatte, hatte die Stadt Weingarten den Schulhof umzäunen lassen, und nachts waren die Tore im Zaun abgeschlossen. Aber das machte nichts. Die Stelle, die Hussein heute Abend für seine Kunst im Auge hatte, war an der Außenwand des Gebäudes und lag frei zugänglich außerhalb der Umzäunung. In der Nähe gab es auch einen Fahrradständer, und dort stellte er sein Rad ab, aber ohne es anzuketten. Im Notfall musste er es ja schnell benutzen können.

Er zog seinen schwarzen Kapuzenpulli aus dem Rucksack und streifte ihn über. Mittlerweile war es auch kühl genug, um das wärmere Kleidungsstück tragen zu können. Hussein vergewisserte sich mit einem Blick entlang der schlecht beleuchteten Seitenstraße, dass dort keine Fußgänger oder Autofahrer unterwegs waren, ergriff seinen Rucksack und bog um die Ecke zur Gebäuderückseite. Auf den Gedanken, dass ein schlafloser Anwohner der Seitenstraße just in diesem Moment an seinem Schlafzimmerfenster ein wenig frische Luft schnappen wollte und beim Anblick einer schwarz gekleideten Gestalt auf der Wiese neben dem Schulgelände zum Telefonhörer griff – auf diesen Gedanken kam er nicht.

Ein herrlich leeres Stück weiß verputzter Mauer erwartete ihn. Er holte seine Spraydosen aus dem Rucksack und war bald so vertieft in sein Werk, dass er für eine Weile alles um sich herum vergaß. Es war beglückend, zu sehen, wie sich die nichtssagende helle Fläche unter seinen Händen langsam mit Farbe füllte – auch wenn er in der Dunkelheit die Farbe lediglich erahnen konnte, das Rot war nur eine Nuance heller grau als das Schwarz. Die Spraydosen in seinen Händen kamen ihm vor wie zischende Zauberstäbe, magische Waffen im Kampf gegen … Ein flackernder bläulicher Lichtschein irgendwo ganz am Rand seines Gesichtsfeldes störte seine Konzentration. Er setzte die Spraydose ab, und ihr Zischen verstummte. Das bläuliche Pulsieren schien von der Seitenstraße her zu kommen, von da, wo er vorhin selber noch gestanden und sich den Pullover übergestreift hatte. Von da, wo sein Fahrrad stand. Auch Geräusche drangen nun in sein Bewusstsein – eine Männerstimme, die in gedämpfter Lautstärke jemandem etwas zuzurufen schien, und dann der Klang schneller Schritte, die sich von der Straße her der Gebäudeecke näherten.

Schlagartig setzte sein Gehirn die Informationen zusammen. Scheiße, Polizei! Und der Weg zurück zu seinem Fahrrad war versperrt! Ihm blieb nur die Flucht nach vorn. Es gelang ihm noch, seine Spraydosen in den Rucksack zu werfen und den Rucksack zu schultern, dann rannte er los, an der Rückfront des Gebäudes entlang, bis er am anderen Ende den eingezäunten Teil des Geländes erreichte. Hinter ihm rief jemand etwas, aber das Blut hämmerte so sehr in seinem Kopf, und sein Atem keuchte so laut, dass er keine Worte ausmachen konnte. Er wusste nur, dass er weiterrennen musste, wie er bisher nur einmal in seinem Leben gerannt war. An jenem Abend vor dreieinhalb Jahren, mit seiner Familie, durch die Straßen von Masar-e Scharif.

***

Birgit Scheurer blieb japsend stehen und hielt sich die stechende Seite. Hinter ihr schnaufte Eugen Müller um die Kurve. »Verdammt! Wo ist er hin?«

Ratlos blickten sie sich um. Der schwarz gekleidete Jugendliche mit dem Rucksack war wie vom Erdboden verschwunden. Sie hatten ihn am Zaun entlang verfolgt, über einen schmalen Trampelpfad, den wohl die Schüler des Schulzentrums mit der Zeit hier hinterlassen hatten, weil sie zu faul waren, den etwas weiträumiger um das Gelände führenden asphaltierten Weg zu benutzen. Der Junge hatte ein wahnsinniges Tempo vorgelegt und hatte – wie nicht anders zu erwarten – auf ihre Zurufe, er solle stehen bleiben, nicht reagiert. Im Gegenteil, der Abstand zwischen ihnen hatte sich rapide vergrößert, und hinter dem letzten Knick des Zaunes hatten sie ihn aus den Augen verloren.

Jetzt standen die beiden Beamten auf dem kleinen Parkplatz hinter dem Schulgelände. Auf der einen Seite lag still und verlassen die Baustelle, an der ein neuer Skaterplatz für Weingartens Jugend angelegt wurde. Sie war rundum von einem hohen Bauzaun begrenzt, dort konnte der Sprayer unmöglich sein. Der Parkplatz selbst war um diese Zeit so gut wie leer, nur drei Autos, die vermutlich Bewohnern der größeren Wohnblocks jenseits der Hauptstraße gehörten, waren hier abgestellt. Birgit Scheurer ließ sich auf die Knie sinken und schaute mit schräg gelegtem Kopf unter das Auto, das ihr am nächsten stand. Nichts. Sie ging zu den anderen beiden Wagen und wiederholte die Prozedur. Wieder nichts. Ächzend stand sie auf und klopfte sich die Uniformhose ab.

»Hier ist er nicht«, stellte sie ernüchtert fest. »Ich glaube, wir haben ihn verloren.«

Eugen Müller nickte. »Der konnte aber auch rennen!«, bemerkte er mit fast neidischem Unterton. Dann zeigte er auf den Abgang zu der Unterführung hinter dem Skaterplatz, die auf die andere Seite der Hauptstraße führte. Abgesehen von den Wohnblocks gab es dort eine Tankstelle, einen Spielplatz sowie ein Wohngebiet mit unzähligen kleinen Sträßchen und Fußwegen. Außerdem hatte man kurz danach Zugang zu einer weiteren Unterführung, die zu den Spazier- und Radwegen auf die offenen Felder am Stadtrand hinausführte. »Ich vermute, er ist da runter.«

Birgit Scheurer nickte und seufzte. Sie wussten beide, was das bedeutete. Der Sprayer war ihnen durch die Lappen gegangen. Und dabei waren sie dieses Mal so nah dran gewesen! Schulterzuckend drehte sie sich um, gefolgt von ihrem nicht weniger frustrierten Kollegen. Es blieb ihnen nichts anderes übrig, als wieder einmal die vorgefundenen Schmierereien zu dokumentieren und auf der Dienststelle einen Bericht zu schreiben. Den würden sie zu den Akten nehmen, wie schon so viele ähnliche Berichte auch. Dass der Schmierfink eines Tages zur Rechenschaft gezogen werden würde, daran glaubten sie kaum noch.

***

Hussein zitterte am ganzen Leib. Hinter dem dichten Gebüsch, das den Hof eines der mehrstöckigen Wohnhäuser auf der anderen Seite der Hauptstraße zum Gehweg hin abgrenzte, hatte er abgewartet und beobachtet, wie die beiden Polizisten ihre Suche nach ihm schließlich aufgegeben hatten und den Trampelpfad zurückgegangen waren. Dennoch blieb er noch eine gefühlte Ewigkeit in seinem Gebüschversteck, bis er sich endlich traute, es zu verlassen und durch das dahinterliegende Wohngebiet davonzugehen. Sein Fahrrad musste er wohl lassen, wo es war. Morgen nach der Schule konnte er es hoffentlich unbemerkt abholen.

Als er nach dem weiten Umweg zu Fuß endlich zu Hause in seinem Bett lag und sich langsam von dem ausgestandenen Schrecken erholte, schwor er sich, dass dies sein letzter nächtlicher Ausflug gewesen war. Die Flucht vor den beiden Polizisten hatte so furchtbare Erinnerungen in ihm wachgerufen, dass er anstelle des angenehm erregenden Kicks, den er sich von seinem Ausflug eigentlich versprochen hatte, Todesängste ausgestanden hatte. Das würde er nicht noch einmal durchstehen. Damit musste jetzt Schluss sein. Zitternd zog er sich die Bettdecke bis über das Kinn. Obwohl es im Zimmer stickig und warm war, fröstelte er, und trotz der Müdigkeit, die in ihm aufstieg, lag er in dieser Nacht noch sehr lange wach.

SIEBEN

Er wachte schweißgebadet auf. Auch in dieser Nacht hatte er sich ruhelos in seinem Bett hin- und hergewälzt, bis er kurz vor Morgengrauen doch noch in einen unruhigen Schlaf gesunken sein musste. Er erinnerte sich an konfuse Traumfetzen, eine wirre Mischung aus Bildern – zuckende Bewegungen im Wasser, eine kahle Gefängniszelle, sein Sohn im Fußballtrikot, mit einem Bündel Geldscheine in der Hand.

Dabei hatte er sich am Sonntag, nachdem er die Sache mit dem Zettel unter dem Scheibenwischer einmal überschlafen und sich die Nachricht nochmals in aller Ruhe genauer angesehen hatte, bereits einen Plan zurechtgelegt und sich wieder als Herr der Lage gefühlt.

Bei näherer Betrachtung der Nachricht waren ihm einige Dinge aufgefallen. Erstens die Sprache. Es war kein schlechtes Deutsch, aber auch kein astreines. *Ich weiß, was du am Dienstagnacht im Wald getan hast.* Man sagte »am Dienstagabend« oder »am Dienstag in der Nacht« oder »dienstagnachts«. Vielleicht auch »in der Dienstagnacht« oder »in der Nacht zum Dienstag«. Aber »am Dienstagnacht«? Genauso wie »ich sag es niemand«. Das musste doch »niemandem« heißen, oder? Nun gut, Letzteres war vielleicht etwas spitzfindig, und es gab vermutlich viele Leute, die diesen Fehler machten. Aber »bring nächstes Turnier 20.000 Euro mit«? Er konnte sich des Eindrucks nicht erwehren, dass der Schreiber vielleicht kein deutscher Muttersprachler war. Ein Mensch mit Migrationshintergrund, wie das neuerdings immer hieß. Zweitens musste der Schreiber irgendetwas mit dem Fußballturnier zu tun gehabt haben. Dort war der Zettel aufgetaucht, und beim nächsten Turnier wollte er das Geld haben. Zwanzigtausend Euro. Das war das Dritte, was ihm mittlerweile komisch vorkam. Zwanzigtausend Euro – das war doch für eine Erpressung eine geradezu lächerliche Summe, oder? Wenn in Zeitungsberichten von Erpressung die Rede war, ging es meist um Millionenbeträge. Wer das Risiko einer Straftat auf sich nahm, der wollte doch, dass es sich lohnte. Zwanzigtausend waren praktisch nichts. Auch für ihn selber stellte die Summe eigentlich überhaupt kein Problem dar. Die Firma lief so gut, dass er zwanzigtausend buchstäblich aus der Portokasse abzweigen konnte, ohne dass es jemals irgendjemandem auffallen würde.

Kurz hatte er überlegt, ob er einfach bezahlen sollte, und fertig. Aber dann waren ihm Bedenken gekommen. So einfach war es wahrscheinlich doch nicht. Wenn man einmal bezahlte, kamen bestimmt immer neue, immer höhere Forderungen. Es wäre der Einstieg in einen Teufelskreis, aus dem es später kein Entrinnen mehr geben würde. Das durfte er nicht mit sich machen lassen. Besser, er versuchte, den Feind zu erkennen und zu bekämpfen.

Migrationshintergrund, Fußball, geringe Geldsumme. Wie passte das zusammen? Je länger er darüber nachdachte, umso mehr kam er zu dem Schluss, dass der Erpresser ein Jugendlicher sein musste, vermutlich ein Spieler in einer der C-Jugend-Mannschaften, die am Turnier beteiligt gewesen waren. Wie dieser zu seinen Informationen gekommen war, war ihm zwar schleierhaft, aber der Rest würde passen. Für einen Jugendlichen waren zwanzigtausend Euro schon eher ein Vermögen als für einen Erwachsenen. Und ein Jugendlicher würde auch am ehesten so einen unbedarften Zettel in Druckschrift schreiben und unter den Scheibenwischer klemmen. Erwachsene würden vermutlich etwas professioneller vorgehen.

Im Verein seines Sohnes waren, soviel er wusste, nur einheimische Kinder aktiv. Ausländer wohnten hier in den Dörfern nur wenige. Das war in den Städten und Gemeinden unten im Schussental schon anders – bei anderen Turnieren, die er sich angeschaut hatte, waren ihm schon öfters die ausländisch klingenden Namen und die dunkleren Gesichter und fast schwarzen Haare einiger Spieler aufgefallen. Welche Mannschaften waren am letzten Turnier beteiligt gewesen? Er schaute auf den Ausdruck der Spielübersicht, der immer noch mit einem

Magnet an den Kühlschrank geheftet war. Hauptsächlich kleine Vereine, aber auch die C-Jugend aus Weingarten. Weingarten – da gab es bestimmt einige Spieler mit ausländischen Wurzeln. Er würde sich das kommende Turnier von Anfang bis Ende anschauen. Vielleicht konnte er dem Erpresser auf die Spur kommen – dieser musste ja auch versuchen, ihn zu kontaktieren, denn genauere Angaben, was er mit den zwanzigtausend Euro am Samstag machen sollte, hatte er noch nicht erhalten. Er beschloss, es auf keinen Fall zu einer Geldübergabe kommen zu lassen. Stattdessen würde er einen Umschlag mitnehmen, der mit Zeitungspapier gefüllt war, und nur zum Schein auf die Anweisungen des Erpressers eingehen. Danach musste er weitersehen. Vielleicht ergab sich in der konkreten Situation dann eine Möglichkeit, wie er die Sache aus der Welt schaffen konnte. Dem Erpresser einen Denkzettel verpassen, den er so schnell nicht wieder vergessen würde. Ein C-Jugend-Spieler, so alt wie sein Sohn. Mit dem würde er schon fertigwerden, das wäre doch gelacht.

＊

Maibach betrat sein Büro und pfefferte seine Aktentasche unter den Schreibtisch. Der Tag hatte nicht besonders gut angefangen. Er musste ohne Frühstück ins Büro, denn im Kühlschrank herrschte gähnende Leere. Schlecht gelaunt setzte er sich an den Schreibtisch, zog seine To-do-Liste aus der Tasche und umrahmte den doppelt unterstrichenen Eintrag »EINKAUFEN!!« mit drei roten Kreisen.

Darunter stand »Telefongesellschaften – Handy Kühneborn«. Sollte er sich selbst darum kümmern? Es war erst halb acht, aber vielleicht war bei einigen Providern schon jemand zu erreichen, der ihm weiterhelfen konnte. Andererseits musste er auch noch seine Mails checken und sich eine Strategie für die heute anstehenden Gespräche mit den Bandmitgliedern der Wait-a-Whiles und die neuerliche Befragung des Verdächtigen Martin Merk zurechtlegen. Die Telefoniererei konnte ebenso gut Stefan Loderer erledigen, falls er heute mit seinem verletzten Knöchel überhaupt zum Dienst erschien.

Eine Mail aus Weingarten berichtete von einer nächtlichen Verfolgungsjagd mit dem Graffitischmierer vom Freibad, der Rest seiner Post war uninteressant. Maibach zog ein paar unbeschriebene Blätter aus seiner Schreibtischschublade und begann, Themengebiete und Fragen zu notieren, die in den heutigen Gesprächen wichtig waren. Er hatte beschlossen, die Vernehmungen alle selbst zu leiten. Nicht dass er an den Fähigkeiten seiner Mitarbeiter gezweifelt hätte. Aber es bestand zumindest die Möglichkeit, dass heute irgendwann der Mörder vor ihnen sitzen würde oder, falls Martin Merk der Mörder war, dessen Auftraggeber oder Komplize. Und die erste Begegnung mit ihm wollte er sich auf keinen Fall entgehen lassen. Er hatte seit gestern lange über die mögliche Tatbeteiligung Merks nachgegrübelt und konnte ihn sich nicht als alleinigen Täter vorstellen. In irgendeiner Form hatte die Sache etwas mit den Wait-a-Whiles zu tun, das spürte er einfach.

Um kurz vor acht legte er seinen Stift weg, raffte die beschriebenen Blätter zusammen und machte sich auf den Weg zum Besprechungsraum. Schon auf dem Flur hatte er das Gefühl, dass irgendetwas anders war als sonst. Direkt vor der Tür merkte er auch, was: Es drang kein Laut aus dem Raum, obwohl seine Mitarbeiter anscheinend alle anwesend waren. Keine Gesprächsfetzen, kein Scherz, kein Lachen, nichts.

Das erste Gesicht, das er beim Eintreten erblickte, war das von Katrin Gerber, und sie sah aus, als hätte sie Zuckungen. Ihre Lippen formten eine stumme Botschaft, und ihr Blick versuchte, ihm irgendetwas zu signalisieren, aber er verstand nicht, was. Erst als er den ersten Schritt in den Raum hinein gemacht hatte und ihm ein leichter Fliederduft in die Nase stieg, wurde ihm klar, was los war.

An der Wand im toten Winkel hinter der Tür, so als hätte er absichtlich von draußen nicht gesehen werden wollen – eine Unterstellung, die er selbstverständlich weit von sich weisen würde, sollte sie ihm je zu Ohren kommen –, lehnte Kriminaloberrat

Meißner, Leiter der Kriminalpolizeidirektion Friedrichshafen, sein oberster Chef hier im Haus. Maibach versuchte mühsam, seine Gesichtszüge unter Kontrolle zu halten, und presste ein höfliches »Guten Morgen« hervor.

»Guten Morgen, Herr Maibach«, kam es in schneidendem Ton zurück. »Wie ich sehe, haben Sie Ihr Team gut im Griff. Alle sind schon versammelt und warten nur auf das Kommen des Meisters. Keine Minute zu früh, nicht wahr?«, fügte er mit einem pointierten Blick auf seine Armbanduhr hinzu. »Lassen Sie sich nicht stören. Ich wollte mir nur einmal selbst ein Bild vom Stand der Ermittlungen machen. Seit gestern häufen sich nämlich die Anrufe von Medienvertretern – der Name des Toten aus dem Stillen Bach ist wohl mittlerweile an die interessierte Öffentlichkeit gelangt. Und da es ein durchaus nicht nur in Fachkreisen bekannter Name ist, muss ich mir überlegen, ob wir nicht zeitnah eine Pressekonferenz einberufen sollten.«

Aha. Daher wehte der Wind. Auch wenn Maibach erst ein Vierteljahr in dieser Dienststelle verbracht hatte, hatte er doch bereits die ausgeprägte Vorliebe seines Vorgesetzten für öffentlichkeitswirksame Presseauftritte mitbekommen.

»Sie ermitteln seit einer Woche in dieser Sache«, fuhr Kriminaloberrat Meißner fort. »Verfolgen Sie denn schon eine heiße Spur?«

Maibach überlegte fieberhaft. Meißner hatte natürlich prinzipiell Zugang zu allen Berichten, die sich in der laufenden Ermittlung angesammelt hatten. Aber offensichtlich wollte er sich nicht die Mühe machen, sie zu lesen, sondern ließ sich lieber auf die bequeme Art von seinen Untergebenen auf den neuesten Stand bringen. Nun, dann konnte er sich aber auch nicht beschweren, wenn das ein oder andere Detail bei der mündlichen Zusammenfassung aus Versehen unter den Tisch fiel.

»Wie stecken noch mitten in der schwierigen Phase des Sammelns und Sichtens von Informationen«, begann er. »Wir haben am Wochenende im Umfeld der katholischen Akademie in Weingarten, wo Professor Kühneborn an einem Seminar teilnahm, umfangreiche Befragungen durchgeführt, die jetzt erst noch vollständig ausgewertet werden müssen, und auch für heute sind weitere Gespräche anberaumt. Sobald sich daraus konkrete Anhaltspunkte ergeben, werden wir Sie selbstverständlich darüber in Kenntnis setzen.«

Der Kriminaloberrat sah nach diesem, wie Maibach fand, beeindruckenden Schwall von Worthülsen nicht sehr zufrieden aus. »Mit anderen Worten, Sie tappen noch völlig im Dunkeln? Nach einer ganzen Woche?«, raunzte er Maibach an.

Dieser blickte ihn mit einem Ausdruck von, wie er hoffte, echt wirkender Zerknirschung an. »Nun, so könnte man das auch sagen. Aber wir tun weiterhin unser Bestes.«

»Das will ich hoffen! Mit so dürftigen Ergebnissen kann ich ja nicht vor die Presse treten!«, schnaubte Meißner und steuerte die Tür an. »Dann verlieren Sie mal keine Zeit, Maibach, und präsentieren Sie mir möglichst bald ein paar echte Ermittlungserfolge! Ach ja, und bevor ich es vergesse: Ihre Strafzettel bezahlen Sie in Zukunft gefälligst selbst, falls Sie es weiterhin für nötig halten, so viele von den Dingern anzuhäufen! Unser Sekretariat hat wahrlich andere Aufgaben!«

Damit verließ er den Raum und zog die Tür geräuschvoll hinter sich ins Schloss.

»Ihnen auch einen schönen Tag«, murmelte Maibach vor sich hin und wandte sich dann seinen Mitarbeitern zu.

»So, dann wollen wir mal beginnen, uns um *echte Ermittlungserfolge* zu bemühen«, meinte er lakonisch.

»Wieso hast du denn dem Oberboss nichts von unserem Verdächtigen gesagt? Und von der Spur nach Wartenweiler?«, fragte Rüdiger Wille.

»Wieso? Ich hab doch gesagt, wir sammeln und sichten«, erwiderte Maibach mit Unschuldsmiene. »Wenn er mehr Details will, kann er jederzeit die Berichte lesen. Glaubst du im Ernst, ich will, dass der heute an die Presse geht mit irgendwelchen halbgaren Informationen über das arme Würstchen da unten in der Arrestzelle? Solange wir noch nichts Genaues über Tathergang und Motiv wissen oder ob er es überhaupt war? Nein, Willi, erst wird gründlich ermittelt, und dann kann der

Oberboss von mir aus die Lorbeeren einheimsen. Aber nicht vorher.«

Wille warf ihm einen anerkennenden Blick zu. »Seh ich genauso«, näselte er. »Kompliment. Hast du gut gemacht.«

»Danke«, gab Maibach mit erstauntem Lächeln zurück. »Nachdem das also geklärt ist, noch ein paar wichtige Dinge für heute. Stefan und Jens – schön, dass ihr überhaupt da seid. Was machen die Verletzungen?«

Loderer winkte ab. »Danke der Nachfrage. Alles halb so schlimm.«

Kleinschmidt schloss sich an. »Ich spüre schon gar nichts mehr. Und meine Freundin meinte sogar, die Kratzer würden mein Gesicht ›irgendwie männlicher‹ machen.«

»Na prima. Also, Stefan und Jens, euch würde ich gerne nochmals ans Telefon setzen. Ihr solltet bitte herausfinden, bei welcher Telefongesellschaft Kühneborn ein Handy hatte. Dass er eines hatte, ist mittlerweile klar.« Er berichtete kurz von seinem gestrigen Telefonat mit dem Kollegen in Eichstätt. »Und wenn ihr die Nummer herausgefunden habt, besorgt ihr einen Einzelverbindungsnachweis und die Daten über die Funkzellen, in denen es eingeloggt war. Willi, du und ich, wir machen die Vernehmungen mit den Wait-a-Whiles. Ich habe hier eine grobe Planung der Fragen gemacht, lies sie dir durch, bevor der Erste kommt, und sag mir, was du davon hältst. Uli und Katrin, euch hätte ich gern am Bildschirm, wenn Willi und ich die Gespräche führen. Wenn es um Dinge wie Alibis und so weiter geht, möchte ich, dass ihr im Hintergrund versucht, die entsprechenden Angaben zu überprüfen. Wenn sich dabei Widersprüche ergeben, meldet ihr es uns sofort. Verstanden?«

Die beiden nickten.

»Ach ja, noch was. Das Revier in Weingarten hat gemeldet, dass sie heute Nacht fast den Graffitisprayer vom Freibad erwischt hätten. Kollegin Scheurer beschreibt ihn als Jugendlichen, schwarze Jeans, schwarze Kapuzenjacke, circa fünfzehn Jahre alt, schlank, durchtrainiert. Rennt anscheinend wie ein Weltmeister. Wie gesagt, er ist ihnen dann letztlich doch entwischt. Ich glaube nicht, dass wir den noch zu fassen bekommen. Auf seine Aussage werden wir wohl weiterhin verzichten müssen. Aber ich bin ganz zuversichtlich, dass wir heute mit den Wait-a-Whiles einen Durchbruch erzielen können. Nach den Musikern nehmen wir uns Martin Merk nochmals vor; dessen Anwalt ist auf achtzehn Uhr angemeldet. Heute wird ein langer Tag, stellt euch schon mal darauf ein. Ach, Uli – dabei fällt mir ein, hat dein Mann nicht dienstags Stammtisch?«

Ulrike Müller bedachte ihn mit einem erstaunten Blick. »Das hast du dir gemerkt, Chef? Ja, stimmt. Aber ich habe ihn schon darauf vorbereitet, dass er den heute ausfallen lassen muss. Wir sind ja schließlich mitten in der heißen Phase einer wichtigen Ermittlung, das geht vor.«

Wow, dachte Maibach. Das wird ja immer besser hier. Beschwingt rieb er sich die Hände und lächelte sein Team an. »Na, dann ist ja alles geklärt. Also, Leute, los geht's. Auf zu echten Ermittlungserfolgen.«

Der erste der vier Musiker erschien mit kleiner Verspätung zu seinem Gesprächstermin um neun Uhr. Maibach und Wille hatten im Verhörzimmer schon längst alle Vorbereitungen getroffen und standen wartend im Flur, als der Gitarrist der Band endlich, begleitet von einem Polizisten in Uniform, um die Ecke bog.

»So, Herr Trüb. Schön, dass Sie es doch noch einrichten konnten. Wir dachten schon, Sie würden uns versetzen«, begann Maibach das Gespräch, nachdem er ihn in den Raum geleitet und sich und Rüdiger Wille vorgestellt hatte.

»Tut mir leid, dass ich etwas zu spät komme«, antwortete Rainer Trüb in bedauerndem Tonfall. »Ich habe mich erst verfahren und dann keinen Parkplatz gefunden.«

Maibach musterte sein Gegenüber. Der Mann wirkte auf den ersten Blick gelassen und entspannt. Erst bei näherem Hinsehen bemerkte man das nervöse Flackern in seinen graublauen Augen. Und etwas müde sah er aus, so als ob er in der letzten Nacht nicht besonders gut geschlafen hätte. Nun, das konnte an allem Möglichen liegen. An der Hitze zum Beispiel. Maibach ging es schließlich ähnlich.

»Macht nichts. Jetzt sind Sie ja da«, fuhr Maibach fort und bot dem Mann ein Glas Wasser an, das er dankend annahm. »Mein Kollege, mit dem Sie gestern telefoniert haben, hat Ihnen sicher schon in groben Zügen gesagt, worum es geht?«

»Nein, eigentlich nicht«, gab der Mann mit einem Anflug von Empörung in der Stimme zurück. »Er hat nur gesagt, es sei im Zusammenhang mit einer laufenden Ermittlung. Ich habe keine Ahnung, was das für eine Ermittlung sein könnte. Aber Sie werden es mir bestimmt gleich sagen«, fügte er in etwas versöhnlicherem Tonfall hinzu, so als ob er sich gerade daran erinnert hätte, dass man mit der Polizei möglichst höflich umgehen sollte.

»Es geht um einen Vorfall in Weingarten am vergangenen Montagabend. Sie sind Gitarrist in der Band Wait-a-Whiles, richtig?«

»Richtig.«

»Und Sie hatten am letzten Montag ein Konzert in der Linse.«

»Ja, genau. Warum interessiert Sie denn das?«, wollte der Gitarrist erstaunt wissen.

Maibach schob ein Foto von Professor Kühneborn über den Tisch. »Erinnern Sie sich daran, diesen Mann im Konzert gesehen zu haben?«

Der Gitarrist blickte flüchtig – etwas zu flüchtig, wie Maibach fand – auf das Foto und sagte dann: »Ich glaube nicht.«

»Würden Sie sich das Foto bitte etwas genauer anschauen?«, schaltete sich Rüdiger Wille ein. »Es wäre sehr wichtig für uns, zu wissen, ob dieser Mann Ihr Konzert besucht hat.«

Natürlich wussten sie das längst, aber das musste Rainer Trüb ja nicht gleich erfahren. Er griff nach dem Bild, betrachtete es einige Sekunden länger als beim ersten Mal, legte es dann mit einem Ausdruck aufrichtigen Bedauerns wieder auf den Tisch zurück und sagte mit Bestimmtheit: »Nein, tut mir leid. Nie gesehen.«

»Den Aussagen anderer Zeugen zufolge war er da. Er trug

an dem Abend einen hellgrauen Anzug, komplett mit Jacke, obwohl es draußen und auch drinnen im Saal sehr heiß gewesen sein soll.«

»Ach, der war das?« Trüb griff nochmals nach dem Foto. »An einen älteren Herrn im Anzug erinnere ich mich tatsächlich. Ich hab noch gedacht, wie hält der das bloß aus bei den Temperaturen? Aber das Gesicht? Daran hätte ich mich jetzt nicht erinnert. Na ja. Ich hab für Gesichter sowieso kein gutes Gedächtnis.«

Maibach nickte verständnisvoll. »Aber er könnte es gewesen sein? Jetzt, wo Sie sich an den Herrn im Anzug erinnern?«

Rainer Trüb hielt sich das Foto vors Gesicht. »Ja, doch. Schon möglich.«

»Haben Sie denn für Namen ein besseres Gedächtnis als für Gesichter?«, wollte Maibach wissen.

»Ja, ich glaube schon«, erwiderte der Musiker. »Mein Gedächtnis ist eher für Klänge als für Bilder empfänglich. Das kommt mir beim Musikmachen auch zugute, denke ich.«

»Klingt Ihnen denn der Name Kühneborn bekannt? Wilhelm Gottfried Kühneborn?«

Der Gitarrist runzelte die Stirn und schien gründlich nachzudenken. »Wilhelm Gottfried Kühneborn? Was für ein Klang! Irgendwie antiquiert. Archaisch. Herrschaftlich. Ich glaube nicht, dass ich den Namen schon mal gehört habe. An den würde ich mich bestimmt erinnern.«

»Interessieren Sie sich für Theologie?«

»Theologie? Nein, eher nicht. Ich bin von Beruf Informatiker, ich hab's eher mit Zahlen und Fakten. Theologische Spekulationen liegen mir nicht so.«

»Herr Kühneborn war ein recht bekannter Autor von theologischen Büchern. Man könnte seinen Namen in dem Zusammenhang schon gehört haben.«

»Nein, tut mir leid. Wie gesagt, nie gehört.«

»Sind Sie eigentlich in Ihrer Kirchengemeinde engagiert?«, fuhr Maibach fort.

»Engagiert wäre zu viel gesagt. Ich gehe einigermaßen regelmäßig in den Gottesdienst. Meine Frau ist da eher aktiv. Die singt im Kirchenchor. Und mein Sohn ist bei den Ministranten. Warum interessiert Sie denn das?«

Maibach lehnte sich auf seinem Stuhl zurück und blickte seinem Gegenüber in die Augen. Ohne dessen Frage zu beantworten, stellte er ihm seine nächste. »Waren Sie denn als Kind selber auch bei den Ministranten?«

Der Gitarrist, der Maibachs Blick nur kurz erwidert und dann weggeschaut hatte, lachte auf. Ein etwas gekünsteltes Lachen, fand Maibach, oder täuschte er sich?

»Ja, tatsächlich! Ich war auch mal ein Jahr lang dabei, gleich nach der Erstkommunion. Aber irgendwie war das nichts für mich, ich hab's ziemlich schnell wieder bleiben lassen. Sie haben mir noch immer nicht gesagt, warum Sie das alles fragen. Was hat das denn mit dem Konzert in der Linse zu tun? Ich dachte, darum geht es?«

»Wie alt waren Sie da, als Ministrant?«, fuhr Maibach ungerührt fort, als hätte er die Frage seines Gesprächspartners nicht gehört.

»Ach Gott, wie gesagt, das ist schon ewig her. Gleich nach der Erstkommunion. Wie alt ist man da? Neun vielleicht? Zehn?«

Maibach schien nachzudenken. »Neun oder zehn, aha. Sie sind Jahrgang 1972, nicht wahr?«

Der Gitarrist nickte.

»Dann wäre das so ungefähr … 1981/82 gewesen, oder nicht?«

»Ja. Kann sein.« Die Stimme des Mannes nahm einen etwas ungeduldigen Klang an. »Worauf wollen Sie denn hinaus? Wissen Sie, ich habe mir heute Morgen extra in der Firma freigenommen, aber eigentlich wartet ein Berg von Arbeit auf mich. Ich habe keine Zeit für Plaudereien über meine Kindheit.«

»Plauderei würde ich das auch nicht nennen«, erwiderte Maibach eine Spur schärfer. »Sie können ruhig davon ausgehen, dass unsere Fragen durchaus ihren Sinn für unsere Ermittlung haben. Für bloße Plaudereien haben wir nämlich auch keine Zeit. Wir haben schließlich einen Mord aufzuklären.«

Sein Gegenüber blickte überrascht auf. »Mord? Wieso? Was für ein Mord denn?«

»Ach, hatte ich das noch gar nicht erwähnt?«, gab Maibach zurück. »Der Mann auf dem Foto. Wilhelm Gottfried Kühneborn. Der Mann mit dem grauen Anzug, an den Sie sich nach längerem Nachdenken doch noch erinnern konnten, dessen Namen Sie aber noch nie gehört haben, wie Sie behaupten. Er wurde ermordet. In der Nacht von Montag auf Dienstag. Nach dem Besuch Ihres Konzertes.«

»Um Gottes willen. Das ist ja furchtbar.« Das Gesicht des Gitarristen wurde eine Spur blasser. Sein Entsetzen wirkte glaubhaft; entweder er hatte wirklich nichts von einem Mord gewusst, oder er war ein verdammt guter Schauspieler. »Denken Sie denn, dass das irgendwie mit unserem Konzert zusammenhängt?«, fragte er nach kurzer Pause. »Ich meine, dass er ermordet wurde, *weil* er da war? Und nicht nur zufällig, *nachdem* er da war?«

»Diese Frage stellt sich uns in der Tat«, antwortete Maibach. »Und wir sind da bei unseren Nachforschungen auf eine merkwürdige Verbindung gestoßen. Wir dachten eigentlich, Sie könnten uns mehr darüber sagen. Noch mal zurück zu Ihrer Zeit als Ministrant. Wer war denn in Ihrer Kirchengemeinde damals für die Betreuung der Ministranten zuständig? Der Pfarrer?«

Rainer Trüb zog die Stirn in Falten und schien angestrengt nachzudenken. »Also – ich weiß zwar immer noch nicht, warum Sie das wissen wollen. Und es ist schon ewig her. Aber soweit ich mich erinnere, hatten wir mit dem Pfarrer selber nicht so viel zu tun. Da war noch ein Diakon. Der hat die Ministranten betreut. Die Gruppen wurden eigentlich von älteren Ministranten geleitet, aber als Ansprechpartner war der Diakon zuständig. Der hat gelegentlich auch Ausflüge mit uns gemacht, eine Ministrantenfreizeit, Zeltlager, solche Sachen.«

»Waren außer Ihnen noch andere Mitglieder der Wait-a-Whiles damals bei den Ministranten?«

»Ja, klar. Alle. In Wartenweiler gab es damals nicht allzu viele Möglichkeiten zur Freizeitgestaltung. Irgendwie war es ganz normal, dass man bei den Ministranten oder in der Pfarrjugend war und im Fußballverein auch. Hubert – das ist unser Leadsänger – hatte mit mir zusammen Erstkommunion. Das war schon damals mein bester Freund. Wir sind zusammen bei den Ministranten eingestiegen, und er ist auch noch lange dabeigeblieben. Roland, unser Bassist, und Georg, unser Schlagzeuger, waren in der Gruppe der größeren Ministranten. Die beiden sind drei oder vier Jahre älter als wir. Zu denen haben wir damals ganz schön aufgeschaut.« Rainer Trüb blickte versonnen vor sich hin. Dann richtete er sich auf und sah Maibach fragend an. »Wollen Sie mir nicht endlich verraten, warum Sie das so interessiert?«

Maibach erwiderte seinen Blick ein paar Sekunden lang, ohne zu antworten. Seinem Gegenüber schien das nichts auszumachen, er hielt den Blickkontakt weiterhin und zog fragend eine Augenbraue nach oben. Endlich bequemte sich Maibach zu einer Antwort.

»Der Diakon, den Sie erwähnt haben. Der für die Ministrantenbetreuung zuständig war. Das war nach dem jetzigen Stand unserer Ermittlungen das Mordopfer von letzter Woche. Wilhelm Gottfried Kühneborn.«

»Was?« Sein Gesprächspartner schien ehrlich verblüfft. »Der? Kann ich das Foto noch mal sehen?«

Maibach schob es ihm über den Tisch, und der Gitarrist betrachtete es eingehend. »Nein. Den hätte ich im Leben nicht wiedererkannt. Sind Sie sicher?«

»Ich denke schon.«

»Hm. Die Haare sind total anders. Der Diakon hatte ganz kurze schwarze Stoppeln, daran erinnere ich mich genau. Manchmal hat er uns darüberstreichen lassen, das hat sich angefühlt wie … wie …« Er brach ab und räusperte sich. »Am ehesten noch die Augen. Jetzt, wo Sie's sagen, kommt mir die Augenpartie am ehesten bekannt vor«, fügte er hinzu und reichte das Bild zurück über den Tisch.

»Ich hatte Sie vorhin gefragt, ob Ihnen der Name Kühneborn etwas sagt, und Sie haben das verneint«, griff Maibach den Faden wieder auf. »Und jetzt erinnern Sie sich doch?«

»Ich erinnere mich, wie gesagt, am ehesten an die Augen. Kühneborn – nein, der Name, der sagt mir eigentlich immer noch nichts. Ich weiß gar nicht, ob ich damals den Nachnamen des Diakons überhaupt kannte. Aber jetzt fällt's mir wieder ein. Gottfried hieß er tatsächlich. Wir Kinder waren per Du mit ihm. Wir haben Gottfried zu ihm gesagt, ja, ich erinnere mich. Und bei meinen Eltern daheim«, er fing an zu grinsen, »da hieß er immer nur der heilige Gottfried.«

»Der heilige Gottfried?«

»Ja. Ich glaube, mein Vater konnte den nie so richtig leiden. Ich eigentlich auch nicht, wenn ich's mir recht überlege. Vielleicht hat sich das von meinen Eltern auf mich übertragen. Mein Vater hat immer gesagt, der redet ihm viel zu heilig daher. Und ich – ich fand ihn ziemlich – wie soll ich sagen …«

Als er nicht weitersprach, schlug Maibach vor: »Unsympathisch?«

»Ja. Nein. Ich weiß auch nicht … vielleicht eher unangenehm?«

»Unangenehm? Wie meinen Sie das?«

»Schwer zu sagen. Einfach nur so ein Gefühl. Ich war nicht gerne in seiner Nähe. Warum, weiß ich nicht. Ist auch schon ewig her. Und so wahnsinnig lange war der auch nicht da, ich glaube, der ging noch weg, bevor ich wieder bei den Ministranten aufgehört habe, und ich war höchstens ein Schuljahr lang dabei.«

»Wir haben auch schon gehört, dass er sein Diakonatsjahr in Wartenweiler vorzeitig abgebrochen hat. Sie wissen nicht zufällig, warum?«

Rainer Trüb schüttelte den Kopf. »Nein, keine Ahnung. Aber ich erinnere mich schon noch daran, dass er irgendwie ziemlich plötzlich weg war. Von einer Woche zur nächsten, ohne große Vorankündigung. Ich glaube, das war kurz nach Pfingsten. Wir waren in den Pfingstferien noch mit ihm in einem Zeltlager am Rösslerweiher, und ich glaube, nach den Ferien war er dann schon nicht mehr da.«

»War er denn allgemein in der Gemeinde und bei den Ministranten unbeliebt? Oder nur bei Ihrer Familie?«

»Unbeliebt war er nicht, nein. Im Gegenteil. Ich glaube, die meisten anderen fanden den ziemlich nett. Manche sind richtig um ihn herumscharwenzelt. Gottfried hier, Gottfried da. Ein paar von den älteren Ministranten vor allem. Überhaupt hat er sich, glaube ich, mehr mit den Älteren abgegeben als mit uns Kleingemüse.«

»Die Älteren – also zum Beispiel Georg Fassbinder und Roland Menzel?«

»Ja, genau. Besonders Georg, der war so etwas wie Gottfrieds Liebling, könnte man sagen.«

»Ach? Das ist ja interessant. Wissen Sie, ob er vielleicht später noch Kontakt mit ihm hatte?«

Rainer Trüb zuckte mit den Schultern. »Keine Ahnung. Davon habe ich nie etwas mitbekommen. Überhaupt habe ich seit damals nie wieder an den heiligen Gottfried gedacht. Und jetzt – jetzt ist er also ermordet worden? Und war vorher bei uns im Konzert? Das ist schon komisch …«

Da konnte Maibach ihm nur zustimmen. »Hat denn einer der anderen Musiker in der Band am Montagabend Herrn Kühneborn im Konzert bemerkt? Oder erkannt?«

Neuerliches Schulterzucken. »Das kann ich mir nicht vorstellen. Erstens sah der doch mittlerweile total anders aus. Und das ist … ja, fünfunddreißig Jahre her! An den hat doch bestimmt keiner von uns jemals mehr gedacht! Und wenn ihn einer wiedererkannt hätte – dann hätte er es doch bestimmt uns anderen gegenüber erwähnt …«

»Was haben Sie denn nach dem Konzert gemacht?«

»Ich?«

»Ja. Sie und die anderen.«

»Die anderen – hm. Ich glaube, die sind noch auf ein Bierchen in der Linse geblieben. Ich selber bin ziemlich direkt nach dem Konzert nach Hause gefahren. Mir war nicht gut. Ich hatte während des Konzerts schon einen Anflug von Migräne, und der wurde richtig schlimm, als wir fertig waren. Ich wusste, wenn ich nicht gleich aufbreche, kann ich nicht mehr Auto fahren. Ich hab die anderen gefragt, ob es ihnen etwas ausmacht, wenn ich beim Abbau nicht mehr mithelfe. Das war kein Problem, also bin ich los und habe mich zu Hause gleich ins Bett gelegt.«

»Um wie viel Uhr war das?«

»Das Konzert war so um halb elf aus, schätze ich mal. Ich denke, ich war so gegen elf daheim.«

»Kann das jemand bezeugen? Ihre Frau vielleicht?«

Rainer Trüb zögerte. »Meine Frau? Hm. Wahrscheinlich eher nicht. Wir haben getrennte Schlafzimmer. Schon seit Jahren. Ich schnarche ihr zu laut.«

»Sie kann ja trotzdem gehört haben, wie Sie heimgekommen sind.«

»Vielleicht. Ich weiß nicht. Normalerweise bemühe ich mich, extra leise zu sein, um sie und unseren Sohn nicht aufzuwecken. Aber ...«, er brach ab, als wäre ihm die Bedeutung dieser Frage erst jetzt klar geworden. »Fragen Sie mich gerade nach einem Alibi? Für den Mord? Sie glauben doch nicht im Ernst, dass ich ...« Er errötete und schüttelte den Kopf. »Das ist doch absurd! Ich wusste ja nicht mal, dass ...« Er verstummte und sah hilflos von Maibach zu Wille, als ob er von diesem irgendeine Art von Beistand erwartete.

Rüdiger Wille tat ihm den Gefallen. »Nun regen Sie sich mal nicht auf, Herr Trüb«, sagte er in beruhigendem Tonfall. »Das sind alles reine Routinefragen. Die stellen wir allen, die wir im Zusammenhang mit unserer Ermittlung vernehmen. Das geht nicht gegen Sie persönlich.«

Rainer Trüb nickte nervös. Wille fuhr fort: »Noch eine Routinefrage hätten wir. Kennen Sie einen Herrn Merk? Martin Merk?«

Unsicher sah Trüb wieder von Wille zu Maibach. »Martin Merk? Nein. Nicht dass ich wüsste. Wer ist das?«

»Sie kennen ihn also nicht?«

»Nein.«

»Sie wohnen ja in Wartenweiler im Neubaugebiet. Angenehme Wohnlage, nehme ich an?«, erkundigte sich Maibach freundlich.

Sein Gegenüber bedachte ihn mit einem misstrauischen Blick. »Ja, kann man so sagen.«

»Große Grundstücke, oder? Und die Preise bestimmt nicht so hoch wie in Ravensburg, vermute ich mal.«

»Ja, stimmt.«

»Sie haben nicht zufällig einen Swimmingpool im Garten?«, wollte nun Rüdiger Wille im gleichen freundlichen Plauderton wissen.

»Einen Pool? Ja, doch, haben wir. Meine Frau wollte unbedingt einen, als wir von Ravensburg aus wieder zurück aufs Dorf gezogen sind. Und, wie Sie schon sagten – die Grundstücke bei uns sind tatsächlich groß genug dafür.«

Wille und Maibach wechselten einen kurzen Blick. Dann fragte Rüdiger Wille weiter: »Womit befüllen Sie denn den?«

Rainer Trüb sah ihn verständnislos an. »Den Pool? Na, mit Wasser. Womit denn sonst?«

»Salzig oder süß?«

»Was?«

»Das Wasser. Salzwasser oder Süßwasser?«

»Na, ganz normales Leitungswasser«, kam es verwundert zurück. »Also süß, denke ich.«

Maibach fixierte ihn mit einem starren Blick, dem der Gitarrist diesmal nach kaum drei Sekunden unsicher auswich.

»Sie hätten doch bestimmt nichts dagegen, Herr Trüb, wenn wir einen unserer Kriminaltechniker bei Ihnen vorbeischicken würden, um eine Wasserprobe aus Ihrem Pool zu entnehmen?«

»Wasserprobe? Warum das denn?«

»Reine Routine, Herr Trüb. Nichts Persönliches«, versicherte ihm Rüdiger Wille mit treuherzigem Augenaufschlag.

»Von mir aus«, kam die zögernde Antwort. »Aber ich verstehe trotzdem nicht …«

»Vielen Dank, Herr Trüb«, fiel ihm Maibach ins Wort. »Das wäre vorerst alles. Wir wollen Ihre kostbare Zeit nicht länger als nötig beanspruchen, Sie können gehen. Ach«, fügte er hinzu, als der Gitarrist sich vom Stuhl erhob, »Sie haben nicht zufällig vor, in nächster Zeit zu verreisen?«

»Verreisen? Äh … in den Sommerferien, doch. Nach Mallorca.«

»So. Na, das dauert ja noch ein paar Wochen, nicht wahr?«
Trüb nickte. »Ja. Ende Juli.«

»Gut. Es könnte nämlich sein, dass wir in den nächsten Tagen nochmals auf Sie zukommen, falls wir noch Fragen haben. Da wäre es schön, wenn Sie sich zu unserer Verfügung halten könnten.«

Trüb blickte von einem zum anderen. »Ich bin zu Hause oder in der Firma erreichbar. Soll ich Ihnen meine Karte geben?«

»Vielen Dank, sehr freundlich. Dann wünschen wir Ihnen eine gute Heimfahrt. Sie haben uns sehr geholfen. Mein Kollege hier begleitet Sie noch nach draußen.«

Trüb verabschiedete sich mit einem kurzen Kopfnicken und folgte Rüdiger Wille den Flur entlang zum Haupteingang. Maibach sah den beiden nach, dann wandte er sich zum Treppenhaus und begab sich in den ersten Stock, wo seine Mitarbeiterinnen vor dem Computerbildschirm das Gespräch mitverfolgt hatten.

Während des Verhörs hatte Katrin Gerber Trübs Ehefrau bereits am Telefon gehabt. Wie ihr Mann schon vermutet hatte, konnte sie nicht bestätigen, wann er Montagnacht nach Hause gekommen war. Sie konnte nicht einmal mit Sicherheit sagen, ob er überhaupt da gewesen war, denn sie selber hatte am Dienstagmorgen das Haus verlassen, sobald der dreizehnjährige Sohn in die Schule gegangen war, und hatte ihren Mann auch da nicht zu Gesicht bekommen. Was aber nicht ungewöhnlich sei, hatte sie betont, denn manchmal stand er morgens etwas später auf, besonders, wenn es am Vorabend spät geworden war oder wenn er Kopfschmerzen hatte, und arbeitete dafür lieber abends noch ein Weilchen länger. Als Firmenchef war er ja flexibel.

»Er hat also kein Alibi, er hat einen Pool, und außerdem hat er zugegeben, dass er Kühneborn nicht leiden konnte«, fügte Katrin hinzu.

»Aber gerade das spricht doch eher für ihn«, widersprach Ulrike Müller. »Wenn ich der Mörder wäre, dann würde ich mich doch hüten, so was zu sagen. Ich würde nur Gutes über ihn berichten. Oder mich gar nicht erinnern. Aber doch nicht freiwillig irgendwas Negatives erwähnen, oder? Und dass er ihn als Kind nicht leiden konnte, das ist doch außerdem kein ernst zu nehmendes Motiv für einen Mord fünfunddreißig Jahre später.«

Maibach stimmte ihr insgeheim zu. Auch er hatte seine Zweifel. »Nun, zumindest das mit dem Pool lässt sich ja klären«, meinte er und griff zum Telefon. Er informierte Peter Leitner von der Kriminaltechnik kurz über den Stand der Dinge und bat ihn, eine Wasserprobe des Pools zu nehmen. »Wie schnell geht das? Echt? Super! Moment, die Adresse hab ich hier.« Er las ihm die Visitenkarte vor, die Trüb dagelassen hatte. »Oleanderweg 12, Waldburg. Äh, Moment. Das ist aber gar nicht in Waldburg, sondern in Wartenweiler. Na ja, dann gehört das vielleicht postalisch zu Waldburg. Ja. Okay, prima. Danke dir.«

Er wandte sich an seine Mitarbeiter. »Leitner meint, die Analyse des Wassers geht ganz schnell. Zumindest ob salzig oder süß lässt sich schon bis heute Nachmittag klären. Er schickt gleich jemanden hin.«

»Das kann ich auch machen«, grummelte Rüdiger Wille. »Salzig oder süß, das merkst du doch auch ohne Analyse. Da genügt ein kräftiger Schluck.«

»Dich brauche ich aber hier für die Gespräche, Willi, tut mir leid. Ein andermal darfst du gerne ein bisschen Poolwasser schlürfen gehen, wenn du magst«, grinste Maibach. »So, wen haben wir denn als Nächsten? Ah, den Schlagzeuger. Katrin und Uli, ihr haltet wieder hier die Stellung.«

Der Schlagzeuger wartete schon im Vernehmungsraum, in Gesellschaft des Beamten, der ihn hereinbegleitet hatte. Maibach und Wille setzten sich ihm gegenüber. Wille richtete das Aufnahmegerät her, Maibach bot dem Mann ein Glas Wasser an. Auch dieser nahm das Angebot dankend an und trank gleich einen kräftigen Schluck.

»Ah, das tut gut bei der Hitze. Vielen Dank. Ich bin schon

wieder ganz verschwitzt von der Autofahrt, trotz Klimaanlage. Und nachts kann man ja kaum schlafen, so heiß, wie das ist.«

»Ja, das geht mir auch so. Man kann nur hoffen, dass es bald wieder ein bisschen abkühlt«, plauderte Maibach freundlich mit und betrachtete nebenbei seinen neuen Gesprächspartner.

Hübscher Kerl, schoss es ihm durch den Kopf. Obwohl er auch schon auf die fünfzig zuging, wie Maibach wusste, hatte er noch einen vollen Haarschopf, in dem zwischen den dunkelbraunen, fast schwarzen Haaren nur einige wenige silbrige Strähnen aufglänzten. War das Natur oder aufwendig gefärbt und gestylt? Maibach konnte sich gut vorstellen, dass der Schlagzeuger, im Gegensatz zu dem eher unscheinbar wirkenden Gitarristen, besonders die weiblichen Fans der Band begeisterte, und zwar unabhängig von jeglichen musikalischen Erwägungen. Auch seine markanten Gesichtszüge und seine dunkelbraunen Augen mit den langen schwarzen Wimpern und dichten Augenbrauen fanden die Frauen bestimmt äußerst attraktiv. Irgendwie erinnerte er Maibach an diesen Winnetou-Schauspieler aus den alten Karl-May-Verfilmungen, die seine Schwester immer so gerne angeschaut hatte. Wie hieß der noch gleich? Pierre Brice, genau. Kein Wunder, dass Michaela als Teenager in den Schlagzeuger verschossen war, wie sie neulich erzählt hatte. Gegen den konnte Klausimausi eigentlich kaum anstinken. Vielleicht hätte sie sich lieber diesen Georg Fassbinder angeln sollen, wer weiß, wie sie dann jetzt …

Maibach war wohl etwas zu weit mit seinen Gedanken abgeschweift, denn er merkte gerade, dass Rüdiger Wille neben ihm das Gespräch mit Herrn Fassbinder bereits eröffnet hatte.

»… Konzert in der Linse gegeben, nicht wahr?«, hörte Maibach und schob seine Gedanken über attraktive und weniger attraktive Männer rasch beiseite. Volle Konzentration war angesagt, ermahnte er sich selbst und blickte dann erwartungsvoll den Schlagzeuger an, der in diesem Moment zu einer Antwort ansetzte.

»Ja, das stimmt. Wir haben dieses Jahr wieder ein paar Konzerte mehr geplant als sonst, weil wir unser dreißigjähriges

Bestehen feiern. Und die Linse ist immer ein lohnenswerter Veranstaltungsort. Tolles Publikum, tolle Atmosphäre.«

Maibach nahm das Foto von Professor Kühneborn und schob es über den Tisch. »Uns würde interessieren, ob dieser Herr am Montag das Konzert in der Linse besucht hat.«

Im Gegensatz zum Gitarristen betrachtete der Schlagzeuger das Foto sehr intensiv. Er nahm es in die Hand, kniff die Augen zusammen, strich sich mit der anderen Hand nachdenklich über das Kinn. »Ja, ich glaube, den habe ich gesehen«, antwortete er schließlich bedächtig und legte das Foto wieder weg. »Der saß relativ weit vorne, vielleicht dritte oder vierte Reihe. Er ist mir aufgefallen, weil er so unpassend angezogen war. Weißes Hemd, hellgrauer Anzug. Viel zu förmlich für unsere Art von Konzert und viel zu warm außerdem. Die meisten anderen waren im T-Shirt.«

»Interessant. Sie sind ein guter Beobachter, Herr Fassbinder. Ist Ihnen der Herr eventuell nach dem Konzert nochmals aufgefallen? Wissen Sie, ob er allein oder in Begleitung war? Haben Sie beobachtet, wann er gegangen ist?«

Georg Fassbinder überlegte. »Hm. Nein, nach dem Konzert habe ich ihn nicht mehr gesehen, tut mir leid«, sagte er schließlich. »Da waren wir mit Abbauen beschäftigt. Wir haben alles in Huberts Kleinbus geladen, und danach bin ich weggefahren. Rainer war schon vor dem Abbau weg, Hubert und Roland wollten noch was trinken. Vielleicht haben die ja noch was beobachtet?«

»Hubert Söllner und Roland Menzel?«

»Ja, genau. Unser Leadsänger und unser Bassist.«

»Die kommen heute Nachmittag zu uns, da werden wir sie fragen. Sie selbst sind also nicht mehr in der Linse geblieben?«

»Nein, wie gesagt. Ich war müde und wollte nach Hause.«

»Um wie viel Uhr waren Sie denn zu Hause?«

»Um Viertel nach elf«, kam die Antwort wie aus der Pistole geschossen.

»Daran erinnern Sie sich so genau?«, wunderte sich Rüdiger Wille.

Der Schlagzeuger lachte. »Ja, ganz genau. Ich hab das Auto

in die Garage gestellt und bin durch die Verbindungstür in den Hausflur gegangen. Dabei bin ich wohl am Staubsaugerschlauch hängen geblieben, der Staubsauger ist umgekippt und hat einen Höllenlärm gemacht. Das Ende vom Lied war, dass meine Frau aus dem Schlafzimmer gekommen ist und mich angekeift hat. ›Was machst du denn für einen Radau nachts um viertel zwölf? Kannst du nicht leiser sein?‹ Daher erinnere ich mich so gut an die Uhrzeit.«

Wohl dem, der eine Frau mit leichtem Schlaf hat, dachte Maibach. Die Frage nach einem Zeugen mussten sie also schon nicht mehr stellen. »Könnten Sie sich das Foto bitte nochmals anschauen, Herr Fassbinder? Ich würde gerne wissen, ob Ihnen der Herr bekannt vorkommt. Von früher, meine ich, nicht erst vom Montag im Konzert.«

Fassbinder nahm das Foto in die Hand und studierte es eingehend. Dann richtete er einen fragenden Blick auf Maibach. »Nein. Ich erinnere mich nicht, dass ich den vor dem Konzert schon mal gesehen hätte. Warum?«

»Sagt Ihnen der Name Kühneborn etwas? Wilhelm Gottfried Kühneborn?«

»Kühneborn? Kühneborn? Hm. Wilhelm Gottfried Kühneborn, sagen Sie? Ich weiß nicht recht … Irgendwie kommt mir der Name bekannt vor, aber ich könnte jetzt nicht sagen, wo ich den schon mal gehört habe …«

»Interessieren Sie sich für Theologie?«

»Nein. Überhaupt nicht.«

»Professor Dr. Kühneborn hat nämlich einige viel beachtete Bücher in diesem Bereich veröffentlicht. Könnten Sie den Namen daher kennen?«

»Nein, ich glaube nicht. Für Theologie interessiere ich mich nicht, und zum Lesen komme ich auch selten. In der Firma gibt es immer viel zu tun.«

»Ja, die Firma. Die leiten Sie zusammen mit Herrn Rainer Trüb, nicht wahr?«

Verwundert blickte Fassbinder ihn an. »Ja, stimmt. Das wissen Sie?«

»Selbstverständlich. Wir machen uns vor unseren Gesprächen immer etwas kundig. Und mit Herrn Trüb hatten wir vorhin schon das Vergnügen. Er hat sich übrigens daran erinnert, dass er Herrn Kühneborn früher schon einmal begegnet war. Lange vor dem Konzert vom Montag.«

»Ach, der Herr auf dem Foto? Der heißt so? Kühneborn?«

»Ja. Hatte ich das nicht erwähnt?«

»Nein, Sie haben nur gefragt, ob … ach, ist ja egal. Und woher kennt Rainer diesen Kühneborn?«

Na, so leicht werde ich es dir ja wohl nicht machen, dachte Maibach und ignorierte die Frage. »Kennen Sie sich schon lange, Sie und Herr Trüb?«

»Ja, schon ewig. Wir stammen beide aus demselben Dorf.«

»Sie sind aber ein paar Jahre älter als er, oder?«

»Ja. Trotzdem. In Wartenweiler kennt jeder jeden, auch schon als Kind. Man spielt auf der Straße zusammen, trifft sich auf dem Schulhof, in der Kirche, auf dem Fußballplatz … Das ist eigentlich heute auch noch so. Unsere Kinder wachsen auch wieder gemeinsam auf und sind zusammen im Fußballverein.«

»Sie haben einen Sohn, nicht wahr? Wie alt ist er denn?«

»Dreizehn. So alt wie Rainers Sohn. Wir sind im Abstand von wenigen Wochen damals beide Vater geworden.«

»Ist Ihr Sohn denn auch in der Kirchengemeinde aktiv? Bei den Ministranten?«

Der Schlagzeuger räusperte sich, griff zu seinem Glas und trank einen kräftigen Schluck, bevor er antwortete. »Nein, das nicht. Der soll lieber … Der spielt lieber Fußball. Und alles kann man ja nicht machen, oder? Die Kinder haben heutzutage sowieso viel zu viele Termine, da ist man froh über jeden freien Nachmittag.«

»Sie und Herr Trüb waren aber früher gemeinsam bei den Ministranten, nicht wahr?«

Fassbinder runzelte die Stirn. »Ja, ich war ziemlich lange Ministrant, stimmt. Von der Erstkommunion bis ungefähr mit dreizehn, vierzehn. Aber der Rainer? Das weiß ich gar nicht mehr.«

»Er sagt, er hat nur ein knappes Jahr lang mitgemacht.«

»So? Ja, kann sein. Ist ja auch schon lange her.«

»1981/82, um genau zu sein. Und, um wieder auf unser eigentliches Thema zurückzukommen, damals hat er auch Herrn Kühneborn kennengelernt.«

»Wirklich?«

»Ja. Herr Kühneborn war ein knappes Jahr lang Diakon in Wartenweiler.«

»Echt? Bei uns in der Gemeinde? Ja, da war eigentlich immer neben dem Pfarrer noch ein Diakon. Aber ob einer von denen Kühneborn hieß? Keine Ahnung. Ist schon so lange her.«

»Herr Trüb sagt, die Ministranten hätten ihn Gottfried genannt.«

»Gottfried. Hm. Hieß da mal einer Gottfried? Möglich …«

»Erinnern Sie sich nicht an ihn? Schauen Sie sich das Foto ruhig noch mal an. Die Frisur müssten Sie sich anders vorstellen. Früher hatte er wohl kurze schwarze Stoppelhaare. Aber Herr Trüb meint, die Augenpartie wäre noch gut wiederzuerkennen.«

Fassbinder griff nochmals zum Foto, drehte es eine Weile in den Händen und legte es dann wieder zurück.

»Ich kann mich nicht erinnern. Aber das ist ja auch schon so lange her.«

»Angeblich war er ziemlich beliebt bei den älteren Ministranten, sagt Herr Trüb. Und er hat auch einiges mit den Jungs unternommen. Zeltlager, Freizeiten und solche Dinge.«

»Ja, Zeltlager gab's während der Jahre, in denen ich Ministrant war, einige. Aber ob der Herr auf dem Foto da mal dabei war? Das könnte ich jetzt echt nicht sagen.«

Maibach nickte verständnisvoll. »Ja, ich weiß. Zu lange her.« Dann bedachte er sein Gegenüber mit einem forschenden Blick. »Interessiert es Sie eigentlich nicht, warum wir uns für Herrn Kühneborn interessieren?«

Fassbinder schluckte trocken, griff zu seinem Wasserglas und leerte es in einem Zug. »Doch, natürlich. Warum interessieren Sie sich denn so für ihn?«

»Weil er tot ist«, gab Maibach zurück und beobachtete genau

die Gesichtszüge des Schlagzeugers. »Ermordet. Am Montagabend, irgendwann nach Ihrem Konzert.«

»Was? Nein. Das ist ja entsetzlich!« Fassbinder griff erneut nach seinem Wasserglas und setzte es wieder ab, als er bemerkte, dass es leer war. »Wer tut denn so was?«

»Wir ermitteln in alle Richtungen, wie Sie sehen. Sagt Ihnen der Name Martin Merk etwas?«

»Nein. Wer ist das? Der Mörder?«

»Wie kommen Sie denn darauf?«

Verwirrt fuhr sich der Schlagzeuger durch das schwarzbraune Haar. »Ich weiß nicht, ich dachte nur, weil Sie …« Er ließ den Satz unvollendet.

»Weil ich was?«

»Weil Sie den Namen … ach, egal. Nein, wie gesagt. Den kenne ich nicht.«

»Nun ja, macht nichts. Sie haben uns trotzdem sehr geholfen. Vielen Dank für Ihre Zeit. Müssen Sie denn jetzt in die Firma, oder fahren Sie nach Hause nach Wartenweiler?«, erkundigte sich Maibach freundlich und signalisierte damit das Ende des dienstlichen Teils des Gesprächs.

Fassbinder biss an. Seine Gesichtszüge entspannten sich, er lehnte sich im Stuhl zurück und streckte die Beine aus. »In die Firma. Hab noch eine Menge zu erledigen. Nach Hause fahre ich erst heute Abend.«

»Ihr Wohnort muss ja ein richtiger Geheimtipp sein. Herr Trüb sagte, dort im Neubaugebiet sind die Grundstückspreise noch ganz zivil, im Vergleich zu Ravensburg. Er meinte, er habe sogar genug Platz für einen Swimmingpool im Garten. Der Glückliche! Bei diesem heißen Wetter zurzeit ist so ein Pool ja der reinste Segen. Wohnen Sie auch im Neubaugebiet?«

»Nein. Meine Frau und ich, wir haben ein altes Forsthaus am Waldrand gekauft und renoviert. Etwas abseits vom Dorf, wo man seine Ruhe hat.«

»Ach so. Schön. Ist Ihr Grundstück denn auch groß genug für einen Swimmingpool?«

»Nein«, erklärte Fassbinder. »Einen Swimmingpool haben

wir nicht. Bei uns am Waldrand wäre es dafür viel zu schattig. Wenn ich schwimmen will, fahre ich lieber ins Freibad.«

»Das kann ich verstehen. Geht mir genauso. Welches bevorzugen Sie denn? Weingarten oder Ravensburg?«

»Weingarten. Da hat man mehr Platz auf der Liegewiese, und die Anfahrt ist von uns aus auch geschickter.«

»Na, dann nutzen Sie mal das Schwimmbadwetter in den nächsten Tagen noch aus. Und nochmals vielen Dank für Ihre Hilfe.«

Rüdiger Wille schaltete das Aufnahmegerät ab, schob seinen Stuhl zurück und bedeutete dem Schlagzeuger mit einer Handbewegung, ihm zu folgen. »Kommen Sie. Ich begleite Sie noch hinaus.«

Wieder folgten Maibachs Blicke seinem Kollegen und dem Musiker, bis die beiden am Ende des Flurs in Richtung Ausgang abbogen. Jetzt fehlten noch der Bassist und der Leadsänger, dann hatten sie die Sammlung komplett.

Das Mittagessen beim Inder, zu dem sich außer dem knöchelverletzten Stefan Loderer alle Kollegen anschlossen, erinnerte Maibach fast ein wenig an die Mittagspausen mit seinem früheren Team in Ravensburg. Ungezwungene Gespräche, Frotzeleien, aber auch intensives Nachdenken über den immer noch undurchsichtigen Fall – so hatte er es gern. Er fühlte sich so richtig wohl in seiner Haut. Vielleicht würde er doch noch heimisch werden in seiner neuen Dienststelle, dachte er auf dem gemeinsamen Rückweg ins Büro. Wurde ja auch Zeit, nach mehr als einem Vierteljahr.

Während des Essens hatte Jens Kleinschmidt frustriert berichtet, dass sie bisher bei keiner Telefongesellschaft ein auf Professor Kühneborn registriertes Handy gefunden hatten. Hoffentlich würde Stefan Loderer, der in der Mittagspause weitermachen wollte, endlich einen Treffer landen. Ulrike Müller hatte bereits während der Vernehmung des Schlagzeugers versucht, dessen Ehefrau zu erreichen, um eine Bestätigung des Alibis für Montagnacht einzuholen, aber es war niemand ans

Telefon gegangen. In der Frage, ob sie dem Schlagzeuger den Mord zutrauten, gingen die Meinungen wie schon am Vormittag beim Gitarristen weit auseinander.

Um halb zwei waren sie wieder in der Dienststelle. Das Gespräch mit dem Bassisten sollte um zwei Uhr beginnen. Maibach nutzte die Zeit, um sich noch eine Kanne Tee für den Nachmittag zu kochen und in seinem Büro den Computer hochzufahren. Interessante Mails waren aber nicht gekommen. Gedankenverloren schlürfte er die erste Tasse des noch kochend heißen Getränks und ärgerte sich wieder über das lang anhaltende Läuten eines fernen Telefons. Mensch, jetzt waren doch alle Kollegen in ihren Büros. Warum ließ es denn einer schon wieder so lange klingeln, ohne ranzugehen? Das Läuten verstummte. Maibachs Blick fiel auf seinen eigenen Apparat. Das Lämpchen, das einen entgangenen Anruf signalisierte, begann soeben zu blinken. Er hatte kaum Zeit, sich zu überlegen, was das bedeutete, da setzte das leise Läuten wieder ein. Und nach zwei Sekunden Verwunderung fiel endlich der Groschen.

Klingelton Nummer 1! Der namenlose Ton, den er anstelle der dudelnden Elise eingestellt hatte! So hatte er geklungen, ja. Hatte er etwa damals vergessen, die Lautstärke wieder hochzuregeln? Hastig streckte er die Hand nach dem Apparat aus und stieß in seiner Eile mit dem Ellbogen gegen die Teetasse, deren Inhalt sich dampfend über seine Schreibtischplatte ergoss. Die war zum Glück so gut wie leer, und fluchend brachte er mit einem Griff die Tastatur seines Computers außer Reichweite des sich rapide nach rechts verlagernden Sees. Während er den Hörer aufnahm, wurde der See schon zum Wasserfall und plätscherte auf den hellbeigen Hochflorteppich, direkt neben dem Papierkorb. Der müsste auch mal wieder geleert werden, dachte er und blaffte gleichzeitig »Ja! Maibach!« ins Telefon.

Am anderen Ende war es still. Nein, nicht still. Es gab Hintergrundgeräusche von Autos und spielenden Kindern. Aber es meldete sich niemand. Maibach wurde stutzig. Das hatte er doch schon öfters gehört, oder nicht? Er nannte erneut seinen Namen, diesmal freundlicher. »Hallo? Hier Maibach, Kripo Friedrichshafen. Kann ich Ihnen helfen?«

Nach einer weiteren kleinen Pause war am anderen Ende ein Schnaufen zu hören, so als ob jemand tief Luft holte. Dann fragte eine unsichere Stimme: »Hallo? Ist das die Hotline?«

»Ja. Hotline der Kripo hier. Haben Sie einen Hinweis für uns?«

Wieder blieb es eine Weile still, dann sagte die Stimme: »Ja. Wegen Dienstagnacht im Wald.«

Es war eine ziemlich junge Stimme. Jung, vermutlich männlich, eventuell mit einem leichten Akzent, da war sich Maibach noch nicht sicher. Er fragte nach: »Sie meinen die Nacht von Montag auf Dienstag in der vergangenen Woche?«

»Ja.«

»Haben Sie eine Beobachtung im Wald gemacht? In Weingarten?«

»Ja.«

Na, dem musste man ja die Würmer alle einzeln aus der Nase ziehen. »Was haben Sie denn genau beobachtet?«

Stille. Schnaufen. Dann die zögernde Frage: »Bekommt man eigentlich Geld für einen wichtigen Hinweis?«

Maibach verdrehte die Augen. Er hatte gute Lust aufzulegen, aber er zwang sich, freundlich zu bleiben, und antwortete so ruhig wie möglich: »Sachdienliche Hinweise zu geben, die zur Aufklärung eines Verbrechens führen, sollte jedem gesetzestreuen Bürger ein Anliegen sein, ob es nun finanziell belohnt wird oder nicht. Was haben Sie denn beobachtet?«

»Also gibt es Geld oder nicht?«

Oh je. Der Satz, auf dessen Formulierung er so stolz gewesen war, hatte bei seinem Gesprächspartner wohl nicht den gewünschten Erfolg erzielt. Genervt beschloss Maibach, dass er auch anders konnte.

»Das kommt ganz darauf an. Dazu müsste ich erst mal wissen, ob Ihr Hinweis wertvoll für uns ist.«

»Ich glaube schon.«

»Glauben heißt nicht wissen. Was haben Sie denn nun beobachtet?«

»Ein Auto.«

»Geht es etwas genauer?«

»Ich weiß die Farbe und die Marke.«

Da war er wieder. Ein ganz leichter Akzent, eine kaum merkliche dunkle Färbung des a. Fast wie ein o. Forbe. Morke.

»Wo haben Sie das Auto denn gesehen?«

»Im Wald beim Freibad. Nachts um halb drei.« Wold, Freibod, nochts, holb drei.

Maibach horchte auf. Das klang in der Tat hochinteressant. »Und was war es für eine Farbe und Marke?«

»Wie viel Geld bekomme ich?«

Maibach überlegte. »Sagen Sie mir erst, was Sie wissen, dann kann ich entscheiden, was es uns wert ist«, versuchte er es auf gut Glück. Doch leider ohne Erfolg, wie er feststellen musste.

»Verarschen kann ich mich selber«, sagte der junge Mann am anderen Ende der Leitung und legte auf. Verorschen konn ich mich selber. Abgesehen von dem leichten Akzent sprach da einer ein ziemlich gutes Deutsch, fand Maibach. Seufzend legte er den Apparat zurück in seine Halterung und holte eine Rolle Küchenkrepp aus dem Pausenraum, um die Reste seines Tees aufzuwischen.

Der Nachmittag verlief unspektakulär. Die beiden verbliebenen Musiker kamen pünktlich zu ihren Terminen, beantworteten höflich und gewissenhaft alle Fragen und hatten, leider, beide weder einen Pool im Garten noch eine Erinnerung an den Konzertbesuch von Professor Kühneborn am vergangenen Montag. Auch von einem Martin Merk wollten beide noch nie gehört haben.

Sie waren nach dem Abbau noch gemeinsam in der Linse geblieben und hatten etwas getrunken und eine Kleinigkeit gegessen, aber auch da war ihnen kein Herr im hellgrauen Anzug aufgefallen. Kurz vor Mitternacht waren sie aufgebrochen, und zwar gemeinsam, so, wie sie auch vor dem Konzert gekommen waren. Mit dem Kleinbus der Schreinerei Söllner, in dem sie immer die ganze Ausrüstung hin- und hertransportierten, wenn die Wait-a-Whiles ein Konzert gaben. Beide sagten aus, dass ihre Ehefrauen zu Hause noch wach gewesen waren und bezeugen konnten, dass ihre Männer den Rest der Nacht im Bett verbracht hatten.

Auf ihre Zeit als Ministranten angesprochen, hatten sich allerdings beide sofort an Gottfried, den Diakon, erinnert. »Das war doch der mit dem Igelhaarschnitt!«, rief Hubert Söllner, der jüngere von beiden, und lächelte. »Wenn man dem über den Kopf strich, hat sich das so richtig stachelig angefühlt.« Auf dem aktuellen Foto hatte er Kühneborn aber nicht wiedererkannt. »Nein, der hat sich aber verändert! Ist er das wirklich?«, meinte er zweifelnd.

Auch Roland Menzel, der Bassist, konnte sich noch gut an den Diakon erinnern. »Aber es gab praktisch jedes Jahr einen neuen Diakon. Unser Gemeindepfarrer war schon ziemlich alt, und ich glaube, mit Jugendarbeit hatte der nichts am Hut. Der war eher für die Senioren geeignet. Die Ministranten und die Pfarrjugend, dafür war eigentlich immer der Diakon zuständig. Bei denen gab es allerdings auch große Unterschiede – manche haben das sehr gern gemacht, andere nur notgedrungen.«

»Und zu welcher Sorte gehörte Herr Kühneborn?«

»Gottfried? Der war wie geschaffen für den Job. Hat sich total viel Zeit genommen für uns. So viele Ausflüge wie in dem Jahr hatten wir, glaube ich, nie wieder.«

»Herr Trüb sagte, Herr Kühneborn sei besonders bei den älteren Jungs sehr beliebt gewesen?«

»Hm, ja, kann sein. Rainer war in dem Jahr noch ganz neu dabei. Wie Hubert. Erstkommunionkinder. Ich erinnere mich, dass sie in dem Zeltlager damals am Rösslerweiher richtig Heimweh bekommen haben und Gottfried sie abends vor dem Schlafengehen immer trösten musste. Vielleicht hat ihn das ja genervt. Wir Älteren waren da bestimmt einfacher. Uns hat's einen Riesenspaß gemacht mit ihm. Was der sich alles ausgedacht hat! Lagerfeuer, Nachtwanderung, Spieleabend, Grillen am Waldspielplatz, Schnitzeljagd … Das war echt das beste Zeltlager in den ganzen Jahren.«

Er starrte gedankenverloren vor sich hin. Nach einem ordentlichen Schluck aus seinem Wasserglas fügte er noch hinzu: »Schade, dass Gottfried dann so Knall auf Fall aufgehört hat. Das habe ich nie verstanden. Der wäre ein toller Pfarrer geworden. Nicht nur wegen der Jugendarbeit. Auch sonst – mein Vater sagte immer, der kann predigen wie kein Zweiter. Bringt einem die Heilige Schrift so nahe, dass man das Gefühl hat, da steht selber ein Heiliger auf der Kanzel.«

Maibach dachte an den Spitznamen »der heilige Gottfried«, der in Rainer Trübs Familie verwendet worden war. Bei ihm hatte das allerdings nicht ganz so positiv geklungen.

»Können Sie uns denn etwas darüber sagen, warum Herr Kühneborn sein Diakonat abgebrochen hat?«

Roland Menzel schüttelte den Kopf. »Nein, wie gesagt. Das war uns damals allen ein Rätsel. Erst waren wir noch im Zeltlager am Rösslerweiher, und ein paar Tage nach den Ferien, zum nächsten Ministrantentreff, da ist er schon nicht mehr erschienen. Wir dachten zunächst, er wäre krank, aber am Sonntag hat der Pfarrer dann im Gottesdienst verkündet, dass er aus privaten Gründen die Stelle verlassen habe. Und das war's. Nach den Sommerferien kam dann ein neuer Diakon. Gottfried habe ich nie wiedergesehen.«

»Was könnten denn die privaten Gründe gewesen sein, die der Pfarrer erwähnt hat?«

Der Bassist schaute zu Maibach hinüber. »Na ja, darüber wurde in Wartenweiler damals auch fleißig spekuliert. Einige haben natürlich gleich vermutet, dass da eine Frau dahintersteckt. Das liegt ja einigermaßen nahe bei dem Job, wenn Sie verstehen, was ich meine?«

Maibach verstand. »Und? War da was dran?«

Roland Menzel zuckte mit den Achseln. »Weiß man's? Möglich ist alles. Aber wenn, dann hatte er das supergut verheimlicht. Niemand hatte ihn je mit einer Frau zusammen gesehen.«

Nach den beiden Vernehmungen trafen sich alle wieder im Besprechungsraum. Ulrike Müller und Katrin Gerber hatten die jeweiligen Ehefrauen bereits erreicht und von beiden die Bestätigung der Aussagen ihrer Männer bekommen, was die Nacht von Montag auf Dienstag betraf. Nur die Frau des Schlagzeugers war immer noch nicht ans Telefon gegangen.

Stefan Loderer und Jens Kleinschmidt hingegen hatten weiterhin kein Erfolgserlebnis zu vermelden.

»Das kann doch nicht sein!«, beklagte sich Stefan. »Wir haben jetzt alle möglichen Telefongesellschaften durch. Ich wüsste nicht, wo wir noch anrufen könnten. Und bei keiner gibt es einen Kunden namens Kühneborn.«

»Kann es sein, dass das Handy auf jemand anderen registriert ist?«, fragte Katrin. »Seine Schwester zum Beispiel?«

»Die heißt auch Kühneborn. Haben wir berücksichtigt.«

»Prepaid wahrscheinlich. Unregistriert«, mutmaßte Ulrike Müller.

»Normalerweise wird aber trotzdem beim Kauf der Name des Käufers registriert, auch wenn er keinen Vertrag abschließt«, gab Stefan Loderer zu bedenken. »Wie gesagt, wir sind mit unserem Latein am Ende. Ich weiß nicht, wo wir noch nachfragen können.«

»Ausländische Telefongesellschaften? War Kühneborn vielleicht mal an einer ausländischen Uni tätig? Schweiz? Österreich? Frankreich?«

»In seinem Lebenslauf ist davon nichts erwähnt«, erinnerte sich Rüdiger Wille. »Das waren alles deutsche Universitäten.«

»Probiert es morgen trotzdem«, wies Maibach die beiden Kollegen an. »Wir sollten nichts unversucht lassen.«

Nach einem Blick auf die Uhr stellte er fest: »In einer halben Stunde kommt der Anwalt von Martin Merk. Bin mal gespannt, ob der ihm gut zuredet, dass er mit uns kooperieren soll.«

»Könnte genauso gut sein, dass er ihm rät, ab jetzt gar nichts mehr zu sagen«, knurrte Rüdiger Wille. »Wer ist es denn?«

»Ein gewisser Joachim Sauerländer«, antwortete Maibach nach einem Blick in seine Unterlagen. »Aus Ravensburg. Wahrscheinlich kennt Merk ihn noch von früher. Ich kenne dort zwar eine Kanzlei Sauerländer, aber der hieß, glaube ich, Hermann und ist wahrscheinlich schon pensioniert. Joachim Sauerländer sagt mir nichts. Na, wir werden ihn ja gleich kennenlernen.« Er überlegte kurz, dann fügte er hinzu: »Stefan, ich denke, heute gehst du mal mit. Bei Jens durfte er sich ja gestern schon entschuldigen. Aber schön humpeln, okay?«

Auf zwei Krücken gestützt, die Katrin Gerber noch rasch bei einem Kollegen mit Gipsbein im zweiten Stock ausgeliehen hatte, begleitete Stefan Loderer Maibach um kurz vor sechs in den Vernehmungsraum im Erdgeschoss. Der Anwalt aus Ravensburg hatte es sich bereits im Raum bequem gemacht und eine Seite des Tisches mit wichtig aussehenden Papieren zugepflastert. Als die beiden Ermittler eintraten, blickte er kurz von seinen Unterlagen auf. Er sah jung aus, eigentlich viel zu jung für einen Anwalt, fand Maibach. Wahrscheinlich der Filius vom alten Sauerländer, frisch von der Uni.

Maibach beauftragte den uniformierten Kollegen, der an der Tür gewartet hatte, Martin Merk zu holen, dann stellte er sich und Stefan Loderer vor.

»Sauerländer«, erwiderte der Anwalt mit wichtiger Miene. »Kanzlei Sauerländer, Sauerländer und Partner. Ich würde gerne, bevor Sie die Befragung beginnen, mit meinem Mandanten ein Gespräch unter vier Augen führen.«

Maibach bedeutete Stefan, ihm auf den Gang zu folgen. Im Türrahmen erschien in diesem Moment der uniformierte Beamte mit einem ziemlich mitgenommen aussehenden Martin Merk im Gefolge. Gut geschlafen schien dieser in seiner Zelle auch nicht zu haben. Er warf einen Blick in den Raum, dann auf Maibach und Loderer.

»Wo ist denn mein Anwalt?«, fragte er nervös. »Ich hab doch gesagt, heute will ich meinen Anwalt dabeihaben.«

Erstaunt wies Maibach auf den jungen Mann, der sich halb von seinem Stuhl erhoben hatte. »Da sitzt er doch.«

»Sauerländer«, sagte dieser und streckte dem immer noch

verwirrt dreinblickenden Martin Merk eine hübsch manikürte Hand entgegen. »Joachim Sauerländer. Ich habe Ihr Mandat von meinem Vater übernommen, der sich aus dem aktiven Geschäft der Kanzlei zurückgezogen hat. Wenn Sie mir bitte als Erstes hier diese Vollmacht unterschreiben würden?«

Maibach zog grinsend die Tür hinter sich zu. »Na, da läuft was nicht ganz nach Plan, oder?«, bemerkte er trocken.

Stefan Loderer nickte. »Vielleicht kommt uns das ja zugute. Unerfahrener Anwalt, verunsicherter Verdächtiger – wer weiß?«

Sie mussten geschlagene zwanzig Minuten vor der Tür warten, bis der junge Verteidiger sie endlich hereinbat.

»So, Herr Merk. Schön, Sie wiederzusehen«, sagte Maibach und setzte sich mit perfekt nervtötendem Stuhlquietschen dem blassen jungen Mann gegenüber.

Stefan Loderer tat es ihm gleich und bugsierte sich selbst, seine Krücken und sein Bein gekonnt unbeholfen auf den Platz neben Maibach. »Au!«, entfuhr es ihm, als er dabei an das rechte Tischbein stieß, und Maibach war sich nicht sicher, ob das wirklich Absicht gewesen war.

Merk blickte Loderer an und holte tief Luft. »Tut mir leid wegen Ihrem Bein«, sagte er leise, aber hörbar. »Das wollte ich nicht.«

Maibach versuchte, sich seine Überraschung nicht anmerken zu lassen. Was ein Gespräch mit einem Anwalt nicht alles bewirken konnte! Vielleicht war der junge Sauerländer doch kein ganz so grüner Junge, wie er gedacht hatte?

Stefan Loderer nickte. »Ist nicht gebrochen«, stellte er aufmunternd fest. »Hab noch mal Glück gehabt. Sie auch.«

»Gut. Herr Merk, Sie wissen ja, weswegen wir Sie nochmals befragen wollen«, begann Maibach, wurde aber sofort von Merks Verteidiger unterbrochen.

»Mein Mandant möchte gerne eine Aussage machen.«

Verwundert sah Maibach den Anwalt an. »Schön. Dann würde ich ihm jetzt gerne meine Fragen stellen.«

»Sie haben mich falsch verstanden«, beharrte Joachim Sauerländer. »Mein Mandant möchte gerne eine Aussage machen. Und diese Aussage wird die Beantwortung Ihrer Fragen zum großen Teil überflüssig machen, wenn ich das richtig einschätze.«

Na, da bin ich aber gespannt, dachte Maibach. »Aha? Na dann, Herr Merk. Tun Sie sich keinen Zwang an. Wir hören.«

Merk holte erneut tief Luft, sagte aber zunächst nichts, sondern schaute seinen Anwalt an. Der nickte ihm aufmunternd zu. Zögernd begann Merk zu sprechen. »Also, letzten Montag.« Pause.

»Mhm?«

»Letzten Montagabend. Und nachts. Da war ich … da war ich in Ravensburg. In einer Kneipe.«

»Von wann bis wann?«

»Ab neun. Ich bin nach der Arbeit heim, hab geduscht und was gegessen, und dann bin ich los.«

»Wie lange waren Sie da?«

»Bis halb drei.«

»Mit wem?«

»Allein.«

»Allein?«

»Ja.«

»Sind Sie Stammgast in der Kneipe?«

»Nein. War da zum ersten Mal.«

Maibach lehnte sich zurück. »Und jetzt meinen Sie, dass das ein brauchbares Alibi sein soll? Sie waren allein in einer Kneipe? In der Sie das Personal nicht kennt, wenn ich Sie richtig verstehe?«

Merk schluckte. »Ja. Aber die erinnern sich bestimmt an mich.«

»Wir werden das natürlich überprüfen, Herr Merk. Geben Sie uns den Namen der Kneipe, aber machen Sie sich mal keine allzu großen Hoffnungen. Das Kneipenpersonal erinnert sich nicht immer an alle Gäste.«

»An mich schon«, erwiderte Merk mit belegter Stimme. Fast klang es so, als kämpfe er mit den Tränen.

Maibach schaute überrascht hoch. »Was macht Sie da so sicher?«

»Ich hab … ich hab …« Er brach ab und schluchzte tatsächlich laut auf. Dann rieb er sich mit der Hand über die Augen und fuhr mit kläglicher Stimme fort: »Ich hab einen zusammengeschlagen. Der hat mich so blöd angemacht, von wegen ich hätte wohl Stress mit meiner Alten, weil ich um die Zeit in der Kneipe sitze, allein, und mich volllaufen lasse. Und ich war tatsächlich ziemlich voll, und Stress mit Mandy hatte ich am Wochenende auch gehabt, deshalb ist sie ja die ganzen Abende mit ihren Freundinnen rumgezogen und nicht mit mir … Ich weiß auch nicht. Ich wollte das nicht, ich hatte mir nach dem letzten Mal echt geschworen, das passiert mir nie wieder. Aber ich bin total ausgerastet. Hab den Typ gepackt und verdroschen, ich konnte gar nicht mehr aufhören. Und dann hab ich gehört, wie der Wirt die Bullen anruft. Da bin ich weg.«

Maibach schwieg. Wenn sich diese Geschichte tatsächlich als wahr herausstellte, hatte der Anwalt wohl recht, und Merk kam als Täter für den Mord an Professor Kühneborn nicht mehr in Betracht. Es blieb allerdings immer noch die Frage, wie dann sein Haar an die Leiche geraten war.

»Unterbrechung der Vernehmung um achtzehn Uhr dreißig«, sprach Maibach ins Mikrofon und stellte das Aufnahmegerät ab. »Wir kommen demnächst wieder. Wenn sich die Herren einen kleinen Moment gedulden wollen. Unser uniformierter Kollege wird Ihnen Gesellschaft leisten.«

Oben im Büro vor dem Computerbildschirm herrschte ebenfalls große Verblüffung. »Mensch, das wär ja ein Ding«, näselte Rüdiger Wille, als Maibach und Loderer den Raum betraten. »Unser einziger Tatverdächtiger löst sich in Luft auf, wenn wir Pech haben.«

Maibach griff zu seinem Handy. »Das versuchen wir gleich zu klären.« Er rief Thomas Schitterers Nummer auf und wartete auf die Stimme seines Freundes.

»Hey, Charlie, was gibt's?«, meldete sich dieser gut gelaunt. »Bist du wieder in Weingarten? Lust auf ein Bierchen?«

Maibach verneinte und klärte seinen Kollegen über die neue

Sachlage auf. »Weißt du was von dieser Kneipenschlägerei?«, fragte er dann.

»Ja, hab ich mitbekommen. Ziemlich heftiges Kaliber. Als die Kollegen von der Streife in die Kneipe gekommen sind, lag der Verletzte bewusstlos in einer Ecke. Sie haben sofort den Notarzt geholt, und der hat ihn in die Klinik eingewiesen. Da liegt er noch. Gebrochener Unterkiefer, gebrochenes Nasenbein, zwei angebrochene Rippen, Prellungen, Blutergüsse und noch so ein paar Sachen. Die Liste der Dinge, die heil geblieben sind, wäre vielleicht fast kürzer. Der Michi vom K1 hat den Fall jetzt auf dem Schreibtisch, der hat's mir neulich beim Mittagessen erzählt. Die Beschreibung des Täters war wohl ziemlich vage, und der Wirt sagte, er habe ihn vorher noch nie in seiner Kneipe gesehen.«

Das stimmte mit Merks Aussage überein. Maibach wusste nicht, ob er darüber froh sein sollte oder nicht. »Dann ruf ich den Michi gleich an. Weißt du, ob der noch die alte Durchwahl hat?«

»Ja, alles noch wie immer. Grüß ihn schön von mir.«

Eine halbe Stunde später war klar, dass Martin Merk die Wahrheit gesagt hatte. Maibach ließ ihn wieder in seine Zelle bringen, am folgenden Tag würde er zum Verhör nach Ravensburg weitergereicht werden. Resigniert kehrte er zu seinen Kollegen zurück, die allesamt noch in Willes und Loderers Büro versammelt waren und auf ihn warteten.

»Schöne Scheiße«, fasste Rüdiger Wille die allgemeine Stimmungslage treffend zusammen. Maibach wollte nicht widersprechen.

✳✳✳

Er ließ seinen Porsche in der Garage und ging ins Haus. Seine Frau und sein Sohn schienen nicht da zu sein. Ach ja, es war Dienstag, da war Fußballtraining. Das erklärte zumindest die Abwesenheit des Jungen. Wo Simone war, wussten die Götter.

Sie sagte ihm schon lange nicht mehr, was sie vorhatte. Ob sie wieder, wie in letzter Zeit so oft, bei ihren Eltern übernachtete? Nein, wahrscheinlich eher nicht. Das machte sie eigentlich nie ohne ihren Sohn. Den Eltern gegenüber tat sie dann immer so, als ob sie ihm zuliebe gekommen wäre, weil er so gern mal wieder bei Oma und Opa schlafen wollte. Und die Eltern spielten mit, obwohl sie bestimmt längst wussten, was Sache war.

Egal. Es tat gut, eine Weile allein zu sein, ohne sich verstellen zu müssen. Der heutige Tag hatte ihm einiges abverlangt. Er seufzte, schlüpfte in seine ausgetretenen Hausschuhe und ging ins Wohnzimmer. Der Pool draußen lag einladend glitzernd in der Abendsonne. Sollte er noch eine Runde schwimmen? Normalerweise hätte er das gern getan, es war der ideale Abend dafür. Aber er konnte nicht. Seit letzten Montag stand die Welt Kopf. Der einladende Pool war gleichzeitig das Tor zur Hölle geworden, und er musste die Augen abwenden, bevor die schrecklichen Bilder wieder auftauchten, die ihn bis in seine Träume verfolgten. Eine leichte Übelkeit stieg in ihm auf, und er ging in die Küche, um sich einen Espresso zu machen.

Mit dem bitteren Getränk in der Hand kam er zurück ins Wohnzimmer, griff sich eine der alten Zeitungen vom Stapel in der Sofaecke und holte Simones Papierschneidemaschine aus ihrem Arbeitszimmer. Er nahm einen Fünfzig-Euro-Schein aus der Geldbörse und maß die Kantenlänge ab, dann begann er, die Zeitung in geldscheingroße Stücke zu zerteilen. Wie viele Fünfziger brauchte man für zwanzigtausend Euro? Vierhundert? Er musste die Zeit ausnutzen, in der er allein im Haus war und niemand unbequeme Fragen stellen konnte.

Er drückte den Papierschneider nach unten. Wie das Fallbeil einer Guillotine zerteilte er die aufgeschichteten dünnen Blätter. Seine Hände zitterten. Mechanisch häufte er weitere Seiten aufeinander, drückte zu, häufte auf, drückte zu – wieder und wieder, bis ihm schließlich der Papierstapel auf dem Tisch dick genug erschien. Aus der Schublade des Flurschränkchens holte er einen Briefumschlag und steckte die vermeintlichen Geldscheine hinein. Zuoberst und zuunterst legte er noch einen echten Fünfziger, schnürte das Bündel mit zwei Gummiringen zusammen und betrachtete sein Werk. Zumindest bei einem flüchtigen Blick in den Umschlag konnte man die Scheine für echtes Geld halten. Das musste reichen. Er würde den Anweisungen zur Geldübergabe folgen, die der Erpresser ihm während des Turniers zukommen lassen würde. Mit etwas Glück konnte er beobachten, wer den Umschlag an sich nahm. Wenn sich dann eine günstige Gelegenheit ergab, würde er ihn sich noch an Ort und Stelle vorknöpfen und ihm die Geldgier ein für alle Mal austreiben. Wenn nicht, konnte er sich das auch noch für eine spätere Gelegenheit aufheben. Denn, so viel war ihm klar, wenn der Erpresser bemerkte, dass er ihn mit Papiergeld reingelegt hatte, würde er sich nochmals melden. Sollte er nur. Das Bürschchen würde schon noch sehen, was es davon hatte.

ACHT

Die Euphorie, mit der sie die Wartenweiler Spur verfolgt hatten, war verflogen, nachdem die Vernehmungen der vier Musiker keinen eindeutigen Verdacht geliefert hatten. Dazu kam noch die herbe Enttäuschung über Martin Merks erwiesene Unschuld – zumindest was ihren Fall betraf. Die Kollegen in Ravensburg hingegen würden sich freuen, dass sie ihren Kneipenschläger quasi auf dem Silbertablett serviert bekamen.

Peter Leitner von der Kriminaltechnik hatte bereits gestern Abend eine Mail mit den Untersuchungsergebnissen des Poolwassers aus Wartenweiler geschickt. Maibach druckte sie aus und las in der morgendlichen Besprechung das ernüchternde Ergebnis vor: »»Es steht zweifelsfrei fest, dass der Pool im Garten des Hauses Oleanderweg 12, Waldburg-Wartenweiler, mit Leitungswasser befüllt ist. Von weitergehenden Analysen haben wir abgesehen, da es sich eindeutig nicht um Salzwasser handelt. Gruß, Peter. PS: Bericht über Spurenlage im Akademiezimmer folgt morgen Vormittag, enthält aber auch keine wesentlichen Erkenntnisse. Sorry.‹«

Maibach blickte in die Runde und sah einen Haufen langer Gesichter. »Scheint so, als würden wir momentan auf der Stelle treten.«

»Auf der Stelle ist gut«, klagte Rüdiger Wille. »Wir fangen wieder bei null an, würde ich eher sagen.«

»Ganz so pessimistisch wäre ich nicht. Immerhin haben wir noch ein paar Fragen, die wir weiterverfolgen können. Erstens die ausländischen Telefongesellschaften. Jens und Stefan, ihr kümmert euch darum. Zweitens, es fehlt uns noch die Aussage von Frau Fassbinder zur Bestätigung des Alibis des Schlagzeugers. Uli und Katrin, ihr versucht es heute Morgen nochmals telefonisch, ansonsten fahrt ihr nachmittags hin. Was macht Frau Fassbinder eigentlich? Ist sie zu Hause oder berufstätig?«

»Zu Hause berufstätig«, antwortete Katrin Gerber. »Freie

Architektin, hat ihr Büro am Wohnsitz gemeldet. Sie heißt übrigens nicht Fassbinder, sondern Rödel.«

»Moderne Ehe, mit zwei verschiedenen Nachnamen, soso«, stellte Rüdiger Wille missbilligend fest, was ihm einen giftigen Blick von Katrin einbrachte.

»Hast du was dagegen? Ich heiße ja auch Gerber und nicht Kötzle wie mein Mann.«

»Na ja, bei Kötzle …«, setzte Rüdiger Wille zu einer Antwort an, verstummte aber wieder, als er bemerkte, wie sich ihre Augen zu schmalen Schlitzen verengten.

»Was bringen uns die Aussagen der Ehefrauen überhaupt?«, meinte nun Stefan Loderer. »Wir können uns doch nicht darauf verlassen, dass die alle die Wahrheit gesagt haben, oder? Wir müssen damit rechnen, dass sie im Zweifelsfall lügen würden, um ihre Männer zu schützen.«

»Ja, da hast du selbstverständlich recht.« Maibach nickte. »Besser wären natürlich unabhängige Zeugen. Wenn wir sonst nichts mehr zu tun haben, können wir gerne versuchen, aus den jeweiligen Nachbarn etwas herauszubekommen. Aber für den fraglichen Zeitraum, mitten in der Nacht, bin ich ehrlich gesagt skeptisch, ob das viel bringen wird.«

Loderer nickte betrübt.

»Gut. Dann machen wir uns an die Arbeit. Wer seine Aufgabe erledigt hat, erstattet mir Bericht, ich bin im Büro. Und wer Kapazitäten frei hat, geht bitte alles Material, was sich mittlerweile in der Akte im Intranet angehäuft hat, nochmals durch. Haarklein. Achtet auf jede Kleinigkeit in jedem Dokument. Irgendwo versteckt sich die Nadel im Heuhaufen, davon bin ich überzeugt. Irgendetwas haben wir übersehen.«

Maibach schob seinen Stuhl zurück, aber bevor er oder die anderen den Raum verlassen konnten, erschien eine wohlbekannte Gestalt im Türrahmen, und es begann dezent nach Flieder zu duften.

»Ah, Herr Maibach. Gerade im Aufbruch?«, erkundigte sich Kriminaloberrat Meißner und blickte in die Runde. »Sind Sie im Fall Kühneborn vorangekommen? Sie hatten doch für gestern

Nachmittag eine Reihe weiterer Vernehmungen angesetzt, nicht wahr?«

»Ja. Aber leider war immer noch keine heiße Spur dabei«, antwortete Maibach kurz angebunden. Er hatte keineswegs die Absicht, seinem Vorgesetzten etwas von Misserfolg oder Stillstand vorzujammern. »Wir werden weiterhin Informationen sammeln und sichten. Ich bin sicher, dass wir …«

»Jaja, schon gut«, unterbrach ihn der Kriminaloberrat unwirsch. »Sammeln und sichten Sie nur. Aber präsentieren Sie mir bald ein verwertbares Ergebnis! Und da wir gerade von Sammeln und Sichten sprechen«, er drückte Maibach zwei geöffnete Briefumschläge in die Hand, »Ihre Sammlung von Strafzetteln wenigstens ist wirklich beeindruckend. Abgesehen vom Parken in Weingarten hätten wir hier noch eine rote Ampel in Meckenbeuren und eine Fahrt mit Tempo fünfundfünfzig in einer Dreißiger-Zone in Ravensburg. Hübsches Foto übrigens. Sichten Sie mal.« Damit drehte er sich auf dem Absatz um und verließ grußlos das Zimmer.

Maibach steckte die Briefumschläge kommentarlos in seine Aktentasche und nickte seinen Mitarbeitern zu. »Los geht's, Leute. Ihr wisst, was ihr zu tun habt.« Dann ging er in sein Büro, schloss die Tür hinter sich und knallte die Aktentasche unter den Schreibtisch. Es gab Tage, da sollte man morgens am besten gar nicht aufstehen.

Als sein Telefon dieses Mal läutete, reagierte er sofort. Es war zwar immer noch sehr leise, aber da die Bürotür zu war, bemerkte er trotzdem gleich, woher das Klingeln kam. Nach diesem Gespräch würde er die Lautstärke hochregeln, nahm er sich vor und griff nach dem Apparat.

»Maibach, Kripo Friedrichshafen.«

»Guten Morgen. Rödel hier. Sie wollten mich sprechen?«, sagte eine freundlich klingende Frauenstimme am anderen Ende.

Rödel? Wo hatte er den Namen schon einmal gehört? Es war noch nicht lange her, aber er kam nicht drauf. Die Dame am anderen Ende musste sein Zögern bemerkt haben, denn sie sprach weiter: »Rödel, in Wartenweiler. Ich bin die Frau von Georg Fassbinder. Ich hatte ein paar Anrufe von einer Friedrichshafener Nummer auf dem Display, und mein Mann hat mir dann gesagt, worum es geht. Er meinte, ich solle mich am besten direkt zu Ihnen durchstellen lassen, da Sie die Ermittlungen leiten. Schreckliche Sache.«

»Ja. Vielen Dank, dass Sie sich bei uns melden. Es geht um die Nacht von Montag auf Dienstag letzter Woche. Können Sie bezeugen, wann Ihr Mann am Montagabend nach Hause gekommen ist?«

»Ja, natürlich. Er hatte ja einen Auftritt mit seiner Band in der Linse in Weingarten. Ich wäre gerne mitgegangen, aber wir haben einen dreizehnjährigen Sohn, und der muss während der Schulzeit zeitig ins Bett und will abends nicht allein bleiben. Also war ich zu Hause und habe mich auch früh schlafen gelegt. Und nachts um Viertel nach elf wache ich plötzlich auf, da war ein Mordskrach im Hausflur. Erst habe ich kurz gedacht, es wären Einbrecher, aber dann wurde mir klar, dass die bestimmt leiser wären. Ich habe vorsichtig die Schlafzimmertür aufgemacht, und da stand Georg im Flur. Er hatte den Staubsauger umgeschmissen. Ich war ziemlich sauer.«

»Ja, so hat uns das Ihr Mann auch geschildert. Können Sie bestätigen, dass er den Rest der Nacht zu Hause geblieben ist?«

Die Frau lachte. »Ja, absolut. Er hat sich dann auch bald hingelegt und gleich geschnarcht wie ein Weltmeister.«

»Sie haben nicht vielleicht getrennte Schlafzimmer? Bei Schnarchern ist das manchmal das einzig wirksame Mittel, habe ich mir sagen lassen.«

Wieder lachte die Frau auf. »Nein, bisher nicht. Aber Sie haben recht. Ich sollte ernsthaft darüber nachdenken.«

Maibach stellte den Lautstärkeregler auf Stufe 15 und legte den Apparat zurück auf die Basisstation. Noch eine Hoffnung weniger. Wobei er natürlich Stefan Loderer zustimmen musste – ein Alibi von der Ehefrau war im Zweifelsfall nicht allzu viel wert. Und diese hier hatte vorher auch noch Gelegenheit gehabt, sich mit ihrem Mann abzusprechen. Die Geschichten stimmten exakt überein. Das konnte zwar bedeuten, dass sie der Wahrheit entsprachen, aber ebenso, dass es eine abgekartete Lüge war. Was sie aber momentan nicht beweisen konnten.

Frustriert fuhr er seinen Computer hoch und rief das Dossier Kühneborn auf. Eine beeindruckende Menge von Dokumenten war darin abgelegt, Ulrike Müller hatte hervorragende Arbeit geleistet. Alles war übersichtlich sortiert. Berichte der verschiedenen Dienststellen – Revier Weingarten, KDD, Kriminaltechnik, Gerichtsmedizin … außerdem die Berichte seiner eigenen Mitarbeiter. Vernehmungsprotokolle. Rechercheergebnisse. Tabellarische Zusammenstellungen. Zeitabläufe. Lebensläufe. Fotos der Leiche. Fotos des Fundorts. Seufzend klickte er das erste Dokument im ersten Ordner an und begann zu lesen. Irgendwo lag der Schlüssel zu diesem Fall verborgen. Sie würden ihn schon noch finden.

Um kurz vor zwölf klopfte es hektisch an seiner Tür. Noch bevor er »Herein!« gesagt hatte, kam Rüdiger Wille schon ins Büro gestürmt. So aufgeregt erlebte man ihn selten. Maibach drehte fragend den Kopf in seine Richtung. »Willi! Was ist denn los?«

Wille legte ihm den Ausdruck einer Internetseite auf den Schreibtisch. »Ich habe mir noch mal alle Vernehmungsprotokolle von gestern durchgelesen. Und dabei ist mir mehrmals der Name dieses Weihers begegnet, von dem die Musiker erzählt haben, weißt du noch? Von dem Zeltlager der Ministranten damals?«

Maibach nickte. »Rösslerweiher, nicht? Warum? Was ist damit?«

»Weißt du, wo der liegt? Der Rösslerweiher?«

»Nicht genau, nein. In Oberschwaben gibt's so viele davon, dass ich mir die Namen nicht merken kann.«

»Aber ich weiß es!«, sagte Wille triumphierend und deutete auf den Computerausdruck. »Ich hab's gegoogelt. Und darf ich mal Wikipedia zitieren? Also, blablabla, blablabla, hier kommt's: ›Von den ehemals bis zu dreißig Stauweihern des Stillen Bachs werden heute aber nur noch neun künstliche Seen angestaut. Wichtig für die Gewährleistung einer ganzjährigen Wasserführung sind …‹ Blablabla, blablabla, und jetzt halt dich fest: ›als zentraler Schaltpunkt des Systems der über achthundert Jahre alte Rösslerweiher und im Unterlauf der Mahlweiher in Nessenreben.‹ Blablabla, und so weiter.«

Maibach blickte auf. »Der Rösslerweiher liegt in der Nähe des Stillen Bachs? Bei Weingarten?«

»Yepp.«

»Und unsere Wait-a-Whiles waren da zelten, mit Kühneborn. Der letzten Montag nach ihrem Konzert getötet und im Stillen Bach abgelegt wurde.«

»Yepp.«

»Mensch, Willi. Gute Arbeit. Das kann doch alles kein Zufall sein. Ich sag dir, einer von denen war's. Fragt sich nur, wer und warum.«

Da es kurz vor Mittag war, beschlossen sie, dem restlichen Team beim Essen von dieser Entdeckung zu berichten. Wille bestellte eine Runde Pizza für alle, und als die Lieferung kam, brachten sie die Pappkartons und ein paar Flaschen Mineralwasser ins Besprechungszimmer und trommelten die anderen zusammen. »Mittagessen und Dienstbesprechung!«, rief Maibach durch den Flur.

Verwundert versammelten sich alle um die gedeckten Tische. »Was ist denn jetzt los?«, fragte Katrin Gerber. »Hat einer von euch Geburtstag, oder was?«

Maibach schüttelte den Kopf. »Nein, aber Willi hat was entdeckt. Hört euch das mal an.«

Rüdiger Wille berichtete von seinem Fund und verteilte an alle eine Fotokopie des Artikels sowie den Ausdruck einer Landkarte, die den Verlauf des Stillen Baches und die Lage des Rösslerweihers zeigte.

»Also, Leute. Folgende Sachlage«, sagte Maibach und biss von einer Schnitte seiner Pizza Funghi ab. »Zeltlager am Rösslerweiher, 1982. Vermutlich hier, auf einer dieser Wiesen.« Er hielt sein Exemplar der Karte hoch und zeigte die entsprechende

Stelle. Die anderen nickten. »Mit dabei: Kühneborn, unser Toter, und die vier aus Wartenweiler. Die späteren Wait-a-Whiles.«

»Und natürlich noch einige andere Ministranten, oder?«, warf Katrin Gerber ein.

Maibach nickte. »Ja. Klar. Aber diese vier geben fünfunddreißig Jahre später ein Konzert. Kühneborn geht hin, und in derselben Nacht wird er getötet. Und seine Leiche landet im Stillen Bach, genau hier.« Wieder hielt er seine Karte hoch. »Das sind, sagen wir mal, ungefähr achthundert oder neunhundert Meter zwischen dem damaligen Zeltlager und dem heutigen Leichenfundort. Der wasserbauhistorische Wanderweg führt von hier«, er deutete auf den Waldspielplatz, »nach hier«, er zeigte auf den Wanderparkplatz an der kleinen Landstraße am anderen Ende des Kanals, »aber in seiner Verlängerung kann man auch um den Rösslerweiher herumgehen. Hier, seht ihr? Und dabei kommt man an dem Platz vorbei, wo die Ministranten wahrscheinlich gezeltet haben.«

Die anderen ließen sich seine Worte durch den Kopf gehen und betrachteten ihre Landkarten.

Eine Weile herrschte Stille. Katrin Gerber war wieder die Erste, die sich zu Wort meldete. »Okay. Dann hätten wir also jetzt nicht nur eine fünfunddreißig Jahre alte Verbindung der Wait-a-Whiles zu Kühneborn, sondern auch eine genauso alte Verbindung von ihnen allen zusammen zum Leichenfundort. Wie hilft uns das weiter?«

»Könnte das Zeltlager etwas mit dem Mordmotiv zu tun haben?«, fragte Jens Kleinschmidt. Alle schauten ihn an. Als er nicht weitersprach, fragte Ulrike Müller: »Wie meinst du das?«

Er zuckte mit den Schultern. »So genau weiß ich das selber nicht. Ich habe nur laut gedacht.«

»Denk weiter«, ermunterte ihn Maibach.

»Bei dem Zeltlager ist irgendwas passiert. Etwas, was mit Kühneborn zusammenhängt. Und dafür hat sich jetzt einer gerächt, hat den Kühneborn getötet und ihn dann zum Ort des damaligen Zeltlagers zurückgebracht. Als Mahnung an das, was damals passiert ist, sozusagen.«

»Er lag aber nicht auf dem Zeltplatz, sondern am Bach«, wandte Ulrike Müller ein.

»Dann ist es halt am Bach passiert.«

Wieder schwiegen sie. Eine Zeit lang waren nur Kaugeräusche und das Rascheln von Papierservietten zu hören. Dann meinte Stefan Loderer: »Zeltlager, kleine Jungs und ein junger Diakon, der hinterher die Ausbildungsstelle verlässt.« Er legte eine kurze Pause ein und schaute seine Kollegen der Reihe nach an. »Denkt ihr auch, was ich denke?«

Das beklommene Schweigen wurde in der Runde nach und nach von Kopfnicken abgelöst.

»Du hast recht, Stefan«, meinte Maibach schließlich. »Wir müssen uns die Vernehmungsprotokolle noch mal vornehmen, besonders die Stellen, in denen die vier von dem Zeltlager erzählen. Uli, kannst du mal die entsprechenden Passagen für alle ausdrucken?«

Ulrike Müller nickte und verließ den Raum.

Die Pizzaschachteln waren im Müll gelandet, die Mineralwasserflaschen leer. Es herrschte konzentriertes Schweigen. Alle waren in die Lektüre der Gesprächsprotokolle vertieft, unterstrichen auffällige Passagen, machten sich Notizen. Als einer nach dem anderen seinen Stift weggelegt hatte, ergriff Maibach das Wort.

»Und? Brainstorming. Was habt ihr?«

»Nicht viel«, meinte Jens Kleinschmidt enttäuscht. »Vor allem nichts Negatives. Die waren doch alle begeistert von dem Zeltlager, so wie sich das anhört.«

»Nein, nicht alle«, widersprach Stefan Loderer. »Einer erinnerte sich doch gar nicht an den Kühneborn oder an ein Zeltlager mit ihm. Der Schlagzeuger.«

»Ja, genau. Und das finde ich immer noch merkwürdig«, kam Ulrike Müller ihm zu Hilfe. »Alle erinnern sich an ›Gottfried‹, einer sagte sogar, Georg Fassbinder wäre so was wie Gottfrieds Liebling gewesen, und ausgerechnet dieser Fassbinder erinnert sich nicht mal an den Namen? Ich sag's euch. Der war's.«

»Einer hat aber doch eher negative Erinnerungen an ihn«, ergänzte Katrin Gerber. »Der Gitarrist, dieser Rainer Trüb, konnte ihn nicht leiden. Und hier, die Sache mit dem Haarschnitt – da sagt er – Moment, ich hab's mir unterstrichen: ›Der Diakon hatte ganz kurze schwarze Stoppeln, daran erinnere ich mich genau. Manchmal hat er uns darüberstreichen lassen, das hat sich angefühlt wie ... wie ... (Räuspern) Am ehesten noch die Augen. Jetzt, wo Sie's sagen, kommt mir die Augenpartie am ehesten bekannt vor.‹ Das ist doch merkwürdig, oder? Dieser abgebrochene Satz, das Stottern, Räuspern, und dann der Themenwechsel? Als ob es da was zu verheimlichen gäbe.«

Nachdenklich ergänzte Rüdiger Wille: »Das mit dem Haar hat Hubert Söllner, der Sänger, auch erwähnt. Das ist doch nicht normal! Dem Diakon übers Haar zu streichen!«

»Wieso denn nicht? Wenn er doch so was wie ein Kumpel war?«, meinte Jens Kleinschmidt.

»Trotzdem«, beharrte Wille. »Und dann noch die Aussage von dem Bassisten. Dass der Diakon die Kleinen abends immer ›trösten‹ musste. Wie hat er das wohl genau gemacht? Streicheln? Händchen halten? Sich ins Bett dazulegen?«

Stefan Loderer stimmte ihm zu. »Wie ich vermutet habe. Da ist was vorgefallen mit einem von den Kleinen im Zeltlager, und jetzt hat derjenige sich dafür gerächt.«

»Und einer von den damals Zehnjährigen hat kein Alibi«, erinnerte Katrin Gerber. »Der Gitarrist. Ich hab's ja gleich gesagt. Konnte den heiligen Gottfried nicht leiden, hat kein Alibi, aber einen Pool. Der war's.«

»Der Pool ist mit Süßwasser gefüllt«, entgegnete Maibach.

»Vielleicht hat er das Wasser seit letzter Woche gewechselt. Könnte doch sein, oder?«, beharrte Katrin.

»Gut«, meinte Maibach. »Wir holen uns den Gitarristen und befragen ihn noch mal. Wer fährt mit?«

Eine gute Stunde später saßen Maibach und Rüdiger Wille erneut dem Gitarristen der Wait-a-Whiles im Vernehmungsraum gegenüber. Sie hatten Rainer Trüb mitten aus einer geschäftlichen Besprechung in seiner Firma geholt, worüber dieser nicht gerade begeistert gewesen war. Auch jetzt war ihm sein Unmut noch deutlich anzumerken.

»Ich protestiere ausdrücklich gegen diese Behandlung!«, blaffte er in Richtung des Mikrofons, kaum dass Maibach das Aufnahmegerät aktiviert hatte. »Hätten Sie nicht anrufen und einen Termin vereinbaren können? Ich wäre sicher so schnell wie möglich hergekommen. Stattdessen platzen Sie in die Firma und nehmen mich mit, als ob Sie mich verhaftet hätten! Wie sieht das denn aus? Da kommt man sich ja vor wie ein Verbrecher!«

Maibach wartete geduldig das Ende der Tirade ab. Dann lächelte er Trüb begütigend an. »Herr Trüb. Von Verhaftung kann keine Rede sein. Das haben wir bei unserem Eintreffen doch klargestellt. Wir haben Sie lediglich gebeten, uns nochmals bei unseren Ermittlungen behilflich zu sein. Und Sie haben uns daraufhin freiwillig begleitet.«

»Freiwillig, na klar«, schnaubte Trüb. »Und was hätten Sie getan, wenn ich Nein gesagt hätte?«

»Haben Sie ja nicht«, entgegnete Maibach leichthin. »Und wenn wir jetzt unsere Befragung beginnen könnten, dann sind Sie auch bald wieder zurück in Ihrer Firma.«

Er gab Rüdiger Wille ein Zeichen, woraufhin dieser begann: »Bei unserem letzten Gespräch, Herr Trüb, haben Sie ein Zeltlager am Rösslerweiher erwähnt, an dem Sie als Ministrant teilgenommen haben. Können Sie uns darüber etwas mehr erzählen?«

Trüb schaute ihn ungläubig an. »Das Zeltlager am Rösslerweiher? Das ist doch ewig her! Daran erinnere ich mich kaum noch!«

»Wenn Sie es trotzdem versuchen könnten? Wir wären Ihnen wirklich sehr dankbar.«

Trüb entspannte sich ein wenig und lehnte sich auf seinem Stuhl zurück. »Also gut. Was wollen Sie wissen?«

»Sie waren damals zehn Jahre alt. Waren Sie das erste Mal von zu Hause weg?«

»Ja, ich glaube schon«, antwortete Trüb nach kurzem Nachdenken. »Ich hatte zwar immer mal wieder bei meinen Großeltern übernachtet, aber so ganz allein, ohne Familie, war ich das erste Mal länger weg.«

»Hatten Sie Heimweh?«

»Ein bisschen vielleicht. Aber es gab ja zum Glück jeden Tag ein volles Programm, da vergisst man das auch wieder.«

»Und abends? Beim Schlafengehen?«

»Daran erinnere ich mich beim besten Willen nicht mehr. Ich nehme an, wir waren so müde, dass wir ruck, zuck eingeschlafen sind. Das ist bei meinem Sohn heute auch so. Wenn der abends vom Fußballspielen kommt, haut er sich hin und ist in fünf Minuten weg.«

Wille betrachtete ihn nachdenklich. »Gab es denn auch Situationen, in denen Sie Trost brauchten?«

»Trost?«

»Von einem Erwachsenen. Zum Beispiel dem Diakon, Herrn Kühneborn.«

Trüb lachte kurz auf. »Von dem hätte ich mich nicht trösten lassen wollen.«

»Warum nicht?«

Trüb zuckte mit den Schultern. »Ich weiß nicht. Ich habe ja schon mal gesagt, dass ich den heiligen Gottfried nicht so mochte.«

»Könnten Sie mir erklären, warum?«

Trüb zögerte. »Als Kind kann man das nicht erklären. Es gibt eben Leute, die man mag, und andere, die man nicht mag.«

»Und im Rückblick, als Erwachsener? Haben Sie jetzt eine Erklärung dafür?«

Trüb schüttelte den Kopf und schwieg.

Nach einer Weile ergriff Maibach das Wort. »Herr Trüb. Kann es sein, dass zwischen Ihnen und Gottfried, dem Diakon, damals etwas vorgefallen ist?«

Trüb blickte auf. »Vorgefallen?«

»Ja.«

»Was meinen Sie denn damit?«

Maibach seufzte. »Ist Ihnen Herr Kühneborn damals zu nahe getreten? Hat er Sie vielleicht unsittlich berührt? Oder ...«

Trüb fiel ihm ins Wort. »Reden Sie jetzt von Kindesmiss-brauch, oder was?«

»Ja.«

»Sie sind ja verrückt. Also das muss ich mir jetzt echt nicht bieten lassen!«

Maibach hob beschwichtigend die Hand. »Herr Trüb. Wenn damals etwas Derartiges vorgefallen ist, dann waren Sie nicht schuld daran. Sie waren das Opfer. Herr Kühneborn war der Täter.«

Trüb stützte sich mit den Händen auf der Tischplatte auf. »Opfer? Täter? Was reden Sie denn da für einen Schwachsinn? Und als Nächstes heißt es dann, ich habe den Gottfried letzte Woche ermordet, aus Rache, oder was?«

»Haben Sie?«

»Sie sind ja total plemplem!« Trüb sprang von seinem Stuhl auf. »Das höre ich mir nicht länger an. Ich gehe jetzt!«

Rüdiger Wille reagierte erstaunlich schnell. Er war mit einem Satz an der Tür und lehnte sich dagegen, um Trüb den Weg zu versperren.

Maibach stand ebenfalls auf. »Sie gehen erst, wenn ich es sage!«, befahl er in so scharfem Ton, dass Trüb innehielt und sich umdrehte. »Sie setzen sich jetzt wieder hin und beruhigen sich. Und dann reden wir weiter. Wir sind noch längst nicht fertig.«

Trüb starrte Maibach noch ein paar Sekunden lang feindselig an, doch dann ließ er die Schultern sinken und fuhr sich mit der Hand durch die Haare. »Entschuldigen Sie«, meinte er schließ-lich und setzte sich wieder auf seinen Stuhl. »Ich habe mich im Ton vergriffen. Aber was Sie sich da zusammenphantasieren, ist wirklich total absurd.«

»Möchten Sie zu unserem Gespräch einen Anwalt hinzuzie-hen?«

»Nein. Ich brauche keinen Anwalt. Ich habe nichts mit der Sache zu tun.«

Auch im weiteren Verlauf des Gesprächs blieb der Gitarrist bei seiner Aussage. Er räumte allerdings ein, dass seine Abneigung gegen den Diakon durchaus etwas mit dessen, wie er es nannte, »undistanziertem« Verhalten gegenüber den Kindern zu tun gehabt haben könnte.

»Ich mochte es nicht, wie er uns dauernd auf die Schultern klopfte und über die Haare strich. Oder sich von uns über die Haare streichen ließ. Okay, das war so ein kitzliges Igelborstengefühl, irgendwie ganz witzig. Aber mir war das unangenehm. Andere fanden es toll.«

»Könnte es sein, dass er sich anderen Kindern unsittlich genähert hat?«

»Davon habe ich nichts mitbekommen.«

»Gab es in dem Zeltlager irgendeinen Zwischenfall, an den Sie sich erinnern? Einen Unfall, ein Problem, einen Streit oder Ähnliches?«

»Nein.«

Während Maibach und Wille das Gespräch mit Rainer Trüb führten, fuhren die restlichen Kollegen auf Maibachs Anweisung nach Wartenweiler und befragten die Nachbarn aller Bandmitglieder über die Mordnacht. Doch niemand konnte bestätigen, wann Trüb nach Hause gekommen war, und niemand hatte irgendwelche verdächtigen Beobachtungen gemacht. Wie es schien, hatte das ganze Dorf tief und fest geschlafen. Und einer der vier Musiker wohnte so weit vom Dorf entfernt am Waldrand, dass es dort keine näheren Nachbarn gab.

Katrin Gerber und Ulrike Müller bekamen von Trübs Ehefrau, die von ihrem Auftauchen sichtlich eingeschüchtert war, ohne größere Probleme die Zustimmung für eine Kontrolle der Wasseruhr im Keller. Ein Mitarbeiter des örtlichen Wasserversorgers erschien murrend kurz vor Feierabend. Anhand der abgelesenen Werte konnte er mit Sicherheit ausschließen, dass das Schwimmbecken im Garten seit der letzten Zählerkontrolle, die sechs Wochen zuvor stattgefunden hatte, neu befüllt worden war.

Spätabends mussten sie den Gitarristen schließlich gehen lassen. Am frühen Donnerstagmorgen holten sie auch die anderen drei Bandmitglieder zu weiteren Verhören in die Dienststelle. Doch die Ergebnisse ähnelten denen des Gesprächs mit dem Gitarristen: Bei keinem der vier Musiker lagen ausreichende Verdachtsmomente für eine Festnahme vor.

***

Es war so gekommen, wie es kommen musste. Nach seiner ersten Vorladung bei der Polizei hatte er sich noch einreden können, es handle sich um eine reine Routinebefragung. Seit dem zweiten Gespräch war ihm klar, dass die Ermittler auf der richtigen Spur waren. Auf seiner Spur. Er hatte zwar, genau wie beim ersten Mal, sein Bestes gegeben, um sie von seiner Unschuld zu überzeugen; hatte Lügen und Halbwahrheiten von sich gegeben, anderes gekonnt verschwiegen. Aber wie lange würde ihn das noch retten können? Die Ermittler waren clever. Besonders dieser Maibach schien ihm ein ernst zu nehmender Gegner zu sein. Er musste sich vorsehen.

Außerdem beunruhigte ihn die Frage, was seine drei Bandkollegen in ihren Vernehmungen wohl gesagt hatten. Hatte ihn einer mit Gottfried gesehen? Oder – und bei diesem Gedanken brach ihm der kalte Schweiß aus – hatte damals beim Zeltlager vielleicht doch einer etwas mitbekommen? Oder konnte sich im Nachhinein etwas zusammenreimen? Wenn man die anderen auch so gründlich dazu befragt hatte wie ihn? Er hätte so gern versucht, sie ein wenig auszuhorchen. Vielleicht im ›Hirsch‹, bei einem Bier nach Feierabend. Aber er befürchtete, sich nicht gut genug im Griff zu haben und sich durch irgendeine falsche Reaktion erst recht zu verraten … Nein, es war wohl sicherer, den anderen vorerst aus dem Weg zu gehen.

Dafür konnte er vielleicht am Samstag beim Fußballturnier wenigstens das andere Problem aus der Welt schaffen. Er musste diesem halbstarken Möchtegern-Erpresser unbedingt das Handwerk legen, bevor dieser es sich zur Gewohnheit machte, ihn zur Kasse zu bitten. So schwer konnte das nicht sein. Mit dem Früchtchen würde er schon fertigwerden!

* * *

Am Donnerstagabend begann das Friedrichshafener Seehasenfest. Maibach machte auf dem Heimweg einen großen Bogen um den Gondelhafen und die Uferstraße, denn das Antrommeln zum Festauftakt und das Gewimmel und Gewusel der Leute, die schon gleich nach dem Fassanstich die diversen Biergärten bevölkern würden, konnte er nach den frustrierenden Verhören mit den Wartenweiler Musikern nun wirklich nicht auch noch ertragen.

Er war immer noch der festen Überzeugung, dass der Schlüssel zu Kühneborns Tod in dessen gemeinsamer Vergangenheit mit den Wait-a-Whiles zu finden war. Sie würden ab Freitag nochmals alle Ermittlungsergebnisse durchgehen müssen, auf der Suche nach dem einen kleinen Hinweis, den sie bisher übersehen hatten.

Am Ende der Teambesprechung am Freitagnachmittag, als Maibach in die erschöpften und frustrierten Gesichter seiner Mannschaft blickte, beschloss er, dass es Zeit für eine Pause war.

»Leute, wir müssen uns mal eine Auszeit nehmen«, verkündete er. »Macht das Wochenende frei, geht mit euren Kindern aufs Seehasenfest oder sonst wohin. Und am Montag treffen wir uns mit neuem Schwung wieder hier zur Besprechung um acht.«

Katrin Gerbers düstere Miene hellte sich auf. »Chef, das ist echt klasse von dir. Ich wollte eigentlich schon lange fragen, ob ich am Wochenende freimachen kann, aber ich hätte mich nicht getraut. Meine Kinder wollen morgen unbedingt am Hafen den Seehas begrüßen, wenn er vom Schiff kommt. Und unser Jüngster bekommt dieses Jahr seinen Hasenklee! Der wird sich freuen, wenn ich auch dabei sein kann!«

»Hasenklee?« Maibach schaute Katrin Gerber verständnislos an.

Katrin verdrehte die Augen. »Man merkt, dass du kein echter Häfler bist. Das weiß hier jedes Kind! Hasenklee, das sind die Geschenke, die der Seehas jedes Jahr an die Erstklässler verteilt. Süßigkeiten, Spiele, Kuschelhäschen ...«

Kuschelhäschen. Maibach fand seine innerste Überzeugung zum Thema Heimatfest wieder einmal bestätigt. Zugegeben – es war durchaus löblich, dass die zerbombte Stadt Friedrichshafen im Jahr 1949 beschlossen hatte, den Kindern zur Linderung der Not der Nachkriegsjahre ein fröhliches Fest zu widmen. Doch diese ganze Inszenierung rund um den Hasen, der einmal im Jahr vom See an Land kam und nichts Besseres zu tun hatte als ausgerechnet Kuschelhäschen zu verschenken, nur um ein paar Tage danach mit einem Korb voller Möhren als Wegzehrung wieder für ein Jahr auf dem See zu verschwinden, hatte doch etwas ziemlich Albernes. Zumindest aus der Sicht eines gestandenen Ravensburgers, dessen geliebtes Rutenfest sich bis ins 15. Jahrhundert zurückverfolgen ließ und mit Kuschelhäschen und Möhrenkörben nichts, aber auch gar nichts zu tun hatte.

Ein Räuspern von Katrin riss ihn aus seinen Gedanken. »Hasenklee heißt das also, aha«, beeilte er sich zu erwidern. »Na dann, viel Spaß dabei.«

Am Samstagmorgen um zehn klingelte das Telefon. Maibach lag noch im Bett. Er hatte zum ersten Mal seit einer gefühlten Ewigkeit wieder einigermaßen gut geschlafen. Irgendwie war es ihm gelungen, die Sorgen über den Fortgang seiner ins Stocken geratenen Ermittlung für eine Nacht beiseitezuschieben. Er sprang aus dem Bett und eilte barfuß ins Wohnzimmer. »Maibach?«

»Hallo, Onkel Charlie. Hier ist Manuel.«

»Hey, mein Großer. Schön, dich zu hören.«

»Onkel Charlie, du hast doch neulich gesagt, dass du uns bald mal wieder besuchen kommst.«

»Ja, hab ich. Ich hatte aber diese Woche viel zu tun.«

»Und heute?«

»Heute mache ich Pause.«

»Kannst du dann kommen? Ich hab ein ganz wichtiges Turnier im Lindenhofstadion. Wenn wir noch mal weiterkommen, sind wir im Finale. Möchtest du nicht mal wieder zuschauen? Und Mama hat gesagt, danach gehen wir in der Stadiongaststätte Pizza essen.«

Hm. Das klang in der Tat verlockend. Er brauchte dringend etwas, das ihn auf andere Gedanken brachte, und auf den Trubel beim Friedrichshafener Heimatfest, bei dem man heute an jeder Ecke Kindern mit Hasenohren begegnen würde, hatte er wirklich keine Lust. Also sagte er zu, sehr zur Freude seines Neffen, und machte sich nach einer erfrischenden Dusche und einem ausgiebigen Brunch, bei dem er die liegen gebliebenen Zeitungen der gesamten Woche las, auf den Weg nach Weingarten.

* * *

Hussein konnte den ganzen Vormittag über kaum an etwas anderes denken als an das Geld, das er heute bekommen würde. Doch je länger er darüber nachdachte, desto mehr Zweifel kamen ihm. Mehrmals war er kurz davor, sein Vorhaben aufzugeben. Er malte sich aus, was alles schiefgehen konnte: Der Porschefahrer würde gar nicht auftauchen. Oder er würde die zweite Nachricht nicht rechtzeitig finden. Oder sie nicht befolgen. Vielleicht hatte er ja mit der Sache im Wald auch gar nichts zu tun. Vielleicht war das ein anderer Porsche gewesen. Vielleicht, vielleicht …

Schließlich hielt er es nicht mehr aus. Er erzählte seiner Mutter, der Trainer habe kurzfristig noch ein Sondertraining vor dem Turnier angesetzt, und radelte gute zwei Stunden zu früh zum Stadion. Er kettete sein Rad auf dem menschenleeren Vorplatz an einem Fahrradständer an und überlegte. Was konnte er tun, um sicherzugehen, dass der Porschefahrer seine Nachricht bekam? Am besten war es wohl, die Stadioneinfahrt zu beobachten. Es gab nur diese eine Zufahrt zum Parkplatz, hier mussten alle Autos durch. Hussein ließ seine Blicke über das Gelände schweifen, bis sie an einem Gebüsch hängen blieben, das den Radweg, auf dem er eben gekommen war, von den Sportplätzen abgrenzte. Von dort aus hatte man den Parkplatz im Blick, wurde aber selber von den dichten Hecken verborgen. Er lief über den Grünstreifen und suchte sich einen guten Platz zum Warten.

Über eine Stunde lang tat sich gar nichts. Gegen dreizehn Uhr trafen die ersten Autos ein, und der Parkplatz füllte sich zusehends. Als endlich ein dunkelblaumetallicfarbener Porsche eine der Parkbuchten im hinteren Bereich ansteuerte, atmete Hussein erleichtert auf. Kein Zweifel, das war er. Immer noch funktionierte nur eines der Bremslichter.

Aus dem Wagen stiegen ein Mann und ein Junge. Sie wandten sich in Richtung Stadioneingang, dann sagte der Junge etwas zu dem Mann und rannte zurück zum Auto. Vom Rücksitz holte er einen Sportbeutel und ein Paar Torwarthandschuhe, bevor er endlich seinem Vater ins Stadion folgte.

Hussein wartete ab, bis von den beiden nichts mehr zu sehen war. Dann schlenderte er über den Parkplatz und steckte seinen Zettel möglichst unauffällig im Vorübergehen unter den Scheibenwischer des Porsche. Verstohlen blickte er sich um. In dieser Reihe des Parkplatzes war momentan nicht viel los, die meisten Autofahrer wollten wohl so weit vorn wie möglich parken. Er konnte also getrost noch einen Blick ins Wageninnere werfen, ohne Aufsehen zu erregen. Schicker Schlitten! Alles auf Hochglanz poliert, kein Stäubchen zu sehen. Auf dem Beifahrersitz lag ein Spielplan des heutigen Turniertags. Einige Spiele waren rot markiert, auch das erste Spiel auf der Liste. Hussein wusste schon, welches das war: Weingarten gegen Wartenweiler.

Es wurde Zeit, in die Umkleidekabine zu gehen und sich zu seiner Mannschaft zu gesellen. Während er in Richtung des Gebäudes ging, nahm er sich vor, heute Nachmittag auf jeden Fall noch eine Sache herauszufinden: Wie hieß der Torwart des FC Wartenweiler?

**

Der Parkplatz beim Stadion war schon gut gefüllt. Maibach stellte seinen Wagen in einer der letzten noch freien Parkbuchten ab und begab sich zu Fuß zum Eingang des Stadiongeländes.

Vor seinem Umzug nach Friedrichshafen hatte er öfter bei Manuels Fußballspielen zugeschaut. Auch Ursula war immer gern mitgekommen, und das anschließende Essen im Kreis der Familie war fast schon Tradition gewesen.

Auf dem kleinen Spielplatz hinter der Restaurantterrasse saß Tobias auf der Schaukel und winkte. Michaela und Annika standen dabei und gaben ihm abwechselnd Schwung. Maibach gesellte sich zu ihnen.

»Schön, dass du kommst.« Seine Schwester begrüßte ihn mit einer herzlichen Umarmung. »Ich hatte gar nicht damit gerechnet, dass du zusagen würdest. Manuel freut sich riesig. Hast du deine Ermittlung schon beendet?«

»Nein, das nicht. Wir stecken gerade ein bisschen fest. Ich kann einen Tag Pause ganz gut gebrauchen.«

Aus dem Kabinentrakt kam Manuel im Dress seiner Mannschaft angerannt. »Hallo, Onkel Charlie! Wir haben gleich das erste Spiel. Drück mir die Daumen!«

»Klar! Gegen wen denn?«

»Ach, gegen so eine kleine Dorfmannschaft. FC Wartenweiler. Ich glaube, die packen wir locker. Aber nachher wird's echt noch schwierig. Mama, feuert ihr uns auch laut genug an?«

»Machen wir, Schatz. Viel Glück!«

FC Wartenweiler. Nicht zu fassen, dachte Maibach. Da hat man sein Leben lang noch nichts von dem Kaff gehört, und dann begegnet man ihm plötzlich auf Schritt und Tritt. Sogar am freien Wochenende. Muss das denn sein?

Die Weingartener Fans bauten sich hinter dem einen Tor auf, die Wartenweiler belegten die andere Seite des Platzes mit Beschlag.

Hatten nicht mindestens zwei der Musiker in den Vernehmungen erwähnt, dass ihre Kinder im Fußballverein waren? Maibach spähte hinüber zur gegnerischen Fangemeinde, aber die Entfernung war zu groß, um festzustellen, ob ein bekanntes Gesicht dabei war.

**

Er war nervös. Den ganzen Nachmittag lang bei einem Spiel nach dem anderen zuzuschauen brachte ihn fast an den Rand seiner Kräfte. Die anderen Eltern aus dem Dorf wollten andauernd Small Talk machen, oder sie kommentierten die Spielzüge ihrer Sprösslinge und erwarteten von ihm, dass er sich an den allgemeinen Beifalls- oder Verzweiflungsrufen beteiligte. Dabei war er mit seinen Gedanken ganz woanders. Er musste herausfinden, wer ihm die Nachricht geschrieben hatte. Mittlerweile sah er ein, dass er sich das etwas zu leicht vorgestellt hatte. Er hatte gedacht, es würde reichen, einen Spieler im Weingartener Trikot mit dunklem Teint und dunklen Haaren ausfindig zu machen, und schon hätte er den Erpresser identifiziert. Aber in der Weingartener Mannschaft gab es mindestens fünf Spieler, die diese Kriterien erfüllten, und dazu kam noch, dass ihm auch bei den anderen Mannschaften, sogar wenn sie aus ähnlich kleinen Orten wie Wartenweiler kamen, heute auf einmal jede Menge solcher ausländisch aussehender Jungen ins Auge fielen. Und jeder von ihnen konnte es sein. Im Prinzip konnte es wahrscheinlich auch jeder andere sein, denn seine Theorie mit dem Migrationshintergrund kam ihm inzwischen reichlich weit hergeholt vor.

Wenn er den Erpresser nicht am Aussehen erkennen konnte, musste er ihn erwischen, während dieser ihm eine neue Nachricht zukommen ließ. Er ging davon aus, dass er sie wieder unter den Scheibenwischer klemmen würde. Also nahm er sich vor, in jeder Spielpause den Parkplatz zu beobachten. Doch auch dieser Plan ging nicht auf. Schon als er zum ersten Mal auf seinen Porsche zuging, sah er von Weitem das Papier, das in der Sonne leuchtete. Aber weit und breit war niemand zu sehen, weder mit noch ohne Migrationshintergrund. Mist. Der Erpresser war schneller gewesen. Fluchend ging er die restlichen Schritte, vergewisserte sich, dass ihn niemand beobachtete, und las die neue Nachricht.

Tu das Geld nach dem letzten Spiel in den ersten Papier-
korb links hinter dem Kabineneingang.

Der erste Papierkorb links hinter dem Kabineneingang. Na, das war auf jeden Fall eine präzise Angabe. Er holte den Umschlag mit dem »Geld« aus dem Handschuhfach und schob ihn sich am Rücken unter den Hosenbund. Dann zog er sein T-Shirt glatt, ging zurück ins Stadion und suchte den betreffenden Papierkorb. Er entdeckte ihn auf Anhieb. Die letzte Möglichkeit, sich den Burschen vorzuknöpfen, war wohl, den Umschlag zu gegebener Zeit dort abzulegen und sich irgendwo in der Nähe zu postieren. Dann würde er warten, bis der Knabe die Beute holen wollte, und ihn sich zur Brust nehmen. Angriff war schließlich die beste Verteidigung.

Er besah sich die Umgebung des Papierkorbs. Wo in der Nähe konnte man sich unbemerkt aufhalten? Vielleicht im Gebäude mit den Umkleidekabinen. Aber dort war nachher bestimmt zu viel los, und man hatte durch die Glastür auch keinen direkten Blick auf den Papierkorb. Blieb noch die dichte Hecke in Richtung Parkplatz. Wenn man sich dahinter stellte, war man vor den Blicken vom Stadiongelände her geschützt, konnte aber bestimmt durch die Zweige den Papierkorb sehen. Ja, das müsste gehen. Jetzt musste er nur noch geduldig bis zum Ende des Turniers abwarten.

✻ ✻ ✻

Der Nachmittag verging wie im Flug. Wenn Manuels Mannschaft spielte, feuerten sie ihn mit vereinten Kräften an. Klausimausi war natürlich mit Abstand am lautesten. Vor allem die fußballtechnischen Ratschläge, die er fast noch energischer als Manuels Trainer übers Feld brüllte, fand Maibach äußerst peinlich, und er bemühte sich, möglichst weit von ihm entfernt zu stehen, damit nicht alle Leute dachten, sie gehörten zusammen. Manuels Mannschaft hielt sich wacker. Es waren aber auch einige tolle Jungs dabei, dachte Maibach anerkennend. Besonders einer der Stürmer, der auch in jedem Spiel mindestens ein oder zwei Tore schoss, fiel ihm auf. Ein echtes Naturtalent. Mann, konnte der rennen!

Wenn Manuels Mannschaft Pause hatte, gönnten sie sich ein Eis oder ein Getränk im Schatten und plauderten über Gott und die Welt. Und am Ende des Nachmittags, als feststand, dass die Weingartener Mannschaft das Finale erreicht hatte, beglückwünschte er seinen Neffen zum tollen Erfolg und machte sich mit der ganzen Familie auf zu einem gemütlichen Abendessen.

Sie setzten sich auf die Terrasse des Restaurants. Zufrieden blinzelte Maibach in die Abendsonne. Die auswärtigen Mannschaften kamen nun auch frisch umgezogen aus den Umkleidekabinen und wurden von ihren Eltern in Empfang genommen. Er schaute dem Gewusel zu und erkannte mitten in einem Pulk von Leuten, die dem Ausgang zustrebten, plötzlich drei bekannte Gestalten. Hubert Söllner, Rainer Trüb und Georg Fassbinder. Den Leadsänger, den Gitarristen und den Schlagzeuger der Wait-a-Whiles. Sie unterhielten sich angeregt und hatten den Ausgang fast schon erreicht, als einer von ihnen sich noch einmal umdrehte, ein paar Worte mit den anderen wechselte und zurück in Richtung Spielfeld ging. Vielleicht hatte er etwas vergessen, mutmaßte Maibach und konzentrierte sich auf seine Speisekarte.

***

Er schlenderte an den letzten Turnierbesuchern vorbei, die zum Ausgang hin unterwegs waren, und sah sich um. Es fiel ihm niemand Verdächtiges auf, auch kein Jugendlicher, der irgendwo verstohlen um die Ecke linste und den Papierkorb beobachtete. Momentan war überhaupt niemand in unmittelbarer Nähe, und er nutzte die Gelegenheit, um mit einem schnellen Griff unter sein T-Shirt den Umschlag aus dem Hosenbund zu ziehen und in den Papierkorb gleiten zu lassen. Gut. Teil eins des Plans war erledigt. Nun musste er sich nur noch unbemerkt hinter der Hecke postieren und abwarten.

Langsam näherte er sich seinem Versteck. Bevor er sich dahintergleiten ließ, blickte er noch einmal vorsichtig in alle Richtungen. Und da sah er ihn. Vor Schreck stockte ihm der Atem, und kurz dachte er, er müsse in Ohnmacht fallen. Auf der Terrasse vor der Pizzeria, das Gesicht auffällig unauffällig halb von einer Speisekarte verdeckt, saß der Hauptkommissar von der Kripo. Es gab keinen Zweifel, er war es. Kriminalhauptkommissar Maibach. Verdammt! Er hatte es geahnt. Der Mann war clever. Doch wie hatte er von der Erpressung erfahren? Ermittelten sie nun schon verdeckt gegen ihn? Machte der Erpresser etwa gemeinsame Sache mit der Polizei? Vielleicht hatten sie den Kerl bei einer anderen Straftat ertappt und zwangen ihn nun, den Lockvogel zu spielen, um Gottfrieds Mörder zu überführen? Tausend Möglichkeiten schwirrten ihm durch den Kopf, eine verwirrender und beunruhigender als die andere. Aber eines war klar: Er musste hier weg, so schnell er konnte. Scheiß auf den Erpresser und den Umschlag im Papierkorb. Nur schnell weg, bevor sie ihn verhafteten. Wenn es nicht schon zu spät war.

***

Maibach hatte sich entschieden. Tagliatelle Casa und eine große Cola. Er klappte die Speisekarte zu und legte sie vor sich auf den Tisch.

Aus dem Gebäude mit den Umkleidekabinen kam jetzt der superschnelle Stürmer aus Manuels Mannschaft. Er hatte seine Sporttasche über der Schulter, ging jedoch nicht in Richtung Ausgang, sondern schaute sich verstohlen um und griff dann in einen Papierkorb, der an der Gebäudeecke am Wegrand stand. Kurz wühlte er darin herum, dann steckte er mit einer raschen Bewegung etwas in seine Sporttasche und schlenderte auf den Ausgang zu. Auf halbem Weg entdeckte er Manuel auf der Restaurantterrasse und winkte ihm zu, Manuel und Michaela winkten zurück. Dann verließ der Junge das Stadiongelände und ging zu einem Fahrradständer vor dem Gebäude, wo er ein altes, klappriges Herrenrad aus Großvaters Zeiten aufschloss und davonradelte.

»Alle Achtung. Dieser Hussein ist ein echter Gewinn für eure Mannschaft. Ohne ihn hättet ihr heute manchmal ziemlich alt ausgesehen«, meinte Michaela.

»Mhm«, brummte Manuel.

»Ach, ist der neu in der Mannschaft?«, fragte Maibach interessiert.

»Ja, ziemlich. Seit Anfang des Jahres. Flüchtlingskind aus Afghanistan. Ist auch in Manuels Klasse«, antwortete Michaela und wandte sich dem Kellner zu, der gerade an den Tisch trat, um ihre Bestellungen entgegenzunehmen. »Ich nehme die Pizza Etna und ein großes Mineralwasser bitte.«

Flüchtlingskind, sinnierte Maibach. Lebte bestimmt in sehr armen Verhältnissen, das sah man ja auch an dem klapprigen Fahrrad. Aber dass er gezwungen war, sich etwas Essbares aus dem Müll zu fischen? Schlimm, schlimm. Kein Wunder, dass der Junge sich so verstohlen umgeschaut hatte. Er wollte sicher nicht, dass das einer seiner Mannschaftskameraden erfuhr.

✻✻✻

Hussein radelte beschwingt nach Hause. Es hatte geklappt! Er konnte sein Glück kaum fassen. Zwanzigtausend Euro! Gut, dass er die Sache trotz seiner Zweifel bis zum Ende durchgezogen hatte. Es war nicht einmal schwer gewesen. Hussein hatte sich einfach in der Jungentoilette neben den Umkleideräumen in einer Kabine eingeschlossen und den Papierkorb durch das Klofenster beobachtet. Der Porschefahrer war gekommen, hatte einen Umschlag in den Papierkorb geworfen, kurz gezögert, als wolle er nochmals Richtung Spielfeld gehen, hatte sich dann aber umgedreht und war davongeeilt. So einfach. Hussein hatte ihm noch durch die Glastür im Gang des Kabinentrakts nachgesehen, bis er sicher war, dass er in sein Auto eingestiegen war, und dann hatte er sich das Geld geholt. Zwanzigtausend! Was konnte man damit nicht alles kaufen!

Zu Hause wollte seine Mutter wissen, wie das Turnier gelaufen war. Ungeduldig beantwortete er ihre Fragen. Von Fußball verstand sie so gut wie gar nichts, und sie kam auch nie mit auf den Fußballplatz. Hatte zu viel Arbeit, konnte Großvater nicht allein lassen, musste sich um die Kleinen kümmern. Ausreden hatte sie immer genug. Dabei hätte sie gar keine gebraucht. Hussein verstand auch so, dass der Schritt in diese fremde Welt für sie einfach zu groß war. Als afghanische Frau auf einem deutschen Fußballplatz. Das war für sie einfach unvorstellbar. Aber stolz war sie trotzdem auf ihren Ältesten, den schnellsten Stürmer der Mannschaft, der vom Trainer so gelobt wurde.

Endlich konnte er sich loseisen und in sein Zimmer gehen. Er schloss die Tür, legte sich aufs Bett, holte tief Luft und öffnete den Umschlag. Ein dickes Bündel Fünfzig-Euro-Scheine kam zum Vorschein. Er nahm es heraus, löste die Gummiringe, die die Scheine zusammenhielten, und … Dieser Scheißkerl! Nur der oberste und der unterste Schein waren echt. Alles andere war Zeitungspapier.

Hussein brauchte eine Weile, um die Enttäuschung zu verdauen. Hatte ihn sein Bauchgefühl doch nicht getrogen. Er hatte ja geahnt, dass irgendetwas schiefgehen würde. Obwohl … nun ja. Bei näherer Betrachtung war es ja gar nicht sooo schiefgegangen. Immerhin hielt er hundert Euro in der Hand. Hundert Euro! So viel Geld auf einem Haufen hatte er auch noch nie besessen. Langsam besserte sich seine schlechte Laune wieder. Hundert Euro! Natürlich konnte man sich damit bei Weitem nicht alle Träume erfüllen. Aber irgendetwas Schönes konnte man bestimmt davon kaufen. Und er musste auch nicht lange überlegen, bis er wusste, was es sein würde.

Ein Lächeln machte sich auf Husseins Gesicht breit, und dann ließ er sich in Gedanken die wohlklingenden Worte auf der Zunge zergehen: *Ein Fahrrad. Ein Fahrrad für Farhad.*

Aber der Gedanke, dass dieser Mistkerl ihn aufs Kreuz gelegt hatte, kratzte an Husseins Ehre. Der Mann war auf die

Erpressung eingegangen – das war ein klares Zeichen dafür, dass er tatsächlich etwas zu verbergen hatte. So einfach wollte Hussein sich nicht austricksen lassen. Etwas mehr als hundert Euro mussten es schon noch werden! Gut, dass er vorhin mit dem Weingartener Torwart über dessen Wartenweiler Kollegen geplaudert hatte. Denn nun kannte er immerhin den Namen des Porschefahrers. Die Adresse herauszufinden würde bestimmt nicht schwer sein.

∗∗∗

Satt und zufrieden saßen Maibach, seine Schwester und sein Schwager am Tisch und warteten nur noch auf die Rechnung. Die Kinder, die wie üblich lange vor den Erwachsenen fertig gewesen waren und seitdem mit einem herrenlosen Fußball auf der Wiese herumgekickt hatten, kamen nass geschwitzt zurück und verlangten lautstark nach einem Eis zum Nachtisch.

»Mama, können wir daheim noch das Planschbecken aufbauen?«, wollte Tobias wissen.

Michaela lachte. »Nein, mein Schatz, heute nicht mehr. Wenn wir heimkommen, ist es schon so spät, dass du gleich ins Bett gehst.«

»Ich will aber noch baden!«, verlangte Tobias.

»Du kannst dich unter die Dusche stellen.«

»Nein, ich will baden!«

»Duschen, und damit basta.«

»BADEN!«, brüllte Tobias.

Michaela verdrehte die Augen in Maibachs Richtung. »Sorry, Bruderherz. Jetzt wird's ungemütlich. Tobias ist übermüdet, wir müssen schauen, dass wir ihn ins Bett bringen.«

»Gar nicht müde! Ich will noch baden!«, quengelte Tobias weiter. Eines musste man ihm lassen – an Durchhaltevermögen mangelte es ihm offensichtlich nicht.

Maibach beglückwünschte sich innerlich einmal mehr dazu, keine eigenen Kinder zu haben. Auf die Dauer war das doch, wie es schien, eine ziemlich nervtötende Angelegenheit.

»Hör jetzt endlich auf, Tobias. Es reicht.«

»Ich will baden. Und wenn ich das daheim nicht darf, geh ich zu Schwertfegers!«

Michaela lachte. »Na, dann viel Erfolg. Die werden dich ausgerechnet in ihre Badewanne einladen.«

»Nicht in die Wanne. In den Pool.«

»Auch das halte ich für unwahrscheinlich, Schatzi.«

»Wieso? Der Maler darf doch auch da baden. Warum dann ich nicht?«

»Der Maler? Was erzählst du denn da schon wieder für Märchen?«

»Gar kein Märchen. Der eine Maler hat bei Schwertfegers in die Büsche gepieselt, und der andere hat im Pool gebadet. Ich hab's genau gesehen.«

Michaela warf Maibach erneut einen entschuldigenden Blick zu. »Tobias hat leider eine blühende Phantasie. Bei unseren Nachbarn sind zurzeit die Handwerker, und jetzt denkt er sich alle möglichen Geschichten aus.«

»Das war aber wirklich so, Mama«, kam nun Annika ihrem kleinen Bruder zu Hilfe. »Ich hab's auch gesehen. Neulich nachmittags, als es so wahnsinnig heiß war. Die Schwertfegers waren bei der Arbeit, aber die Maler waren da und haben die Hauswand gestrichen. Tobias und ich lagen bei uns im Garten hinterm Zaun und haben durchgespickelt. Wir haben gespielt, das wären Diebe, und wir müssten sie beobachten. Und dann haben die Pause gemacht und ein Brot gegessen, und dann hat der eine sich ausgezogen und ist im Pool rumgeplanscht. Und danach hat er seine Sachen einfach wieder angezogen, ohne sich abzutrocknen, und hat wieder die Hauswand gestrichen. Und der andere hat wirklich in die Hecke gepieselt. Die mit den Johannisbeeren.«

Michaela schüttelte nur ungläubig den Kopf, aber Klausimausi fing lauthals an zu lachen. »Mmh, leckere Johannisbeeren! Na, wenn das stimmt, Kinder, dann geschieht es dem Schwertfeger nur recht. Hoffentlich backt seine Frau einen leckeren Kuchen draus.«

Zum Glück erschien in diesem Moment der Kellner mit der Rechnung. Klaus war so gut gelaunt, dass er für seine drei Kinder noch eine Runde Eis am Stiel spendierte und Maibachs Essen gleich mitbezahlte, woran dieser ihn nicht hinderte.

Auf dem Parkplatz verabschiedete sich Maibach und machte sich auf den Heimweg. Ein netter freier Tag, dachte er zufrieden. Selbst Klausimausi war einigermaßen erträglich gewesen. Beschwingt parkte er aus, verließ Weingarten und brauste über die erstaunlich unverstopfte B 30 in Richtung Friedrichshafen. Morgen noch so ein erholsamer Tag, dann würde er die neue Woche mit neuer Energie beginnen können.

＊

Hussein kam ganz schön ins Schwitzen. Dieses Wartenweiler lag so weit oberhalb des Schussentals, dass es mit seinem alten, klapprigen Dreigangrad eine echte sportliche Herausforderung war, dorthin zu gelangen, ohne das Rad ständig schieben zu müssen. Zum Glück konnte er sich den ganzen Sonntag Zeit lassen. Zu Hause hatte er erzählt, die Fußballmannschaft treffe sich zu einem Grillfest, daher erwartete ihn seine Mutter erst am Abend wieder.

Als er sich endlich verschwitzt und außer Puste dem Haus näherte, stellte er erleichtert fest, dass die Adresse stimmte, die er gegoogelt hatte. In der Garageneinfahrt stand der nun schon vertraute dunkle Porsche. Leute waren keine zu sehen. Er stellte sein Rad in der Einfahrt ab, schob die neue Nachricht unter den Scheibenwischer, sprang wieder auf und radelte im Eiltempo davon. Puh. Das war erledigt.

Der Heimweg führte bergab und entschädigte ihn für die anstrengende Hinfahrt. Morgen Nachmittag nach der Schule würde er die ganze Anstrengung allerdings noch mal auf sich nehmen müssen, um das Geld abzuholen. Das echte diesmal. Aber was machte das schon? Danach war er reich!

NEUN

Tatsächlich schien das freie Wochenende auch seinen Kollegen gutgetan zu haben. Am Montagmorgen sah Maibach in fünf entspannte Gesichter, als er den Besprechungsraum betrat. Die Besprechung selber fiel kurz aus – eigentlich war es nur die Aufforderung, sich mit frischem Schwung wieder an die mühsame Kleinarbeit zu machen und alle Ermittlungsergebnisse nochmals durchzugehen.

Auch Maibach selbst zog sich mit einer Kanne Tee an seinen Schreibtisch zurück. Er vertiefte sich in ein Dokument nach dem anderen, leerte dabei eine Tasse Tee nach der anderen und wurde das Gefühl nicht los, dass in seinem Hinterkopf irgendetwas um seine Aufmerksamkeit bat. Irgendein flüchtiger Gedanke. Schon gestern hatte er manchmal dieses Gefühl gehabt, aber immer wenn er versucht hatte, bewusst nach dem Gedanken zu greifen, hatte der sich wieder in Luft aufgelöst. Irritiert öffnete er das nächste Dokument und zuckte zusammen, als zeitgleich mit seinem Mausklick ein schrilles Läuten ertönte. Nein, er hatte nichts am Computer kaputt gemacht, stellte er aufatmend fest, als er die Maus losließ und das Schrillen erneut erklang. Es war nur sein Telefon, mit Klingelton Nummer 1, Lautstärke 15. So konnte er das unmöglich lassen, sonst lief er Gefahr, über kurz oder lang einen Herzschlag zu erleiden, dachte er und meldete sich.

»Maibach, Kripo Friedrichshafen.«

»Ja, guten Tag, hier ist Matthes. Monika Matthes. In Weingarten. Ich bin die Lehrerin von der Schulklasse, die neulich am Stillen Bach den Toten gefunden hat. Bin ich bei Ihnen richtig?«

Maibach hätte sich auch ohne diese Erklärung an den Namen erinnert; erst vor zehn Minuten hatte er die Aussage der Lehrerin ein weiteres Mal durchgelesen. Ein Hoffnungsschimmer keimte in ihm auf. »Ja, hier sind Sie richtig. Ich leite die Ermittlungen in diesem Fall. Ist Ihnen noch etwas zu dem Vormittag eingefallen?«

»Nein, das nicht«, antwortete sie und löschte damit seinen Hoffnungsschimmer schon fast wieder aus, fuhr dann aber fort: »Es ist nur so, dass ich letzte Woche bei meinen Erstklässlern ein Handy konfisziert habe. Das Sekretariat hat die Eltern von Ferdinand benachrichtigt, dass sie es abholen sollen, aber dann stellte sich heraus, dass es denen gar nicht gehörte. Daraufhin haben wir heute die Eltern von Moritz angerufen, aber denen gehört es auch nicht. Und gerade eben habe ich in der großen Pause die beiden Jungs darüber ausgefragt – also, langer Rede kurzer Sinn: Sie haben es am Ausflugstag gefunden, auf dem Waldspielplatz, und mitgenommen, ohne jemandem etwas davon zu sagen. Na ja, und da dachte ich, wer weiß? Vielleicht hat das ja etwas mit dem Toten zu tun, und da rufe ich besser mal bei Ihnen an …«

Mit fragendem Unterton endete der Wortschwall der Lehrerin. Maibach hätte sie küssen mögen.

»Frau Matthes, das haben Sie goldrichtig gemacht. Gut, dass Sie sich gemeldet haben. Sagen Sie, wo ist das Handy denn jetzt?«

»Das liegt noch im Sekretariat.«

Maibach zögerte nicht lange. »Lassen Sie es dort und informieren Sie die Sekretärin, dass demnächst jemand von uns kommt und es abholt.«

»Mache ich.«

»Und nochmals vielen Dank.«

»Gerne. Auf Wiederhören.«

Maibach ließ den Hörer sinken. Ein Handy! Gefunden am selben Tag wie der Tote, in direkter Nachbarschaft zum Stillen Bach. Wie groß war die Chance, dass es tatsächlich das vermisste Handy des Professors war? Nicht ganz gering, seiner Einschätzung nach. Natürlich konnte es auch jemand anderem gehören, ganz ausgeschlossen war das nicht. Aber trotzdem: Endlich kam wieder Bewegung in den Fall. Nach kurzer Überlegung tippte er die Nummer der Kriminaltechnik ein und verlangte Peter Leitner.

»Leitner?«

»Hey, ich bin's. Maibach. Sag mal, hast du die Sachen aus dem Akademiezimmer in Weingarten noch bei dir rumliegen?«

»Ja, aber wir sind so weit damit fertig. Soll ich sie dir bringen?«

»Wäre prima. Vor allem das Handy-Ladegerät. Das Handy ist möglicherweise aufgetaucht.« Er berichtete kurz von dem Anruf aus Weingarten, und Leitner versprach, im Laufe des Vormittags mit dem Ladegerät vorbeizukommen.

Nach diesem Gespräch stellte Maibach die Lautstärke seines Telefons auf acht – das schien ihm ein guter Mittelwert – und begab sich in das Büro, das sich Katrin Gerber, Ulrike Müller und Jens Kleinschmidt teilten. Alle drei saßen an ihren Schreibtischen und starrten auf ihre Bildschirme. Bei Maibachs Auftauchen hoben sie nahezu synchron die Köpfe und sahen ihm fragend entgegen.

»Katrin, Jens – ihr habt doch die Aussagen der Lehrerin und der Referendarin damals direkt in der Grundschule aufgenommen, oder?«

»Ja, warum?«, antwortete Katrin Gerber stirnrunzelnd.

»Weil jemand sofort dahin fahren sollte. Am besten jemand, der sich schon auskennt. Bei Moritz und Ferdinand ist ein Handy gefunden worden. Wenn wir Glück haben, gehört es Kühneborn.«

»Was?« Katrin Gerber sprang auf. »Das ist ja phantastisch! Ich fahr sofort los!« Und bevor irgendjemand einen Einwand erheben konnte, war sie schon aus der Tür. Jens Kleinschmidt blickte ihr mit offenem Mund nach; Maibach konnte ihm seine Gedanken fast von der Stirn ablesen – *ich wollte auch fahren …* Tja, Pech. Manchmal brachte ein höherer Dienstgrad eben gewisse Privilegien mit sich.

Katrin Gerber war noch keine Viertelstunde aus dem Haus, da ertönte aus dem Büro von Loderer und Wille ein markerschütternder Schrei, gefolgt von der ebenfalls bis über den Flur zu hörenden erschrockenen Frage Rüdiger Willes: »Mensch, Stefan, was ist? Tut dein Fuß so weh?«

Maibach verließ sein Büro, zeitgleich mit Ulrike Müller auf der anderen Seite des Flurs. Uli warf Maibach einen fragenden Blick zu, dieser zuckte mit den Schultern und ging rasch in Richtung des Büros, in dem mittlerweile Loderers aufgeregte Stimme eine längere Erklärung abzugeben schien. Nach schlimmen Schmerzen klang das aber nicht, dachte Maibach erleichtert und betrat das Büro.

»… noch mal das Facebook-Profil von dem Schlagzeuger angesehen«, sagte Loderer gerade zu Wille, der aufgestanden war und sich gemeinsam mit dem Kollegen über dessen Computerbildschirm beugte. Uli und Maibach näherten sich ebenfalls, und in der Tür tauchte nun auch Jens Kleinschmidt auf. »Was ist denn bei euch los? Hab ich was verpasst?«

Loderer drehte sich halb auf dem Bürostuhl um und zeigte aufgeregt auf seinen Computer. Das Foto eines edel eingerichteten Wohnzimmers füllte den ganzen Bildschirm. Loderer setzte nochmals zu seiner unterbrochenen Erklärung an. »Wie gesagt, ich habe gerade das Facebook-Profil von dem Georg Fassbinder noch mal angeschaut. Der mit der Villa am Waldrand, wisst ihr noch? Und der Architektengattin? Wahrscheinlich hat er deshalb so viele Fotos von seiner schnieken Inneneinrichtung gepostet. Vielleicht ist die Gattin ja auf Innenarchitektur spezialisiert. Aber egal. Schaut mal dieses Foto genauer an. Seht ihr, was ich sehe?«

Alle starrten angestrengt auf den Bildschirm. Maibach musste sich auf die Zehenspitzen stellen, um über Rüdiger Willes Schulter hinweg ebenfalls einen Blick zu erhaschen. Ein Wohnzimmer, hell, mit edlem Parkettfußboden. Teuer aussehendes Ledersofa mit passenden Sesseln, gruppiert um einen gläsernen Couchtisch. An den Wänden moderne Kunst, hinter der Sitzgruppe eine Terrassentür.

Gerade wollte Maibach zu einer Frage ansetzen, als Uli Müller ihm zuvorkam. »Was meinst du? Ich sehe nichts. Außer dass die ziemlich viel Geld haben. Aber das wussten wir schon vorher, oder?«

»Das meine ich nicht.« Stefan Loderer zeigte auf die Terrassentür. »Ich meine gar nicht den Raum. Schaut mal da, draußen.«

Alle folgten seinem Zeigefinger und konzentrierten sich auf den schmalen Ausschnitt, der durch die Scheibe der Terrassentür zu erkennen war. Blauer Himmel, Nadelwald im Hintergrund. Und im Vordergrund eine hell geflieste Terrasse mit der Ecke eines Liegestuhls, von dem der Zipfel eines Handtuchs herabhing. Stefans Zeigefinger deutete jetzt genau auf diesen Handtuchzipfel. »Hier, hinter dem Handtuch. Was ist das?«

»Ein Stück Rasen«, sagte Uli Müller stirnrunzelnd. »Na und?«

»Ja, ein Stück Rasen. Aber daneben? Schau mal an dem Handtuchzipfel vorbei, unter dem Liegestuhl durch.«

Jetzt, wo sie wussten, wo sie hinschauen mussten, sahen es plötzlich alle gleichzeitig. Wille stöhnte auf. Jens Kleinschmidt sog scharf die Luft ein. Schließlich fasste Maibach in Worte, was alle dachten: »Mensch, Stefan. Du bist ein Genie.«

Neben dem Handtuchzipfel war auf dem Foto, wenn man unter dem Liegestuhl durchschaute, eine kleine Ecke der Terrasse zu erkennen, die mit deutlich helleren, fast weißen Fliesen bedeckt war. Und in dieser Ecke, genauer gesagt darunter und dahinter, schimmerte ein winziger Bildausschnitt hellblau in der Sonne. Kein Zweifel. Der Schlagzeuger hatte einen Pool im Garten.

»Wie konnten wir das nur übersehen?«, stöhnte Maibach zum wiederholten Male. Sie hatten sich alle ins Besprechungszimmer gesetzt, um über das weitere Vorgehen zu beraten.

»Der hat uns eiskalt angelogen«, meinte Rüdiger Wille. »Also echt, so was Unverfrorenes! Ich hab's noch gut im Ohr! ›Bei uns am Waldrand wäre es für einen Pool viel zu schattig. Wenn ich schwimmen will, fahre ich lieber ins Freibad!‹ Mann, ich hab dem das ohne nachzudenken abgekauft. Scheiße, echt! Wir waren so nah dran!«

»Noch wissen wir nicht, ob das ein Salzwasserpool ist«, warf Maibach ein.

»Daran zweifelst du doch nicht im Ernst, oder?«

»Nein. Aber untersucht werden muss das natürlich. Wieso

taucht der auf den Listen von den Poolfirmen dann aber nicht auf? Hat einer von euch die nochmals durchgesehen?«

Keiner meldete sich. Jens Kleinschmidt fragte: »Listen? Nein, wo sind die denn abgelegt?«

Alle blickten fragend auf Ulrike Müller. Diese wurde blass. »Also, Listen der Poolfirmen? Ich glaube nicht, dass ich die … äh … Ich erinnere mich nicht an irgendwelche Listen. Stefan, hast du mir die überhaupt weitergemailt?«

Stefan Loderer schüttelte den Kopf. »Nein. Der Chef wollte sie persönlich haben und sich drum kümmern. Ich hab sie ihm direkt weitergeleitet.«

Maibach erstarrte. Loderer hatte recht. Er hatte die Listen damals zwar gleich ausgedruckt, aber sie nicht an Ulrike Müller weitergeschickt. Irgendetwas musste ihm dazwischengekommen sein, er erinnerte sich nicht mehr, was. Aber das entschuldigte den Fehler natürlich trotzdem nicht.

»Mein Fehler, Leute. Verdammter Mist. Das muss ich irgendwie verpennt haben. Ich habe aber die Ausdrucke noch irgendwo liegen. Nur – da war nichts drauf, da bin ich mir sicher. Ich hab sie doch damals gleich durchgesehen. Moment. Bin gleich wieder da.«

Maibach eilte über den Flur davon. Seine Mitarbeiter schauten sich an. Rüdiger Wille bemerkte trocken: »Oh, oh. Nur gut, dass das keiner von uns war.«

Sie warteten schweigend, bis Maibach mit den Ausdrucken in der Hand wieder auftauchte. Er breitete sie auf einem Tisch aus, und alle beugten sich darüber. Es war genau so, wie er sich erinnerte, stellte Maibach fest. Wartenweiler tauchte auf keiner der Listen auf.

Gerade wollte er sich diesbezüglich äußern, da rief Ulrike Müller triumphierend: »Hier! Da ist es!«, und deutete auf eine der Listen. »Auftrag vom Sommer 2013. Auftraggeber: Simone Rödel, Waldburg. Simone Rödel, erinnert ihr euch? So heißt doch die Frau von Georg Fassbinder! Ich hab's ja gleich gesagt, der war's. Na, hatte ich recht oder hatte ich recht?«

Ja, da hatte er Ulrike Müllers weibliche Intuition wohl doch zu Anfang unterschätzt, musste sich Maibach eingestehen. Hier war der Beweis, schwarz auf weiß. Rödel. Maibach stöhnte. Er erinnerte sich. Er hatte auf den Listen nach den vier Nachnamen der Bandmitglieder gesucht. Fassbinder, Trüb, Menzel, Söllner. Dass die Frau des Schlagzeugers einen anderen Namen hatte, war ihm damals noch gar nicht bewusst gewesen. Und Waldburg? Er stöhnte nochmals. »Mensch, genau. Waldburg. Stand doch auch auf Trübs Visitenkarte. Und ich sag noch zu Peter Leitner, Trüb wohnt nicht in Waldburg, wahrscheinlich gehört Wartenweiler aber postalisch dazu! Ich Idiot! Wie konnte ich das alles nur so lange übersehen!«

Von der Tür her erklang ein Räuspern. »Störe ich? Ich hoffe nicht. Habe gerade sogar meinen Namen gehört, wenn ich mich nicht irre?«

Peter Leitner von der Kriminaltechnik stand im Türrahmen, in der Hand einen Pappkarton, aus dem einige Plastiktüten verschiedener Größe herausragten. »Ich wollte euch nur schnell das hier vorbeibringen. Die Sachen aus dem Akademiezimmer.«

»Danke.« Maibach nahm die Schachtel entgegen und wühlte zwischen den Tüten herum, bis er das Ladegerät für Kühneborns Handy gefunden hatte.

»Habt ihr das Handy schon identifiziert?«, erkundigte sich Leitner.

»Nein, Katrin Gerber ist noch unterwegs damit«, erwiderte Maibach. »Aber wir haben was anderes entdeckt.« Und er fasste die Entwicklung dieses Vormittags für den Kollegen zusammen, ohne dabei allerdings näher auf seine persönlichen Versäumnisse einzugehen.

Leitner hörte sich den Bericht an und klopfte Maibach auf die Schulter. »Glückwunsch! Dann habt ihr euren Mörder überführt, oder? Jetzt habt ihr vermutlich den Tatort, ihr habt das Haar des Täters, und je nachdem, was die Handydaten hergeben, könnt ihr das Opfer vielleicht auch noch zur Tatzeit am Tatort lokalisieren. Was wollt ihr mehr? Fall gelöst, würde ich sagen!«

Maibach starrte ihn an. Genau, das war es! Der Gedanke, der ihn schon seit dem Wochenende aus dem Hinterkopf heraus malträtierte, traute sich nun endlich ans Tageslicht und wummerte volle Breitseite gegen sein Großhirn.

»Peter! Das Haar!«, stieß er hervor. Sein Gegenüber zog fragend die Augenbrauen hoch.

»Was ist damit?«

»Das stammt nicht vom Täter. Der Täter ist vermutlich der Besitzer dieses neu entdeckten Pools. Aber das Haar stammt von einem jungen Mann, der für die Tatzeit nachweislich ein Alibi hat.« Er berichtete von Martin Merks Kneipenschlägerei in der Nacht zum Dienstag. »Du als Kriminaltechniker. Was würdest du sagen? Wie lässt sich erklären, dass dieses Haar bei dem Toten in der Luftröhre steckte, wenn der Besitzer des Haares gar nicht der Mörder war?«

Leitner überlegte einen Moment und kratzte sich an der Stirn. »Na, das ist doch klar«, meinte er dann. »Das Haar kam zum Zeitpunkt des Ertrinkens zusammen mit dem Wasser, in dem der Mann ertrank, in seine Luftröhre. Meines Erachtens muss das nicht notwendigerweise heißen, dass es vom Mörder stammt. Dieses Beweisstück hätte dir ein guter Verteidiger vor Gericht bestimmt in der Luft zerpflückt. Ich denke, es würde reichen, dass der Besitzer des Haares irgendwann vor der Tat mal in diesem Pool gebadet hat. Dabei verlor er ein oder mehrere Haare. Das fragliche Haar trieb im Wasser, vielleicht auch schon seit längerer Zeit, und geriet dann, wie gesagt, zusammen mit dem Wasser in die Luftröhre des Ertrinkenden.«

»Dann müssten sich Fassbinder und Merk aber doch kennen, oder?«, schaltete sich aus dem Hintergrund Rüdiger Wille in die Diskussion ein. »Wenn Merk in Fassbinders Pool gebadet haben soll?«

»Nicht unbedingt«, erklärte Maibach triumphierend und schickte im Stillen einen kleinen Dankeschön-Gruß vom Großhirn an den Hinterkopf. »Warum, das lass dir am besten von meinem vierjährigen Neffen erklären.«

Die Gartenbaufirma bestätigte, dass sie im Frühsommer die Außenanlage des alten Forsthauses umgestaltet hatte. Gute zwei

Wochen lang war ein Team von drei Leuten dort täglich beschäftigt gewesen, unter ihnen Martin Merk, wie Rüdiger Wille zufrieden berichtete. Auch Maibach hatte einen Erfolg zu vermelden: Das Ladegerät und das Handy passten zusammen, und durch einen kurzen Anruf auf sein eigenes Handy hatte Maibach sich die Rufnummer des gefundenen Gerätes beschafft. Eine Anfrage bei der zugehörigen Telefongesellschaft lief bereits, und er rechnete mit einer zügigen Antwort. Das Gerät selber hatte Peter Leitner mitgenommen; aber da es fast zwei Wochen lang in den Händen der beiden Kinder gewesen war, machte sich niemand große Hoffnungen, noch tatrelevante Spuren darauf zu finden.

Am frühen Nachmittag hatten sie endlich alle erforderlichen Papiere zusammen. Ausgerüstet mit Durchsuchungsbeschluss und Haftbefehl brachen Maibach und Wille in Richtung Wartenweiler auf, dicht gefolgt von Peter Leitner mit einem Team der Kriminaltechnik. Unterwegs rief Maibach, der das Steuer heute Rüdiger Wille überlassen hatte, im Ravensburger Kommissariat an, das die Kneipenschlägerei bearbeitete.

»Hallo, Michi! Ich bin's, Charlie«, meldete er sich. »Ist unser Geschenk von neulich wohlbehalten bei euch angekommen?« Er hörte eine Weile zu. »Jaja, schon gut. Nichts zu danken. Bei Gelegenheit kannst du dich ja mal revanchieren. Jetzt zum Beispiel.« Er lachte. »Nein, nein, nichts Großes. Du müsstest einfach nur dem Merk ein paar Fragen stellen. Ich nehme an, er ist noch bei euch? Nicht? Ach so? Na, hoffentlich geht das gut … Ja, dann muss ich das selber machen. Okay. Danke trotzdem. Tschüss.«

Kopfschüttelnd beendete er das Gespräch. »Die mussten Martin Merk nach der Vernehmung laufen lassen. Er hat gestanden und sich sehr kooperativ gezeigt, daher sah der Richter keine Verdunklungs- oder Fluchtgefahr. Er bleibt bis zum Prozess auf freiem Fuß.«

Mittlerweile hatten sie Wartenweiler erreicht. Sie durchquerten den Ortskern und folgten einer schmalen Straße in Richtung

Wald. Nach einem knappen Kilometer tauchte am Waldrand ein imposant aussehendes Gebäude vor ihnen auf. Maibach pfiff anerkennend durch die Zähne.

»Alle Achtung! Der Förster muss aber eine große Familie gehabt haben! Hier ist ja Platz für ein halbes Regiment!«

In der Tat besaß das Haus drei Stockwerke, und nach der Anzahl der Fenster zu urteilen, die alle mit aufwendig restaurierten hölzernen Fensterläden geschmückt waren, passte in jedes Stockwerk locker eine Vierzimmerwohnung. Eine breite Auffahrt führte zu einer Doppelgarage mit Rolltor rechts neben dem Haus – offensichtlich ein moderner Anbau, aber mit dem Haupthaus optisch geschickt zu einer Einheit verschmolzen. Das Garagentor war geschlossen, und in der Einfahrt stand ein protziger weißer SUV von der Sorte, die Maibachs Frau Ursula immer gern abfällig als »Hausfrauenpanzer« bezeichnet hatte. Irgendjemand schien also zu Hause zu sein. Vielleicht die Hausfrau?

Maibach wartete, bis auch die Kollegen der Kriminaltechnik ausgestiegen waren, dann ging er auf die Haustür zu. Zwei Klingeln waren neben der Tür in die Wand eingelassen. Auf dem einen Klingelschild stand »Architekturbüro Rödel«, auf dem anderen »G. Fassbinder / S. Rödel«. Nach kurzer Überlegung drückte er auf die erstere. Ein melodiöser Gong ertönte im Inneren des Hauses. Im Flur hörte man Schritte, dann öffnete eine mittelgroße, mittelschlanke, mittelblonde Frau mittleren Alters die Tür. Das personifizierte Mittelmaß, dachte Maibach erstaunt, der sich noch gut an das blendende Aussehen des Schlagzeugers erinnerte und mindestens eine ebenso gestylte, attraktive Modepuppe erwartet hatte. Wie passten denn diese zwei zusammen?

Die Frau blickte verwundert auf die vor ihrer Tür versammelten Leute. »Ja bitte?«

Maibach hielt ihr seinen Dienstausweis hin. »Maibach, Kriminalpolizeidirektion Friedrichshafen. Frau Simone Rödel?«

Perplex schaute die Frau von Maibachs Ausweis zu seinem Gesicht und dann zu den anderen Beamten. Sie nickte.

»Wir möchten gerne zu Ihrem Mann, Herrn Georg Fassbinder. Ist er zu Hause?«

Das personifizierte Mittelmaß schüttelte den Kopf. »Nein, er ist in der Firma.«

Maibach zückte seine richterlichen Anordnungen und streckte sie ihr entgegen. »Wenn Sie gestatten, möchten wir uns davon gern selbst überzeugen.« Mit einer Handbewegung schickte er Rüdiger Wille und das Team der Spurensicherung an der Hausherrin vorbei in die Wohnung.

Frau Rödel schaute nur entgeistert auf die Papiere in Maibachs Hand. »Aber was ... Ich verstehe nicht! Was soll denn das? Geht es immer noch um die Fahrerflucht? Ich habe Ihnen doch am Telefon gesagt, dass mein Mann damals die ganze Nacht hier war!«

Maibach stutzte. »Fahrerflucht?«

»Ja. Sie haben doch nach einem Porschefahrer gesucht, der ein anderes Fahrzeug von der Straße abgedrängt hatte, oder nicht? Aber mein Mann war das nicht! Der war hier!«

»Moment, Frau Rödel. Nur dass ich Sie richtig verstehe. Hat Ihr Mann Ihnen das so erzählt? Das mit der Fahrerflucht?«

»Ja, natürlich! Er war doch letzte Woche nachmittags bei Ihnen vorgeladen. Und danach hat er mir erzählt, was Sie von ihm wollten. Dass Sie routinemäßig alle Porschefahrer mit Ravensburger Kennzeichen vorgeladen haben. Aber mein Mann hat damit nichts zu tun! Der ist ein sehr rücksichtsvoller Fahrer, das können Sie mir glauben! Und der würde nie ... Außerdem, wie gesagt, war er zur fraglichen Zeit ja auch gar nicht unterwegs. Er war hier und hat geschlafen.«

Maibach bedachte die Frau mit einem langen, nachdenklichen Blick. »Und geschnarcht wie ein Weltmeister, ja, ich erinnere mich, Frau Rödel. Hören Sie mir jetzt bitte genau zu.«

Etwas in Maibachs Ton ließ die Frau aufhorchen. Ein alarmierter Ausdruck kroch in ihre Augen.

»Frau Rödel, es geht nicht um Fahrerflucht. Es geht um Mord.«

Die Augen der Frau weiteten sich, und sie presste sich eine

Hand vor den Mund. »Mord? Wieso Mord? Blechschaden, hat mein Mann gesagt! Nur Blechschaden!« Das letzte Wort hatte sie beinahe geschrien.

»Ihr Mann war bereits zweimal bei uns vorgeladen. Seine Bandkollegen übrigens auch. Es geht um den Mord an dem Theologieprofessor, dessen Leiche oberhalb von Weingarten im Stillen Bach gefunden wurde. Davon haben Sie doch bestimmt in der Zeitung gelesen.«

Simone Rödel blinzelte verwirrt. »Das habe ich gelesen, ja. Aber danach habe ich nichts mehr von der Sache mitbekommen, ich war ein paar Tage bei einem Kongress und bin gestern Abend erst zurückgekommen. Was hat denn mein Mann damit zu tun?«

Ohne auf ihre Frage einzugehen, sagte er: »Ich muss Sie darauf hinweisen, dass Sie als Angehörige eines Tatverdächtigen das Recht haben, die Aussage zu verweigern, um Ihren Mann nicht zu belasten. Wenn Sie aber eine Aussage machen, muss sie der Wahrheit entsprechen. Haben Sie das verstanden?«

Simone Rödel nickte.

»Frau Rödel, dann frage ich Sie jetzt noch einmal. Können Sie bestätigen, dass Ihr Mann in der Nacht von Montag, dem dritten Juli auf Dienstag, den vierten Juli 2017 um dreiundzwanzig Uhr fünfzehn nach Hause kam und das Haus in jener Nacht nicht mehr verlassen hat?«

Frau Rödel schluckte. Eine Weile stand sie nur schweigend da. Sie schien mit sich zu ringen und setzte mehrmals zum Sprechen an, sagte dann aber doch nichts. Endlich fasste sie wohl einen Entschluss und schaute Maibach in die Augen. »Ich verweigere die Aussage.«

Nachdem er Frau Rödel angewiesen hatte, sich im Wohnzimmer auf die Ledercouch zu setzen, folgte Maibach den Kriminaltechnikern hinaus auf die Terrasse. Schick, schick, dachte er bewundernd. Alles vom Feinsten. Die Terrassenfliesen waren bestimmt edler Naturstein, und auch die noch helleren Fliesen, mit denen das gar nicht so kleine Schwimmbecken gekachelt war, sahen teuer aus. Einer von Leitners Mitarbeitern war schon dabei, Proben des Poolwassers in diverse mitgebrachte Fläschchen abzufüllen.

Rüdiger Wille stand daneben und beobachtete ihn ungeduldig. Als der Kriminaltechniker sich schließlich wieder erhob und die Fläschchen zu beschriften begann, fragte Wille ihn: »Brauchst du noch was, oder ist das Wasser jetzt freigegeben?«

»Mit dem Wasser bin ich fertig. Aber den Beckenrand müssen wir noch unter die Lupe nehmen. Also bleib lieber weg.«

»Dauert nur eine Sekunde, dann verzieh ich mich«, gab Wille ungerührt zurück und tauchte die Hand ins Wasser. »Ich mach nur einen Schnelltest.«

»Na, Willi, jetzt kannst du ja doch noch ein bisschen Poolwasser schlürfen«, kommentierte Maibach und trat zu seinem Mitarbeiter. »Und? Wie schmeckt's?«

Rüdiger Wille richtete sich betont langsam wieder auf und wischte sich die Hand an seinem Hosenbein trocken. Dann drehte er sich um und streckte den Daumen in die Höhe. »Salzwasser. Eindeutig.«

Die Kriminaltechniker konzentrierten sich auf die Spurensuche am Pool, während Maibach und Wille zurück ins Haus gingen. Wille zog sich ein Paar Einweghandschuhe an und verschwand im hinteren Teil der Wohnung. Maibach setzte sich zu Frau Rödel aufs Sofa, die apathisch vor sich hin starrte. »Frau Rödel, wann erwarten Sie denn heute Ihren Mann zurück aus der Firma?«

Sie wandte den Blick in seine Richtung, schien ihn aber nicht richtig an-, sondern vielmehr durch ihn hindurchzusehen. »Zurück aus der Firma?«, wiederholte sie mechanisch. »Keine Ahnung. Er hat gesagt, er habe noch viel zu tun. Vielleicht zum Abendessen? Oder später? Ich weiß nicht ...« Sie verstummte und starrte wieder auf den Couchtisch, als ob es dort etwas überaus Faszinierendes zu beobachten gäbe. »Benjamin kommt montags immer um halb sechs aus der Schule«, fügte sie nach einer Pause hinzu und verfiel wieder in Schweigen.

Maibach schaute auf die Uhr. Gleich halb fünf. Das erleichterte ihm die Entscheidung, die er zu treffen hatte. Er hatte überlegt, ob er hier im Haus auf Georg Fassbinders Erscheinen warten sollte, um ihn am vermutlichen Tatort mit dem Tatvorwurf zu konfrontieren. Vielleicht würde das eine unverfälschtere Reaktion provozieren als die Befragung in einem nüchternen Vernehmungsraum, weit weg vom Ort des Geschehens. Aber wenn zu befürchten stand, dass der dreizehnjährige Sohn in der Nähe war, empfahl sich dieses Vorgehen wohl eher nicht. Vor allem aus Rücksicht auf den Jungen, nicht den Vater.

Maibach erhob sich und ging nach draußen, um außer Hörweite zu telefonieren. Er forderte eine Streife des Reviers in Ravensburg an und gab die Adresse von Fassbinders Ravensburger Firmensitz durch. Ein Foto des Haftbefehls schickte er per Mail hinterher, einen Ausdruck davon konnten die Kollegen zur Festnahme mitnehmen.

Nach dem Telefonat blieb er noch eine Weile draußen stehen. Am Pool waren die Kriminaltechniker weiterhin fleißig zugange. Neben dem Pool erstreckte sich eine großzügige Rasenfläche, die von hübsch angelegten Beeten und Rabatten begrenzt wurde – vermutlich mindestens teilweise das Werk Martin Merks und seiner Kollegen. Hinten in einer Ecke des Rasens lag ein vergessener Fußball. Im Anschluss an das Grundstück begann der Wald, nur durch einen niedrigen Holzzaun vom Anwesen der Fassbinders getrennt.

Die Luft war angenehm mild, eine laue Brise wehte. Es musste schön sein, hier zu wohnen. Die perfekte Idylle. Und doch war hier, wenn sich ihre Theorien bewahrheiteten, ein Mensch getötet worden. Was war wohl an jenem Abend genau geschehen? Was hatte den Musiker, den erfolgreichen Firmenchef, den Gartenbesitzer, den Ehemann und Familienvater, der dieses Idyll aufgebaut hatte, dazu gebracht, es durch diese schreckliche Tat für immer zu zerstören? Maibach seufzte. Wollte er das wirklich so genau wissen? Manchmal hasste er seinen Beruf.

Er wandte sich um und ging zu Peter Leitner, der gerade dabei war, in einem Bereich des Beckenrandes eine Serie nummerierter Täfelchen zu verteilen. »Habt ihr was gefunden?«

Leitner nickte. »Sieht so aus. Hier in diesem Bereich sind die Fugen zwischen den Bodenfliesen eine Spur dunkler als am restlichen Beckenrand. Siehst du?«

Maibach kniete sich neben eines der Täfelchen. Er kniff die Augen zusammen gegen die Reflexion des Sonnenlichts auf den weißen Fliesen, hätte aber nicht mit Bestimmtheit feststellen können, ob es einen Farbunterschied in den Fugen gab oder nicht. Er zuckte die Schultern. »Bist du sicher?«

»Ich denke schon. Geschultes Auge. Könnte Blut sein, zwar mit allen möglichen scharfen Mitteln weggeputzt, aber trotzdem nicht spurlos verschwunden. Genau werden wir das aber erst wissen, wenn es etwas dunkler wird. Wir präparieren die Stelle mit Luminol, leuchten drüber, und dann wissen wir Bescheid.«

Bei Leitner hörte sich alles immer so einfach an. Maibach richtete sich auf und klopfte ihm anerkennend auf die Schulter. »Perfekt. Du machst das schon. Gib mir Bescheid, wenn du was Definitives hast, okay? Kann sein, dass wir vor euch fertig sind und dann aufbrechen. Ich will Fassbinder möglichst heute Abend noch vernehmen.«

»Okay. Ich weiß ja, wie ich dich erreiche. Wir bleiben noch hier, bis es dunkel genug ist. Birkenmaier! Komm her, du kannst jetzt die Fotos machen!«

Im Haus präsentierte ihm Rüdiger Wille einen halb gefüllten Karton mit Schriftstücken, einigen Fotoalben und Büchern. »Sollen wir auch den Computer mitnehmen?«, fragte er.

Maibach nickte. »Pack ihn ein. Man kann nie wissen.«

Kurz nach siebzehn Uhr waren sie abfahrbereit. Maibach wandte sich ein letztes Mal an Frau Rödel, die weiterhin mit abwesendem Gesichtsausdruck auf dem Sofa saß. Er hoffte, dass seine Worte überhaupt zu ihr durchdringen würden. »Frau Rödel?«

Sie hob den Kopf und blickte ihn fragend an.

»Ihr Mann kommt heute Abend voraussichtlich nicht nach Hause. Wir werden uns mit ihm in Friedrichshafen unterhalten.«

Sie nickte.

»Möchten Sie, dass wir jemanden informieren, der Ihnen Gesellschaft leisten kann? Eine Freundin vielleicht?«

Sie schüttelte den Kopf. »Danke. Ich hab ja Benjamin. Und vielleicht übernachten wir bei meinen Eltern. Tun wir zurzeit sowieso fast immer.«

Interessant, dachte Maibach und wandte sich zum Gehen.

Als er draußen gerade in den Dienstwagen einsteigen wollte, piepste sein Handy.

»Maibach?«

»Krämer, vom Revier in Ravensburg. Es geht um den Haftbefehl gegen Georg Fassbinder.«

»Was ist damit?«

»Ähm. Wir haben eine Streife zur Firma geschickt. Aber …«

Die folgende Pause dauerte entschieden zu lang und verhieß nichts Gutes. »Aber?«, wiederholte Maibach und schickte ein Stoßgebet zum Himmel.

»Die Zielperson hat die Kollegen zu früh bemerkt«, kam es etwas gestelzt aus dem Hörer.

Das Stoßgebet hatte also nichts genützt. »Soll das etwa heißen, er ist euch entwischt?«, schrie Maibach so laut in den Apparat, dass Rüdiger Wille, der sich bereits in den Dienstwagen gesetzt hatte, wieder ausstieg und sich neben ihn stellte, um mitzuhören.

Maibach hörte noch eine Weile mit starrer Miene zu und raunzte seinen Ravensburger Kollegen schließlich an: »Dann sollen die sich gefälligst auf den Weg nach Wartenweiler machen, und zwar pronto! Vielleicht will er nach Hause, dann können wir hier die Verstärkung brauchen.«

Er beendete das Gespräch, holte tief Luft und wandte sich an Rüdiger Wille. »Du hast's mitgekriegt. Er ist getürmt. Porsche, dunkelmetallic. Und deutlich schneller als der Streifenwagen. Er hat die Kollegen gleich in der Stadtmitte abgehängt.«

Sie hatten keine Zeit zu verlieren. Wenn Fassbinder auf direktem Weg nach Hause kam, würde er in spätestens zehn Minuten hier auftauchen. Maibach wies Wille an, den Dienstwagen außer

Sichtweite zu bringen, in einen Schotterweg, der kurz hinter dem Grundstück der Fassbinders in den Wald führte. Er selber sprintete um die Doppelgarage herum in den Garten und bat Leitner, dasselbe mit dem Fahrzeug der Kriminaltechnik zu tun.

Keine zwei Minuten später war von der schmalen Straße vom Dorf her ein schnell näher kommendes Motorengeräusch zu vernehmen. Kurz darauf sah Maibach den Porsche um die letzte Kurve fahren. Schnell drückte er die Haustür von innen zu.

Fassbinder bog mit Schwung in die Garagenauffahrt ein, riss sofort die Fahrertür auf und stürmte in Richtung der Haustür, hinter der Maibach und Wille sich an die Innenwand drückten. Er steckte seinen Schlüssel ins Schloss, drehte ihn um und öffnete die Tür. Maibach und Wille traten aus ihrer Deckung. Fassbinder erstarrte in seiner Bewegung. Zeitgleich ertönte vom Wohnzimmersofa her ein markerschütternder Schrei.

»Georg!«

Die kurze Schrecksekunde, in der Frau Rödels unerwarteter Schrei die Ermittler ablenkte, nutzte Georg Fassbinder, der die Situation blitzschnell erfasst hatte, um die Haustür hinter sich zuzuziehen und wieder auf den Fahrersitz des Porsche zu springen. Maibach riss die Haustür auf und hechtete, gefolgt von Wille, hinterher. Mit quietschenden Reifen setzte Fassbinder bereits rückwärts auf die Straße und fuhr in halsbrecherischem Tempo Richtung Dorf davon.

***

Hussein stöhnte. Von der ungewohnt langen gestrigen Radtour hatte er Muskelkater in den Oberschenkeln, und jeder Tritt in die Pedale machte ihm Mühe. Außerdem war heute ein anstrengender Schultag gewesen, und er wäre viel lieber nach Hause gegangen. Aber es half ja nichts. Er musste diesen Weg heute noch einmal auf sich nehmen, wenn er die Chance auf seine zwanzigtausend Euro nicht vertun wollte. Hoffentlich hatte der Porschefahrer die gestrige Nachricht bekommen, und hoffentlich hielt er sich an die Anweisung, das Geld bis spätestens siebzehn Uhr vor seinem Haus auf das Autodach zu legen. Husseins Drohung, ansonsten umgehend die Polizei zu informieren, hatte hoffentlich Wirkung gezeigt.

Hoffentlich, hoffentlich, hoffentlich … Etwas mulmig war ihm schon zumute. Er war sich durchaus bewusst, dass sein Plan auch eine gewisse Gefahr in sich barg. Der Mann konnte versuchen, ihm aufzulauern, wenn er kam, um das Geld zu holen. Aber das musste er einfach riskieren – die Aussicht auf den Reichtum, der ihn erwartete, war einfach zu verlockend, um jetzt zu kneifen.

Hussein bog in die schmale Straße ein, die zum Waldrand führte. Es war das letzte Wegstück, bald hatte er es geschafft. Hinter sich hörte er plötzlich ein rasch anschwellendes Motorengeräusch, und kurz darauf brauste ein Porsche an ihm vorbei. *Der* Porsche. Fast hätte er ihn auf dem schmalen Weg gestreift. Hussein umklammerte erschrocken die Lenkstange und sah, wie der Mann am Steuer ihm im Rückspiegel einen ebenso erschrockenen Blick zuwarf. Dann verschwand das Auto hinter der nächsten Kurve. Hussein blickte auf seine Armbanduhr. Es war schon nach fünf – der Mann hatte vielleicht Angst, dass er zur Geldübergabe zu spät kommen würde, und drückte deshalb so aufs Gas. Das war ein gutes Zeichen, und Hussein trat ebenfalls wieder kräftiger in die Pedale.

Kaum eine Minute später hörte er hinter sich erneut Motorengeräusche. Nicht schon wieder, dachte er und fuhr an den Straßenrand. Er blickte über die Schulter und erschrak: Das herannahende Auto war ein Streifenwagen mit Blaulicht, aber ohne Sirene. Verwirrt stieg Hussein ab, um Platz zu machen. Gleichzeitig kam nun von vorn der Porsche wieder in halsbrecherischem Tempo um die Kurve geschossen. Hussein erstarrte. Kurz sah es so aus, als käme der Wagen direkt auf ihn zu. Im letzten Moment jedoch riss der Fahrer das Steuer herum, kam nach rechts von der Straße ab und knallte mit Wucht gegen einen der Obstbäume, die dort auf der Wiese standen.

❊ ❊ ❊

Maibach und Rüdiger Wille stiegen in ihren Dienstwagen. Notarzt, Krankenwagen und Abschleppdienst hatten ihre Arbeit erledigt. Der Porsche war schrottreif, nachdem Fassbinder dem Streifenwagen, der hinter einer Kuppe plötzlich aufgetaucht war, in letzter Sekunde ausgewichen und dabei mit der Beifahrerseite gegen einen Baum am rechten Straßenrand geprallt war. Fassbinder selbst befand sich mit einigen kleineren Schnittwunden und Verdacht auf Gehirnerschütterung auf dem Weg ins Krankenhaus, begleitet von den Ravensburger Kollegen. Der Airbag hatte zum Glück Schlimmeres verhindert.

Die Streifenwagenbesatzung hatte Fassbinder nach dem Unfall sofort Erste Hilfe geleistet. Ein junger Radfahrer, der auch auf dem Landsträßchen unterwegs gewesen war, war leider davongefahren, bevor sie seine Personalien für eine Zeugenaussage aufnehmen konnten.

Frau Rödel hatte vom Notarzt ein Beruhigungsmittel bekommen und befand sich nun zusammen mit ihrem Sohn bei den Großeltern in Ravensburg. Benjamin hatte nach der Schule von dort aus zu Hause angerufen, weil er den Bus nach Wartenweiler verpasst hatte. Maibach war über diese glückliche Fügung mehr als dankbar. So wurde dem Jungen wenigstens der Anblick des verhafteten Vaters und des Unfallorts erspart. Es würde noch schwer genug für ihn werden, wenn er die Wahrheit über die Ereignisse erfuhr.

Der Feierabendverkehr durch das Schussental in Richtung Friedrichshafen zog sich dahin wie Kaugummi. Einer spontanen Eingebung folgend bog Maibach an einer Ampelkreuzung nach links ab.

»Super! Kennst du einen Schleichweg?«, fragte Rüdiger Wille.

»Nein. Wir fahren kurz bei dem Grundstück vorbei, auf dem Merk zurzeit arbeitet. Wenn wir Glück haben, erwischen wir ihn noch vor Feierabend.«

Wille warf ihm einen skeptischen Blick zu. »Ich habe heute Abend aber keine große Lust mehr auf eine Verfolgungsjagd.«

»Wieso denn Verfolgungsjagd? Der hat doch jetzt sein Gewissen erleichtert. Es gibt gar keinen Grund mehr, weshalb er abhauen sollte. Ich will ihn nur kurz fragen, ob er mal in Fassbinders Pool war. Mehr nicht. Geht ganz schnell.«

Die Gartenarbeiter waren gerade dabei, ihren Kleintransporter zu beladen. Maibach parkte in der Einfahrt, stieg aus und schlenderte auf Martin Merk zu. Rüdiger Wille blieb sitzen und beobachtete, wie Maibach sich eine Weile äußerst angeregt mit Merk unterhielt. Dann zog Maibach etwas aus seiner Jackentasche, das aussah wie eine Visitenkarte. Merk betrachtete die Karte eingehend, zuckte mit den Schultern und steckte sie ein. Zum Abschied hob Maibach die Hand zu einem freundlichen Gruß und kam dann gemächlich zum Auto zurückgeschlendert.

»Siehst du, schon erledigt«, bemerkte er beiläufig, während er sich anschnallte. »Ging doch jetzt ganz fix, oder?«

»So, Leute. Endspurt! Stellt euch auf eine lange Nacht ein«, verkündete Maibach, als er den Besprechungsraum betrat. »Wir stehen kurz vor dem Durchbruch.« Er schaute sich im Raum um und nickte seinen Mitarbeitern der Reihe nach anerkennend zu. »Ihr seid ein super Team.«

»Wissen wir doch schon lang«, gab Rüdiger Wille gelassen zurück. »Aber du bist als Chef auch ganz okay.«

Seine Bemerkung wurde von den anderen mit zustimmendem Klopfen auf die Tische unterstützt.

Maibach strahlte. »Danke, danke, Leute! Es gibt noch viel zu tun. Nur Fassbinder können wir heute nicht mehr vernehmen. Er bleibt über Nacht in der Klinik. Die Ravensburger Kollegen übernehmen die Bewachung und bringen ihn morgen früh her, sobald der Arzt grünes Licht gibt.«

»Na, hoffentlich vermasseln die das nicht noch mal«, näselte Rüdiger Wille und grinste in Maibachs Richtung. »Bei Ravensburgern weiß man das ja nie.«

Die Nacht wurde tatsächlich lang – oder kurz, je nachdem, von welcher Seite man sie betrachtete. Sie sichteten das Material aus

Fassbinders Wohnung bis kurz vor zwei Uhr morgens. Stefan Loderer gelang es außerdem, sowohl bei Kühneborns als auch bei Fassbinders Telefonanbieter so lange Druck zu machen, bis er schließlich kurz vor Mitternacht alle relevanten Daten der beiden Handys vorliegen hatte und sich zusammen mit Rüdiger Wille an die Auswertung machen konnte.

Zwischendurch rief gegen halb elf Peter Leitner aus Fassbinders Garten an und gab die Ergebnisse der Luminoluntersuchung durch. »Wie ich vermutet hatte«, berichtete er zufrieden. »Eindeutig Blutspuren in den Fugen am Beckenrand. Da kannst du putzen, womit du willst, etwas bleibt immer zurück. Für einen DNA-Vergleich mit dem Blut des Opfers reichen die Spuren aber leider nicht aus. Da müsst ihr noch mal ran und euren Verdächtigen zu einer Aussage bewegen. Aber das schafft ihr schon. Gute Nacht. Wir machen jetzt Feierabend.«

»Wir nicht«, brummte Maibach zurück und legte auf. Danach herrschte wieder Stille im Raum, nur unterbrochen von gelegentlichem Papierrascheln oder kurzen Meldungen, wenn jemand der Meinung war, etwas entdeckt zu haben. Als das ganze Material bearbeitet war, hatten sie vor allem zwei Dinge herausgefunden: Erstens, es lagen ihnen keinerlei Beweise vor, dass es in den letzten fünfunddreißig Jahren irgendeinen Kontakt zwischen Fassbinder und Kühneborn gegeben hatte. Und zweitens, Fassbinder war auch schon als Junge ein hübsches Kerlchen gewesen. Vor allem ein Fotoalbum, das Rüdiger Wille ganz zuunterst in einer Schublade mit Socken und Unterwäsche im Schlafzimmerschrank gefunden hatte, enthielt einige aufschlussreiche Bilder. Auf dem interessantesten von allen posierte ein Mann Ende zwanzig inmitten einer Gruppe grinsender Jungen auf einem Klettergerüst, die ihm von allen Seiten mit den Händen über die raspelkurzen schwarzen Stoppelhaare strichen.

ZEHN

Schon auf dem Weg zur Besprechung am nächsten Morgen um acht Uhr kam es Maibach so vor, als höre er die Spannung im Raum förmlich knistern.

»Na, seid ihr ausgeschlafen?«, fragte Maibach in die Runde. Mehrstimmiges Stöhnen war Antwort genug. Besonders Wille und Loderer, die zur Auswertung der Handydaten noch länger als die anderen in der Dienststelle geblieben waren, sahen übernächtigt aus. Maibach fragte sich, ob sie überhaupt zu Hause gewesen waren. Er selbst fühlte sich, wie er verwundert bemerkte, vollkommen fit und tatendurstig. Das machte bestimmt die Aussicht auf einen baldigen erfolgreichen Abschluss der Ermittlung.

»Na, na, na. Keine Müdigkeit vorschützen, so kurz vor dem Ziel. Um neun kommt Fassbinders Anwalt. Der Arzt hat Fassbinder für vernehmungsfähig erklärt. Sobald die Kollegen ihn hier abliefern, legen wir los. Nicht wahr, Willi?«

»Aye, aye, Chef.«

Maibach bat Wille und Loderer, die Ergebnisse der Handyauswertung zu referieren.

»Hervorragend«, meinte er, als sie fertig waren, und lehnte sich mit zufriedenem Grinsen auf seinem Stuhl zurück. »Damit kriegen wir ihn am Wickel.«

Bis zum Eintreffen des Verdächtigen und seines Anwalts war noch etwas Zeit, und so plauderten sie über ihre Pläne für das kommende – möglicherweise dienstfreie – Wochenende.

»Also, Leute, ich sage euch, ihr müsst unbedingt auch mal nach Ravensburg aufs Rutenfest gehen. Kommt jemand am Wochenende mit?«

Rüdiger Wille schnaubte verächtlich. »Was soll ich denn da?«, meinte er kopfschüttelnd. »Also ehrlich, wenn eine Stadt ein Heimatfest daraus macht, dass die Schüler mit ihren Lehrern aufs Feld ziehen und die Ruten schneiden, mit denen sie dann im restlichen Jahr verprügelt werden sollen – das sagt doch schon alles!«

»So kann man das doch nicht sehen!«, ereiferte sich Maibach. »Das ist nur der historische Ursprung des Fests. Es geht doch um was ganz anderes. Festfreude, Gemeinschaft, Treffen mit alten Freunden. Alle Ravensburger, die in der Fremde leben, zieht es zum Rutenfest nach Hause.«

»In der Fremde, so wie du?«, grinste Wille.

Maibach errötete leicht. »So hab ich das nicht gemeint«, erwiderte er. »Es gibt mir einfach ein Gefühl des Zu-Hause-Seins, wenn ich die Böllerschüsse vom Mehlsack höre oder die Trommler … Und dann erst der historische Festzug und das Adlerschießen – das ist wirklich was ganz anderes als euer alberner Seehas!«

In diesem Moment wurde die Tür zum Flur mit Schwung aufgestoßen, und Kriminaloberrat Meißner kam herein.

»Maibach! Was ist denn hier los? Kaffeekränzchen?«, wetterte er los und stemmte die Hände in die Hüften. »Haben Sie nichts zu tun? Ich dachte, Sie verhören einen Tatverdächtigen! Und stattdessen halten Sie hier Schmähreden auf unser Heimatfest! Sie sollten sich schämen, gerade Sie! Sie tragen den Namen eines der hochangesehensten Söhne dieser Stadt, und dann das!«

Maibach befahl sich, ruhig zu bleiben. Diese und ähnliche Anspielungen auf seinen Namen hatte er, ganz besonders von Kriminaloberrat Meißner, der aus einer alteingesessenen Häfler Familie stammte, im letzten Vierteljahr schon öfters zu hören bekommen. Anfangs hatte die Namensähnlichkeit ihm den Respekt des Oberbosses eingebracht. »Sind Sie etwa verwandt mit *dem* Karl Maybach?«, hatte dieser ihn fast ehrfürchtig gefragt, als Maibach sich kurz vor Dienstantritt bei seinem neuen Vorgesetzten vorgestellt hatte. Aber nachdem klargestellt war, dass er mit dem Maybach-Motorenbau nichts zu tun hatte und man seinen Namen außerdem anders schrieb, hatte sich der Respekt sehr schnell in eine gewisse Art von Verachtung gewandelt, Verachtung für den Ravensburger Hochstapler mit dem gefälschten Friedrichshafener Nachnamen.

Maibach beschloss, auf die letzte Bemerkung seines Vorgesetzten, der, wie er wusste, außerdem Mitglied des Seehasenpräsidiums war, lieber nicht einzugehen. Stattdessen sagte er so gelassen wie möglich: »Gut, dass Sie kommen, Herr Kriminaloberrat. Ich war praktisch schon auf dem Weg zu Ihnen. Der Tatverdächtige wird demnächst eintreffen. Die Beweislage gegen ihn ist gut. Wir hoffen auf ein Geständnis noch im Laufe des Tages.«

Meißners Miene hellte sich auf. »Maibach, das sind ja endlich einmal gute Nachrichten! Wurde aber auch Zeit. Was denken Sie, wie lange Sie brauchen bis zum Geständnis?«

»So genau kann man das im Voraus nicht sagen …«

»Ach, ist ja nicht so wichtig. Ich denke, ich berufe eine Pressekonferenz ein für, sagen wir mal, siebzehn Uhr. Wenn das Geständnis da ist, ist es gut, wenn nicht, sage ich eben, es steht unmittelbar bevor. Wunderbar. Machen Sie weiter. Ich muss mich jetzt um die Organisation der PK kümmern.« Und damit rauschte er aus dem Raum und hinterließ nichts als eine dezente Wolke Fliederduft.

Pünktlich um neun Uhr traf Fassbinders Anwalt im Vernehmungszimmer ein. Maibach stellte sich und Rüdiger Wille vor und deutete auf einen leeren Stuhl auf der gegenüberliegenden Seite des Tisches. »Ihr Mandant ist leider noch nicht da. Aber nehmen Sie gerne schon einmal Platz, Herr …«

»Schreiner, guten Tag. Ich bin der langjährige Firmenanwalt der Firma T&F Software Solutions. Herr Fassbinder hat mich beauftragt, bei dieser Vernehmung dabei zu sein.«

Firmenanwalt. Also eher mit Steuerrecht und ähnlichen Fachgebieten vertraut als mit Strafrecht, vermutete Maibach. Das konnte nur von Vorteil sein. Freundlich erwiderte er den Gruß und bot dem Anwalt ein Glas Wasser an.

Zehn Minuten später wurde Georg Fassbinder in Handschellen hereingeführt. Ein paar Schrammen im Gesicht erinnerten noch an den Unfall vom Vortag. Ansonsten schien er aber keine Beeinträchtigungen davongetragen zu haben, denn er warf Maibach einen trotzigen Blick zu und knurrte ihn unfreundlich an: »Können Sie mir mal sagen, was das alles soll? Sie dringen in mein Haus ein und erschrecken mich zu Tode. Ich werde von der Straße abgedrängt und auf dem Weg ins Krankenhaus verhaftet. Und jetzt werde ich hier vorgeführt wie ein Schwerverbrecher? Das wird noch ein Nachspiel haben! Nehmen Sie mir gefälligst die Handschellen ab!«

Maibach nickte den uniformierten Kollegen zu. Diese befreiten Fassbinder von den Handschellen, und er setzte sich neben seinen Anwalt und schüttelte ihm die Hand. Dann rieb er sich demonstrativ die Handgelenke und starrte feindselig in Maibachs Richtung.

Als die beiden Streifenpolizisten den Raum verlassen hatten, schaute Maibach Fassbinder an und sagte in ruhigem Tonfall: »Nur um eines klarzustellen, Herr Fassbinder. Wir sind in Ihr Haus nicht eingedrungen, sondern hatten einen Durchsuchungsbeschluss. Dass die Anwesenheit der Polizei Sie zu Tode erschreckt, finde ich an sich schon verdächtig, genauso wie Ihren zweifachen Versuch, sich einer Verhaftung zu entziehen. Und was den Unfall angeht, so wissen Sie genauso gut wie ich, dass niemand Sie von der Straße gedrängt hat. Im Gegenteil. Sie haben andere Verkehrsteilnehmer gefährdet und werden möglicherweise eine Anzeige wegen gefährlichen Eingriffs in den Straßenverkehr bekommen. Aber das dürfte beim jetzigen Stand der Ermittlungen Ihre geringste Sorge sein. Da kommen noch ganz andere Dinge auf Sie zu.«

Fassbinder schnaubte nur verächtlich vor sich hin.

Maibach räusperte sich und breitete einen dicken Packen Papiere vor sich aus. Er blätterte eine Weile in den Dokumenten herum, als suche er etwas, sorgte dann dafür, dass der Obduktionsbericht ganz oben lag, öffnete ihn auf der Seite mit den beeindruckendsten Fotos und bedachte Fassbinder schließlich mit einem fragenden Blick.

Wie die meisten Leute, die Maibach in seiner langen Dienstzeit so oder so ähnlich gegenübergesessen hatten, hielt auch Georg Fassbinder Maibachs Schweigen nicht lange aus.

»Was wollen Sie denn überhaupt schon wieder von mir?«, fragte er in einem Ton, der wahrscheinlich Entrüstung ausdrücken sollte, aber in Maibachs Ohren eher nach unterdrückter Panik klang. »Ich habe Ihnen doch letzte Woche alles gesagt, was ich weiß!«

Maibach hob die Augenbrauen. »Sehen Sie, Herr Fassbinder, genau daran haben wir mittlerweile große Zweifel. Oder, wenn ich es noch etwas treffender formulieren darf: Wir sind uns sogar sehr sicher, dass Sie uns bei Weitem nicht alles gesagt haben und dass das, was Sie uns gesagt haben, im Wesentlichen ein Haufen Lügen war.«

»Ach ja?«

»Ja. Fangen wir mit der offensichtlichsten Lüge an. In Ihrem Garten befindet sich ein Pool. Sie hatten uns bei unserem ersten Gespräch gesagt, dafür sei es dort viel zu schattig.«

Fassbinder lachte auf. »Moment mal. Das war doch keine offizielle Frage, oder? Da waren wir doch schon längst zum Small Talk übergegangen! Und ich wollte halt nicht mit meinem tollen Grundstück protzen – das können Sie mir doch nicht im Ernst vorwerfen!«

»Doch, kann ich. Denn welchen Grund sollten Sie gehabt haben, uns über den Pool zu belügen, es sei denn, Sie wussten genau, dass Professor Kühneborn in einem Pool wie Ihrem ertrunken war? Einem Pool mit Salzwasser!«

»Salzwasserpools gibt es viele. Die sind in letzter Zeit total in! Wenn Sie sonst nichts gegen mich in der Hand haben, möchte ich jetzt nach Hause. Meine Frau macht sich bestimmt Sorgen. Ich durfte sie noch nicht mal anrufen! Sie weiß ja gar nicht, was los ist!«

Maibach schüttelte den Kopf. »Ihre Frau ist informiert. Ich hatte gestern Nachmittag ein ausführliches Gespräch mit ihr, als wir Ihr Haus durchsucht und Proben aus Ihrem Pool entnommen haben.«

»Proben?«

»Wasserproben, ja. Wissen Sie, Herr Fassbinder, wir werden nicht nur durch die Analyse des Wassers beweisen können, dass

Professor Kühneborn in Ihrem Pool ertrunken ist. Wir haben außerdem Blutspuren am Beckenrand sichergestellt. Und, nicht zu vergessen: Wir haben da ja auch noch ein Haar, das wir an der Leiche gefunden haben und das ebenfalls aus Ihrem Pool stammt.«

Kurz blitzte Angst in Fassbinders Augen auf. »Was denn für ein Haar?«

»Das Haar eines gewissen Herrn Martin Merk.«

Ehrlich verwirrt schaute Fassbinder ihn an. »Ich kenne keinen Martin Merk.«

»Ja, das sagten Sie bereits bei unseren vorigen Gesprächen. Und, falls es Sie beruhigt, ich glaube es Ihnen durchaus. Aber, Herr Fassbinder, nun kommt das wirklich Witzige: Auch wenn Sie Herrn Merk nicht einmal persönlich kennen, wird sein Haar Sie trotzdem überführen. Erinnern Sie sich an einen Auftrag zur Umgestaltung Ihres Gartens, den Sie im Frühsommer einer Ravensburger Gartenbaufirma erteilt haben?«

»Was hat das denn damit zu tun? Selbstverständlich erinnere ich mich. Meine Frau und ich, wir haben beide keine Zeit, uns intensiv um den Garten zu kümmern. Da haben wir das eben an die Profis delegiert.«

»Ja. Durchaus verständlich. Nur Pech, dass die Profis in Ihrer Abwesenheit in Ihrem Pool geplanscht haben. Dabei ist Herrn Merks Haar ins Wasser geraten und in der Nacht vom dritten auf den vierten Juli dann in Professor Kühneborns Luftröhre. Zusammen mit dem Poolwasser, in dem er ertrank. Oder ertränkt wurde, das müssen Sie mir dann noch detaillierter erzählen, wenn wir so weit sind.«

Fassbinder starrte Maibach ungläubig an. »Was ist denn das für ein Schwachsinn? Das glaubt Ihnen doch kein Mensch!«

»Da wäre ich mir nicht so sicher. Gestern habe ich mir das von Herrn Merk nämlich haarklein – verzeihen Sie mir den Ausdruck! – erzählen lassen. Also, das war so: Es war heiß, Sie waren weg, und Herr Merk war verschwitzt. Seine zwei Kollegen auch. Und da haben sie sich zunächst nur darüber unterhalten, wie ungerecht die Welt ist. Der eine verdient sich ›mit Schreibtischstuhlpupsen einen goldenen Arsch‹ – Herrn Merks Worte, nicht meine –, und die anderen schuften für einen Hungerlohn in seinem Garten und müssen sich auch noch seinen Pool anschauen, während sie kurz vor dem Hitzschlag sind. Tja, und dann haben sie eben beschlossen, dass man wenigstens Letzteres auch ändern könnte. Das mit dem Anschauen und dem Hitzschlag. Sie verstehen? Das war aber noch nicht alles. Als die drei gerade so richtig schön beim Planschen waren, kam ihr Vorarbeiter um die Ecke. Der wollte mal nachsehen, ob alles glattläuft. Lief es nicht, wie er fand, und er hat sie beim Chef verpfiffen, und der wiederum hat sie abgemahnt. Alle drei. Schriftlich, wie sich das gehört. Mit anderen Worten, Herr Fassbinder, die ganze Sache ist sogar aktenkundig. Was sagen Sie nun?«

Nicht viel anscheinend. Georg Fassbinder saß nur mit offenem Mund da und starrte Maibach an, als wäre er ein besonders ausgefallenes Exemplar einer seltenen mehrköpfigen Schlangenart. Diese Kombination aus Ungläubigkeit, Faszination und Entsetzen hatte Maibach noch selten auf dem Gesicht eines Verdächtigen produziert. Zufrieden fuhr er fort: »Haben Sie eigentlich ein gutes Verhältnis zu Ihren Schwiegereltern, Herr Fassbinder?«

Bei diesem abrupten Themenwechsel änderte sich Fassbinders Gesichtsausdruck schlagartig und machte einer Mischung aus Wachsamkeit und vorsichtiger Zurückhaltung Platz. »Zu meinen Schwiegereltern? Wieso?«

»Das ist genau genommen keine Antwort auf meine Frage, Herr Fassbinder.«

»Ehrlich gesagt finde ich, dass Sie das auch gar nichts angeht.«

»Bei Mord geht uns alles etwas an«, antwortete Maibach und erhielt für diese Fernsehkrimifloskel einen amüsierten Seitenblick von Rüdiger Wille. »Wissen Sie, Herr Fassbinder, ich frage mich nur gerade, was Ihre Schwiegereltern mir antworten werden, wenn ich sie frage, ob Ihre Frau und Ihr Sohn in der Nacht vom dritten auf den vierten Juli bei ihnen übernachtet haben. Wie so oft in letzter Zeit.«

Es war geradezu herzzerreißend, zu beobachten, wie die Bedeutung dieses Satzes Fassbinder allmählich klar wurde. »Meine Frau hat Ihnen doch bereits bestätigt, dass ich in der Nacht zu Hause war!«, machte er noch einen letzten mühsamen Versuch, seinen Kopf aus der Schlinge zu ziehen.

»Jaja. Mit den Alibis, die einem von der Ehefrau gegeben werden, ist es so eine Sache, Herr Fassbinder. Gutgläubig und gutmütig, wie die meisten nun mal sind, bestätigen sie gerne auch mal etwas Falsches. Zumindest, solange sie der irrigen Ansicht sind, es handle sich nur um eine Bagatelle. Fahrerflucht und Blechschaden, zum Beispiel. Wenn sie dann aber von der Polizei über die wahren Hintergründe informiert werden – sagen wir mal, anlässlich einer Hausdurchsuchung –, dann ziehen sie auch gerne ihre früheren Angaben zurück. Oder verweigern die Aussage komplett. Um den Ehemann nicht zu belasten, versteht sich. Sehr vernünftig, wenn Sie mich fragen.«

Fassbinder schluckte. Unsicher sah er zu seinem Anwalt hinüber. Maibach fand es merkwürdig, dass dieser sich während der bisherigen Vernehmung noch gar nicht ins Gespräch eingeschaltet hatte, aber im Grunde genommen konnte es ihm ja nur recht sein. Vielleicht war der Anwalt tatsächlich in strafrechtlichen Dingen nicht allzu bewandert. Auch jetzt erwiderte er zwar den Blick seines Mandanten, sagte aber nichts. Er wirkte auf Maibach mindestens genauso verunsichert wie Fassbinder selbst.

Maibach beschloss, noch einen letzten Angriff zu starten, solange die Gelegenheit günstig war. »Mein Kollege hier war heute Nacht übrigens auch nicht untätig«, fuhr er im Plauderton fort und deutete auf Rüdiger Wille. »Er hat sich mit Ihrem Handy befasst und dabei einige interessante Dinge herausgefunden.«

Wille griff das Stichwort auf. »Ja, Herr Fassbinder«, begann er, breitete ein paar Listen aus seinen Unterlagen vor sich aus und betrachtete sie mit gerunzelter Stirn. »Ich habe hier die Bewegungsprofile von einem Handy und einem Smartphone. Das Smartphone ist Ihres, und das Handy gehörte Professor Kühneborn.«

Als Wille nicht weitersprach, schaute Fassbinder wieder besorgt zu seinem Anwalt.

Dieser fühlte sich nun wohl genötigt, sich ins Gespräch einzumischen. Er räusperte sich und fragte in Maibachs Richtung: »Hatten Sie eine richterliche Anordnung zur Überprüfung der Mobilfunkdaten?«

»Selbstverständlich«, antwortete Maibach und schob ihm gelassen einen Bogen Papier über den Tisch. Der Anwalt studierte ihn kurz, legte ihn beiseite und nickte. Auf Fassbinders Stirn erschienen deutlich sichtbare Schweißperlen.

Wille fuhr fort: »Am Abend des dritten Juli diesen Jahres war Ihr Smartphone zunächst in Weingarten eingeloggt. Es bewegte sich dann nach Wartenweiler, später in der Nacht jedoch wieder nach Weingarten zurück und dann schließlich gegen halb drei Uhr wieder nach Wartenweiler. Haben Sie dafür eine Erklärung?«

Fassbinder starrte vor sich hin und sagte nichts.

»Noch merkwürdiger finden wir die Tatsache, dass die ersten drei Stationen dieses Abends – also Weingarten, Wartenweiler, Weingarten – zeitgleich von einem anderen Handy mitgemacht wurden. Nämlich dem von Professor Kühneborn. Exakt der gleiche Weg, exakt zur gleichen Zeit. Von Funkzelle zu Funkzelle. Können Sie uns dazu etwas sagen?«

Wieder keine Antwort. Fassbinder wischte sich mit dem Ärmel über die Stirn und sank auf seinem Stuhl immer mehr in sich zusammen.

»Das Handy von Professor Kühneborn wurde schließlich an der letzten Station gefunden. Genauer gesagt, oberhalb von Weingarten, auf einem Waldspielplatz in der Nähe des Stillen Baches. Das legt die Vermutung nahe, dass auch Sie und Ihr Smartphone sich zum Zeitpunkt der Ablage der Leiche im Stillen Bach dort befunden haben.«

Von Fassbinders anfänglicher Gelassenheit war mittlerweile nicht mehr viel übrig. Wie ein Häufchen Elend saß er auf seinem Stuhl und schlug nun die Hände vors Gesicht. »Ich möchte bitte mit meinem Anwalt unter vier Augen sprechen«, murmelte er.

Maibach nickte. Er sprach die Uhrzeit auf Band, schaltete das Aufnahmegerät aus, raffte seine Unterlagen zusammen und bedeutete Rüdiger Wille, ihm zu folgen.

Sie gaben den beiden Herren im Vernehmungsraum zehn Minuten, dann gingen sie wieder hinein. Es war Zeit, die Sache zu Ende zu bringen.

»Herr Fassbinder, Sie wissen, wie die Beweislage gegen Sie aussieht. So, wie die Dinge liegen, werden wir Ihnen die Tat nachweisen können, egal, ob Sie sich noch näher dazu äußern. Vor Gericht allerdings kann es eine entscheidende Rolle spielen, ob Sie mit uns kooperieren oder nicht. Haben Sie sich von Ihrem Anwalt beraten lassen?«

Fassbinder und Schreiner wechselten einen Blick, dann sagte der Anwalt: »Mein Mandant wird Ihre Fragen beantworten.«

»Das freut mich zu hören. Gut, dann beginnen wir doch gleich einmal mit diesem Foto hier.« Er schob das Bild, das er aus dem Fotoalbum mitgebracht hatte, über den Tisch. »Erkennen Sie irgendwelche Personen auf dieser Fotografie?«

Fassbinder nickte.

»Könnten Sie Ihre Antwort bitte in Worte fassen? Für die Aufzeichnung, Sie verstehen.« Er zeigte auf das Aufnahmegerät.

»Ja.«

»Könnten Sie uns sagen, wen Sie erkennen?«

Fassbinder seufzte. »Das hier bin ich.« Er zeigte auf einen der älteren Jungen hinter dem Erwachsenen. »Neben mir sind Roland und Hubert, das hier sind Eric Schmidt und ... wie hieß der noch ... Manfred ... Nachnamen hab ich vergessen, und in der Mitte ist Gottfried. Der Diakon.«

»Wilhelm Gottfried Kühneborn?«

»Ja.«

»Sie geben also zu, dass Sie Herrn Kühneborn als Diakon in Ihrer Gemeinde kennengelernt haben.«

»Ja.«

»Wie war er denn so? Erzählen Sie ein bisschen von ihm.«

Fassbinder seufzte. »Er war nett. Hat sich sehr viel mit uns beschäftigt. Aktivitäten organisiert und so. Wir mochten ihn gern.«

»In den Pfingstferien 1982 gab es ein Ministrantenzeltlager am Rösslerweiher unter seiner Leitung. Unsere Ermittlungen haben dazu einige interessante Ergebnisse geliefert«, sagte Maibach.

Fassbinder starrte ihn entsetzt an. Offensichtlich hatte er diese Aussage viel konkreter verstanden, als sie formuliert war, denn er schlug die Hände vors Gesicht und sagte nach einer kurzen Pause mit leiser Stimme: »Wenn Sie sowieso schon alles wissen ...«

»Eben, Herr Fassbinder. Dann brauchen Sie nichts mehr vor uns zu verschweigen und können endlich Ihr Gewissen erleichtern. Ich verspreche Ihnen, hinterher fühlen Sie sich besser.«

Fassbinder räusperte sich. »Könnte ich bitte ein Glas Wasser haben?«

Maibach befüllte ein Glas und reichte es ihm über den Tisch.

Fassbinder trank einen Schluck. »Es war ein tolles Zeltlager. Mit allem, was man sich als Junge so wünscht. Viel Natur, viel Platz zum Toben, tolle Aktivitäten. Schnitzeljagd, Angeln, Lagerfeuer, Schatzsuche ... Alles super. Bis zu dieser verdammten Nachtwanderung am vorletzten Tag.«

Er verstummte und griff erneut zu seinem Wasserglas.

Als er keine Anstalten machte weiterzureden, fragte Maibach sanft nach: »Was ist bei der Nachtwanderung passiert, Herr Fassbinder?«

Fassbinder schluckte. »Wir waren vom Rösslerweiher am Stillen Bach entlang zum Waldspielplatz gewandert. Dort gab es ein Lagerfeuer und Gruselgeschichten. Und als alle dabei waren, ihr Stockbrot zu grillen, hat mich Gottfried beiseitegenommen. Er habe seine Taschenlampe irgendwo auf der Wanderung verloren und wolle sie suchen, bevor wir nachher ohne Licht zurückmüssten. Und ob ich ihm helfen könnte.«

Er nahm wieder einen Schluck aus seinem Glas und fuhr dann fort: »Und ich hab mich geehrt gefühlt! Dass Gottfried mich und keinen anderen gefragt hat! Ich fand ihn so nett, er war wie ein großer Bruder zu mir! Nie im Leben hätte ich gedacht ...«

Er brach ab und schnäuzte sich in ein Papiertaschentuch, dann erzählte er stockend weiter. »Wir gingen ein Stück den Bach entlang. Bis wir die anderen nur noch entfernt hören konnten. Da hab ich mich das erste Mal ein bisschen gewundert, dass Gottfried gar nicht richtig suchte. Es war, als ob er die Taschenlampe ganz vergessen hätte. Stattdessen hat er angefangen, so komisches Zeug zu reden. ›Der menschliche Körper ist der Tempel des Herrn‹ und solche Sachen, die ich gar nicht verstand. Und dabei kam er mir immer näher, und es wurde mir total unangenehm, und ich habe ihm gesagt, ich will jetzt zurück zu den anderen, aber dann hat er mich festgehalten und … Ich will Ihnen das jetzt nicht alles erzählen. Ich glaube, Sie verstehen, was passiert ist. Ich war so hilflos. So verdammt hilflos. Und dann kamen plötzlich Schritte auf uns zu, und er hat mich losgelassen. Ich fühlte mich so erleichtert – es war unser Pfarrer. Der hatte wohl spontan beschlossen, mal beim Zeltlager vorbeizuschauen, und war mit dem Auto zum Waldspielplatz gekommen. Und als Gottfried nirgends zu sehen war, ist er um die Biegung des Baches gegangen … und da hat er uns entdeckt.«

Wieder pausierte Fassbinder. Dann schüttelte er den Kopf bei der Erinnerung und sagte: »Und stellen Sie sich vor – ich dachte, jetzt wird alles gut. Der beschützt mich. Aber dann hat er uns beide – Gottfried *und* mich – nur angewidert angesehen und hat Gottfried eine Predigt gehalten über den Schaden, den er am Priesteramt und an der Gemeinde anrichtet. Und ich stand dabei und hab zugehört, bis er sich zu mir umgedreht hat. Und wissen Sie, was er zu mir gesagt hat?«

Als er nicht weitersprach, hob Maibach fragend die Augenbrauen.

»Er hat mich angeschaut wie eine widerliche Wanze oder so. Und dann hat er gesagt: ›Und du, satanischer Verführer, zieh endlich deine Hose hoch. Du solltest dich schämen. Wegen dir wird nun ein guter Hirte weniger die Schafe unseres Herrn weiden.‹ Ich war total verwirrt und hab mich angezogen, und dann hat er noch gesagt: ›Du weißt, wie dieser Ort hier heißt? Stiller Bach. Halte dich dran. Und jetzt geh zurück zu den anderen.‹ Ich bin einfach nur weggerannt. An den letzten Tag des Zeltlagers kann ich mich kaum erinnern. Und in die Ministrantengruppe bin ich nie wieder gegangen. Zu Hause habe ich einfach gesagt, ich hätte keine Lust mehr, und meine Eltern haben gar nicht näher nachgefragt.«

»Und Herr Kühneborn?«, fragte Maibach, obwohl er die Antwort schon wusste.

»Der hat die Gemeinde in der Woche darauf verlassen. Der Pfarrer hat im Gottesdienst gesagt, aus persönlichen Gründen. Und das war's.«

Maibach und Rüdiger Wille tauschten einen Blick. Wie wir es uns gedacht hatten, besagte dieser. Das Zeltlager ist der Schlüssel zum Motiv.

»Kommen wir zu den Ereignissen vom dritten Juli«, übernahm nun Rüdiger Wille. »Sie haben Kühneborn im Konzert getroffen, nicht wahr?«

»Nicht im Konzert, nein. Das heißt, er ist mir dort schon aufgefallen. Wie ich Ihnen bereits sagte, er war total unpassend angezogen. Aber ich habe ihn nicht erkannt. Er hatte sich im Vergleich zu damals total verändert.« Fassbinder pausierte einen Moment. »Nein. Erst nach dem Konzert, als wir mit dem Abbau fertig waren und ich mich draußen von Hubert und Roland verabschiedet hatte, da stand er plötzlich vor mir und hat mich angesprochen. Mit dem Vornamen. Und als ich ihn gefragt habe, woher er mich kenne, sagte er einfach: ›Aber Georgchen. Ich bin's doch. Der Gottfried.‹«

Fassbinder brach ab und schlang die Arme um seinen Oberkörper, als wäre ihm kalt. »Georgchen«, flüsterte er. »So hatte er mich immer genannt, weil ich für mein Alter noch ziemlich klein war, damals. Georgchen.«

Eine Weile saß Fassbinder nur da und hing seinen Gedanken nach. Maibach ließ ihm die Zeit, die er brauchte.

»Wissen Sie«, fuhr Georg Fassbinder schließlich fort, »ich hatte das Ganze eigentlich mittlerweile ganz erfolgreich verdrängt. Anfangs, direkt nach dem Zeltlager, war ich total verstört. Ich begriff das alles gar nicht richtig. Was er mit mir getan hatte und warum. Ich wusste nur, dass es etwas Falsches gewesen war, und ich fühlte mich schuldig. Das hatte der Pfarrer schließlich auch gesagt. Dass ich schuld war daran, dass Gottfried gehen musste. Und, ob Sie es glauben oder nicht, ich hab Gottfried damals auch vermisst. Den Freund, den ich in ihm gesehen hatte. Plötzlich war er nicht mehr da und … Ach, ich weiß auch nicht. Es war ein fürchterliches Chaos in meinem Kopf. Und ich konnte mit niemandem darüber reden. Ich sollte doch still sein, hatte der Pfarrer gesagt. Wie der Bach. Der Stille Bach.«

Fassbinder griff zu seinem Wasserglas und leerte es in einem Zug. Dann sagte er: »Mit der Zeit habe ich dann irgendwie alles verdrängt und vergessen. Das Leben ging weiter. Ich studierte, gründete die Firma, heiratete, wir bekamen ein Kind … Alles war, wie es sein sollte. Wenn ich überhaupt noch an die Sache im Zeltlager dachte, dann eher so, wie man sich an einen bösen Traum erinnert. Irgendwie unwirklich. Als sei das alles einem anderen passiert, nicht mir selber. Aber dann stand er plötzlich da, an dem Abend, nach dem Konzert, und nannte mich Georgchen. Und plötzlich war alles wieder da, als ob es gestern gewesen wäre. Ich war wieder der Dreizehnjährige am Stillen Bach, und die Erinnerung brach über mich herein wie eine Sturzflut. Ich dachte, ich würde ertrinken.«

Er starrte eine Weile vor sich hin, dann lachte er plötzlich auf. »Und dann sagte Gottfried, er sei extra wegen mir ins Konzert gekommen. Weil er meinen Namen auf dem Flyer gelesen und sich an mich erinnert hatte. Er sagte, er habe ein großes Bedürfnis verspürt, mit mir zu reden.«

Wieder unterbrach er sich und schüttelte den Kopf. »Und wissen Sie, was ich Idiot dann dachte? Nachdem ich überhaupt wieder etwas klarer denken konnte? Ich dachte: Er will mit mir reden. Er weiß, dass er mir damals etwas Böses angetan hat, und er will sich entschuldigen. Nach all den Jahren. Und ich war bereit, ihm zu verzeihen. Können Sie sich das vorstellen? Wie naiv kann man denn sein?«

Weder Maibach noch Rüdiger Wille hielten es für angebracht, diese rhetorischen Fragen zu beantworten. Sie warteten einfach ab, bis Fassbinder seine Erzählung wieder aufnahm.

Kühneborn hatte also das Bedürfnis geäußert, mit Fassbinder zu reden. Aber nicht in der Linse, wie dieser zunächst vorschlug, sondern irgendwo ungestört zu zweit. Und er fragte, ob Fassbinder denn noch in Wartenweiler wohne und ob sie nicht dorthin fahren könnten – er würde gern die Erinnerung an den Ort auffrischen. Da Fassbinder wusste, dass seine Frau und sein Sohn auch an diesem Abend bei Oma und Opa übernachteten und er somit »sturmfreie Bude« hatte, wie er es ausdrückte, hatte er aus einem Impuls heraus zugestimmt und Kühneborn mit nach Hause genommen. Im Nachhinein kam ihm das selber absolut »hirnrissig« vor, wie er sagte. »Ich weiß nicht, was ich mir dabei gedacht habe. Irgendwie kommt es mir jetzt so vor, als wäre ich wieder genauso verwirrt und naiv gewesen wie damals als Dreizehnjähriger. Ich bin Gottfried schon wieder auf den Leim gegangen. Habe wieder nur den Freund in ihm gesehen, der es gut mit mir meint und der nach all diesen Jahren gekommen ist, um alles wiedergutzumachen. Von wegen.«

Zuerst war es, Fassbinders Schilderung zufolge, sogar ein ganz nettes Gespräch geworden. Fassbinder hatte Kühneborn auf die Terrasse gebeten, ihm einen Wein serviert und etwas zu knabbern geholt. – Aha, die Erdnüsse, dachte Maibach. Dann wäre das auch geklärt. – Kühneborn hatte ungefragt angefangen, über seine Karriere zu berichten, und dabei die erste Flasche Wein fast allein geleert. Eine zweite folgte. Die Erzählung über sein Leben wurde immer länger und ausführlicher, und Fassbinder begann sich zu fragen, wann er denn endlich die Kurve kriegen würde, um zu seiner Bitte um Verzeihung anzusetzen.

»Ich hab ihm lange und geduldig zugehört. Ich dachte, na ja, das muss man verstehen. Es fällt ihm sicher nicht leicht, das Ganze einzugestehen. Er braucht eben Zeit. Und irgendwann war es tatsächlich so weit. Er hat vom Zeltlager angefangen. Mittlerweile hatte er schon ganz schön einen in der Krone, und ich dachte, jetzt hat er sich genügend Mut angetrunken. Gleich wird er sich entschuldigen. Und wissen Sie, was das Arschloch dann gesagt hat?«

Die Zornesröte stieg ihm ins Gesicht, und bei der Erinnerung fingen seine Hände an zu zittern. »Er sagte, und zwar ziemlich wortwörtlich: ›Georgchen, du siehst heute noch genauso teuflisch gut aus wie damals. Wenn du mich nicht mit deiner verdammten Schönheit in Versuchung geführt hättest, hätte ich alles erreichen können, wovon ich immer geträumt habe. Priester zu werden. Ein heiligmäßiges Leben zu führen. Dem Herrn in seiner Gemeinde zu dienen. Das alles habe ich verloren. Nur wegen dir, du elender kleiner Teufel. Nur wegen dir.‹ Und da habe ich rotgesehen.«

In knappen Worten erzählte Fassbinder, wie er Kühneborn zuerst angebrüllt und ihn dann, nachdem dieser sich auf schwankenden Beinen erhoben und zurückgebrüllt hatte, am Kragen gepackt hatte.

»Ich konnte mich nicht mehr beherrschen. Ich hab ihn weggestoßen, er ist rückwärts getorkelt, hat das Gleichgewicht verloren und ist auf den Beckenrand gestürzt. Mit dem Hinterkopf voraus, mit voller Wucht. Und dann hat er sich wie in Zeitlupe nochmals kurz aufgerichtet, ist wieder umgekippt und seitlich in den Pool gerutscht. Da lag er dann im Wasser, mit dem Gesicht nach unten. Es war ein Unfall.«

Bis dahin ja, dachte Maibach und wartete ab. Als nichts mehr kam, tauschte er einen kurzen Blick mit Rüdiger Wille. Dieser nickte und sagte in sachlichem Tonfall: »Die Kopfverletzung war nicht die Todesursache. Der Tod ist durch Ertrinken eingetreten. Haben Sie Herrn Kühneborn nach seinem Sturz in den Pool unter Wasser gedrückt, bis er nicht mehr atmete?«

Fassbinder schaute ihn entsetzt an. »Nein! Ich habe ihn nicht angefasst! Ich bin doch kein Mörder! Ich habe lediglich … Ich habe ihm nur nicht rausgeholfen. Das ist alles.«

Maibach hakte nach. »Was genau heißt das, Sie haben ihm nicht geholfen? War Ihnen klar, dass er nicht tot war? Hat er sich noch bewegt im Wasser? Und Sie sind einfach am Rand gestanden und haben ihm beim Ertrinken zugeschaut? War es so?«

Fassbinder schwieg einen Moment, dann nickte er. »Er hat noch eine Weile so gezuckt. Ich sehe es immer noch vor mir. Aber irgendwann war dann alles still.« Er richtete einen flehentlichen Blick auf Maibach. »Mein Anwalt sagt, wenn ich Glück habe, verurteilt man mich wegen unterlassener Hilfeleistung. Und ich habe mich ja auch kooperativ gezeigt, nicht wahr?«

Oh je. Steuerrecht und Strafrecht sind eben doch zwei Paar Stiefel, dachte Maibach. Laut sagte er: »Das Gericht wird sicher alle Aspekte Ihres Falles sorgfältig gegeneinander abwägen. Sagen Sie mir noch, was Sie getan haben, als Sie sicher waren, dass Kühneborn tot war?«

Fassbinder schluckte. »Zuerst war ich eine Weile wie gelähmt. Dann habe ich ihn aus dem Wasser gezogen, das war gar nicht so schwer, wie ich dachte. Und als er so dalag, habe ich erst überlegt, ihn einfach nur irgendwo ein Stück weit weg in den Wald hinter unserem Grundstück zu bringen. Aber dann dachte ich, wenn man ihn findet, könnte man vielleicht eine Verbindung zu mir herstellen. Er musste weiter weg. Und da ich ihm in Weingarten im Konzert begegnet war und er erzählt hatte, dass er da in der Akademie zu Gast war, habe ich ihn am Ende in den Kofferraum gehievt und bin nach Weingarten zurückgefahren. Und unterwegs kam mir dann der Gedanke, ihn irgendwo ins Wasser zu schmeißen. Weil er doch ertrunken war. Ich dachte, dann sieht es vielleicht wie ein Unfall aus. An Salz- oder Süßwasser habe ich dabei gar nicht gedacht. Bei Wasser und Weingarten fiel mir dann der Stille Bach ein, und ich fand, dass das ja eigentlich auch der richtige Ort für Gottfried war. Der Stille Bach. Wäre Gottfried an dem Abend still gewesen, dann wäre das alles nicht passiert.«

Epilog

Die Ermittlungsergebnisse lagen bei der Staatsanwaltschaft, und Kriminaloberrat Meißner war nach seiner Pressekonferenz von allen Seiten mit Lob überschüttet worden für die hervorragende Leistung seiner Ermittler, die, wie jedermann wusste, immer nur so gut sein konnten wie der oberste Verantwortliche. Maibach trug es mit Fassung und bezog das Kompliment stillschweigend auf sich.

Das Ravensburger Rutenfest war bedauernswerterweise schon wieder vorbei; Maibach hatte sich dort ausgiebig mit seinen Freunden und Jahrgängern getroffen und auch das ein oder andere Bierchen mit Shitty und anderen Ravensburger Kollegen getrunken. Nur seine Mitarbeiter aus Friedrichshafen hatten sich leider nicht dazu bewegen lassen, ihm dorthin zu folgen. Daran würde er im nächsten Jahr noch arbeiten müssen, dachte er zuversichtlich. Manche Dinge brauchten eben Zeit.

An den Schulen hatten mittlerweile die Sommerferien begonnen, und schlimme Gewaltdelikte hatte es in den letzten vierzehn Tagen in Maibachs Zuständigkeitsbereich nicht gegeben. Vielleicht machten auch die Kriminellen jetzt erst einmal ihren wohlverdienten Jahresurlaub. So sah Maibach keinen Grund, die Einladung seiner Schwester zu ihrem alljährlichen »Ferienanfangsgrillen«, wie die Kinder es nannten, abzulehnen. Am ersten Feriensamstag, pünktlich um halb sechs Uhr abends, stellte er sein Auto vor ihrem Haus ab und ging, beladen mit einer großen Schüssel Obstsalat, den er kurz zuvor aus vier Konservendosen zusammengeschüttet hatte, um die Hausecke direkt in den Garten, von wo schon fröhliches Gelächter an sein Ohr drang.

»Onkel Charlie!«, brüllte Tobias und raste auf ihn zu, dicht gefolgt von Annika, die genauso strahlte wie ihr kleiner Bruder.

Die beiden umarmten ihn stürmisch. Fast wäre ihm der kostbare Nachtisch entglitten, wenn sich Michaela nicht noch gerade rechtzeitig die Schüssel geschnappt und sie in Sicherheit gebracht hätte. Als er die Begrüßung überstanden hatte, schaute er sich im Garten um. Hm, der Grill war schon bereit, das Salatbüfett sah auch lecker aus.

Aus den Augenwinkeln nahm er eine Bewegung an der Terrassentür wahr. Er drehte sich weiter in die Richtung und erstarrte mitten in der Bewegung. Nein, er hatte sich nicht getäuscht. Dort stand Ursula. Seine Ursula, hätte er fast gedacht, verscheuchte den Gedanken aber, bevor er sich zu sehr in seinem Hirn breitmachen konnte.

Michaela bemerkte seinen Blick und kam auf ihn zu. »Ich wollte dich noch anrufen, aber du warst schon unterwegs«, sagte sie leise. »Die Kinder hatten sich schon neulich beim Fußballturnier gewünscht, dass Tante Ursel mal wieder mitkommt, und da hab ich gesagt, vielleicht beim Ferienanfangsgrillen. Ich dachte, das vergessen sie bis dahin wieder. Aber dann haben Tobias und Annika wohl heimlich bei ihr angerufen – ich wusste von gar nichts, bis sie vorhin vor der Tür stand …« Sie brach ab, als Ursula auf die Terrasse trat, und warf Maibach einen schuldbewussten Blick zu. »Tut mir leid, Bruderherz.«

»Schon gut. Nicht schlimm«, erwiderte Maibach und ging auf Ursula zu.

Sie lächelte ihn an. »Schön, dich zu sehen, Charlie«, sagte sie und drückte seinen Arm. »Wie geht's dir?«

»Danke, gut. Hab gerade eine Ermittlung abgeschlossen. Und selbst?«

Bevor sie antworten konnte, erschien Annika und zupfte sie am Ärmel. »Tante Ursel, Tante Ursel, ich will dir doch noch mein Prinzessinnenschloss zeigen!«

Ursula hob entschuldigend die Schultern und ließ sich von Annika abschleppen.

Maibach schaute ihr nach und schluckte den Kloß in seinem Hals hinunter, bevor er zu dick werden konnte. Dann wandte er sich an seine Schwester.

»Ist Manuel nicht da?«, erkundigte er sich. »Ich wollte ihm

noch zum Turniersieg gratulieren. Hab was für ihn.« Er zog einen Umschlag mit zwei Tickets für ein Spiel des VfB Stuttgart aus der Hosentasche.

»Doch, der ist da. Kannst es ihm selber geben. Dahinten, hinter der Garage. Er hat Besuch von einem Freund.«

Maibach umrundete die Garage und blieb wie angewurzelt stehen. Er brauchte einen Moment, bis er verdaut hatte, was er da sah. Mittlerweile hatte Manuel seine Anwesenheit bemerkt und kam auf ihn zu. »Hallo, Onkel Charlie! Na, da staunst du, was?«

Ja, das war in der Tat der richtige Ausdruck. Maibach staunte. Manuel hatte ein altes langes Hemd seines Vaters an, das mit roten und schwarzen Farbklecksen verschmiert war. In der Hand hielt er eine Spraydose, und neben ihm erschien ein zweiter Jugendlicher, der Maibach entfernt bekannt vorkam, ebenfalls mit einer Spraydose bewaffnet. Hinter einer riesigen Spanplatte, die an der Garagenrückwand lehnte, streckte nun auch Klausimausi seinen Kopf hervor und hob grüßend die Hand.

»Servus, Karl! Schön, dich zu sehen! Na, was sagst du zu den beiden Künstlern? Echtes Talent, oder?«

Ob Talent mit im Spiel war, vermochte Maibach nicht zu beurteilen. Aber beeindruckt war er schon. Über die ganze Fläche der mannshohen Spanplatte, die die beiden Jungen offensichtlich gerade mit ihren Spraydosen bearbeitet hatten, zog sich ein Schriftzug, der Maibach nur zu bekannt vorkam. Große, weit ausholende, verschnörkelte rote Buchstaben mit schwarzer Umrandung. Nur dass diesmal nicht Russi, Bussi oder Kussi da stand, sondern, und zwar deutlich zu lesen, Manu.

»Gut, gell, Onkel Charlie?«, strahlte Manuel. »Hussein und ich und noch ein paar andere aus unserer Klasse haben uns für die Sommerferien zu einem Graffitiworkshop angemeldet. Unsere Kunstlehrerin hat gesagt, das wird richtig toll. Da kann man in der Stadt in einer Unterführung die öden Wände verschönern. Und jetzt üben wir schon mal dafür. Hussi hat die Buchstaben entworfen, und zusammen haben wir die Farben aufgesprüht.«

Aha. Hussein. Hussi. Maibach wurde einiges klar. Als er immer noch nichts sagte, bohrte Manuel ungeduldig nach.

»Onkel Charlie! Sag doch mal! Wie findest du das? Meinst du, das sieht gut aus in der Unterführung?«

Maibach holte tief Luft. »Hm. Ja, weißt du, Manuel, in einer Unterführung ... so mitten in der Stadt ... da sieht das ja jeder ...«

»Na klar sieht das jeder!«, dröhnte Klausimausi hinter der Spanplatte hervor. »Das ist doch der Sinn der Sache! Dass die Jugendlichen ihre Kunst im öffentlichen Raum präsentieren können, und zwar ganz legal! Bevor sie auf dumme Ideen kommen und irgendwelche fremden Häuserwände ansprühen! Tolles Projekt, sozusagen Kriminalitätsprävention! Das muss dir doch gefallen, Karl, oder?«

Maibach riss sich zusammen. »Ja, Klaus, da hast du recht. Den Wert von solchen Präventionsmaßnahmen kann man gar nicht überschätzen.« Dabei warf er Hussein, der immer noch mit erhobener Spraydose neben Manuel stand, einen vielsagenden Blick zu. Wachsame dunkelbraune Augen blickten zurück. Zu seinem Neffen gewandt fuhr Maibach fort: »Ja, Manuel, selbstverständlich gefällt mir das. Ich finde es ganz toll, dass du da mitmachen willst. Ich meine nur, so rein vom künstlerischen Standpunkt ist bei so einem Graffito natürlich einiges zu beachten.«

»Das heißt Graffiti, nicht Graffito«, mischte sich Klausimausi ein und kam hinter der Spanplatte hervor.

»Nein, da muss ich dich korrigieren«, erwiderte Maibach mit einem Anflug tiefsten Bedauerns in der Stimme. »Die Singularform heißt Graffito. Nicht Graffiti, das ist der Plural. Kommt aus dem Italienischen, soviel ich weiß.«

Mittlerweile waren auch Michaela und Ursula von der Terrasse gekommen und hörten zu. Michaela staunte. »Sag mal, Bruderherz, ich wusste gar nicht, dass du so viel von Kunst verstehst?«

»Da siehst du mal, Schwesterchen. Von mir kannst du noch was lernen. Also, wie ich bereits sagte. Bei einem Graffito, finde ich, ist einiges zu beachten. Nimm zum Beispiel den Schriftzug. Ich meine die Buchstabengestaltung. Ich finde, dieses Verspielte,

Verschnörkelte – das hat etwas zu Mädchenhaftes. Das passt doch nicht zu euch Jungs. Da müssen klare Linien her! Ecken! Kanten! Findest du nicht, Manuel?«

Manuel zuckte mit den Schultern und sah hilfesuchend zu seinem Freund. »Ich weiß nicht. Das hat Hussi entworfen. Hussi, was meinst du?«

»Hm. Ecken und klare Linien finde ich eigentlich auch nicht schlecht«, sagte der nachdenklich.

Künstlerisch schien der Junge ja noch beeinflussbar zu sein. Das musste man ausnutzen, solange noch etwas zu retten war. Maibach fuhr fort: »Und dann die Farbauswahl. Dieses Rot und Schwarz – also ich persönlich finde, die passen nicht so recht in eine Unterführung. Ihr solltet was Helles, Poppiges nehmen. Gelb und Pink vielleicht?«

»Aber Rot und Schwarz sind meine Lieblingsfarben«, meinte Hussein. Der leichte Akzent war Maibach noch gut in Erinnerung. Dunkel gefärbtes a, fast wie o. Schworz. Lieblingsforbe.

»Ja, mag sein«, erwiderte Maibach und schaute dem Jungen tief in die Augen. »Aber weißt du, die Farbe ist manchmal etwas ganz Entscheidendes. Die hat so einen Wiedererkennungswert. Wie bei einem Auto. Das erkennt man auch vor allem an Farbe und Marke.«

Der Junge blinzelte. Hatte er den Wink nun verstanden oder nicht? Zur Sicherheit setzte Maibach noch hinzu: »Also, wie gesagt. Ich würde unbedingt was Helles, Poppiges nehmen.« Dann drehte er sich grinsend zu seiner Schwester um. »Apropos was Helles. Gibt's ein Bierchen zum Essen?«

Michaela nickte. »Komm mit.«

Maibach folgte ihr und setzte sich an den Gartentisch.

Ursula zog ebenfalls einen Stuhl heran. »Darf ich?«

»Klar.« Maibach nahm einen Schluck von seinem Bier. »Ah, schön kühl.« Er prostete Ursula zu, die sich ein Glas Saft eingeschenkt hatte. »Du hast meine Frage von vorhin noch nicht beantwortet. Wie geht's dir selbst?«

»Prima, danke. Hab viel Arbeit«, antwortete sie.

»Gibst du eigentlich immer noch diese Kurse?«

Sie bedachte ihn mit einem leicht genervten Blick, den er leider nur zu gut kannte. Hatte er schon wieder etwas Falsches gesagt? »Charlie. Kursegeben ist, wie du weißt, meine Hauptbeschäftigung bei der Diakonischen Beratungsstelle. Welche Kurse meinst du genau?«

»Diese Anti-Draufhau-Kurse ...«

Ursula rollte mit den Augen. »Anti-Aggressivitäts-Training? Ja, klar. Nächste Woche fängt wieder einer an. Warum?«

»Ist da noch ein Platz frei?«

»Mehrere. Wieso?«

»Möglich, dass sich demnächst ein junger Mann aus Ravensburg bei dir meldet. Hab ihm deine Karte gegeben.«

»Aha?«

»Ja. Der hätte das dringend nötig. Wird bald vor Gericht stehen, und ich hab ihm gesagt, es würde sich gut machen, wenn er schon vor Prozessbeginn aus eigenem Antrieb so einen Kurs besuchen würde.«

»Aus eigenem Antrieb. Verstehe«, sagte Ursula, beugte sich vor und gab dem vollkommen überrumpelten Maibach einen schnellen Kuss auf die Wange. »Charlie, du bist einfach unglaublich. Wenn ich mich nicht gerade von dir getrennt hätte, würde ich mir glatt überlegen, ob ich mit dir zusammenleben wollte.«

Satt und zufrieden fuhr Maibach einige Stunden später wieder zurück nach Friedrichshafen. Es war ein netter Abend gewesen. Manuel hatte sich über die zwei Fußballtickets sehr gefreut und wollte seinen Papa als Begleiter mitnehmen. Maibach hatte eigentlich eher an sich selber gedacht, aber nun gut. Väter hatten da natürlich Vorrang.

Nach dem Essen hatten die beiden Jungs die Spanplatte umgedreht und mit unverschnörkelten Buchstaben mit klaren Linien, Ecken und Kanten herumexperimentiert. Leider immer noch in Rot und Schwarz, da sie keine anderen Spraydosen hatten. Hoffentlich würden sie für ihren Workshop tatsächlich auf andere Farben umschwenken, dann bestand die realistische Chance, dass die Polizei Weingarten den Graffitisprayer vom Freibad leider, leider, wie die meisten anderen Graffitisprayer auch, nie erwischen würde. Maibach verspürte einen leichten Anflug von schlechtem Gewissen beim Gedanken an seine uniformierten Kollegen. Aber es gelang ihm, ihn relativ schnell wieder beiseitezuschieben. Auch wenn es, wie Kriminaloberrat Meißner immer wieder betonte, seit der Polizeireform den klassischen Zuständigkeitsbereich nicht mehr gab, musste doch irgendwo Schluss sein. Die Kriminalpolizei Friedrichshafen konnte sich ja schließlich nicht um alles kümmern.

In diese Gedanken versunken ließ Maibach Weingarten hinter sich, dann Ravensburg, dann Meckenbeuren. Als er endlich mit noch gut sechzig Sachen das Friedrichshafener Ortsschild erreichte, lächelte ihm ein freundlicher Smiley, der hier wohl neu aufgebaut worden war, aufmunternd zu und informierte ihn, dass er zweiundvierzig fahre. Prima, dachte Maibach und drückte aufs Gas.

Nachbemerkung

Der Stille Bach folgt, wie der ortskundige Leser bemerkt haben wird, in diesem Roman nicht exakt seinem jahrhundertealten Lauf. Vielmehr passen sich seine Biegungen den dramaturgischen Notwendigkeiten der Krimihandlung an. Auch ist das Weingartener Amt für Kultur und Tourismus (fast möchte man sagen, zum Glück) noch nicht auf die Idee gekommen, »kindgerechte« Führungen am Stillen Bach anzubieten. Und nicht zuletzt wird keine noch so intensive Suche auf einer Landkarte der Region Bodensee-Oberschwaben jemals die kleine, idyllische Gemeinde Wartenweiler lokalisieren können, weder zwischen Ravensburg und Waldburg noch sonst irgendwo. Denn diese Gemeinde entspringt, ebenso wie die Figuren und Ereignisse dieses Romans, der Phantasie der Autorin. Etwaige Ähnlichkeiten mit tatsächlichen Begebenheiten sind nicht beabsichtigt und wären reiner Zufall.